La méthode

Edgar Morin

La méthode

5. L'humanité de l'humanité

L'identité humaine

Éditions du Seuil

ISBN 978-2-7578-4518-9
(ISBN 2-02-005819-7, édition complète
ISBN 978-2-02-022715-5, 1re publication tome 5)

© Éditions du Seuil, 2001

Le Code de la propriété intellectuelle interdit les copies ou reproductions destinées à une utilisation collective. Toute représentation ou reproduction intégrale ou partielle faite par quelque procédé que ce soit, sans le consentement de l'auteur ou de ses ayants cause, est illicite et constitue une contrefaçon sanctionnée par les articles L. 335-2 et suivants du Code de la propriété intellectuelle.

Je remercie

Jean-Louis Le Moigne, ami fidèle et lecteur attentif dont les objections souvent retenues m'ont été si utiles ; Jean Tellez, dont le concours pertinent et dévoué m'a aidé dans la relecture, la bibliographie et l'index ; mon assistante Catherine Loridant dont les relectures minutieuses m'ont signalé erreurs, obscurités, problèmes, et qui a soigneusement vérifié les références bibliographiques. Christiane Peyron-Bonjan et Alfredo Pena-Vega, lecteurs attentifs et critiques de mes premiers manuscrits. Je remercie Jean-Claude Guillebaud pour sa lecture critique du manuscrit final.

Je remercie Pierre Bergé, dont le soutien a été indispensable pour l'achèvement de cette œuvre. Je remercie Maurice Botton et Charlotte Bonello, amis chers qui m'ont offert à Sitges les conditions de résidence et d'amitié les meilleures pour l'ultime rédaction de ce livre.

Préliminaires

Quelle chimère est-ce donc que l'homme ? Quelle nouveauté, quel monstre, quel chaos, quel sujet de contradiction, quel prodige ! Juge de toutes choses, imbécile ver de terre ; dépositaire du vrai, cloaque d'incertitude et d'erreur ; gloire et rebut de l'univers. Qui démêlera cet embrouillement ?

Pascal

Chaque homme porte la forme entière de l'humaine condition.

Montaigne

L'homme se compose de ce qu'il a et de ce qui lui manque.

Ortega y Gasset

Si quelqu'un veut sérieusement rechercher la vérité, il ne doit pas faire choix d'une science particulière ; elles sont toutes unies entre elles et dépendent les unes des autres. Qu'il pense seulement à accroître la lumière naturelle de sa raison.

Descartes

L'adéquation de la méthode analytique est inversement proportionnelle à la complexité étudiée.

Woçjciechowski

Une parole éclaire ma recherche : comprendre.

Marc Bloch

Il s'agit d'enseigner l'humanité à l'humanité.

Rodrigo de Zayas

Nous demeurons un mystère à nous-mêmes. La phrase de Pascal citée en exergue est plus que jamais actuelle.

Il y a pourtant des progrès prodigieux de connaissance sur notre situation dans l'univers, entre les deux infinis (cosmologie, microphysique), sur notre matrice terrestre (sciences de la Terre), sur notre enracinement dans la vie et dans l'animalité (biologie), sur l'origine et la formation de l'espèce humaine (préhistoire), sur notre enracinement dans la biosphère (écologie) et sur notre destin social et historique. Nous pouvons trouver dans la littérature, la poésie, la musique (langage de l'âme humaine), la peinture, la sculpture, autant de messages sur nos êtres profonds.

Ainsi, toutes les sciences, tous les arts éclairent chacun sous son angle le fait humain. Mais ces éclairages sont séparés par des zones d'ombre profondes, et l'unité complexe de notre identité nous échappe. La nécessaire convergence des sciences et des humanités pour restituer la condition humaine ne se réalise pas. Absent des sciences du monde physique (alors qu'il est aussi une machine thermique), disjoint du monde vivant (alors qu'il est aussi un animal), l'homme est découpé en fragments isolés dans les sciences humaines.

En fait, le principe de réduction et celui de disjonction qui ont régné dans les sciences y compris humaines (devenues ainsi inhumaines) empêchent de penser l'humain. L'ère structuraliste a fait de cet obstacle vertu et Lévi-Strauss a pu même énoncer que le but des sciences humaines est, non de révéler l'homme, mais de le dissoudre.

Ainsi, c'est le mode de connaissance qui inhibe notre possibilité de concevoir le complexe humain. L'apport inestimable des sciences ne donne pas ses fruits : « Aucune époque n'a accumulé sur l'homme des connaissances aussi nombreuses et aussi diverses que la nôtre [...] aucune époque n'a réussi à rendre ce savoir aussi promptement et aussi aisément accessible. Mais aussi aucune époque n'a moins su ce qu'est l'homme. (Heidegger) »

L'homme demeure « cet inconnu », plus aujourd'hui par mal-science que par ignorance. D'où le paradoxe : plus nous connaissons, moins nous comprenons l'être humain.

Préliminaires

En désintégrant l'humain, on élimine l'étonnement et l'interrogation sur l'identité humaine. Il nous faut réapprendre à la questionner ; du coup, comme l'a dit Heidegger, « questionner fait voler en éclats la mise en boîte des sciences dans des disciplines séparées ».

Pour opérer le questionnement, il faut, selon l'indication de Descartes citée en exergue, non pas « faire choix d'une science particulière ; elles sont toutes unies entre elles et dépendent les unes des autres », mais « accroître la lumière naturelle de sa raison [1] ».

Il faut éviter de « penser trop pauvrement l'humanité de l'homme [2] ».

Il ne faut même pas réduire l'humain à l'humain. Comme disait Romain Gary, « le mot humanité comporte l'inhumanité : l'inhumanité est une caractéristique profondément humaine ».

Il nous faut une pensée qui essaie de rassembler et organiser les composants (biologiques, culturels, sociaux, individuels) de la complexité humaine et d'injecter les apports scientifiques dans l'anthropologie, au sens de la pensée allemande du XIXe siècle (réflexion philosophique centrée sur l'être humain). C'est en même temps reprendre la conception de l'« homme générique » du jeune Marx qui sous-tend toute son œuvre, mais en complexifiant et approfondissant cette notion, à qui il manquait l'être corporel, la psyché, la naissance, la mort, la jeunesse, la vieillesse, la femme, le sexe, l'agression, l'amour. Il nous faut dans ce sens une approche existentielle, qui donne sa part à l'angoisse, la jouissance, la douleur, l'extase.

Comme nous le verrons, le terme « humain » est riche, contradictoire, ambivalent : en fait, il est trop complexe pour les esprits formés dans le culte des idées claires et distinctes.

Mon entreprise est conçue comme intégration réflexive des divers savoirs concernant l'être humain. Il s'agit non pas de les additionner, mais de les lier, de les articuler et de les inter-

---

1. R. Descartes, *Règles pour la direction de l'esprit*, Paris, Vrin, 1988, p. 4.
2. M. Heidegger, in *Lettre sur l'humanisme*, trad. fr. de R. Munier, Paris, Aubier-Montaigne, 1983.

prêter. Elle n'a pas pour intention de limiter la connaissance de l'humain aux seules sciences. Elle considère littérature, poésie et arts non seulement comme moyens d'expression esthétique, mais aussi comme moyens de connaissance. Elle a pleinement la volonté d'intégrer la réflexion philosophique sur l'humain, mais en la nourrissant de l'acquis scientifique, ce qu'a négligé Heidegger. Aussi, l'intégration mutuelle de la philosophie et de la science doit comporter leur repensée.

La connaissance de l'humain doit inclure une part introspective ; s'il est vrai, comme a dit Montaigne, que chaque individu singulier « porte la forme entière de l'humaine condition », elle doit encourager chacun, dont l'auteur de ces lignes, à puiser en soi des vérités de valeur universellement humaine. Mais toutes les vérités acquises à partir des sources objectives et de la source subjective doivent passer par l'examen épistémologique, qui seul apporte le regard sur les présupposés des divers modes de connaissance, y compris le sien propre, et qui seul considère les possibilités et limites de la connaissance humaine.

La connaissance de l'humain doit être à la fois beaucoup plus scientifique, beaucoup plus philosophique et enfin beaucoup plus poétique qu'elle ne l'est. Son champ d'observation et de réflexion est un laboratoire très étendu, la planète Terre, dans sa totalité, son passé, son devenir et aussi sa finitude, avec ses documents humains qui commencent il y a six millions d'années. La Terre constitue le laboratoire unique où, dans le temps et dans l'espace, se sont manifestées les constances et les variations humaines – individuelles, culturelles, sociales : toutes les variations sont significatives, toutes les constances sont fondamentales. Les cas extrêmes, comme Bouddha, Jésus et Mohammed, Hitler et Staline, permettent de mieux comprendre l'être humain. L'esclavage, le camp de concentration, le génocide, et finalement toutes les inhumanités, sont des révélateurs d'humanité.

La connaissance que nous proposons est complexe :
– parce qu'elle reconnaît que le sujet humain qui l'étudie est inclus dans son objet ;
– parce qu'elle conçoit inséparablement l'unité et la diversité humaines ;

Préliminaires

– parce qu'elle conçoit toutes les dimensions ou aspects, actuellement disjoints et compartimentés, de la réalité humaine, qui sont physiques, biologiques, psychologiques, sociaux, mythologiques, économiques, sociologiques, historiques ;
– parce qu'elle conçoit *homo* non seulement comme *sapiens*, *faber* et *œconomicus*, mais aussi comme *demens*, *ludens* et *consumans* ;
– parce qu'elle tient ensemble des vérités disjointes s'excluant l'une l'autre ;
– parce qu'elle allie la dimension scientifique (c'est-à-dire la vérification des données, l'esprit d'hypothèse et l'acceptation de la réfutabilité) aux dimensions épistémologique et réflexive (philosophiques) ;
– parce qu'elle retrouve un sens aux mots perdus et déchus dans les sciences, y compris cognitives : âme, esprit, pensée.

« Amener l'humanité au savoir de ses propres réalités complexes est justement possible. On ne peut affronter l'inconnu qu'à partir de là. » Cette phrase de Rodrigo de Zayas résume mon intention. Le problème humain, aujourd'hui, n'est pas seulement de connaissance, c'est un problème de destin. Effectivement, en l'ère de la dissémination nucléaire et de la dégradation de la biosphère, nous sommes devenus pour nous-mêmes un problème de vie et/ou de mort. Aussi, ce travail nous lie au destin de l'humanité.

Pourquoi me suis-je voué à ce livre ? L'obsession principale de mon œuvre concerne la condition humaine. J'ai écrit L'Homme et la Mort *de 1948 à 1951, « Fragments pour une anthropologie » dans* Arguments *(1960)[1],* Le Vif du sujet *en 1963-1964,* Le Paradigme perdu *en 1972 ; en fait, le premier (1977) et le deuxième (1981) tome de* La Méthode *raccordent l'interrogation de l'humain à celle du monde physique et du monde vivant. Les troisième et quatrième, qui traitent des possibilités et limites de notre connaissance, relient anthropologie et épistémologie, qui, à mes yeux, se renvoient l'une à l'autre. Enfin, j'ai traité des problèmes et du destin*

---

1. *Arguments*, n° 18, *L'Homme-problème*, Paris, 1960.

de *l'humanité en notre ère planétaire :* Introduction à une politique de l'homme *(1965, 1999),* Pour sortir du XXe siècle *(1981),* Terre-Patrie *(1993).*

Le sens de la complexité (sans encore le mot) se manifeste dans L'Homme et la Mort *et* Le Vif du sujet, *qui sont, chacun selon son optique, des essais d'anthropologie complexe. Puis le mot devient essentiel dans* Le Paradigme perdu. La Méthode *s'élabore afin d'affronter les complexités, et la notion de pensée complexe s'affirme en 1990 (*Introduction à la pensée complexe*).*

J'ai laissé à La Méthode *et à son finale un temps long de maturation. Voici trente années que je me suis mis à la tâche, et voici douze ans que j'ai ouvert le chantier de* L'Humanité de l'humanité.

J'ai décidé de m'isoler en l'an 2001 afin d'achever la rédaction de ce manuscrit laissé en jachère pendant deux ans. Me voici parti pour la Méditerranée, non pas sur la rive toscane comme il y a trente ans, mais sur la rive catalane. J'ai des bouffées de l'enthousiasme retrouvé, suivies de bouffées de mélancolie. C'est qu'à la fois je pars dans l'ardeur d'un nouveau commencement et dans la langueur crépusculaire qu'exprime le dernier Lied *de Richard Strauss. Et me voici à Sitges, dominant d'une grande baie vitrée ma mer génitrice.*

Note sur les problèmes bibliographiques

Ce livre est le fruit d'une culture multiple et dispersée. Celle-ci a commencé à se former il y a soixante-cinq ans et elle s'est développée sans interruption de façon inégale, branchée aussi bien sur la philosophie, la littérature, l'histoire, la sociologie, la psychologie et largement les sciences humaines. Ma curiosité m'a porté naturellement des sciences humaines aux sciences de la nature. La préparation de *L'Homme et la Mort* (1951) m'a conduit vers des sources bibliographiques disséminées et cloisonnées dans tous les champs du savoir, et l'interrogation sur notre mortalité m'a porté vers la connaissance biologique. J'ai pu renouveler ma culture en animant la revue *Arguments*, revue ouverte s'il en fut, et la ré-acculturation s'est poursuivie dans le Cresp, auprès de mes amis Claude Lefort et Cornelius Castoriadis. Un heureux concours de circonstances (fréquentation du groupe des Dix de Jacques Robin, amitié de Jacques Monod, invitation à l'institut de recherches biologiques Salk de La Jolla, création du Centre Royaumont pour une science de l'homme) m'a poussé à partir de 1971 non seulement à élargir ma culture mais à chercher à en relier les éléments disjoints. *Le Paradigme perdu* et surtout les précédents volumes de *La Méthode* portent en eux de vastes bibliographies qui elles-mêmes ont contribué à alimenter ce travail (j'y renvoie donc). Depuis, je me suis nourri de nouveaux éléments issus de multiples sources.

C'est dire qu'une bibliographie serait impossible pour *L'Identité humaine*. Elle devrait comprendre des titres concernant toutes les connaissances scientifiques convoquées, et comporter les moralistes classiques, les tragédies grecques et élisabéthaines, les romans européens des XIXe et XXe siècles, ainsi qu'une filmographie variée. Dans cette impossibilité, je me résigne aux notes de bas de page concernant surtout des connaissances nouvelles ou renouvelées (comme sur l'éthologie enfantine, le rôle de l'affectivité, ou la préhistoire).

Je renvoie donc à mes livres de nature anthropo-sociologique dont les références sont ci-dessous :
L'Homme et la Mort, Paris, Corréa, 1951 ; nouvelle édition, Paris, Éd. du Seuil, 1970, et coll. « Points », 1976 [les références renvoient à cette dernière édition].
Le Vif du sujet, Paris, Éd. du Seuil, 1969 ; nouvelle édition, coll. « Points », 1982.
Le Paradigme perdu : la nature humaine, Paris, Éd. du Seuil, 1973 ; nouvelle édition, coll. « Points », 1979.
L'Unité de l'homme (en collaboration avec Massimo Piattelli-Palmarini), Paris, Éd. du Seuil, 1974.
La Méthode, 1, *La Nature de la Nature*, Paris, Éd. du Seuil, 1977 ; nouvelle édition, coll. « Points », 1981. 2, *La Vie de la Vie*, Paris, Éd. du Seuil, 1980 ; nouvelle édition, coll. « Points », 1985. 3, *La Connaissance de la Connaissance*, Paris, Éd. du Seuil, 1986 ; nouvelle édition, coll. « Points », 1992. 4, *Les Idées, leur habitat, leur vie, leurs mœurs, leur organisation*, Paris, Éd. du Seuil, 1991 ; nouvelle édition, coll. « Points », 1995.
Sociologie (1984), nouvelle édition, Paris, Éd. du Seuil, coll. « Points », 1994.

J'ajouterai, pour les problèmes contemporains (troisième partie, chapitres 4 et 5) :
Introduction à une politique de l'homme (1965), nouvelle édition, Paris, Éd. du Seuil, coll. « Points », 1999.
Pour sortir du XXe siècle (1981), nouvelle édition, Paris, Éd. du Seuil, coll. « Points », 1984.
Un nouveau commencement (en collaboration avec Mauro Ceruti et Gianluca Bocchi), Paris, Éd. du Seuil, coll. « Points », 1991.
Terre-Patrie (avec la collaboration d'Anne-Brigitte Kern), Paris, Éd. du Seuil, 1993.
Une politique de civilisation (en collaboration avec Sami Naïr), Paris, Arléa, 1997.

Note sur les problèmes bibliographiques

Les autres ouvrages sont en note de bas de page ; les dates se réfèrent aux éditions les plus récentes à ma connaissance.

PREMIÈRE PARTIE

LA TRINITÉ HUMAINE

1. De l'enracinement cosmique à l'émergence humaine

I. L'ENRACINEMENT COSMIQUE

« Qui sommes-nous ? » est inséparable d'un « où sommes-nous, d'où venons-nous, où allons-nous ? ». Connaître l'humain, c'est non pas le retrancher de l'univers mais l'y situer. Déjà Pascal nous avait correctement situés entre deux infinis, ce qui a été amplement confirmé par le double essor, au XXe siècle, de la microphysique et de l'astrophysique. En écrivant : « Nous avons beau enfler nos conceptions au-delà des espaces imaginables, nous n'enfantons que des atomes au prix de la réalité des choses », il pouvait même présumer notre vertigineuse petitesse, plus que microscopique, au sein d'un lilliputien système solaire et d'une galaxie naine, dans un cosmos s'étendant sur des milliards d'années-lumière. En écrivant qu'un ciron pouvait contenir « une infinité d'univers dont chacun a son firmament, ses planètes, sa terre », il pouvait déjà supposer notre extrême gigantisme par rapport au monde subatomique, sans encore se douter que nous sommes constitués par des milliards de milliards de particules et traversés incessamment par des milliards de neutrinos sans nous en rendre compte. En écrivant que l'homme est comme « égaré dans ce canton détourné de la nature », il pouvait presque imaginer la marginalité de notre Terre, troisième satellite d'un Soleil détrôné de son siège central, devenu astre perdu dans une galaxie périphérique, parmi des milliards de galaxies d'un univers en expansion...

Nous avons appris aujourd'hui notre double enracinement dans le cosmos physique et dans la sphère vivante. Nous sommes à la fois dans la nature et hors d'elle.

Les sciences du monde physique et celles du monde vivant seront certes révisées et corrigées, on y fera des découvertes stupéfiantes, nous aurons la révélation de dimensions ou réalités encore invisibles ou inconnues de nous. Plus on avancera dans la connaissance, plus apparaîtront d'insondables mystères. Mais nous pouvons déjà envisager un très long récit, qui est celui de l'univers, où nous nous situons comme protagonistes tardifs.

Cet univers issu, semble-t-il, d'un événement indicible d'où ont jailli lumière, matière, temps, espace, devenir est emporté dans une aventure fabuleuse de création et de destruction ; sans cesse s'éteignent ou explosent des soleils, se congèlent des planètes, sans cesse se rassemblent des fragments et poussières d'astres morts, se spiralant sur eux-mêmes pour donner naissance à de nouvelles galaxies et à de nouveaux soleils[1].

Notre cosmos va simultanément vers la dispersion et vers la complexification, et, plus il y a complexification, plus celle-ci est marginale et minoritaire : la matière organisée connue représente moins de 2 % de l'univers ; la vie est peut-être unique, ou du moins rarissime, dans le cosmos, elle n'est qu'une petite mousse parasite sur la Terre, et la conscience est peut-être solitaire dans le monde vivant.

L'origine de l'aventure cosmique nous est incompréhensible, son avenir voilé, son sens inconnu.

Nous sommes forgés, produits, emportés par cette aventure dont nous n'avions encore nulle conscience au milieu du XXe siècle. La première leçon que nous donne le cosmos est que les particules des atomes de nos cellules sont apparues dès ses premières secondes, que nos atomes de carbone se sont constitués dans un soleil antérieur au nôtre, que nos macromolécules se sont unies dans les premiers temps convulsifs de la Terre ; ces macromolécules se sont associées dans des tourbillons, dont l'un, de plus en plus riche dans sa diversité moléculaire, s'est métamorphosé en une organisation de type nouveau par rapport à l'organisation strictement chimique : l'auto-organisation vivante. L'être vivant est une machine entièrement physico-chimique, mais, organisée de

---

1. M. Cassé, *Du vide et de la création*, Paris, Odile Jacob, 1993. H. Reeves, *Dernières Nouvelles du cosmos*, Paris, Éd. du Seuil, 1999.

façon plus complexe, elle est dotée de qualités et propriétés inconnues dans le monde moléculaire dont elle est pourtant issue : les qualités qu'exprime le terme de vie.

Un peu de substance physique s'est organisée de façon thermodynamique sur cette terre ; à travers trempage marin, mijotage chimique, décharges électriques, elle y a pris *vie*. La vie est solarienne : tous ses ingrédients ont été forgés dans un soleil puis rassemblés sur une planète dont les composants ont été crachés par une explosive agonie solaire ; elle est la transformation d'un ruissellement photonique issu des flamboyants tourbillons solaires. Nous, vivants, et par conséquent humains, enfants des eaux, de la Terre et du Soleil, nous sommes un fétu, voire un fœtus, de la diaspora cosmique, quelques miettes de l'existence solaire, un menu bourgeonnement de l'existence terrienne.

Nature et destin cosmo-physique de l'humain

L'être humain n'est pas seulement physique dans ses particules, atomes et molécules ; son auto-organisation est issue d'une organisation physico-chimique ayant produit des qualités émergentes qui constituent la vie, et toutes ses activités auto-organisatrices nécessitent des processus physico-chimiques[1]. Il est ainsi également une machine thermique fonctionnant à 37°C.

Le monde physique dont nous sommes issus n'obéit pas à un Ordre soumis à des lois strictes[2] ; il n'est pas non plus totalement livré aux désordres et aux hasards. Il est emporté dans un grand jeu entre ordre/désordre/interactions/organisation. Les organisations naissent par rencontres aléatoires et obéissent à un certain nombre de principes provoquant la liaison des éléments de rencontres en un tout. Tel est le jeu du monde. Il s'effectue selon une boucle dont chaque terme est en complémentarité et antagonisme avec les autres :

---

1. *Méthode 1*, « L'organisation », p. 94-151 (tous ces renvois aux tomes précédents concernent les éditions en grand format).
2. *Méthode 1*, p. 33-93.

```
        ordre   ←——→   désordre
           ↑   ↖     ↗   ↑
           |    interactions
           ↓   ↙     ↘   ↓
     organisation  ←——→  désorganisation [1]
```

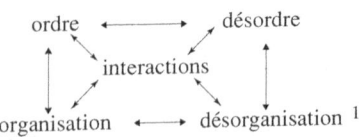

Après avoir cru en un univers parfaitement déterministe, la physique y a découvert fureur, violence et guerre, avec explosions et implosions d'astres, tamponnements de galaxies, étoiles s'entre-parasitant et s'entre-dévorant de façon cannibale, et il a été aperçu, depuis la fin des années soixante, des boules de feu extragalactiques monstrueuses, nommées « sursaut gamma », d'un diamètre 85 fois plus étendu que celui de notre système solaire, qui enflent à des vitesses folles. Ce sont des cataclysmes affectant des étoiles à neutrons et des supernovae.

La planète Terre est née dans ce tumulte. À l'origine probable ramassis de détritus cosmiques issus d'une explosion solaire, elle s'est auto-organisée à travers désordres et cataclysmes, subissant non seulement éruptions et tremblements de terre mais aussi le choc violent d'aérolithes, dont l'un a peut-être provoqué l'arrachage de la Lune, un autre l'extinction des dinosaures. La vie elle-même est née dans des convulsions telluriques, et son aventure a couru par deux fois au moins le danger d'extinction (fin du primaire et cours du secondaire). Elle s'est développée non seulement en espèces diverses s'entre-dévorant, mais aussi en écosystèmes où les prédations et les manducations ont constitué la chaîne nourricière à double visage, celui de vie et celui de mort.

Le développement de l'hominisation constitue non pas une interruption des désordres et des hasards, mais une aventure soumise à des défis écologiques, des accidents, des conflits entre espèces cousines se résolvant par la liquidation physique des vaincus.

Ainsi, c'est toute l'aventure cosmique, tellurique et biologique qui semble obéir à une dialogique [2] entre harmonie et cacophonie.

---

1. Ce pentagramme n'explique pas, mais indique que toute explication doit se référer à la boucle et à la dialogique liant ces termes (pour les notions de boucle et de dialogique, cf. Index).
2. Dialogique : cf. Index.

De l'enracinement cosmique à l'émergence humaine

L'homme, issu de cette aventure, a la singularité d'être cérébralement *sapiens-demens*, c'est-à-dire de porter en lui à la fois la rationalité, le délire, l'*hubris* (la démesure), la destructivité.

Et l'histoire humaine, torrent tumultueux de créations et de destructions, dépenses inouïes d'énergie, mélange de rationalité organisatrice, de bruit et de fureur, a quelque chose de barbare, d'horrible, d'atroce, d'émerveillant, qui évoque l'histoire cosmique [1], comme si celle-ci s'était gravée dans notre mémoire héréditaire. *Le cosmos nous a créés à son image.*

Sommes-nous seuls dans le cosmos ? Il y a de très forts arguments pour croire en notre solitude d'orphelins cosmiques [2], notamment le saut logiquement inconcevable de l'organisation strictement physico-chimique à l'auto-organisation vivante ; il en est quelques autres pour nous suggérer que d'autres vies, d'autres intelligences ont pu apparaître dans l'univers. Aussi ne pouvons-nous écarter la possibilité, certes improbable, d'autres formes de vie, voire de conscience ; je ne peux même rejeter ni l'idée de quelque intelligence tellurique qui nous serait invisible ou inimaginable, ni l'idée d'une macro-intelligence émergeant du cosmos lui-même ; mais il s'agirait encore d'intelligences émergentes, non d'une intelligence première téléguidant le cosmos et la vie...

Il y a certes auto-organisation du cosmos à partir d'un désordre inouï et de quelques principes d'ordre, et ce cosmos se construit en se détruisant, se détruit en se construisant. Mais je n'arrive pas à croire que l'aventure cosmique soit animée par quelque dessein providentiel qui la guiderait vers un salut final. L'univers semble né en catastrophe et il semble aller vers la dispersion généralisée. Nous sommes solidaires de ce destin insensé. S'il y a mort du cosmos, nous ne pouvons échapper à cette mort, nous pouvons seulement envisager d'échapper à l'extinction de notre soleil en émigrant vers des systèmes solaires ragaillardis. Mais, aux horizons de nos horizons, il y a la mort. La mort n'est pas seulement une fatalité de notre destin biologique, elle est aussi une fatalité ultime de notre destin physique.

---

1. *Méthode 1*, p. 371-374.
2. *Méthode 1*, « L'improbable et le probable », p. 81-82.

II. L'ENRACINEMENT BIOLOGIQUE

À notre ascendance cosmique, à notre constitution physique, il nous faut ajouter notre implantation terrienne. La Terre s'est auto-produite et auto-organisée dans sa dépendance au Soleil, elle s'est constituée en complexe biophysique à partir du moment où s'est développée sa biosphère[1]. De la Terre effectivement est issue la vie, et de l'essor multiforme de la vie polycellulaire est issue l'animalité, puis le plus récent développement d'un rameau du monde animal est devenu humain.

Notre vie est terrienne et nous sommes des êtres vivants. L'organisation vivante ne fait pas qu'instaurer un système de communication cellulaire interne (ADN-ARN-protéines), elle comporte, dès l'ère bactérienne, des communications d'individu à individu (comportant notamment l'injection d'information d'ADN de bactérie à bactérie), ce qui a pu faire supposer que, si diverses soient-elles, l'ensemble des bactéries vivant sur terre, sous terre, dans les airs constitue une sorte d'organisme gigantesque dont les éléments communiquent de proche en proche[2]. Certaines bactéries, intégrant en leur sein une bactérie hôte sous forme de mitochondries, se sont muées en cellules eucaryotes, lesquelles se sont confédérées en êtres polycellulaires. L'aptitude confédératrice a permis la formation et le développement des végétaux et animaux, ceux-ci s'associant souvent en bandes, troupeaux et sociétés, tandis que les interactions entre unicellulaires, végétaux et animaux ont constitué des écosystèmes, lesquels se sont mutuellement liés pour former la biosphère.

L'être humain, mortel, comme tout vivant, porte en lui l'unité biochimique et l'unité génétique de la vie.

---

1. P. Westbroeck, *Vive la Terre*, Paris, Éd. du Seuil, 1998 (trad. fr. de *Life as a Geological Force*). R. Blanchet, « Connaissance de la Terre et éducation », *in* E. Morin (dir.), *Relier les connaissances*, Paris, Éd. du Seuil, 1999, p. 116-120.
2. S. Sonea et M. Panisset, *Introduction à la nouvelle bactériologie*, Montréal, Presses de l'université de Montréal, et Paris, Masson, 1980. L. Margulis et D. Sagan, *L'Univers bactériel*, Paris, Albin Michel, 1989.

C'est un hyper-vivant qui a développé de façon inouïe les potentialités de la vie. Il exprime de façon extrême les qualités égocentriques et altruistes de l'individu, atteint des paroxysmes de vie dans ses extases et ivresses, bouillonne d'ardeurs orgiastiques et orgasmiques. Il est également hyper-vivant dans le sens où il développe de façon nouvelle la créativité vivante [1]. Avec l'humanité, il y a déplacement de la faculté créatrice sur l'esprit.

L'être humain est un méta-vivant, qui, à partir de ses aptitudes organisatrices et cognitives, crée de nouvelles formes de vie, psychiques, spirituelles et sociales : la « vie de l'esprit » n'est pas une métaphore, ni la vie des mythes et des idées, non plus, comme nous le verrons, que la vie des sociétés.

L'être humain demeure un animal de l'embranchement des vertébrés, de la classe des mammifères, de l'ordre des primates.

L'humain est un vertébré certes inférieur en beaucoup de performances aux vertébrés aquatiques et aériens, mais il a pu les surpasser par sa technique en de nombreux domaines.

C'est un hyper-mammifère, parce que, marqué jusqu'à l'âge adulte par la symbiose infantile à la mère [2], il développe en amour et tendresse, colère et haine, l'affectivité des mammifères, conservant sous forme d'amitiés adultes leurs fraternités juvéniles, amplifiant leurs solidarités et rivalités, épanouissant les qualités de mémoire, d'intelligence, d'affectivité propres à cette classe, poussant à l'extrême l'aptitude à aimer, jouir et souffrir. Les mammifères nous ont apporté l'attachement, la juvénilité du jeu et de l'apprentissage, l'expérience et la sagacité de la vieillesse, et nous devenons méta-mammifères quand nous demeurons jeunes en devenant vieux.

C'est un animal hypersexué. Sa sexualité n'est plus seulement saisonnière, comme c'est encore le cas chez le chimpanzé, et non plus seulement localisée dans ses parties géni-

---

1. *L'évolution est créatrice*, avait justement écrit Bergson. Comme l'ont remarqué Ilya Prigogine, René Thom, Marco Schützenberger, le modèle de la mutation génétique aléatoire est muet devant les innovations créatrices de solutions, d'organes, d'espèces, de qualités et propriétés nouvelles dans l'histoire de la vie.

2. C. Trevarthen et K. Aitken, « Intersubjectivity », *Journal of Child Psychology and Psychiatry*, janvier 2001.

tales : elle s'est répandue sur tout son être ; elle n'est plus circonscrite sur la reproduction, mais elle envahit « freuduleusement » ses conduites, ses rêves, ses idées.

C'est un superprimate qui a transformé en caractères permanents des traits sporadiques ou provisoires chez les singes supérieurs : le bipédisme, l'utilisation d'outils ; il a hypertrophié en lui le cerveau de ses ancêtres primates, développé leur intelligence et leur curiosité, devenant tête chercheuse tous azimuts.

Il avait été observé que de jeunes macaques de Kiu Su avaient changé leur comportement alimentaire en se déplaçant au bord de la mer et que leurs nouvelles mœurs avaient été transmises par la suite. Les chimpanzés se font des outils de bois qu'ils utilisent de façon diverse et dont l'usage se transmet de génération en génération.

Comparant leurs techniques à celles des anciens hominidés, Frédéric Joulian[1] pense que beaucoup de critères qui distinguaient ceux-ci des singes disparaissent. Tout ce que nous avons appris sur les capacités cognitives et langagières des chimpanzés dès 1970 se trouve confirmé et enrichi. Washoe et ses pareilles acculturées ont pu acquérir un vocabulaire de plus de cent signes ou mots, ainsi qu'une syntaxe rudimentaire. Sarah de Premack a même révélé sa capacité de mentir[2]. Koko le gorille a su identifier la mort à un grand sommeil. Question : « Où vont les gorilles quand ils meurent ? » Koko : « Un trou écarté confortable. » Question : « Qu'est-ce qu'ils sentent ? » Koko : « Ils dorment. » Bien entendu, ce n'est pas la conscience humaine de la mort, qui, comme nous allons le voir, va nous séparer irrévocablement de l'animalité.

Bien que très proche des chimpanzés et gorilles, et ayant 98 % de gènes identiques, l'être humain apporte une nouveauté dans l'animalité. Les 2 % de gènes originaux indi-

---

1. F. Joulian, A. Ducros et J. Ducros (dir.), *La culture est-elle naturelle ? Histoire, épistémologie et applications récentes du concept de culture*, Paris, Errance, 1998.

2. Cf. l'intéressante récapitulation d'Anne J. Premack, *Les Chimpanzés et le Langage des hommes*, Paris, Denoël/Gonthier, 1982. Cf. aussi, in *L'Unité de l'homme*, la contribution de A. R. Gardner et B. T. Gardner, « L'enseignement du langage des sourds-muets à Washoe », p. 32-36, et celle de D. Premack, « Le langage et sa construction logique chez l'homme et le chimpanzé », p. 37-42.

quent une réorganisation sûrement très importante du patrimoine héréditaire. C'est la petite différence qui fait la grande différence.

La pauvreté de l'équipement physique humain, au regard de très nombreux animaux, n'a pas empêché le grand décollage de l'humanité, puis sa domination sur le monde vivant, comme si les développements de l'intelligence individuelle et de l'organisation sociale compensaient les carences ou insuffisances de nos organes (muscles, yeux, ouïe, etc.). Bien plus, toutes les insuffisances et les carences (par exemple en sel ou en vitamines) sont devenues des incitations à chercher, trouver, inventer.

III. LE GRAND DÉCOLLAGE : L'HOMINISATION

Dans la buissonnante épopée évolutive, un rameau de l'ordre des primates a commencé, il y a six millions d'années, une nouvelle aventure : celle de l'hominisation, qui, en s'accélérant il y a deux cent mille ans, a produit l'humanité.

À la suite des découvertes de L. S. B. Leakey, le 17 juillet 1959, dans la gorge de l'Olduvai au Tanganyika, de nombreuses autres fouilles ont révélé la présence d'australopithèques accompagnés d'outillage en régions sèches, il y a deux ou trois millions d'années, ce qui a donné corps à l'hypothèse selon laquelle le développement de la bipédisation et de l'outillage a été une réponse à un défi écologique, la progression de la savane hostile et parcimonieuse, consécutive à la régression de la forêt tropicale protectrice et nourricière. Toutefois, cette idée a pu être remise en question par la découverte d'australopithèques forestiers aux articulations adaptées à la bipédie (découverte d'Abel par Michel Brunet au Tchad, découverte d'*Ardipithecus ramidus*, vieux de 5,8 à 5,2 millions d'années en Éthiopie), contemporains de ceux des savanes ou plus anciens. D'où une nouvelle hypothèse : des lignées d'anthropoïdes auraient pu développer la bipédie au sein de la forêt sans perdre l'aptitude à grimper aux arbres (que nous avons conservée), ce qui leur aurait permis de mieux utiliser les mains. À cela se superpose la thèse d'Anne Dambricourt-Malassé [1], selon laquelle l'hominisation résulterait, dans une lignée primate encore sylvestre, d'une poussée interne, en cours d'embryogenèse, vers la contraction crânienne. Ne pourrait-on relier en boucle ces conceptions et considérer qu'un bipède des forêts a pu ensuite répondre aux défis de la savane et s'y développer ?...

Nous sommes plus que jamais dans la nuit obscure des origines. La thèse même de la genèse africaine, riche en arguments, n'est pas certaine. Comme le dit le paléontologue Jean-Jacques Jaeger : « Dans notre discipline, tout repose sur l'absence de preuves. » Et Michel Brunet, le découvreur d'Abel : « L'absence de preuve n'est pas la preuve de l'absence. » Bien des énigmes demeurent, et même approfondissent le mystère...

L'hominisation est une aventure commencée, semble-t-il actuellement, il y a sept millions d'années [2]. Elle est discontinue par apparition de nouvelles espèces – *habilis*, *erectus*, néandertalien, *sapiens* – et disparition des précédentes, ainsi que par la domestication du feu, puis le surgissement du langage et de la culture. Elle est continue dans sa dialogique entre-développant bipédisation, manualisation, verticalisation (du corps), cérébralisation, juvénilisation, complexification sociale (Moscovici [3]), processus au cours duquel apparaît le langage proprement humain en même temps que se constitue la culture, capital transmissible, de génération en génération, des savoirs, savoir-faire, croyances, mythes, acquis...

L'adulte humain a conservé, comme l'a montré Bolk [4], les caractères non spécialisés du fœtus et les caractères psycho-

---

1. « Nouveau regard sur l'origine de l'homme », *La Recherche*, n° 286, avril 1996, p. 46-54 : élévation du niveau d'organisation selon une logique interne, avec l'hypothèse d'un « attracteur étrange ».

2. H. de Lumley, *L'Homme premier. Préhistoire, évolution, culture*, Paris, Odile Jacob, 2000. Y. Coppens, *Le Genou de Lucy. L'histoire de l'homme et l'histoire de son histoire*, Paris, Odile Jacob, 2000. M. Brunet, « *Australopithecus Bahr el-Ghazali* : une nouvelle espèce d'hominidés anciens de la région de Loro-Toro au Tchad », *Comptes rendus de l'Académie des sciences de Paris*, t. 222, II, a, 1996, p. 907-913. Id., « Origine des hominidés, East Side Story-West Side Story », *Geobios*, mémoires spéciaux, n° 20, 1997, p. 73-77.

3. S. Moscovici, *La Société contre-nature*, Paris, UGE, coll. « 10/18 », 1972.

4. L. Bolk, « La genèse de l'homme », *Arguments*, n° 18, *L'Homme-problème*, Paris, 1960.

logiques de la jeunesse. Cérébralisation et juvénilisation vont de pair en cours d'hominisation[1]. La cérébralisation accroît la taille du cerveau, le nombre de neurones et leurs connexions, complexifie son organisation et développe l'aptitude à acquérir. Les progrès corrélatifs de la juvénilisation se traduisent par la prolongation de l'enfance, c'est-à-dire de la période de plasticité cérébrale qui permet l'apprentissage de la culture (car l'intégration de la complexité culturelle a besoin d'une longue enfance), et le maintien chez l'adulte de caractères juvéniles, tant dans son organisme, qui demeure non spécialisé, polyadaptatif et omnivore, que dans les curiosités et inventivités psychiques. Cérébralisation et juvénilisation favorisent les développements de la complexité sociale, et ces trois termes complémentaires s'entre-stimulent les uns les autres, ce qui permet, avant l'apparition d'*homo sapiens*, l'émergence conjointe de notre langage[2] et de la culture.

Cela renforce l'hypothèse, reprise par Clifford Geertz, que j'ai exposée ailleurs[3] : « Il est bien évident que le gros cerveau de *sapiens* n'a pu advenir, réussir, triompher, qu'après la formation d'une culture déjà complexe, et il est étonnant qu'on ait pu si longtemps croire exactement le contraire. » « Ainsi, l'hominisation biologique fut nécessaire pour l'élaboration de la culture, mais l'émergence de la culture fut nécessaire pour la continuation de l'hominisation jusqu'à Neandertal et *sapiens*. »

Dès lors, nous commençons à percevoir la relation en boucle[4] entre nature et culture. Nous pouvons même repérer, plus ou moins approximativement, la phase d'hominisation où ces deux termes se sont bouclés l'un dans l'autre. L'aptitude naturelle à acquérir va trouver son plein emploi dans la culture, qui constitue un capital d'acquis et de méthodes d'acquisition.

---

1. *Le Paradigme perdu*, « Le nœud gordien de l'hominisation », p. 92*sq.*
2. Thèse reprise par T. Deacon, *The Symbolic Species*, Penguin Books, 1997.
3. Cf. *Le Paradigme perdu*, p. 100.
4. Sur la notion de boucle, cf. Index.

L'être humain dispose d'un corps « généraliste », comme le dit Boris Cyrulnik, capable de très diverses adaptations et performances. Ce qui fait son insuffisance est ce qui fait sa vertu : la non-spécialisation anatomique. La main déspécialisée est devenue polyvalente (véritable Maître Jacques, dit Howell) ; liée à un cerveau généraliste de plus en plus puissant, elle est capable d'effectuer des tâches spécialisées innombrables (comme quoi le généralisme et la polyvalence sont les conditions de multiples spécialisations, alors que l'inverse est impossible). Les outils, les armes vont permettre d'accomplir les tâches spécialisées. Il y a en même temps régression des programmes ou rituels de comportement. L'individu humain devient un bon à tout. Comme disait Rousseau, « je vois un animal moins fort que les uns, moins agile que les autres, mais à tout prendre organisé le plus avantageusement de tous » (*Discours sur l'origine de l'inégalité*).

Ainsi, le grand décollage de l'hominisation vers l'humanité est animé par le nouveau complexe :

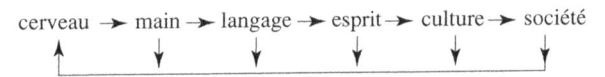

cerveau → main → langage → esprit → culture → société

Dès lors, l'humanité ne se réduit nullement à l'animalité, mais sans animalité pas d'humanité. L'hominien devient pleinement humain lorsque le concept d'homme comporte une double entrée : une entrée biophysique, une entrée psycho-socio-culturelle, les deux renvoyant l'une à l'autre.

À la pointe de l'aventure créatrice de la vie, l'hominisation aboutit à un nouveau commencement.

2. L'humanité de l'humanité

Cerveau ↔ Esprit
↕   ↕
Langage ↔ Culture

La seconde Nature

Il y a des pré-cultures dans le monde animal, mais la culture, comportant le langage à double articulation[1], la présence du mythe, le développement des techniques, est proprement humaine. Aussi, *homo sapiens* ne s'accomplit en être pleinement humain que par et dans la culture.

Il n'y aurait pas de culture sans les aptitudes du cerveau humain, mais il n'y aurait pas de parole ni de pensée sans culture.

L'apparition de la culture opère un changement d'orbite dans l'évolution. L'espèce humaine va très peu évoluer anatomiquement et physiologiquement. Ce sont les cultures qui deviennent évolutives, par innovations, intégrations d'acquis, réorganisations ; ce sont les techniques qui se développent ; ce sont les croyances, les mythes qui changent ; ce sont les sociétés qui, à partir de petites communautés archaïques, se sont métamorphosées en cités, nations et empires géants. Au sein des cultures et des sociétés, les individus évolueront mentalement, psychologiquement, affectivement.

Le langage, apparu en cours d'hominisation, est au noyau de toute culture et de toute société humaine, et les langues de toutes les cultures, même les plus archaïques, sont de même structure.

---

1. Pour la définition de la double articulation, cf. Index.

La culture est, répétons-le, constituée par l'ensemble des habitudes, coutumes, pratiques, savoir-faire, savoirs, règles, normes, interdits, stratégies, croyances, idées, valeurs, mythes, qui se perpétue de génération en génération, se reproduit en chaque individu, génère et regénère la complexité sociale. La culture accumule en elle ce qui est conservé, transmis, appris, et elle comporte principes d'acquisition, programmes d'action. Le capital humain premier, c'est la culture. L'être humain serait sans elle un primate du plus bas rang.

En chaque société, la culture est protégée, nourrie, entretenue, régénérée, sans quoi elle serait menacée d'extinction, de dilapidation, de destruction.

La culture remplit un vide laissé par la juvénilisation et l'inachèvement biologiques. Dans ce vide s'instaurent ses normes, principes et programmes. Chose curieuse, elle peut même, dans certains cas, prolonger le travail incomplet de la nature en achevant artificiellement la bipolarisation sexuelle ; ainsi, dans de nombreuses cultures archaïques et religieuses (judaïsme, islam), la circoncision libère le gland viril du prépuce, et, dans certaines, la cruelle excision opère l'ablation de la composante masculine du sexe féminin.

La culture est ce qui permet d'apprendre et de connaître, mais elle est aussi ce qui empêche d'apprendre et de connaître hors de ses impératifs et de ses normes, et il y a alors antagonisme entre l'esprit autonome et sa culture.

L'émergence de la culture, qui se produit par la complexification de l'individu et celle de la société, les complexifie en retour. La société archaïque est d'un type tout à fait nouveau par rapport aux sociétés des chimpanzés et des hominiens pré-culturés. (Elle sera examinée au chapitre 1 de la troisième partie.)

L'humanité du langage

Parler, c'est naître une deuxième fois.

E. Genouvrier

Chaque langue obéit à ses règles propres de grammaire et syntaxe, détient son propre vocabulaire, qui en fait la singularité, mais ces règles propres obéissent à des structures profondes communes à toutes.

Ce langage à double articulation, qui fait son originalité et sa supériorité sur les langages animaux, n'est pas absolument nouveau dans la vie, puisque le code génétique dispose de la même structure. Mais, alors que celui-ci fait communiquer les molécules et les cellules, notre langage fait communiquer les esprits. Il présente une infinité de combinaisons syntaxiques et grammaticales, permet un enrichissement illimité du vocabulaire. Apparue dans les civilisations historiques, l'écriture va offrir la possibilité d'une inscription au-delà de la mémoire individuelle et d'une croissance indéfinie des connaissances.

Le langage est une machine dans le sens que nous avons défini[1]. Elle fonctionne en faisant fonctionner d'autres machines qui elles-mêmes la font fonctionner. Ainsi, elle est engrenée sur la machinerie cérébrale des individus et sur la machinerie culturelle de la société. C'est une machine autonome-dépendante dans une polymachine. Elle dépend d'une société, d'une culture, d'êtres humains, qui, pour s'accomplir, dépendent du langage. Quelle que soit la langue, il y a dans chaque énoncé un Je implicite ou explicite (le locuteur), deux Ça (la machinerie linguistique et la machinerie cérébrale), du On (la machinerie culturelle). Je, Ça, On parlent en même temps.

C'est dire que le langage est la plaque tournante essentielle du biologique, de l'humain, du culturel, du social. Le langage est une partie de la totalité humaine, mais la totalité humaine se trouve contenue dans le langage.

---

1. *Méthode 1*, p. 155-181, et cf. Index.

Une langue vit de façon étonnante. Les mots naissent, se déplacent, s'ennoblissent, déchoient, se pervertissent, dépérissent, perdurent. Les langues évoluent, modifiant non seulement leur vocabulaire, mais aussi leurs formes grammaticales, parfois syntaxiques. La langue vit comme un grand arbre dont les racines sont aux tréfonds de la vie sociale et de la vie cérébrale, dont les frondaisons s'épanouissent dans le ciel des idées ou des mythes, et dont les feuilles bruissent en myriades de conversations. La vie du langage est très intense dans les argots et les poésies, où les mots s'accouplent, jouissent, s'enivrent des connotations qu'ils invoquent et évoquent, où éclosent les métaphores, où les analogies prennent leur envol, où les phrases secouent leurs chaînes grammaticales et s'ébrouent en liberté.

Le langage dit « naturel » (en fait culturel) est d'une extrême complexité, et il est de fait beaucoup plus complexe que les langages formalisés. Il comporte des mots flous, des mots polysémiques, des mots d'une extrême précision, des mots abstraits, des mots métaphoriques ; il obéit à une organisation logique, et en même temps peut se laisser porter par l'analogique. D'où son extrême souplesse : il permet le discours technique, le jargon administratif, la littérature et la poésie ; il est le support naturel à l'imagination et à l'invention. La pensée ne peut se développer qu'en combinant des mots à définition très précise avec des mots flous et imprécis, en extrayant des mots de leur sens usuel pour les faire migrer vers un nouveau sens [1].

L'homme s'est fait dans le langage qui a fait l'homme. Le langage est en nous et nous sommes dans le langage. Nous sommes ouverts par le langage, enfermés dans le langage, ouverts sur autrui par le langage (communication), fermés sur autrui par le langage (erreur, mensonge), ouverts sur les idées par le langage, fermés sur les idées par le langage. Ouverts sur le monde et retranchés du monde par notre langage, nous sommes, conformément à notre destin, enfermés par ce qui nous ouvre et ouverts par ce qui nous enferme. Problème humain universel aux variations et modulations infinies.

1. Cf. *Méthode 4*, p. 170.

Le langage permet l'émergence de l'esprit humain[1], il lui est nécessaire pour toutes les opérations cognitives et pratiques, et il est inhérent à toute organisation sociale.

La révolution mentale

L'accroissement et la réorganisation du cerveau commencés avec *erectus* et achevés avec *sapiens* sont les témoins et les opérateurs d'une révolution mentale qui affecte toutes les dimensions de la trinité humaine (individu-société-espèce).

Le cerveau de *sapiens* est devenu une énorme république de dizaines de milliards de neurones, où l'apparition de compétences nouvelles, dans la régression des programmes génétiques héréditaires, permet des développements nouveaux d'autonomie, de stratégie, d'intelligence et de comportement. Dès lors, l'esprit émerge du cerveau humain, avec et par le langage, au sein d'une culture, et s'affirme dans la relation :

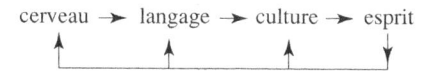

$$\text{cerveau} \rightarrow \text{langage} \rightarrow \text{culture} \rightarrow \text{esprit}$$

Les trois termes cerveau-culture-esprit sont inséparables[2]. Une fois que l'esprit a émergé, il rétroagit sur le fonctionnement cérébral et sur la culture. Il se forme une boucle entre cerveau-esprit-culture, où chacun de ces termes est nécessaire à chacun des autres. L'esprit est une émergence du cerveau que suscite la culture, laquelle n'existerait pas sans cerveau.

Quand je dis « esprit », je souffre d'une carence de la langue française qui, à la différence d'autres langues, a compacté sous ce terme deux entités différentes et liées : le *mens* latin (*mind*, *mente*) et le spirituel (*spirit*, *spirito*, *espíritu*). Quand je dis esprit, je veux dire *mind*, avec toutes les qualités

---

1. Les sourds-muets de naissance sont dans l'univers du langage parce qu'ils disposent d'un langage de gestes dérivé du langage oral et disposent de l'écriture.
2. Cf. *Méthode 3*, « L'esprit et le cerveau », p. 69-84.

diverses qui en surgissent, dont l'*ingegno* de Vico (aptitude combinatoire, inventive)[1].

L'esprit humain amplifie tout d'abord des formes d'intelligence présentes dans le monde animal. Si nous définissons l'intelligence comme une aptitude stratégique générale, permettant de traiter et de résoudre des problèmes particuliers et divers en situation de complexité, l'intelligence est, avons-nous vu, une qualité antérieure à l'espèce humaine. Les oiseaux et les mammifères témoignent d'un art stratégique individuel, comportant la ruse, l'utilisation de l'opportunité, la capacité de corriger ses erreurs, l'aptitude à apprendre, toutes qualités qui, réunies en faisceau, constituent l'intelligence. L'esprit humain développe ces formes d'intelligence en de nouveaux domaines, et en crée de nouvelles. Celles-ci vont s'employer notamment dans la *praxis* (activité transformatrice et productrice), la *tekhnê* (activité productrice d'artefacts), la *theôria* (connaissance contemplative ou spéculative). L'intelligence propre à l'esprit humain se hausse au niveau de la pensée et de la conscience, qui elles-mêmes nécessitent l'exercice de l'intelligence.

Par la pensée (cf. deuxième partie, chapitre 3, p. 93-94), l'intelligence humaine pose des interrogations et se pose des problèmes, trouve des solutions, invente, est capable de créer.

La conscience est l'émergence la plus remarquable de l'esprit humain. Produit/productrice d'une activité réflexive de l'esprit sur lui-même, sur ses idées, sur ses pensées, la conscience se confond avec cette réflexivité active. L'individu humain peut disposer de la conscience de soi, capacité à se considérer comme objet sans cesser de demeurer sujet. Le plein développement de la pensée comporte sa propre

---

1. L'*ingenium* selon G. Vico est défini par Alain Pons dans sa présentation et ses notes de *Vie de G. Vico écrite par lui-même et autres textes*, Paris, Grasset, 1981 : « Dans le *De ratione*, Vico définit l'*ingegno* ou *ingenium* comme "la faculté mentale qui permet de relier de manière rapide, appropriée et heureuse des choses séparées". Faculté avant tout synthétique, et opposée à l'analyse stérile, elle permet l'invention et la création. Particulièrement développée chez les enfants et les peuples jeunes, elle est indispensable à la poésie, mais aussi à l'invention technique des "ingénieurs" et à la découverte scientifique et philosophique. Or il n'y a pas de mot français qui traduise parfaitement *ingenium*, *ingegno*. »

réflexivité : la conscience peut porter sur l'être humain réfléchissant sur lui-même, et elle peut porter sur la connaissance elle-même, devenant connaissance de la connaissance.

L'intelligence, ses formes multiples, l'*ingegno*, la pensée, la conscience, et, nous le verrons, l'âme, sont des formes diverses d'une activité polyphonique de l'esprit. Elles sont ici distinguées, mais ne sauraient être disjointes.

La société elle-même est transformée, complexifiée par l'émergence de l'esprit humain, puisque ce sont les interactions entre esprits individuels qui la produisent et que le langage multiplie les intercommunications, nourrit la complexité des relations entre individus et les complexités de la relation sociale.

Nœud gordien où s'associent intelligence, pensée, conscience, individu, langage, culture, société, l'esprit est à la fois une innovation dans l'évolution hominisante et un innovateur dans l'évolution humaine. Désormais, ce ne sont plus les réorganisations génétiques qui innovent, mais les aptitudes de l'esprit[1].

L'éros

L'éros est fils de l'esprit et du sexe. L'esprit s'ouvre au sexe et le sexe s'ouvre à l'esprit. Ils s'entre-envahissent. L'esprit, perturbé par le sexe et le perturbant (dans les tête-à-queue psyché/phallus), s'érotise. L'érotisme déborde les parties génitales, s'empare du corps qui devient tout entier excitant, troublant, alléchant, émouvant, provocant, exaltant, et il peut sublimer ce qui, hors lubricité, semble immonde. « L'érotisme est la réalité la plus émouvante, mais elle n'en est pas moins, en même temps, la plus ignoble » (Georges Bataille). L'éros « qui n'a jamais jamais connu de loi » transgresse les règles, les conventions, les interdits.

L'éros va se projeter, se répandre partout, y compris dans les extases religieuses, il va extravaguer dans les fétichismes. L'attraction érotique devient source de complexité humaine,

---

1. Il est même en train de devenir capable de contrôler, manipuler, modifier les gènes dont il dépend (cf. troisième partie, chap. 5, p. 296-297).

déclenchant des rencontres improbables entre classes, races, ennemis et ennemies, maîtres et esclaves. L'éros irrigue mille réseaux souterrains présents et invisibles en toute société, il suscite des myriades de fantasmes se levant en chaque esprit. Il opère la symbiose entre l'appel du sexe qui vient des profondeurs de l'espèce et l'appel de l'âme qui cherche à adorer. Cette symbiose a pour nom amour.

L'ouverture au monde

L'esprit humain s'ouvre au monde. L'ouverture au monde se révèle par la curiosité, l'interrogation, l'exploration, la recherche, la passion de connaître. Elle se manifeste sur le mode esthétique, par émotion, sensibilité, émerveillement devant les levers et couchers de soleil, la lune nocturne, le déferlement des vagues, les nuages, les montagnes, les abîmes, les parures animales, le chant des oiseaux, et ces émotions vives pousseront à chanter, dessiner, peindre.

Elle incite à tous les départs.

L'esprit humain se sentira animé par son appartenance au monde, d'une part, son sentiment d'étrangeté au monde, de l'autre, ce qui correspond à notre statut d'enfants du cosmos étrangers au cosmos.

La grande évidence : rationalité et technique

La rationalité de *sapiens* et la technique de *faber* sont communément reconnues comme les caractères propres à l'humain. Toutefois, nous savons maintenant que l'outil est bien antérieur à *homo sapiens*, et il est fort probable que ce soit *homo erectus* qui ait conquis le feu. Il est clair également que les animaux ont des comportements rationnels pour fuir le danger, chercher la nourriture, se reproduire. Par ailleurs, l'originalité humaine se manifeste dans le déferlement de mythologie et de magie, ce que les scientistes dénoncent comme irrationalité, et qui pourtant fait autant partie de l'humanité que la rationalité[1]. Cette dernière va connaître néan-

---

1. Cf. Index.

moins, avec la philosophie, la science et la technique, un développement extraordinaire. Maintenons donc *sapiens* et *faber*, en sachant que nous allons y ajouter *demens*, *ludens* et *mythologicus*. Ainsi donc, il y a dans l'humain (ce terme, je le répète, concerne l'être à la fois individuel, social et biologique) une formidable potentialité de rationalité comme une formidable potentialité de développement technique, qui vont s'actualiser au cours de l'histoire, puis s'accélérer et s'amplifier dans les derniers siècles.

Dès ses origines, la technique a cherché à remédier aux manques humains. L'être humain dispose de mains habiles, mais elles sont faibles en force de préhension et de frappe. Il court, mais à faible vélocité. Il ne sait pas voler. Il ne dispose pas de la capacité des oiseaux à capter des informations magnétiques et visuelles pour ses déplacements. Aussi, c'est la technique qui va artificiellement réaliser pour lui ses ambitions et ses rêves.

La technique connaît un premier essor explosif au néolithique, puis se développe de façon plurielle, selon les civilisations, pour maîtriser la matière, asservir les énergies, domestiquer le monde végétal et le monde animal, jusqu'à l'envol soudain, inouï et formidable, à partir du XVIIIe siècle, d'abord en Europe occidentale puis sur toute la planète, des techniques maîtresses d'énergies de plus en plus puissantes (vapeur, pétrole, électricité, énergie nucléaire), de machines de plus en plus automatisées, et enfin d'un réseau nerveux artificiel répandu sur le globe. L'union de la science et de la technique a donné pouvoir souverain sur la matière physique, et bientôt elle donnera pouvoir illimité sur le patrimoine héréditaire des vivants. Ainsi, l'être le moins probable, le plus déviant, le plus marginal de toute l'évolution biologique a pris la place centrale, a imposé son ordre sur la planète Terre et dispose d'un pouvoir désormais à la fois démiurgique et suicidaire.

L'évidence voilée : l'imaginaire et le mythe

Aussi importants que la technique pour l'humanité sont la création d'un univers imaginaire et le déferlement fabuleux des mythes, croyances, religions, que les développements techniques et rationnels se sont montrés fort peu aptes, au cours de l'histoire et jusqu'à aujourd'hui, à éliminer[1].

Dès la préhistoire, la rationalité et le mythe, la technique et la magie coopèrent dans les pratiques funéraires et celles de la chasse. On les retrouve à la fois complémentaires et antagonistes dans les grandes civilisations. Plus encore : le développement technique va de plus en plus s'effectuer au service du rêve de maîtriser les terres, les mers et le ciel.

Les mythes[2] sont des récits reçus comme vrais et qui comportent d'infinies métamorphoses (comme le passage d'un état humain à un état animal, végétal ou minéral, et *vice versa*), ainsi que la présence et le pouvoir des « doubles », esprits, dieux. Alors que la logique commande l'univers rationnel, l'analogie commande l'univers mythologique. La formidable omniprésence du mythe dans les sociétés archaïques a pu faire croire aux simplistes anthropologues du début du siècle que les « primitifs » vivaient dans un monde purement mythologique, alors que leurs stratégies de chasse et leurs acquisitions de connaissances témoignent de leur intelligence et de leurs pratiques rationnelles.

Les civilisations antiques ont accompli de grands développements techniques dans l'édification de monuments grandioses et de notables accomplissements scientifiques, comme dans l'astronomie, mais en même temps de grands développements mythologiques dans leurs religions et idéologies.

Les Modernes ont cru accéder à l'ère rationnelle et positive. Mais les religions y survivent, le mythe formidable de l'État national s'est déployé aux XIXe et XXe siècles, une sphère mythologique/magique demeure dans le soubassement psychique des individus, les croyances aux esprits, fantômes, envoûtements demeurent plus ou moins vivaces, de nouvelles formes de mythologie se sont répandues *via* les films et les « stars »[3]. Enfin et surtout, le mythe s'est intro-

---

1. Comme je l'ai indiqué dans de nombreux ouvrages, dont *L'Homme et la Mort*; *Le Cinéma ou l'Homme imaginaire*, Paris, Éd. de Minuit, 1956, nouvelle éd., 1978 ; *Le Paradigme perdu*; *Méthode 3* et *4*.
2. Sur le mythe, cf. *Méthode 3*, p. 158-163.
3. Cf. mes études sur les mythologies modernes, notamment *Le Cinéma ou l'Homme imaginaire*; *Les Stars*, Paris, Éd. du Seuil, 1957, nouvelle éd., 1972;

duit dans la pensée rationnelle au moment où celle-ci a cru l'avoir chassé : l'idée de Raison elle-même est devenue mythe lorsqu'un formidable animisme lui donna vie et puissance pour en faire une entité omnisciente et providentielle. Le mythe qui s'infiltre dans l'idée abstraite la rend vivante, la divinise de l'intérieur. Les idéologies recueillent le noyau vivant du mythe et parfois même, comme ce fut le cas du marxisme, de la religion de salut.

En fait, dans toute civilisation, il y a à la fois opposition et association des deux pensées ; la présence de l'une est récessive dans l'autre ; elles s'infiltrent l'une en l'autre.

Le mythe naît de quelque chose de très profond dans l'esprit humain. Il est attisé par le mystère de l'existence et le gouffre de la mort.

Magie, rite et sacrifice

La magie est une activité opératoire qui agit sur l'univers empirique à partir de l'univers symbolique (posséder le nom, posséder les maîtres mots, c'est agir sur ce qu'ils nomment), à partir de l'univers analogique (percer d'une aiguille une image ou une figurine pour meurtrir l'individu qu'elle représente), à partir de la sollicitation d'esprits, démons ou dieux pour sauver, défendre, frapper[1].

L'universalité de la magie n'est pas limitée aux civilisations archaïques : elle persiste de façon atrophiée dans le monde contemporain (envoûtements, action à distance) et même y connaît des résurgences.

Le rituel plonge très profond dans la vie animale : parades de séduction, rites de cour, rites de communication, de pacification, de soumission. Nous-mêmes pratiquons des rites de communication sociale, gestes ou paroles de pacification, serrement de mains, *abrazos*, formules de courtoisie, de respect, rites d'accueil du parent, de l'ami, de l'étranger, rites de cour amoureuse, rites de comportement (rites domestiques du

---

L'Esprit du temps, Paris, Grasset, 1962 et 1976, nouvelle éd., Paris, LGF, coll. « Biblio-Essais », 1983.

1. Sur la magie, cf. *Méthode 3*, p. 164-168, et *Le Paradigme perdu*, p. 109-114.

petit matin), rites d'exorcisme de l'angoisse, habitudes se perpétuant en rites.

Mais les rites spécifiquement humains sont liés[1] à la magie, au mythe, à la religion, et en profondeur au sacré et à la mort (cf. p. 47).

Les rites sacrés constituent des séquences rigides d'opérations verbales ou gestuelles, qui mettent le pratiquant en un état second. Les conduites mimétiques, les gestes symboliques, les paroles sacramentelles effectuent l'insertion dans un Ordre transcendant. Les rites de passage ou d'initiation miment une mort et une naissance symboliques. Le rite religieux opère la communication avec le divin, par plongée dans les eaux mères (baptême), absorption de la substance divine (eucharistie).

Il y a une pluralité de rites, mais tous établissent une mise en résonance, une harmonisation entre l'individu qui les accomplit et la sphère dans laquelle il effectue son intégration rituelle.

Le rite opère ainsi une intégration communautaire, religieuse et cosmique. Notre époque redécouvre ce que Neher[2] a appelé la vocation ritualiste de l'homme.

Détecté dès le paléolithique, le sacrifice est le plus archaïque, le plus répandu, le plus enraciné, le plus révélateur des comportements magico-rituels d'*homo sapiens-demens* (cf. deuxième partie, chapitres 4 et 5).

Le sacrifice est l'immolation d'un être vivant, animal ou humain, qui peut même être l'enfant le plus cher (Isaac, Iphigénie). Encore récemment, il y eut des sacrifices d'enfants au Chili à la suite d'un tremblement de terre. Les sacrifices d'animaux se font sur les plus beaux du troupeau.

Parmi les sacrifices humains, le sacrifice de l'innocent doit apporter la purification des péchés, et le sacrifice du coupable doit apporter l'élimination du mal par l'élimination du

---

1. Sur le rite, cf. *L'Homme et la Mort*, p. 110-112, 129-133, 155-158, 217-219 ; *Le Vif du sujet*, p. 331-333 ; *Le Paradigme perdu*, p. 111-117 et 157-160, 180-187.
2. A. Neher, *Moïse et la Vocation juive*, Paris, Éd. du Seuil, 1969 : « Avec les Berdiaeff et les Saint-Exupéry, il y a redécouverte à notre époque d'une vocation ritualiste et cosmique de l'homme. »

maléfique. De même, le sacrifice du déviant doit éliminer la source de la perversion. Enfin, le sacrifice de soi doit sauver les autres.

Il y a un nœud de significations dans le sacrifice :
– la réponse à l'angoisse, à l'incertitude par une offrande aux dieux ;
– l'obéissance aux exigences terribles de ces mêmes dieux ;
– la mise en œuvre du principe de réciprocité (on offre un holocauste pour obtenir en échange bienveillance ou aide) ;
– l'exploitation magique de la force régénératrice de la mort (qui apporte nouvelle naissance et fécondité) ;
– le transfert purificateur du mal sur une victime expiatoire ;
– la canalisation de la violence[1] ;
– le renforcement de la communauté.

La noosphère[2]

Toute société humaine engendre sa noosphère, sphère des choses de l'esprit, savoirs, croyances, mythes, légendes, idées, où des êtres nés de l'esprit, génies, dieux, idées-forces, ont pris vie à partir de la croyance et de la foi.

La noosphère, milieu conducteur et messager de l'esprit humain, nous fait communiquer avec le monde tout en faisant écran entre nous et le monde. Elle ouvre la culture humaine au monde tout en l'enfermant dans sa nuée. Extrêmement diverse d'une société à l'autre, elle emmaillote toutes les sociétés.

La noosphère est un dédoublement transformateur et transfigurateur du réel qui se surimprime sur le réel, semble se confondre avec lui.

La noosphère enveloppe les humains, tout en faisant partie d'eux-mêmes. Sans elle, rien de ce qui est humain ne pourrait s'accomplir. Tout en étant dépendante des esprits humains et d'une culture, elle émerge de façon autonome dans et par cette dépendance.

---

1. Cf. R. Girard, *La Violence et le Sacré*, Paris, Grasset, 1972.
2. Le thème de la noosphère est développé dans *Méthode 4*, p. 105*sq*.

Avec ses savoirs, ses mythes, ses croyances, ses idées, la noosphère participe de façon récursive à la boucle auto-organisatrice de la société et de l'individu. Ce n'est pas un dégagement de fumée, mais un bouillonnement de puissances spirituelles.

Les entités de la noosphère se reproduisent dans les esprits *via* l'éducation, s'y propagent *via* le prosélytisme[1]. Les génies, dieux, idées-forces entretiennent avec les humains des relations qui peuvent être de symbiose, de parasitisme, d'exploitation mutuelle. Les dieux et, dans nos sociétés, les idées peuvent disposer d'un pouvoir formidable.

Les dieux, les mythes, les idées s'autotranscendent à partir de la formidable énergie psychique qu'ils puisent dans nos désirs et dans nos craintes. Ils peuvent alors disposer de nos vies ou nous inciter au meurtre. Ce ne sont pas seulement les humains qui se font la guerre par dieux et religions interposées, ce sont en même temps les dieux et les religions qui se font la guerre par humains interposés.

Dieux, mythes, idées peuvent littéralement posséder leurs fidèles, comme dans la macumba lorsque les *orixas* prennent possession de leur corps et parlent par leur bouche. De fait, la relation avec les entités de la noosphère est de possession réciproque : nous demandons aux dieux aide et protection en échange de notre adoration ; nous demandons à nos idées sécurité et salut quand elles deviennent mythes.

Les dieux sont des émergences de la pensée mythologique. Les idées se forment à partir de la pensée rationnelle, mais elles ne prennent vraiment vie que lorsque, de façon clandestine (invisible au rationaliste), elles deviennent dotées de vertus providentielles, et peuvent être en fait déifiées ; elles peuvent susciter une religion de salut, comme ce fut le cas pour le marxisme. Dès lors, elles acquièrent une puissance plus grande que les faits auxquels elles semblent se conformer. « Les faits sont têtus », disait l'idéologue Lénine, dont les idées, encore plus têtues que les faits, ont broyé les faits qui leur résistaient. Le XXe siècle a montré que les idées ont des potentialités exterminatrices qui égalent celles des dieux les plus cruels.

---

1. Cf. *Méthode 4*, p. 109.

L'humanité et l'inhumanité de la mort

C'est en la mort que se trouve la plus grande rupture entre l'esprit humain et le monde biologique. C'est en la mort que se rencontrent, se heurtent, se lient l'esprit, la conscience, la rationalité, le mythe.

Les animaux fuient la mort et d'une certaine façon en ont horreur, certains éprouvent de la douleur à la mort de leurs proches. Ils ont des stratégies pour éviter la mort quand sa menace apparaît, certains en ressentent sans doute l'imminence, et vont se dissimuler pour mourir, parfois, comme les éléphants, dans de quasi-cimetières. Mais ils ne connaissent pas les rites funéraires et ils ne peuvent envisager l'idée de la mort.

La mort humaine comporte une conscience de la mort comme trou noir où s'anéantit l'individu. Elle comporte en même temps un refus de cet anéantissement qui s'exprime dès la préhistoire par les mythes et rites de la survie du double (fantôme) ou ceux de la renaissance en un être nouveau [1].

Les sépultures néandertaliennes et celles de la préhistoire de *sapiens* semblent nier la mort, puisque le mort est accompagné par ses armes et de la nourriture, et que, dans certaines tombes, il est disposé en position fœtale, comme s'il devait renaître. Toutefois, les rites archaïques de la mort témoignent de perturbations psychiques qui sont commandées par l'horreur de la décomposition du cadavre [2], d'où les divers modes pour esquiver cette décomposition (crémation, endo-cannibalisme), l'inhiber (embaumement), la dissimuler (enterrement), l'éloigner (corps transporté au loin, fuite des vivants). Une grande partie des pratiques funéraires vise à protéger les vivants de la contagion de la mort, et la période du deuil, qui correspond à la durée de décomposition du cadavre, tend originairement à isoler la famille du mort du reste de la société.

L'attitude humaine à l'égard de la mort suppose à la fois la conscience rationnelle, un traumatisme mental issu de cette

---

1. Cf. *L'Homme et la Mort*, p. 123-184.
2. *L'Homme et la Mort*, p. 36.

conscience et le surgissement des mythes d'une vie au-delà de la mort pour apaiser le traumatisme. C'est la conscience réaliste de la mort qui suscite le mythe : elle provoque une telle horreur qu'elle se nie, se détourne et se surmonte dans des mythes où l'individu soit survit comme spectre ou *double*[1], soit renaît en humain ou animal. Le refus de la mort nourrit les mythes archaïques de la survie et de la renaissance, puis les conceptions historiques de la résurrection (religion de salut). La formidable brèche qu'ouvre, à l'intérieur d'elle-même, la conscience de la mort a fait surgir les plus grandioses mythologies qui l'occultent, mais sans la faire disparaître.

Cette conjoncture extraordinaire, où la mort est reconnue comme anéantissement et en même temps niée, manifeste, répétons-le, la co-présence paradoxale de la conscience de la mort, du traumatisme de la mort, de l'affirmation de la vie après la mort : « La violence du traumatisme provoqué par ce qui nie l'individualité déclenche une affirmation non moins puissante de l'individualité au-delà de la mort », avions-nous écrit ; ainsi, « l'immortalité suppose non pas la méconnaissance de la réalité biologique de la mort, mais sa reconnaissance, non pas la cécité à la mort, mais la lucidité à la mort[2] ».

La mort comme idée de l'anéantissement de soi-même introduit la contradiction, la désolation et l'horreur au cœur du sujet[3], être égocentrique qui est tout pour lui-même, mais se sait en même temps un être pour la mort, c'est-à-dire voué au rien ; cette contradiction entre le tout et le rien devient la source la plus profonde de l'angoisse humaine : « Chacun porte, avec sa mort minuscule, un cataclysme de fin du monde[4]. » Mais cette contradiction devient en même temps la source la plus profonde de la mythologie humaine et va susciter les exorcismes magiques, religieux, philosophiques contre la mort. Rites, funérailles, enterrements, crémations, embaumements, cultes, tombeaux, prières, religions, salut,

---

1. La vie primaire – unicellulaire, cellule – utilise le dédoublement, et ainsi lutte contre la mort. Le thème universel du double n'a-t-il pas cette lointaine source ?
2. *L'Homme et la Mort*, p. 43.
3. *Méthode 2*, p. 294.
4. *Méthode 2*, p. 278.

enfers, paradis vont marquer les cultures et les individus[1]. Ils nous révèlent à la fois le traumatisme profond et la marque désormais capitale de la mort dans la vie humaine.

Les Grecs nommaient « mortels » les humains. La mortalité a créé son contraire mythologique : l'immortalité. D'abord réservée aux dieux, elle fut concédée sous conditions aux humains, et, dans les sociétés historiques, les mythes et religions de salut ont permis à leurs fidèles d'y accéder.

Ici s'exprime pleinement de façon paradoxale le complexe de continuité et de rupture avec nos enracinements. Car la mort est notre destin cosmique, physique, biologique, animal. Et en même temps elle est notre rupture psychologique, mythologique et métaphysique radicale avec ce destin.

La conscience de la mort ne se limite pas au moment et à l'événement de la mort. Elle rend la mort présente dans la vie. Comme l'a relevé l'étude de Sylvia Anthony[2], c'est à l'âge de six-huit ans que l'enfant accède à une conscience pleine de la mort, conçue non seulement comme disparition, mais comme destruction de l'individualité. La conscience de la mort l'accompagnera désormais.

De très nombreux rêves de mort ou de spectres semblent traduire une obsession de la mort chez les archaïques. L'obsession de la mort conduit dans bien des civilisations à consacrer les économies de toute une vie pour la construction de la maison mortuaire.

La mort travaille l'esprit humain. La certitude de la mort liée à l'incertitude de son heure est une source d'angoisse pour la vie. La rencontre entre la conscience de soi et la conscience du temps détermine la conscience de vivre dans le temps et de devoir subir la mort. Cette conscience implique

---

1. *Méthode 2*, p. 294.
2. S. Anthony, *The Child Discovery of Death. A Study of Child Psychology*, Londres, Kegan Paul and Co, 1940.

les êtres aimés. L'idée de la mort des aimés et des aimées accroît l'angoisse et sa venue apporte en plus une douleur insondable.

Le travail de la mort sur l'esprit humain le pousse à s'interroger sur les mystères de son existence, de son destin, de la vie, du monde. Et, tandis que devant la mort il fait l'ouverture sur l'infini et le mystère, l'esprit devant la Nature fait l'ouverture sur le monde. Cette ouverture potentielle au monde, « grandeur de l'humanité » dit Adolphe Portmann, est aussi son problème, son tourment, son destin.

L'au-delà des racines

Par la mort nous participons à la tragédie cosmique, par la naissance nous participons à l'aventure biologique, par l'existence nous participons à la destinée humaine. L'être le plus routinier, la vie la plus banale participent à cette tragédie, cette aventure, cette destinée.

Au sein de l'existence, nous sommes des sujets humains dont l'esprit a non seulement développé l'intelligence, mais engendré en lui la conscience et la pensée.

Nous sommes des enfants du cosmos, mais, du fait de notre humanité même, de notre culture, de notre esprit, de notre conscience, de notre âme, nous sommes devenus étrangers à ce cosmos dont nous sommes issus et qui nous demeure pourtant secrètement intime. Notre pensée, notre conscience qui nous font connaître ce monde physique nous en éloignent d'autant. Le fait même de considérer de façon objective l'univers nous en sépare. Et peut-être que, pour connaître l'univers, il fallait qu'un monstre cérébral et mental, nommé *homo*, s'en soit suffisamment distancié sans toutefois s'en détacher.

Nous sommes des enfants du monde vivant et animal, et toutes nos mythologies ont senti la parenté et le cousinage avec les autres vivants. Les humains ont souvent vénéré des dieux animaux, les enfants trouvent tout à fait naturel que les animaux des fables, des contes et des dessins animés parlent et soient doués de sentiments humains. Mais notre identité

L'humanité de l'humanité

animale a été longtemps masquée par la civilisation occidentale, dont les progrès ont été payés par une terrible régression de conscience, allant jusqu'à considérer les animaux comme des machines et, pis, comme des objets manipulables à merci... Nous avons asservi la nature végétale et animale, nous avons pensé devenir les maîtres et possesseurs de la Terre, voire les conquérants du cosmos, et nous venons à peine de découvrir notre lien matriciel avec la biosphère, sans laquelle nous ne pourrions vivre, et nous devons reconnaître notre très physique et très biologique identité terrienne. C'est seulement maintenant que nous recommençons à prendre conscience de notre identité vivante.

L'être humain est pleinement physique et pleinement méta-physique, pleinement biologique et pleinement méta-biologique.
Nous sommes doublement enracinés à la fois dans le cosmos physique et dans la sphère vivante ; nous continuons dans l'aventure humaine la dialogique entre ordre, désordre, interactions, organisation. Nous sommes produits/producteurs d'une auto-éco-ré-organisation vivante d'où a émergé et s'est développée la trinité humaine où nous sommes, en tant qu'individus, produits et producteurs.
À la façon d'un point d'hologramme, nous portons au sein de notre singularité, non seulement toute l'humanité, toute la vie, mais aussi presque tout le cosmos, y compris son mystère qui gît au fond de nos êtres.

Nous faisons partie du destin cosmique, mais nous y sommes marginaux, avons-nous vu. De même que notre matière physique est marginale dans le cosmos (2 à 5 %, le reste étant constitué d'une matière noire et d'une énergie noire encore inconnues à ce jour), de même que la vie terrestre est extrêmement marginale dans le cosmos matériel, nous sommes marginaux dans la vie. L'humain est apparu marginalement dans le monde animal et son développement l'a marginalisé davantage. Nous sommes seuls sur terre, parmi les vivants connus, à disposer d'un appareil cérébral hypercomplexe, seuls à disposer d'un langage à double articulation pour communiquer d'individu à individu, seuls à disposer de la conscience...

Nous ouvrir sur le cosmos, c'est nous situer dans l'aventure inconnue où nous sommes peut-être à la fois des éclaireurs et des déviants. Nous ouvrir sur la vie, c'est aussi nous ouvrir sur nos vies. Les sciences de l'homme ont ôté toute signification à ces termes : être jeune, vieux, femme, homme, naître, exister, avoir des parents, mourir ; ces mots ne renvoient qu'à des catégories socioculturelles. Ils ne reprennent sens vivant que lorsque nous les concevons dans notre vie privée. L'anthropologie qui renvoie la vie dans la vie privée est une anthropologie privée de vie.

Nous contenons en nous, en microcosme, l'univers et la vie. Mais nous ne sommes pas des êtres que l'on pourrait connaître et comprendre uniquement à partir de la cosmologie, la physique, la biologie. Nous contenons en nous la culture dans son universalité humaine et ses caractères singuliers. Nous sommes les créateurs et les créatures de la sphère de l'esprit et de la conscience. Nous sommes les créateurs et les créatures des royaumes du mythe, de la raison, de la technique, de la magie.

Nous sommes enracinés dans notre univers et notre vie, mais nous nous sommes développés au-delà. C'est dans cet au-delà que s'opère le déploiement de l'humanité et de l'inhumanité de l'humanité.

3. La trinité humaine

L'humanité émerge d'une pluralité et d'un emboîtement de trinités :
 – la trinité individu-société-espèce ;
 – la trinité cerveau-culture-esprit ;
 – la trinité raison-affectivité-pulsion, elle-même expression et émergence de la triunicité du cerveau humain qui contient en lui les héritages reptilien et mammifère.

Individu/société/espèce

L'essor extraordinaire de l'individualité humaine, dépositaire de la pensée, de la conscience, de la réflexion, curieuse du monde physique et de l'inconnu métaphysique, ne doit pas nous amener à réduire l'humain à la seule individualité.

Niels Bohr[1] trouvait dans la relation individu-espèce quelque analogie à la relation corpuscule-onde. En microphysique, la particule apparaît, selon le type d'observation, tantôt comme une unité isolable distincte, le corpuscule, tantôt comme un continuum immatériel, l'onde. De même, l'individu apparaît comme l'aspect discontinu matériel et l'espèce comme l'aspect continu immatériel d'une même réalité. Quand l'un nous apparaît, l'autre disparaît, et *vice versa*. On pourrait élargir cette idée à la relation individu-société. Quand on porte un regard psychologique, l'individu apparaît dans son autonomie et ses caractères distincts, et, à la limite, la société disparaît, mais quand on porte un regard

---

1. N. Bohr, *Physique atomique et connaissance humaine*, Paris, Gauthier-Villars, 1972.

sociologique, l'individu s'évanouit, ou à la rigueur il n'est qu'un exécutant zombie du déterminisme social. Dans ce livre, nous mobilisons conjointement les trois regards qui nous permettent de dégager la trinité individu-société-espèce, de façon à ce que ni la réalité de l'individu, ni la réalité de la société, ni la réalité de notre espèce biologique ne se chassent les unes les autres.

L'humain se définit d'abord comme trinité individu-société-espèce : l'individu est un terme de cette trinité.

Chacun de ces termes contient les autres. Les individus ne sont pas seulement dans l'espèce, l'espèce est dans les individus ; les individus ne sont pas seulement dans la société, la société est à l'intérieur des individus en leur imprimant sa culture dès leur naissance.

Les individus sont les produits du processus reproducteur de l'espèce humaine, mais ce processus doit lui-même être produit par des individus.

Les interactions entre individus produisent la société, et celle-ci, qui rétroagit par sa culture sur les individus, leur permet de devenir proprement humains. Ainsi, l'espèce produit les individus qui produisent l'espèce, les individus produisent la société qui produit les individus ; espèce, société, individu s'entre-produisent ; chacun des termes génère et régénère l'autre.

La société vit pour l'individu, lequel vit pour la société, la société et l'individu vivent pour l'espèce, qui vit pour l'individu et la société. Chacun de ces termes est à la fois moyen et fin : c'est la culture et la société qui permettent l'accomplissement des individus, et ce sont les interactions entre individus qui permettent la perpétuation de la culture et l'auto-organisation de la société.

La relation entre ces trois termes est en même temps dialogique : ce qui signifie que leur complémentarité peut devenir antagoniste. Ainsi la société réprime, inhibe l'individu et l'individu aspire à s'émanciper du joug social. L'espèce possède les individus en les contraignant à servir ses finalités reproductrices et à se vouer à leur progéniture, mais l'individu humain peut échapper à la reproduction tout en satisfaisant sa pulsion sexuelle, et sacrifier sa progéniture à son égoïsme.

Individu, société, espèce sont ainsi antagonistes tout en étant complémentaires. Imbriqués l'un dans l'autre, ils ne sont pas véritablement intégrés l'un dans l'autre ; il y a la béance de la mort entre l'individu éphémère et l'espèce permanente, il y a l'antagonisme de l'égocentrisme et du sociocentrisme. Chacun des termes de cette trinité est irréductible, bien qu'il dépende des autres. Cela constitue la base de la complexité humaine.

Les trois termes sont les moyens et les fins l'un de l'autre. C'est pourquoi l'individu est à la fois la fin de l'espèce et la fin de la société tout en étant un moyen pour l'une et pour l'autre. Toutefois, les finalités de l'individu humain ne se réduisent ni au vivre pour l'espèce, ni au vivre pour la société. L'individu aspire à vivre pleinement sa vie. Des finalités individuelles se sont développées au cours de l'histoire : le bonheur, l'amour, le bien-être, l'action, la contemplation, la connaissance, la puissance, l'aventure…

L'inséparabilité

Les instances liées en trinité sont inséparables. L'individu humain, dans son autonomie même, est à la fois à 100 % biologique et à 100 % culturel. Il subit l'autorité du Sur-Moi social, l'*empreinte* et la norme d'une culture ; il vit sans cesse dans la dialogique dégagée par Freud entre le Sur-Moi, le Ça pulsionnel et le Moi. L'individu est au nœud des interférences de l'ordre biologique de la pulsion et de l'ordre social de la culture ; il est le point d'hologramme qui contient le tout (de l'espèce, de sa société) tout en étant irréductiblement singulier. Il vit le destin social que nous allons examiner aux chapitres 1 et 2 de la troisième partie, et il endure le destin historique que nous allons examiner au chapitre 3 de la troisième partie. Il y a en tout comportement humain, en toute activité mentale, en toute parcelle de *praxis*, une composante génétique, une composante cérébrale, une composante mentale, une composante subjective, une composante culturelle, une composante sociale.

Comment ne voit-on pas que ce qui est le plus biologique – la naissance, le sexe, la mort – est en même temps ce qui est le plus imbibé de symboles et de culture : naître, mourir, se marier sont aussi des actes fondamentalement religieux et civiques. Nos activités biologiques les plus élémentaires, manger, boire, dormir, déféquer, s'accoupler sont étroitement liées à des normes, interdits, valeurs, symboles, mythes, rites, prescriptions, tabous, c'est-à-dire à ce qu'il y a de plus spécifiquement culturel. Nos activités les plus spirituelles (réfléchir, méditer) sont liées au cerveau, et les plus esthétiques (chanter, danser) sont liées au corps. Ce cerveau par lequel nous pensons, la bouche par laquelle nous parlons, la main par laquelle nous écrivons sont totalement biologiques en étant totalement culturels.

Les maladies corporelles ne sont pas que corporelles. Les maladies psychiques ne sont pas que psychiques. Elles ont toutes trois entrées : l'entrée somatique, que traitent les médecins par des médicaments et des interventions chirurgicales ; l'entrée psychique, que traitaient sorciers et chamans, puis confesseurs et gourous, aujourd'hui psychothérapeutes et psychanalystes ; l'entrée écologique et/ou sociale, où pénètrent les perturbations du milieu, urbain par exemple, que devrait traiter une politique de civilisation. On peut soigner par l'une de ces entrées, atteindre le psychique par le chimique, atteindre le biochimique par le psychique, et parfois atteindre l'un et l'autre en changeant les conditions de vie. La conversion hystérique, si fréquente, indique que nous pouvons inconsciemment fixer et exhiber un mal de l'âme dans un organe du corps. L'affaiblissement immunologique peut venir d'un deuil ou d'un chagrin. Une farouche volonté ou une intervention apparemment magique peuvent apporter la guérison d'un cancer.

Comme on le verra plus loin, la société archaïque s'organise à partir de la parenté, c'est-à-dire des prescriptions et prohibitions concernant la sexualité, et les premières stratifications sociales sont constituées par des bio-classes (hommes/femmes, enfants/adultes/vieillards) ; elle doit donc être considérée comme une auto-organisation sociobiologique. Dans les sociétés historiques[1], la famille est à la fois

---

1. Société historique : cf. Index.

reproducteur biologique, placenta culturel et unité sociologique de base.

Autant il importe de distinguer et de différencier, voire parfois d'opposer nature/culture, âme/corps, autant les disjonctions entre ces termes témoignent de l'état de cécité d'un mode de connaissance compartimenté.

En même temps, nous devons considérer une trinité mentale qui interfère avec la trinité cerveau/esprit/culture : elle se dégage de la conception du cerveau triunique [1] de MacLean. Le cerveau humain intègre en lui : *a)* le paléocéphale, héritier du cerveau reptilien, source de l'agressivité, du rut, des pulsions primaires ; *b)* le mésocéphale, héritier du cerveau des anciens mammifères, où l'hippocampe lie le développement de l'affectivité et celui de la mémoire à long terme ; *c)* le cortex, qui, très modeste chez les poissons et les reptiles, s'hypertrophie chez les mammifères jusqu'à envelopper toutes les structures de l'encéphale et former les deux hémisphères cérébraux. De plus, l'être humain possède en propre un néo-cortex au développement extraordinaire, qui, « mère de l'invention et père de l'abstraction » (MacLean), est le siège des aptitudes analytiques, logiques, stratégiques que la culture permet d'actualiser pleinement. Ainsi nous apparaît une autre face de la relation complexe animalité/humanité, qui intègre l'animalité (mammifère et reptilienne) dans l'humanité et l'humanité dans l'animalité. (Comme nous le verrons plus loin, cela nous conduit à associer étroitement l'intelligence à l'affectivité, ce qu'indiquent de façon désormais incontestable les travaux d'Humberto Maturana, Antonio Damasio et Jean-Didier Vincent [2].) Ici encore, cette conjonction ne peut être conçue et comprise que par l'utilisation de la dialogique et de la boucle [3] : les relations entre les trois instances sont non seulement complémentaires mais aussi antagonistes, comportant

---

1. P. D. MacLean, « The triune brain », *in* F. Q. Smith (dir.), *The Neurosciences*, New York, Rockefeller University Press, « Second Study Program », 1970 ; trad. fr. in *L'Unité de l'homme*, p. 186-190. Cf. également *Méthode 3*, p. 93.

2. A. R. Damasio, *L'Erreur de Descartes : la raison des émotions*, Paris, Odile Jacob, 1995. J.-D. Vincent, *Biologie des passions*, Paris, Odile Jacob, 1999. H. Maturana, « The biology of language : the epistemology of reality », *in* D. Rieber (dir.), *The Biology and Psychology of Language*, New York, Plenum Press, 1978.

3. Sur les notions de dialogique et de boucle, cf. Index.

les conflits bien connus entre la pulsion, le cœur et la raison ; la relation triunique n'obéit pas à une hiérarchie raison/affectivité/pulsion (c'est très exceptionnellement que la raison tient les commandes), mais elle s'effectue selon une combinatoire instable et rotative où parfois la pulsion meurtrière peut utiliser la rationalité technique et stratégique à ses propres fins.

Ainsi, les caractères biologiques et culturels ne sont ni juxtaposés, ni superposés. Ils sont les termes d'un processus en boucle recommencé et régénéré sans cesse.

La soudure épistémologique

Mais alors, comment concevoir la boucle récursive entre le biologique et le culturel, alors que les concepts de la biologie réductionniste ne peuvent s'appliquer à ce qui est proprement humain dans l'humain, et que les concepts de l'anthropologie, de la sociologie, de la psychologie humaine ne peuvent s'appliquer à l'organisation biologique ?

Certains ont cherché un code qui permettrait de traduire les concepts du langage biologique en langage anthropologique et *vice versa*. D'autres sont partis à la recherche de l'étroit passage du Nord-Ouest qui permettrait de faire communiquer les deux continents, sans songer que les deux continents sont contenus l'un dans l'autre...

Il n'y a pas de communication possible entre une biologie privée des concepts d'auto-organisation, d'existence individuelle, d'intelligence, et une anthropologie sans vie, où la notion d'homme s'est désintégrée en disciplines disjointes.

En fait, la connexion serait aisée si les sciences biologiques et les sciences humaines accomplissaient leur remembrement, reconnaissaient leur complexité et concevaient l'auto-organisation (ou plutôt l'auto-éco-ré-organisation[1]). Dès lors, le passage de la biologie à l'anthropologie pourrait s'effectuer par le passage d'une complexité à une autre. C'est ce que j'ai tenté ailleurs[2].

---

1. Cf. *Le Paradigme perdu*, p. 29-33. *Méthode 2*, p. 111-141 et 303-330. *Sociologie*, « La société, un système auto-éco-organisateur », p. 73-94.
2. *Le Paradigme perdu*.

4. L'un multiple

> *Bien que le Logos soit commun à tous, la plupart des hommes vivent comme s'ils avaient chacun en propre une sagesse particulière.*
>
> Héraclite

I. LA DIVERSITÉ INFINIE

Quelle fabuleuse et innombrable diversité biologique sur la planète Terre : bactéries, virus, végétaux, animaux, et, plus les espèces animales sont complexes, plus leurs individus sont diversifiés, chacun portant des traits anatomiques, physiologiques, affectifs, psychologiques singuliers.

Quelle fabuleuse et innombrable diversité humaine sur la planète Terre. Les races sont diverses et les métissages sont multiples. Comme nous le révèlent les cartes de géographie multicolores, les nations sont de plus en plus nombreuses et les ethnies sont encore plus nombreuses et diverses que les nations. Les langues ont fleuri par milliers, avec l'infinie diversité de grammaires, syntaxes, vocabulaires, sonorités qui les différencient. Si des myriades de petites langues meurent actuellement, c'est qu'elles sont asphyxiées par les grandes, mais partout des argots nouveaux, des sabirs, des pidgins apparaissent.

Les cultures sont essentiellement différentes les unes des autres par les conceptions du monde, les mythes, les rites sacrés et profanes, dont les rites de courtoisie, les pratiques, les tabous, la gastronomie, les chants, les arts, les légendes, les croyances, le diagnostic et le remède aux maladies (chamans, sorciers, guérisseurs, médecins), ainsi que par ce que les historiens ont longtemps appelé les sensibilités, si différentes d'une société à l'autre, d'une époque à l'autre.

Elles le sont aussi par les mythologies (survie, renaissance, résurrection) et les rites de la mort (crémation, enterrement, momification). Les dieux sont différents ; l'histoire nous montre que le même Dieu monothéiste est devenu différent et ennemi de lui-même selon qu'il parle aux rabbins, aux imams, aux curés et aux pasteurs.

Les techniques peuvent migrer d'une culture à l'autre, comme ce fut le cas de la roue, de l'attelage, de la boussole, de l'imprimerie. Il en est ainsi également de certaines croyances religieuses, puis des idées laïques, qui, nées dans une culture singulière, ont pu s'universaliser. Mais il est dans chaque culture un capital spécifique de croyances, idées, valeurs, mythes, qui lient particulièrement une communauté à ses ancêtres, ses traditions, ses morts.

Les sociétés sont extrêmement diverses. L'infinie variété des sociétés archaïques de chasseurs-ramasseurs recouvrait la planète. Aujourd'hui subsistent des tribus, des sociétés quasi féodales, des empires, de minuscules cités-États, tandis que les nations se multiplient. Les fonctions au sein d'une société, les spécialisations dans le travail et l'utilisation des techniques déterminent d'innombrables diversifications corporelles et gestuelles, entre, par exemple, guerriers, paysans et artisans. La structuration en castes et classes détermine des types humains particuliers. Riches et pauvres, dominants et dominés, privilégiés et prolétaires ont des idées, conceptions, comportements qui les rendent étrangers les uns aux autres, comme s'ils n'appartenaient pas à la même espèce.

Les êtres humains se différencient par la morphologie, le visage, la taille, la musculature, la complexion osseuse. Ainsi coexistent sur la planète petits, efflanqués, obèses, nez aquilins, camards, bossus, yeux bleus, gris, verts, marron, noirs, bouches épaisses et lèvres minces. L'épaisseur des seins des unes, la longueur du sexe des autres sont de dimensions variables. Il y a de grandes diversités somatiques selon l'hérédité génétique et l'héritage ethnique, la nourriture reçue dans l'enfance, les prescriptions et tabous alimentaires, l'idiosyncrasie de chacun. Les conditions cli-

L'un multiple

matiques modifient la physiologie ; ainsi, les Boliviens de l'Altiplano (4 000 mètres) ont un métabolisme qui leur permet d'oxygéner leur sang d'une façon inconnue aux autres populations.

Même au sein de petites ethnies isolées, génétiquement fermées sur elles-mêmes pendant des siècles, comme il en est encore en Amazonie et en Papouasie, les individus sont aussi différents que dans un faubourg urbain[1]. De fait, chaque humain porte en lui une combinaison singulière des deux séries de chromosomes parentaux, laquelle peut comporter des mutations génétiques qui vont d'autant le singulariser. Dès la préhistoire, le principe d'exogamie et la prohibition de l'inceste favorisent les brassages génétiques, c'est-à-dire la diversification des individus. De plus, dès les débuts des temps historiques, les guerres, pillages, razzias, viols, rapts de femmes, abus commis sur les esclaves, accouplements sauvages, adultères et amours clandestines ont favorisé les diversifications génétiques.

L'enfance et l'adolescence constituent une très longue période de plasticité, inconnue chez les autres vivants. Dans ces conditions, l'influence des conditions extérieures, qui commence dès l'embryogenèse, va s'accentuer, et elle diversifiera d'autant les individus. Le développement de chacun sera sensible aux événements, accidents, traumatismes vécus au cours des périodes infantiles et juvéniles. À une même crise, des adolescents pourront répondre de façon très différente, les uns la surmontant et s'en fortifiant, les autres en subissant le poids névrotique qui les accablera toute leur vie.

Les diversités psychologiques sont plus frappantes encore que les physiques. Personnalités, caractères, tempéraments, sensibilités, humeurs sont d'une variété innombrable. Les principes d'intelligibilité, les systèmes d'idées sont extrêmement divers de culture à culture et même au sein d'une même

---

1. La diversité des individus est bien plus grande que celle des cultures. Aucune culture y compris la plus contraignante et dogmatique n'arrive à domestiquer tous ses individus. Il y a des incrédules, des rétifs, des incroyants silencieux et parmi ceux-ci, ceux qui deviendront éventuellement résistants, héros, martyrs par refus d'obéissance ; et aussi parmi les apparemment soumis, il y a les craintifs, les peureux, les prudents, qui se révèleront quand le dogme craquera. Ce sont ces déviants qui portent les espoirs et les chances de l'humain.

culture. Selon les cultures, selon les individus, les répartitions et les combinaisons entre la pensée rationnelle-empirique-technique et la pensée symbolique-analogique-magique sont extrêmement diversifiées, ce à quoi s'ajoutent la diversité des formes d'intelligence, de compréhension et d'incompréhension, ainsi que la diversité entre les modes de pensée logiques, analogiques, intuitifs. La fabuleuse diversité des théories ou philosophies s'ajoute à la fabuleuse diversité des cosmogonies et des visions du monde.

Enfin, la conscience est elle-même multiple, changeante selon les formes de pensée, les conditions culturelles, provoquant de multiples possibilités de fausse conscience et de régression intellectuelle dont certaines sont liées à sa progression même (ainsi, le désenchantement moderne conduit à un nihilisme qui lui-même suscite en réponse le retour à la religion des Anciens). Les consciences sont diversement écologisées, sociologisées, historisées.

II. L'UNITÉ GÉNÉRIQUE

Autant la diversité humaine est visible, autant l'unité humaine est devenue aujourd'hui invisible pour les esprits qui ne connaissent qu'en morcelant, séparant, cataloguant, compartimentant. Ou alors, ce qui apparaît aux esprits abstraits est une unité abstraite, qui occulte les différences.

Il faut concevoir l'unité multiple, *unitas multiplex*.

Ainsi, la diversité est inscrite dans l'unité de la vie. Celle-ci, à partir d'un premier être cellulaire, s'est diversifiée de façon buissonnante à travers les règnes végétal et animal. Cette diversité est due, pour les animaux nés d'une reproduction sexuelle, à la singularité issue de la recombinaison de deux patrimoines génétiques, mais aussi à celle de leur développement propre et aux expériences particulières vécues par chacun jusqu'à l'âge adulte : ainsi, chez les animaux domestiqués, les violences subies ou les tendresses reçues déterminent des caractères opposés.

L'identité humaine commune

L'unité humaine première est générique. Le terme de générique, ici, dépasse et englobe le terme de génétique. Il concerne la source génératrice et régénératrice de l'humain, en deçà et au-delà des spécialisations, des fermetures, des compartimentations. Le même patrimoine héréditaire d'espèce est commun à tous les humains et assure tous les autres caractères d'unité (anatomiques, morphologiques, cérébraux); il permet l'interfécondité entre tous les humains, Européens, Inuits, Pygmées. Chaque individu se vit et s'éprouve comme sujet[1] singulier, et cette subjectivité singulière, qui différencie chacun d'autrui, est commune à tous.

L'unité cérébrale est un des caractères distinctifs les plus remarquables de l'identité humaine. Quelles que soient les variations de volume d'individu à individu, quelles que soient les différenciations raciales et ethniques, le cerveau humain dispose d'une organisation fondamentalement commune. Tout cerveau humain dispose des mêmes compétences fondamentales[2], qui permettent une diversité infinie de performances et d'applications.

Cela vaut pour le langage : tout être humain dispose de l'aptitude à parler le langage à double articulation, ce qui est un trait fondamental de l'unité humaine, et cette aptitude a permis et produit, sur cette base structurelle unique[3], une diversité infinie de langues.

Ainsi, tous les humains ont en commun les traits qui font l'humanité de l'humanité : une individualité et une intelligence de type nouveau, une qualité cérébrale qui permet l'apparition de l'esprit (p. 37), lequel permet l'apparition de la conscience.

Quand nous considérons l'esprit humain, nous pouvons dégager un certain nombre de traits constants.

---

1. Sur la notion de sujet, cf. plus loin deuxième partie, chap. 1, « Le vif du sujet ».
2. J. Mehler et E. Dupoux, *Naître humain*, Paris, Odile Jacob, 1990.
3. On assiste même au retour récent d'une théorie de la langue mère unique : Merritt Ruhlen, *L'Origine des langues*, Paris, Belin, 1999 (les langues ont toutes un système de sons, une double articulation, un vocabulaire et une grammaire qui distinguent au moins noms et verbes).

L'unité affective de l'être humain est aujourd'hui établie. Les études d'éthologie infantile ont montré que le nourrisson sourit de lui-même, rit de lui-même, pleure de lui-même ; elles ont montré qu'il a, de nature, le sens de l'intersubjectivité et de la communication [1]. Eibl-Eibesfeldt [2] a observé qu'une jeune fille sourde et aveugle de naissance souriait, riait, pleurait, ce qui confirme que le rire, les pleurs, le sourire ne sont pas appris au cours de l'enfance, mais innés. Les cultures modulent diversement leur expression, peuvent induire à leur exhibition ou à leur inhibition, mais l'universalité de ce qui manifeste joie, plaisir, bonheur, amusement, chagrin, douleur, témoigne de l'unité affective du genre humain. Les grands sentiments sont effectivement universels : amour, tendresse, affection, amitié, haine, respect, mépris. Voltaire avait raison de penser que Chinois et Européens avaient fondamentalement les mêmes passions, et ressentaient également souffrances et joies. Paul Ekman [3] a décelé que l'expression de six émotions de base (dégoût, joie, colère, peur, tristesse, surprise) était analogue chez tous les humains, archaïques et modernes. Cette expression des sentiments et des émotions est plus ou moins inhibée ou exhibée selon les cultures. Les différences raciales, ethniques, culturelles, n'ont pas altéré l'unité affective, mais elles ont pu altérer la compréhension, d'une culture à l'autre, d'un sourire ou d'un rire.

Ne peut-on maintenant supposer qu'il existe certains universaux psycho-affectifs ? Ainsi, il y aurait un principe de réciprocité, profondément enraciné dans le psychisme humain, qui déterminerait l'échange, échange des femmes entre deux clans, échanges de dons se transformant en échanges économiques, échanges de politesses, échanges d'injures, échanges de coups... Le même principe de réciprocité commanderait la pratique du talion, de la vendetta, et finalement l'idée du châtiment. Le talion et la punition peuvent être dépassés dans les sociétés hautement civilisées, la magnanimité et le pardon

---

1. Cf. deuxième partie, chap. 1.
2. I. Eibl-Eibesfeldt, « Les universaux du comportement et leur genèse », in *L'Unité de l'homme*, p. 233-241.
3. P. Ekman, *Emotion in the Human Face*, Paris, Maison des Sciences de l'Homme, 1982.

peuvent surmonter le désir de vengeance et de châtiment, mais celui-ci s'éveille en chacun d'entre nous à la lecture du *Comte de Monte-Cristo*, à la vision d'*Il était une fois dans l'Ouest*, et à l'annonce d'un viol meurtrier sur une enfant. Encore aujourd'hui, dans une société de droit, le sentiment de justice est vécu comme vengeance et châtiment.

Par ailleurs, nous le reverrons, il y a une propension universelle à croire aux fantômes ou esprits, à croire en l'envoûtement et plus généralement à l'efficacité de la magie et du sacrifice. Enfin, en tout individu, en toute société, nous l'avons déjà indiqué, il y a présence simultanée de pensée rationnelle-empirique-technique et de pensée symbolique-analogique-magique.

L'unité humaine devant la mort

J'avais dégagé deux formes universelles de croyance en une vie après la mort dans les diverses sociétés archaïques : celle du double devenant spectre et fantôme, et celle de la mort renaissance[1]. Les avatars posthumes se sont diversifiés dans les civilisations historiques, avec les métempsycoses (hindouisme, bouddhisme), les religions de salut (christianisme et islam), la reconnaissance de la mort comme destin inéluctable (stoïciens, épicuriens, matérialistes, agnostiques). Mais, dans tous les cas, nous vivons la même expérience de la mort (cf. première partie, chapitre 2, p. 47-50) ; même chez ceux qui croient en la survie ou en la résurrection, la mort est sujet d'angoisse et de chagrin ; même chez ceux qui ne peuvent croire à la survie ou à la résurrection, la négation psychologique de la mort se traduit par des « non, non, ce n'est pas possible ». Certes, des cultures permettent de plus ou moins bien accepter la mort, de l'intégrer plus ou moins, d'apporter plus ou moins de résignation ou d'espérance, mais elles ne peuvent éradiquer l'unité mentale des humains devant la mort.

---

1. *L'Homme et la Mort*, p. 123-172.

L'unité culturelle et sociologique

On a pu donner ici une définition de la culture qui englobe toutes les cultures[1] : « ensemble des habitudes, coutumes, pratiques, savoir-faire, savoirs, règles, normes, interdits, stratégies, croyances, idées, valeurs, mythes, rites, qui se perpétue de génération en génération, se reproduit en chaque individu, génère et régénère la complexité sociale », ce qui signifie que, si diverses soient-elles, les cultures ont un même soubassement.

Dans toutes les sociétés, il y a musique, chant, poésie. Dans toutes les sociétés, il y a rationalité et religion, technique et magie, rite, culte; le sacrifice (humain ou animal) fut un caractère remarquable des cultures du passé; il est des cultes qui le pratiquent encore. Même quand il a disparu sous sa forme rituelle religieuse, l'idée de sacrifice demeure très forte dans notre esprit et constitue peut-être un de ces universaux psycho-affectifs que j'ai évoqués plus haut.

Bien que les sociétés soient extrêmement diverses, tous les grands sociologues ont cru à la possibilité d'une sociologie fondamentale qui vaudrait pour tous les types et toutes les formes de société. Nous reverrons ce problème (troisième partie, chapitre 1, « L'identité sociale »). Bornons-nous ici à indiquer qu'on peut dégager un modèle universel de société (que j'ai nommé *arkhè*-société), qui s'est maintenu quelques dizaines de milliers d'années à travers la diaspora planétaire. Il comprend une même matrice organisatrice, comportant les principes de détermination de la parenté, de réglementation de la sexualité, d'institution de l'exogamie, de prohibition de l'inceste. Il agence une même structuration en bio-classes (hommes, femmes, jeunes, vieillards), avec presque partout le même rôle dirigeant de la bio-classe adulte masculine. Il institue une même fraternisation mythologique à partir d'un culte à l'ancêtre commun.

Par la suite, les sociétés historiques de l'Antiquité ont révélé leur extrême diversité, mais avec des caractères com-

---

1. Cf. plus haut, première partie, chap. 2, p. 33.

muns : État, villes, agriculture, division du travail, classes sociales, religion.

De même, les sociétés contemporaines se sont progressivement organisées sur le modèle de l'État-nation, et, à travers de très grandes différences, voire des oppositions (socialisme d'État, libéralisme économique, dictatures, systèmes totalitaires, systèmes démocratiques...), elles ont développé des caractères industriels et techniques communs.

III. L'UN MULTIPLE : L'UNITÉ → DIVERSITÉ

On dit justement « l'homme » (quand ce terme englobe le masculin et le féminin), parce qu'il peut être clairement et précisément défini de façon génétique, anatomique, physiologique, cérébrale. On dit justement « les humains », car l'homme n'apparaît qu'à travers hommes et femmes les plus divers, et c'est à travers elles et eux qu'apparaissent, à chaque fois modulés ou développés différemment, les traits humains fondamentaux. La notion d'homme est générique : elle constitue un modèle singulier, celui d'une espèce qui engendre des individus, lesquels sont singuliers par rapport à ce modèle qu'ils reproduisent, et également singuliers les uns par rapport aux autres.

On dit justement « l'esprit humain », mais il n'apparaît que dans des esprits différents. Et pourtant nous avons pu définir l'esprit humain tout en indiquant les formes variées qu'il prend selon les esprits.

On dit justement « l'intelligence humaine », mais celle-ci ne se concrétise qu'à travers des intelligences très différentes les unes des autres. On peut accorder cette unité et cette multiplicité : chaque être humain dispose cérébralement de toutes les potentialités intelligentes, mais des prédispositions héréditaires, des déterminations familiales, culturelles, historiques, des événements ou accidents personnels en limitent, inhibent l'exercice, ou au contraire le stimulent. Pas assez de complexité, pas assez d'adversité atrophient l'intelligence, mais trop de complexité et trop d'adversité l'écrasent. Les carences d'intelligence (incapacité de tirer les leçons de l'expérience, incapacité de modifier ses schèmes mentaux, sélection de faux problèmes et de faux critères au détriment des vrais, perte de vue des fins dans l'usage des moyens ou incapacité de concevoir des moyens adaptés aux fins) suscitent des formes multiples et variées d'aveuglement et de bêtise. Il y a des zones d'aveuglement diverses dans l'intelligence, des zones d'intelligence diverses dans l'aveuglement. Ajoutons ici, autre indication de l'unité dans la multiplicité, que tout être humain est sujet à l'erreur et à l'illusion et que les formes de l'erreur et de l'illusion humaines sont innombrables.

On doit justement reconnaître qu'il y a des universaux psycho-affectifs. Mais ils ne se manifestent que chez des individus concrets et sont inégalement puissants selon les individus et les cultures. Certains humains seront sensibles aux attachements d'amitié, d'autres surtout aux passions amoureuses, d'autres surtout travaillés et rongés par la haine et l'envie. On peut penser qu'il n'y a aucun trait commun entre ces êtres, on peut penser qu'entre celui qui manifeste son sadisme dans la torture et celui qui se voue à une mission humanitaire, entre Barbie et l'abbé Pierre, il n'y a pas de commune mesure ; mais c'est oublier que chaque humain tient potentiellement en lui le pire et le meilleur de l'humain, que l'inhumanité fait partie de l'humanité, comme l'a si bien dit Romain Gary, que cette inhumanité se trouve actualisée selon la force de la pulsion, ou inhibée selon la force de l'interdit, et on oublie aussi que le tyran inhumain ressent amour, tendresse, amitié pour ses proches. Selon les individus et les cultures, l'exercice de la vengeance et du pardon est très inégalement réparti. Pourtant, la pulsion de vengeance est virtuelle en chacun de nous (cf. p. 64), et plus faiblement la capacité de pardon.

L'homme est rationnel (*sapiens*), fou (*demens*), producteur, technicien, constructeur, anxieux, jouisseur, extatique, chantant, dansant, instable, imaginant, fantasmant, névrotique, érotique, destructeur, conscient, inconscient, magique, religieux. Tous ces traits se composent, se dispersent, se recomposent selon les individus, les sociétés, les moments, accroissant la diversité incroyable de l'humanité... Mais tous ces traits viennent au jour à partir des potentialités de l'homme générique, être complexe dans le sens où il réunit en lui des traits contradictoires.

On dit justement « *la* culture », car on peut définir la culture humaine par les traits fondamentaux que j'ai indiqués, mais on dit justement « *les* cultures », car *la* culture n'existe qu'à travers *les* cultures. Il n'est pas de société humaine, archaïque ou moderne, sans culture, mais chaque culture est singulière. Le lien entre l'unité et la diversité des cultures est crucial. La culture constitue l'hérédité sociale de l'humain, les cultures nourrissent les identités individuelles et sociales dans ce qu'elles ont de spécifique. C'est pourquoi les cultures peuvent se montrer incompréhensives à l'égard des autres cultures, et incompréhensibles les unes aux autres.
On dit justement « *le* mythe », mais le mythe ne se déploie que dans *les* mythes. De même pour la religion. De même pour la magie. De même pour le rite. On dit justement « *la* musique », mais elle n'enchante que dans *les* musiques. On dit justement « *la* poésie », mais la poésie ne nous émeut qu'à travers les poésies.
On dit justement « *le* langage », car il a partout la même structure, mais on dit justement « *les* langues », et la diversité des langues apparues et disparues sur terre est inouïe. Chaque énoncé, en chaque culture, témoigne à la fois des qualités et propriétés universelles du langage et des spécificités propres à chaque langue, à chaque culture, à chaque individu.
De même que l'évolution biologique s'est révélée buissonnante dans une diversité extrême, de même la vie du langage se montre d'une extrême diversification, non seulement entre langues différentes, mais à l'intérieur d'une même langue.

On dit justement « *la* société », mais on ne la perçoit que dans *les* sociétés. Effectivement, les types de société ont été divers dans l'histoire humaine et, à l'intérieur de chaque type, les diversités sont infinies, ce qui vaut pour la diversité des mœurs, coutumes, arts de vivre.

Ainsi, à chaque fois, en chaque occurrence, nous pouvons remarquer l'unité première et générique, l'extraordinaire prolibération de multiplicités, et conclure que c'est cette unité qui permet la multiplicité. Les diversités individuelles, culturelles, sociales ne sont pas que des modulations autour du genre singulier, elles actualisent, dans leurs singularités propres, la puissance diversificatrice infinie du modèle singulier.

Le grand paradoxe

Le paradoxe de l'unité multiple est que ce qui nous unit nous sépare, à commencer par le langage : nous sommes jumeaux par le langage et séparés par les langues. Nous sommes semblables par la culture et différents par les cultures. Ce qui permettrait la compréhension provoque l'incompréhension entre cultures, lorsqu'on ne voit que la différence et non le fond anthropologique commun. De même entre individus : nous sommes incapables de nous comprendre tant que nous ne voyons que l'altérité et non l'identité. Le comble du paradoxe est de traiter un humain de chien, de rat, de veau, de serpent, d'ordure, d'excrément, c'est-à-dire de le rejeter hors de l'espèce humaine.

Il y a une unité humaine. Il y a une diversité humaine. Il y a unité dans la diversité humaine, il y a diversité dans l'unité humaine. L'unité n'est pas seulement dans les traits biologiques de l'espèce *homo sapiens*. La diversité n'est pas seulement dans les traits psychologiques, culturels, sociaux de l'être humain. Il y a aussi une diversité proprement biologique au sein de l'unité humaine, et il y a une unité mentale, psychique, affective. Cette unité-diversité va de l'anatomie au mythe.

En toutes choses humaines, l'extrême diversité ne doit pas masquer l'unité, ni l'unité foncière masquer la diversité : la différence occulte l'unité, mais l'unité occulte les différences. Il faut éviter que l'unité disparaisse quand les diversités apparaissent, que les diversités disparaissent quand l'unité apparaît. Ceci est facile à comprendre, mais difficile à intégrer, car les esprits retombent dans la disjonction qui, au sein de notre culture, domine leur mode de connaissance. Ils ne peuvent que percevoir soit une unité abstraite, soit des diversités en catalogue. C'est le problème épistémologique clé d'une connaissance et d'une compréhension de l'humain : il y a impossibilité de concevoir le multiple dans l'un et l'un dans le multiple, et pour la pensée disjonctive qui sépare l'homme biologique de l'homme social, et pour la pensée réductrice qui réduit l'unité humaine à un substrat purement bio-anatomique. Ainsi, devenu invisible et inintelligible, l'homme disparaît au profit des gènes pour le biologiste, au profit des structures pour le trop bon structuraliste, au profit d'une machine déterministe pour le mauvais sociologue.

La difficulté profonde est donc de concevoir l'unité du multiple, la multiplicité de l'un. Ceux qui voient la diversité des cultures tendent à minimiser ou occulter l'unité humaine, ceux qui voient l'unité humaine tendent à considérer comme secondaire la diversité des cultures.

La diversité des cultures, la diversité des individus entre eux, la diversité intérieure des individus ne peuvent se comprendre ni à partir d'un principe simple d'unité, ni à partir d'une plasticité molle modelée par les cultures au gré des circonstances.

L'unité humaine ne peut se réduire à un terme, à un critère, à une détermination (ni seulement génétique, ni seulement cérébrale, ni seulement mentale, ni seulement culturelle).

Nous devons concevoir une unité qui assure et favorise la diversité, une diversité qui s'inscrit dans une unité. L'unité complexe, c'est cela même : l'unité dans la diversité, la diversité dans l'unité, l'unité qui produit la diversité, la diversité qui reproduit l'unité ; c'est l'unité d'un complexe génératif, ce que le jeune Marx appelait homme générique, qui génère effectivement des diversités illimitées.

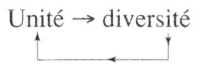

$$\text{Unité} \rightarrow \text{diversité}$$

La diaspora de l'humanité, à partir des temps préhistoriques, n'a pas produit de scission génétique durant cent mille ans ou plus : Pygmées, Noirs, Jaunes, Indiens, Blancs relèvent de la même espèce, disposent des mêmes caractères fondamentaux ; mais la diaspora a permis l'expression des diversités ; la variété des individus, des esprits, des cultures, a été source d'innovations et de créations dans tous les domaines. *Le trésor de l'humanité est dans sa diversité créatrice, mais la source de sa créativité est dans son unité génératrice.*

DEUXIÈME PARTIE

L'IDENTITÉ INDIVIDUELLE

Introduction

> *L'indifférence à l'individuel, au contingent, au périssable, a été le trait essentiel, et de la métaphysique, et de la science, et de la technique occidentales, et c'est le trait essentiel de la bureaucratie. Or ce qu'il y a de plus beau, de plus émouvant, de plus précieux, c'est ce qui est le plus fragile, c'est-à-dire le plus périssable, le plus contingent, le plus individuel...*
>
> Hadj Garùm O'Rin

L'individu humain ne peut certes échapper à son sort paradoxal : il est une petite particule de vie, un moment éphémère, un fétu, mais en même temps il déploie en lui la plénitude de la réalité vivante – l'existence, l'être, l'activité –, et ainsi il contient en lui le tout de la vie sans cesser d'être une unité élémentaire de vie. En même temps, il déploie en lui la plénitude de la réalité humaine, avec la conscience, la pensée, l'amour, l'amitié. Il contient en lui le tout de l'humanité, sans cesser d'être l'unité élémentaire de l'humanité.

C'est donc parce qu'il contient le tout bien qu'étant partie dans le tout, et qu'il contient en lui non seulement les complémentarités de la trinité *individu/société/espèce*, mais aussi ses antagonismes et contradictions, que, comme l'a énoncé Montaigne, chaque homme porte la forme entière de l'humaine condition.

Il la porte non pas comme un microcosme qui serait le pur reflet du tout, mais à la façon d'un point singulier d'hologramme qui contient la plupart des caractères du tout dans sa singularité même.

L'individu est irréductible. Toute tentative de le dissoudre dans l'espèce et dans la société est aberrante. C'est, répétons-le, l'individu humain qui dispose des qualités de l'esprit ; il dispose même d'une supériorité sur l'espèce et sur la société parce que lui seul dispose de la conscience et de la plénitude de la subjectivité. La possibilité d'autonomie individuelle s'actualise dans l'émergence historique de l'individualisme, tout en demeurant inséparable du destin social et historique.

Ainsi, l'individu n'est ni notion première ni notion ultime, mais le nœud gordien de la trinité humaine.

1. Le vif du sujet

Le matérialisme radical est la philosophie du sujet qui oublie de s'y inclure.

Schopenhauer

Aucune science objective, aucune psychologie, aucune philosophie non plus n'ont jamais fait un thème de ce royaume du subjectif, et par conséquent ne l'ont véritablement découvert.

Husserl

Là où Ça était, Je doit advenir.

Freud

Être sujet, c'est le comble de l'égoïsme et de l'altruisme.

Hadj Garùm O'Rin

S'il n'y a pas d'autres moi, il n'y a pas de moi.

Tchouang-tseu

L'enfer, c'est les autres

Sartre

L'enfer est tout entier dans le mot solitude.

Hugo

Une grande tradition philosophique occidentale s'est fondée sur la notion de sujet, mais sans pouvoir fonder celle-ci dans le monde de la vie. La science déterministe a dissous le sujet, la philosophie positiviste et la philosophie structurale lui ont fait la chasse. Pourtant, celui-ci revient, ici et là, mais toujours infondé.

Être sujet suppose un individu, mais la notion d'individu ne prend son sens que si elle comporte la notion de sujet. La définition première du sujet doit être d'abord bio-logique. C'est une logique d'auto-affirmation de l'individu vivant, par occupation du centre de son monde, ce qui correspond littéralement à la notion d'égocentrisme. Être sujet, c'est se situer au centre du monde aussi bien pour connaître que pour agir.

L'occupation du site égocentrique comporte un principe d'exclusion et un principe d'inclusion.

Le principe d'exclusion : nul autre que soi ne peut l'occuper, même son jumeau homozygote, qui pourtant lui ressemble à s'y confondre et dispose exactement de la même identité génétique. Des jumeaux homozygotes peuvent tout avoir en commun, sauf le même Je. Le Je n'est pas partageable.

C'est la qualité de sujet qui rend chaque jumeau unique et non ses caractères particuliers. Ainsi, la différenciation décisive par rapport à autrui n'est pas d'abord dans la singularité génétique, anatomique, psychologique, affective, elle est dans l'occupation du siège égocentrique par un Je qui unifie, intègre, absorbe et centralise cérébralement, mentalement et affectivement les expériences d'une vie.

Nul autre individu ne peut dire Je à ma place, mais tous les autres peuvent dire Je individuellement. Comme chaque individu se vit et s'éprouve comme sujet, cette unicité singulière est la chose humaine la plus universellement partagée. Être sujet fait de nous des êtres uniques, mais cette unicité est ce qu'il y a de plus commun.

Comme le cas des jumeaux homozygotes est très rare, chaque individu porte et ressent en lui, au sein de sa subjectivité unique, ses singularités anatomiques, physiologiques, immunologiques, psychiques, affectives. Sa qualité de sujet radicalise de façon irréductible les différences de forme,

Le vif du sujet

d'aspect, de constitution, de psychologie, de tempérament qui le distinguent. Le sujet s'investit, selon le sexe, en féminin ou masculin. Il se colore de tous les traits caractériels et intellectuels de l'être individuel.

L'individu n'a pas d'identité physique stable ; ses molécules se dégradent et sont remplacées par d'autres, ses cellules meurent et d'autres naissent plusieurs fois dans la plupart des tissus ou organes ; mais l'identité de son Je demeure. De plus, si dissemblable aux différents âges qu'un étranger ne saurait l'identifier à travers ses photographies, le Je reste lui-même à travers les transformations d'enfant en adolescent, d'adolescent en adulte, d'adulte en vieillard. Ainsi, la qualité de sujet transcende les modifications de l'être individuel.

Le sujet est égocentrique, mais l'égocentrisme ne conduit pas seulement à l'égoïsme. La condition de sujet comporte, en même temps que le principe d'exclusion, un principe d'inclusion ; celui-ci nous permet de nous inclure dans une communauté, un Nous (couple, famille, parti, Église) et d'inclure ce Nous en notre centre du monde[1]. Enfin, par attachement intersubjectif (cf. plus loin, p. 81 *sq*), le sujet peut se vouer d'amour à un autre sujet comme dans la relation mère ⇔ enfant ou dans celle des amants. Donc, l'égocentrisme du sujet favorise non seulement l'égoïsme mais aussi l'altruisme, puisque nous sommes capables de vouer notre Je à un Nous et à un Toi. Nous voyons, selon la formule de Hegel, « un Moi qui est en Nous et un Nous qui est en Moi ». Quand le Moi domine, le Nous est récessif. Quand le Nous domine, le Moi est récessif.

Ainsi, il y a dans la situation de sujet une possibilité égoïste qui va jusqu'à tout sacrifier à soi, et une possibilité altruiste qui va jusqu'au sacrifice de soi. La première peut mener à l'antagonisme à l'égard du semblable, et à la limite au meurtre de Caïn. La seconde peut susciter une fraternité

---

1. Le nom de famille, de tribu, installe le Nous dans l'identité du sujet. Alors que dans notre langue le Je cache le Nous, il est des langues sans Je où le Nous cache le Je. Toutefois, même sans Je, chaque individu porte son identité subjective qui le différencie de son frère, même jumeau.

qui incite à donner sa vie pour l'ami, le frère... La qualité de sujet porte en elle la mort de l'autre et l'amour de l'autre.

Au sein de la société humaine, l'égocentrisme peut s'hypertrophier en égoïsme effréné, et l'altruisme peut s'étendre au-delà de sa société, devenir humanitaire, voire se vouer à des animaux souffrants ou à des espèces en voie de disparition.

Tout se passe comme s'il y avait en notre subjectivité un quasi-double-logiciel, l'un qui commande le « pour soi », l'autre qui commande le « pour nous » ou le « pour autrui ». Tantôt nous obéissons à l'égoïsme, tantôt nous obéissons à l'altruisme. Tantôt nous nous vouons strictement à nous-mêmes, tantôt nous nous vouons aux nôtres, à nos enfants, nos parents, nos amours, notre parti, notre patrie. Le logiciel altruiste peut être diversement focalisé ; d'un côté il voue le sujet au Nous dans le sens biologique du terme, enfants, parents ; d'un autre il le voue au Nous dans le sens sociologique du terme, patrie, parti, religion ; d'un autre encore il le voue au Toi. En fait le quasi-double-logiciel est plus complexe encore ; tout se passe comme s'il y avait en chacun un tétra-logiciel, correspondant non seulement à la trinité humaine individu-société-espèce mais aussi à la relation intersubjective d'amitié et d'amour.

Les instances de ce quasi-tétra-logiciel sont complémentaires et antagonistes. Selon le moment, selon les circonstances, nous changeons de référence logicielle, dominés tantôt par le Je, tantôt par le Toi, tantôt par le Nous, et, dans le Nous, tantôt par la famille, tantôt par la société.

L'individu vit pour soi et pour autrui de façon dialogique, l'égocentrisme pouvant refouler l'altruisme et l'altruisme pouvant surmonter l'égocentrisme. Bien entendu, le sujet subit parfois l'affrontement de deux injonctions contradictoires puissantes, l'une émanant de son égoïsme, l'autre de son altruisme, et se trouve alors soit contraint à une décision douloureuse, soit paralysé.

La subjectivité comporte ainsi l'affectivité. Aussi le sujet humain est-il potentiellement voué à l'amour, au dévouement, à l'amitié, à l'envie, à la jalousie, à l'ambition, à la haine. Il est fermé sur lui-même ou ouvert selon la force de l'exclusion ou celle de l'inclusion. Il est des bons et des mau-

Le vif du sujet

vais sujets, variant selon toute la gamme de l'affectivité humaine, et un même sujet peut être tantôt bon, tantôt mauvais. Ceci, nous le verrons plus loin, nous aidera à comprendre les sauts de personnalité[1].

Si grande soit notre possibilité de nous intégrer dans un Nous, l'équation subjective Moi-Je est personnelle et inaliénable. On peut partager et vivre par empathie la joie et la douleur d'autrui, mais la joie et la souffrance, bien que partageables, sont intransférables.

La relation à autrui

Autrui, c'est à la fois le semblable et le dissemblable, semblable par ses traits humains ou culturels communs, dissemblable par ses singularités individuelles ou ses différences ethniques. Autrui porte effectivement en lui l'étrangéité et la similitude. La qualité de sujet nous permet de le percevoir dans sa semblance et dans sa dissemblance. La fermeture égocentrique nous rend autrui étranger, l'ouverture altruiste nous le rend fraternel. Le sujet est par nature clos et ouvert.

Nous sommes dans une relation ambivalente devant un inconnu, hésitant entre sympathie et peur, ne sachant si celui-ci va se montrer ami ou ennemi. Pour pacifier la relation et aller vers l'amitié, nous échangeons avec lui des gestes de courtoisie. Mais nous sommes prêts, en cas d'hostilité, à fuir, nous défendre ou attaquer.

La relation à autrui est-elle seconde par rapport à un pour-soi qui serait primaire ? C'est le double logiciel qui est primaire : autrui est déjà au vif du sujet. Le principe d'inclusion est originaire, comme chez l'oisillon sortant de l'œuf et suivant sa mère. Autrui est une nécessité interne, ce que confirment les récents travaux sur l'attachement chez le nouveau-né[2] et l'enfant[3].

---

1. Cf. plus loin, chap. 2, « L'identité polymorphe », p. 97*sq*.
2. D. Siegel, « Toward an interpersonal neurobiology of the developing mind : attachment relationship, "mindsight" and neural integration », dans le numéro spécial d'*Infant Mental Health Journal* dirigé par Allan Shore sur les

Selon la théorie de la spécularité de Jean-Louis Vullierme, « les sujets s'auto-organisent en interaction avec d'autres sujets. Le sujet se structure par la médiation des autres sujets avant même de les connaître à proprement parler[1] ». Le sujet émerge au monde en s'intégrant dans l'intersubjectivité. L'intersubjectivité est le tissu d'existence de la subjectivité, le milieu d'existence du sujet, sans lequel il dépérit[2]. Mais, de même que l'individu ne se dissout ni dans l'espèce ni dans la société, qui sont en lui comme il est en elles, le sujet ne peut se dissoudre dans l'intersubjectivité qui pourtant lui assure sa plénitude. Le Je du sujet n'est pas qu'un relais de transmission dans un tissu d'intersubjectivité. Il garde son auto-affirmation irréductible.

La relation avec autrui est inscrite virtuellement dans la relation avec soi-même : le thème archaïque du double, si profondément enraciné dans notre psyché (cf. p. 42 et 48), montre que chacun porte en lui un *ego alter* (moi-même autre), à la fois étranger et identique à soi. (Surpris devant un miroir, nous nous sentons étranger à nous-même tout en nous reconnaissant.) C'est parce que nous portons en nous cette dualité où « Je est un autre » que nous pouvons, dans la sympathie, l'amitié, l'amour, introduire et intégrer l'autre en notre Je.

Si l'on me permet de prendre comme métaphore la bactérie, notre ancêtre de vie, celle-ci porte en elle un principe qui lui enjoint de se dédoubler en deux bactéries, chacune devenant à la fois mère, sœur, fille de l'autre. De plus, si diverses soient-elles, les bactéries communiquent entre elles en s'offrant ce qu'il y a de plus précieux, des brins d'ADN, au sein d'un immense Nous.

---

contributions de la « décade du cerveau à la santé mentale de l'enfant » (vol. 22, n° 1-2, janvier-avril 2001, aux éd. Wiley ; en ligne, www.interscience.wiley.com). Dans le même numéro : « Intrinsic motives for companionship in understanding, their origin, development, and significance for infant mental health ».

3. H. Montagner (dir.), *L'Attachement et les Débuts de la tendresse*, Paris, Odile Jacob, 1999 ; B. Cyrulnik, *Sous le signe du lien. Une histoire naturelle de l'attachement*, Paris, Hachette, 1992.

1. Correspondance personnelle ; cf. aussi « Des principes de la spécularité », *Intellectica*, 1998, vol. 1-2, n° 26-27, p. 82.

2. Il me faut corriger ou plutôt compléter mon chapitre consacré au Sujet dans *La Connaissance de la Connaissance*, qui ne met pas assez l'accent sur l'intersubjectivité.

Le vif du sujet

C'est dire que la relation avec autrui est originaire. Autrui est virtuel en chacun et il doit s'actualiser pour que chacun devienne soi-même. Paradoxalement, le principe d'inclusion (amour) est nécessaire au principe d'exclusion, qui, nous mettant au centre du monde, nous permet d'y placer autrui.

Ce qui se produit dans l'intersubjectivité, c'est la connivence. C'est la possibilité de compréhension, qui permet de reconnaître autrui comme autre sujet, et de le ressentir éventuellement dans l'amour comme *alter ego*, autre soi-même.

La compréhension ne peut émerger que dans l'intersubjectivité. Il y a souvent, dans la relation intersubjective, une compréhension immédiate, quasi intuitive, se fondant sur des indices invisibles à la conscience ; il se passe en sympathie comme une résonance psychique. Nous savons que, quand une relation intersubjective profonde est établie, des mimétismes inconscients se produisent (imitation du rire, de certaines expressions du visage, d'accentuations tonales, de certains modes de comportement).

Par ailleurs, le besoin de reconnaissance est inséparable du besoin subjectif d'auto-affirmation. S'il est méconnu, le sujet est blessé, handicapé, douloureux. Rousseau a bien marqué le besoin du regard d'autrui pour exister humainement. Hegel a bien marqué le besoin humain de reconnaissance, ce qu'indique à nouveau Todorov [1].

Le besoin d'autrui est radical ; il témoigne de l'incomplétude du Moi-Je, quand il est sans reconnaissance, sans amitié et sans amour. Hugo a amplement raison : « L'enfer est tout entier dans le mot solitude. » La formule de Sartre, « L'enfer, c'est les autres », vaut surtout pour le milieu intellectuel parisien.

La conception du sujet que j'ai présentée ici dépasse l'alternative entre la vision d'abord égocentrée du sujet (Descartes et Husserl) et la vision qui le définit d'abord dans la relation à autrui (Levinas). Elle englobe les deux visions dans la métaphore du double logiciel, et reconnaît le caractère ori-

---

1. G. W. F. Hegel, *Phénoménologie de l'esprit*, trad. fr. de J. Hippolyte, Paris, Gallimard, t. I, 1939. T. Todorov, *La Vie commune. Essai d'anthropologie générale*, Paris, Éd. du Seuil, 1995.

ginaire quasi simultané de l'auto-affirmation du Je et de sa relation à autrui.

L'assujettissement

La qualité de sujet assure l'autonomie de l'individu. Toutefois, celui-ci peut être assujeti. Être assujetti ne signifie pas être asservi de l'extérieur, comme un prisonnier ou un esclave. Cela signifie qu'une puissance subjective plus forte s'impose au centre du logiciel égocentrique et, littéralement, subjugue l'individu, qui se trouve alors possédé à l'intérieur de lui-même. Ainsi, le sujet (au sens autonome du terme) peut devenir sujet (au sens dépendant du terme) lorsque le Sur-Moi de l'État, de la Patrie, du Dieu ou du Chef s'impose à l'intérieur du logiciel d'inclusion, ou lorsque l'Amour assujettit le professeur Unrath à Lola Lola dans *L'Ange bleu*. Nous pouvons être possédés subjectivement par un Dieu, un Mythe, une Idée, et c'est cette idée, ce mythe, qui, inscrits comme un virus au sein du logiciel égocentrique, vont nous commander impérativement alors que nous croyons les servir volontairement.

L'objectif du subjectif

Une qualité essentielle du sujet est l'aptitude à objectiver, à commencer par l'aptitude à s'objectiver lui-même, à se reconnaître, selon l'expression de Paul Ricœur, « soi-même comme un autre »[1].

« Je-suis-moi » – cette formule apparemment tautologique exprime notre possibilité d'auto-objectivation : Moi est l'émergence objective du Je à lui-même, qui permet au Je de se « réfléchir » et de se reconnaître objectivement. Ce Moi différent du Je est en même temps identique à lui. C'est cette capacité du sujet à se voir comme objet (Moi) sans cesser d'être sujet (Je) qui lui permet d'assumer en même temps son être subjectif et objectif, de traiter objectivement son pro-

---

1. Cf. P. Ricœur, *Soi-même comme un autre*, Paris, Éd. du Seuil, 1990 ; rééd., coll. « Points », 1996.

Le vif du sujet

blème subjectif comme celui d'une maladie. C'est ce qui lui donne la capacité de survivre dans le monde, c'est-à-dire de confronter en toutes circonstances un principe de réalité au principe du désir.

C'est à partir de cette aptitude que l'individu humain a pris la première conscience de soi en s'objectivant dans son « double », puisque l'esprit humain a pu s'auto-examiner, pratiquer l'introspection, l'auto-analyse, le dialogue avec lui-même.

Paradoxe : l'objectivité ne peut venir que d'un sujet. Idée incroyable pour ceux qui ont subjectivement dénié toute existence au sujet[1].

Le point capital est que chaque sujet humain peut se considérer à la fois comme sujet et comme objet, et de même objectiver autrui tout en le reconnaissant comme sujet. Il est malheureusement capable de cesser de voir la subjectivité des autres et de les considérer seulement comme objets. Dès lors, il devient « inhumain » parce qu'il cesse de voir leur humanité, ou, au contraire, il ne peut qu'aimer ou haïr aveuglément.

Pour connaître autrui, il faut certes le percevoir objectivement, l'étudier si possible objectivement, mais il faut aussi le comprendre subjectivement. Le déploiement d'une connaissance objective du monde doit aller de pair avec une connaissance intersubjective d'autrui.

Le sujet et la mort

On peut mieux comprendre maintenant la conscience humaine de la mort : la mort n'est pas seulement la décomposition d'un corps, c'est en même temps l'anéantissement d'un sujet. L'extrême objectivation de la mort, décomposition et anéantissement, va de pair avec son extrême subjecti-

---

1. Niels Bohr avait très nettement perçu le caractère inséparable du contenu objectif et du sujet observant : cf. N. Bohr, *Physique atomique et connaissance humaine*, *op. cit.*, p. 45.

vation, puisque c'est le sujet qui se trouve anéanti. La mort de l'être cher brise chez l'aimant son Nous le plus intime et ouvre une irréparable blessure au cœur de sa subjectivité.

La mort est l'union de l'objectivation et de la subjectivation absolues.

La mort introduit la contradiction au centre de la conscience du sujet, comme nous l'avons dit dans la première partie, chapitre 2, p. 47-50 : l'être pour soi [sujet] « qui est tout pour lui-même [...] se sait en même temps un être pour la mort, c'est-à-dire voué au rien ».

C'est pourquoi la mort est, non pas niée, mais dépassée (par la survie du double), surmontée (par une nouvelle naissance), vaincue (par la Résurrection) – c'est le cri de triomphe de Paul à Corinthe : « Ô Mort, où est ta victoire ? »

Aussi, la mort est la source la plus profonde de la mythologie humaine et elle suscite les rites, funérailles, cultes, tombeaux, prières, philosophies qui l'exorcisent [1].

Drôle de sujet

Tout en étant irréductiblement singulier, le sujet individuel est un point d'hologramme qui contient le tout de la trinité humaine (individu-société-espèce). Nous avons vu précédemment que, dans chaque énoncé du Je, il y a le cerveau biologique et la culture sociale. Quand le sujet peut ouvrir son Nous sur autrui, sur ses semblables, sur la vie, le monde, il devient riche d'humanité. Aussi, de façon différente selon les individus et les conditions, l'individu sujet subit l'autorité sociale, l'empreinte et la norme d'une culture, il se forme et il vit sans cesse dans la dialogique dégagée par Freud entre le Sur-Moi, le Ça pulsionnel et le Moi-Je. En lui se situe le foyer de la boucle et de la dialogique d'*homo sapiens-demens*, que nous allons examiner au chapitre 4. C'est lui qui éprouve le destin social et le destin historique que nous allons traiter dans la troisième partie (chapitres 1, 2, 3). *Égocentrisme, altruisme, objectivation, subjectivation, tout cela s'accroît ou décroît dialogiquement, avec de grandes différences selon les époques, les cultures, les individus.*

1. *Méthode 2*, p. 294.

Le vif du sujet

Le sujet n'est pas seul puisque Autrui et le Nous sont en lui. Mais il faut dire que le Je est seul aussi. Seul à occuper son site égocentrique, il y a en lui un noyau incommunicant et incommunicable. Et il peut se trouver seul dans le monde, délaissé, incompris, rejeté. Il est l'être le plus ouvert dans ses besoins, ses curiosités, désirs, attentes, et le plus fermé dans son égocentrisme et sa singularité.

Le sujet humain est complexe par nature et par définition. Drôle de sujet donc, puisqu'il est à la fois tout et rien, singulier et commun, communicant et incommunicable. De plus, nous devons l'intégrer dans la trinité humaine, le situer dans une culture, dans une histoire…

2. L'identité polymorphe

> *Chaque individu est unique et chaque individu est de nombreux individus qu'il ne connaît pas.*
>
> Octavio Paz

Tout individu est un, singulier, irréductible. Et pourtant il est en même temps double, pluriel, innombrable et divers.

Ici encore, nous retrouvons le problème de l'unité multiple.

Le paradoxe du féminin-masculin : la plus et la moins profonde dualité

L'espèce humaine est une, mais elle est dans un sens double, à la fois séparée et unie par le masculin et le féminin [1].

La différence entre le féminin et le masculin n'est pas seulement beauvoirienne, c'est-à-dire culturelle. Elle est anatomique, physiologique, hormonale, et, dans un sens, mentale, s'il est vrai qu'il y a prédominance (innée ? acquise ?) de l'hémisphère cérébral droit dans l'activité mentale féminine et de l'hémisphère gauche dans la masculine.

Les cultures établissent, fixent, entretiennent et amplifient une différenciation entre hommes et femmes dans leurs rôles sociaux, les spécialisent dans leurs tâches quotidiennes, surdéterminent les différences psychologiques. Elles instituent un pouvoir masculin, qui, sauf exceptions isolées, s'est exercé continûment dans l'histoire des civilisations. Il com-

---

[1]. F. Héritier, *Masculin/Féminin, la pensée de la différence*, Paris, Odile Jacob, 1996.

mence à s'atténuer très récemment dans le monde occidentalisé. Les émancipations féminines ne s'effectuent pas seulement dans l'obtention de droits civiques, mais aussi dans l'acquisition d'autonomies d'espaces et de temps, l'accès aux possibilités de se libérer des conséquences procréatrices de l'accouplement (contraceptifs, légalisation de l'avortement) et aux possibilités d'une jouissance sans entraves externes.

Toutefois, le mot « homme » continue à renvoyer moins à sa neutralité générique qu'à sa masculinité (c'est pourquoi je l'emploie rarement dans ce livre). Le rôle civilisateur du féminin continue à être sous-estimé. Contrairement à l'idée encore dominante, les cultures archaïques se sont fondées sur la complémentarité du masculin-féminin ; avec l'homme chasseur a concordé la femme cueilleuse et ramasseuse, avec les arts martiaux ont concordé les arts domestiques, bref la civilisation a été fondamentalement bisexuée. Certes, le monopole du pouvoir politique, dans la formation et le développement des civilisations historiques, a donné aux hommes un pouvoir créateur, constructeur et destructeur sans aucune mesure par rapport à celui des femmes. Cependant, quand on considère notre civilisation conquérante du profit, de la technique, de l'industrie, si profondément à la fois virile et inhumaine, on voit qu'au XIXe siècle la société féminine cultivée, en constituant le public principal de la littérature, en s'entourant d'écrivains et en patronnant les poètes adolescents, y a pu développer des contre-valeurs de sensibilité, d'amour, d'esthétique, et que les fruits sublimes du romantisme européen sont venus de la rencontre entre les secrets féminins et les secrets de l'adolescence.

La mythologie est masculine, mais elle comporte un culte profond des héroïnes et déesses féminines (Isis, Ishtar, Tanit, Kali, Vénus, Athéna) ; la Kabbale enseigne que le Dieu mâle n'est rien sans sa *Sekkhina*, Sagesse féminine ; la poésie masculine est un multiple cantique d'adoration du féminin, Goethe a exalté l'éternel féminin qui « toujours vers le haut nous entraîne », Rimbaud a rêvé désespérément de la femme « sœur de charité », mère-épouse-amante-sœur. En fait, dans les civilisations du pouvoir masculin, l'homme tout-puissant se soumet au pouvoir domestique de l'épouse, au pouvoir érotique de l'amante, l'une et l'autre reconnues Maîtresses (maîtresse de maison, maîtresse d'amour). Il peut être subjugué par l'aimée, comme Pyrrhus devenu captif de sa captive Andromaque.

La relation est en fait complexe, puisque l'homme dominateur peut être dominé, fasciné, envoûté par la femme. Mais si dans les poésies et romans il succombe à l'amour ou à l'éros, il est capable de conduire efficacement sa vie pratique tout en étant travaillé par le plus grand amour; ainsi Bonaparte envoie des lettres enflammées à Joséphine pendant la campagne d'Italie, mais ne se divertit nullement de sa stratégie guerrière et risque sa vie au pont d'Arcole.

Cela dit, il faut insister sur l'unité au sein de la dualité masculin-féminin. Je ne veux pas dire simplement par là qu'homme et femme bénéficient l'un et l'autre de la plénitude des caractères humains. Je veux dire que le masculin est dans le féminin, et *vice versa*, génétiquement, anatomiquement, physiologiquement, psychologiquement, culturellement. Rares sont les femmes totalement féminines et les hommes totalement masculins selon la somme des critères biologiques; chaque sexe porte l'autre de façon récessive et même anatomiquement l'homme a des seins hélas stériles, et la femme porte un sexe masculin embryonnaire en son clitoris; il y a des hommes plus ou moins féminisés et des femmes plus ou moins virilisées, et toute la gamme des bisexuels, homosexuels et transsexuels échappent à l'alternative simplifiante. Ces transdisciplinaires, si visibles aujourd'hui, ont toujours existé, en dépit des interdits et tabous qui les ont clandestinisés dans les cultures traditionnelles. De plus, comme l'avait bien souligné Jung, l'âme féminine – *anima* – est présente en l'homme de façon refoulée, et c'est pourquoi bien des hommes cherchent et trouvent leur âme dans la femme aimée; de même, l'esprit masculin, entreprenant, énergique – *animus* –, est présent chez la femme de façon refoulée, et c'est pourquoi bien des femmes cherchent et trouvent leur *animus* chez leur homme.

Du reste, notre civilisation favorise chez l'homme l'émergence de sentiments et sensibilités réputés féminins, et favorise chez la femme l'expression de qualités organisatrices professionnelles réputées masculines, en donnant au père des tâches jusqu'alors maternelles et à l'époux des tâches domestiques jusqu'alors féminines (faire la vaisselle, nettoyer), en offrant aux femmes des carrières jusqu'alors masculines. L'unisexe signifie non l'abolition de la différence des sexes, mais la reconnaissance de leur part commune.

La complexité de la relation masculin-féminin est dans la dialogique de leurs complémentarités et de leurs antagonismes, dans l'unité de leur dualité et la dualité de leur unité, dans la profondeur et l'absence de profondeur de la différence. Il y a guerre des sexes[1], mais dans l'attraction irrésistible, où la domination de la dominée sur le dominateur peut devenir souveraine. Il y a intimité inouïe dans la différence irréductible, et enfin il y a la présence, cachée, refoulée ou invisible, de l'autre sexe à l'intérieur de chacun.

Sans doute, du point de vue spirituel, il y a un accomplissement androgyne souhaitable. Michelet disait : « J'ai les deux sexes de l'esprit. »

Ainsi, on peut conclure : *chaque humain, homme et femme, porte en lui la présence plus ou moins étouffée, plus ou moins forte de l'autre sexe. Chacun est d'une certaine façon hermaphrodite. Il porte cette dualité dans son unité.*

Les paradoxes de l'âge

En dépit du temps qui change son corps et son esprit, l'identité du Je à travers les âges empêche de percevoir les discontinuités profondes qui s'opèrent en chacun avec les années et décennies. Notre corps physique n'est littéralement plus le même plusieurs fois dans notre vie. Sa morphologie et sa physiologie se transforment. Il y aurait presque changement de personne quand on voit à quel point les adultes et les vieux, oubliant qu'ils ont été jeunes, considèrent la jeunesse comme une sous-espèce particulière ; de même les jeunes, bien que sachant qu'ils vieilliront, considèrent les vieux comme des membres d'une espèce sénile par nature. Les sociétés archaïques instauraient des barrières entre le garçon et l'adulte, et l'initiation opérait à travers de dures épreuves le passage d'un état à l'autre, se concluant par changement de nom, c'est-à-dire d'identité. Les rites de passage ont dis-

---

1. Cf. Irène Pennachionni, *De la guerre conjugale*, Paris, Mazarine, 1986.

paru au profit d'une sorte de continuum, coupé encore récemment par le service militaire, dont le résidu automatisé est l'accession à la majorité civile. Mais la différence mentale demeure énorme. Ce qu'exprime la chanson de Jacques Brel, où, dans un premier couplet, des adolescents chahutent des bourgeois repus en chantant : « Les bourgeois c'est comme les cochons, plus ça devient vieux, plus ça devient bête », suscitant le scandale de ces bourgeois, puis, dans le dernier couplet, devenus bourgeois à leur tour, ils se scandalisent du même couplet braillé par de nouveaux adolescents.

Chaque âge a ses vérités, ses expériences, ses secrets[1]. Mais notre conception simpliste de l'identité nous masque que cette différenciation peut se traduire par de notables modifications de la personnalité.

Comme l'être humain porte en lui une complémentarité antagoniste entre le patrimoine maternel et le patrimoine paternel, il est devenu aujourd'hui plausible que des réorganisations génétiques, survenant en relation avec le jeu de nos événements et de nos expériences, conduisent, en cours de vie, à des transformations de personnalité, par exemple en renversant la dominance d'un héritage parental sur l'autre.

Et pourtant, à travers la multiplicité successive des âges, chacun, sans s'en rendre compte, porte en lui, présents à tout âge, tous les âges. L'enfance, l'adolescence ne disparaissent pas à l'âge adulte, mais sont récessives ; l'enfance réapparaît dans les jeux, l'adolescence dans les amours et amitiés ; le vieillard lui aussi garde les âges précédents, et même peut aisément retrouver de l'enfance et de l'adolescence. Peut-être le bébé était-il déjà un vieillard.

Ainsi, le très évident exemple des âges illustre ce paradoxe fondamental de l'individu humain ; la non-identité dans l'identité.

---

1. Je pense au titre de Hans Carossa, *Les Secrets de la maturité*, Paris, Delamain et Boutelleau, 1940, et au livre que j'avais voulu écrire sur Rimbaud, « Les Secrets de l'adolescence ».

La dualité intérieure

La notion de sujet, qui unifie l'être individuel, comporte pourtant une dualité intérieure. Comme il a été indiqué au chapitre précédent (p. 84), le Je s'objective en un Moi quand il s'envisage, et il opère automatiquement une boucle réflexive qui, ayant posé le Moi distinct du Je, le ré-identifie au Je. Cette aptitude à l'auto-objectivation permet à chacun de dialoguer mentalement avec soi-même. Carlos Suarès disait que la solitude est la dualité inexorable, c'est-à-dire le tête-à-tête entre soi et soi.

D'autre part, nous avons vu que l'expérience universelle du double [1] témoigne de ce dédoublement spontané qui constitue la conscience archaïque de soi. Le double est en quelque sorte la concrétisation corporelle du Moi objectivé. Toujours présent, il ne se dissocie du corps que pendant le sommeil et ne s'en libère qu'à la mort. Le double se racornit, s'atrophie [2], s'intériorise, se décorporalise dans les sociétés historiques : il devient une voix intérieure, il devient esprit dans le sens de la croyance spirite, il se résorbe dans l'âme, que tant de civilisations ont cru immortelle. Bien qu'on ne puisse les définir avec précision, l'âme et l'esprit sont des entités sensibles à chacun et chacun peut se sentir habité par l'une et l'autre. Ainsi, sous des formes qui ont changé, le sujet un et indivisible produit, en affirmant précisément son unicité, une dualité propre.

L'unité plurielle de l'identité personnelle

L'identité personnelle se définit d'abord par référence aux ancêtres et aux parents ; l'individu d'une tribu se désigne d'abord comme « fils de » et ensuite par un prénom qui peut être d'un parent, d'un patriarche, d'un prophète, d'un saint. Dans notre société, nous nous définissons par notre nom de famille, et par un prénom, dont nous ne sommes pas le seul titulaire. Plus largement, nous nous définissons en référence

---

1. Cf. *L'Homme et la Mort* ; *Le Cinéma ou l'Homme imaginaire*, p. 35.
2. Toutefois, comme l'a bien montré Otto Rank, le double demeure présent dans nos rêves, dans notre imaginaire, dans notre littérature, dans notre poésie, dans notre inconscient : O. Rank, *Don Juan. Une étude sur le double*, Paris, Payot, 1993.

à notre village, notre province, notre nation, notre religion. Notre identité se fixe non en s'en détachant, mais au contraire en incluant ses ascendants et ses appartenances.

C'est pourquoi Pierre Mabille a pu voir dans le Moi « un anneau d'une étrange lignée de progénitures, plus qu'un mélange, un cristal composite, l'aboutissement de plus de courants et de plus de sang que l'on ne pourrait savoir[1] ».

En fait, d'une certaine façon, nos parents et nos ascendants sont en nous ; leurs marques, étroitement associées dans notre génome, re-suscitent sans cesse leur présence en nous. Nous portons de façon confuse, indistincte, cette multiplicité d'êtres qui survivent ainsi au-delà de leur mort. Et de plus (avons-nous déjà dit), inconsciemment, mille modulations de voix, façons de se comporter, habitudes mentales se sont inscrites en nous par mimétisme à l'égard de nos parents immédiats. Nos ascendants sont inclus dans notre identité.

Multiplicités et duplicités internes

Il n'y a pas seulement l'altérité intérieure du double, l'inclusion de nos ascendants dans notre identité, l'inclusion d'un autrui dans notre Nous. Il y a des multiplicités internes et profondes dans chaque individu.

La plus étonnante est apparemment la plus banale : la dualité du corps et de l'esprit. En réalité, elle recouvre la division entre notre esprit conscient et la république polycellulaire constituant notre être biologique : aucune des cellules constituant son corps ne sait que Roméo déclare son amour à Juliette, et Juliette ignore totalement que son être est constitué par une centaine de milliards de cellules, qui elles-mêmes ignorent Juliette.

Il y a scission entre le psychisme profond, qui est inconscient, et la conscience qui en est pourtant issue, et la conscience ignore souvent qu'elle est copilotée par des forces inconscientes, lesquelles ignorent la nature et l'existence de la conscience.

1. P. Mabille, *Le Miroir du merveilleux*, Paris, Éd. de Minuit, 1977, p. 56-57.

Freud avait conçu l'unité du sujet à partir d'une trinité constitutive, le Moi se formant dans une relation inséparable et active entre le Ça pulsionnel et le Sur-Moi, imago du père et plus largement de toute autorité ; ainsi, un Sous-Moi et un Sur-Moi sont constitutifs du Moi : il y a de l'infra-identité et de la supra-identité au cœur de l'identité. Une part inconsciente de notre identité ignore la mort alors que la part consciente nous sait irrémédiablement mortels.

Jung disait que le soi est une entité profonde que l'ego ne connaît pas vraiment. Mais, de même, le soi ne connaît pas l'ego.

Il y a eu probablement disjonction, chez les sujets des antiques empires, entre deux chambres mentales, l'une concernant la vie privée où s'exerçait une certaine autonomie personnelle, l'autre occupée par la souveraineté théocratique, qui y imposait ses ordres et déterminait une obéissance inconditionnelle[1]. Même après qu'il y eut communication entre les deux chambres, celle de la vie personnelle et celle de la vie sociale, il demeura une dualité mentale entre l'individu privé et le citoyen.

Enfin, indiquons l'extrême distance qui peut intervenir entre soi et soi. Swann, enfin désintoxiqué[2] de son amour pour Odette, comprend à quel point il a pu ignorer sur lui-même ce qu'il savait depuis toujours : « Dire que j'ai gâché des années de ma vie, que j'ai voulu mourir, que j'ai eu mon plus grand amour, pour une femme qui ne me plaisait pas, qui n'était pas mon genre. »

L'ensemble constitué par les dualités internes, la pluralité d'inconscients, la multiplicité d'instances cérébrales et psychiques, les pluralités mentales séparées en compartiments s'entre-ignorant, la division bien connue mais bien pertinente entre le cœur et la raison, tout cela permet ou détermine des phénomènes apparemment paradoxaux qui sont la bonne-mauvaise foi, la simulation au sens clinique, c'est-à-dire sin-

---

1. J. Jaynes, *The Origin of Consciousness in the Breakdown of Bicameral Mind*, Boston, 1976 ; trad. fr. de G. de Montjou, *La Naissance de la conscience dans l'effondrement de l'esprit*, Paris, PUF, 1994.
2. À la fin d'*Un amour de Swann*, de Marcel Proust.

cère, le mensonge à soi-même ou *self-deception*, où nous réussissons à nous tromper, nous aveugler sur ce qui nous gêne ou nous lèse.

Le mensonge à soi-même révèle notre aptitude au dédoublement et en même temps notre aptitude à nous camoufler ce dédoublement, puisque le Moi menteur réussit à s'autoconvaincre de sa propre sincérité.

Les dédoublements et multipersonnalités

Pour bien comprendre le phénomène logiquement inconcevable et pourtant sans cesse effectif du changement de personnalité, il nous faut d'abord examiner l'exception pathologique des cas cliniquement bien connus de double personnalité (depuis Charcot, Janet); ceux-ci nous révèlent que deux personnalités différentes peuvent habiter un même individu et s'ignorer l'une l'autre. Chacune de ces personnalités dispose de son propre comportement, de son propre tempérament, de sa propre voix, de son propre langage, de sa propre calligraphie, parfois de ses tics et de ses maladies propres. Plus récemment, il a été, semble-t-il, découvert des individus disposant de plus de vingt personnalités, toutes singulières et irréductibles les unes aux autres[1] (50 000 cas aux États-Unis en 1999[2]).

Quoi qu'il en soit, tout se passe comme si l'ensemble complexe que constitue une personnalité pouvait se trouver décomposé et recomposé différemment, comme dans un kaléidoscope, et comme si chaque composition suscitait des émergences ou qualités propres rétroagissant sur ses éléments, créant ainsi une nouvelle personnalité

---

1. C. Ross, *Multiple Personality Disorder*, Wiley interscience, 1989. B. Braun, *Treatment of Multiple Personality Disorder*, American Psychiatric Press, 1986.
2. Pour l'examen critique des troubles de multipersonnalité, cf. I. Hacking, *L'Âme réécrite. Étude sur la personnalité multiple et les sciences de la mémoire*, Le Plessis-Robinson, Les Empêcheurs de penser en rond, 1998. S. Mulhern, « Le trouble de la personnalité multiple », *in* A. Ehrenberg et D. Lovel, *La Maladie mentale*, Paris, Odile Jacob, 2000.

Les phénomènes dits pathologiques de double ou multiple personnalité sont les exagérations d'un phénomène normal dont nous sommes inconscients.

Le phénomène normal est celui des innombrables discontinuités psychologiques et affectives, selon les humeurs, l'amour, la haine, le mépris, l'indifférence, le désir, la ferveur, l'extase, l'adoration, la peur. Ce que nous appelons changements d'humeur, sautes de caractère, lubies, caprices, sont en fait des changements temporaires de personnalité. La colère, l'amour, la haine modifient non seulement nos voix et nos comportements, mais notre personne. La cyclothymie, ou le syndrome maniaco-dépressif, alternance de mélancolie et d'exaltation, opère un changement de psychologie qui est déjà un changement de personnalité. Le maniaque et le dépressif sont deux personnes qui se succèdent dans le même être, s'ignorent et ne peuvent communiquer. C'est dire combien sont innombrables les personnalités qui peuvent émerger selon nos humeurs.

Un voyageur du siècle dernier disait de l'indigène africain ce qui en fait décrit l'être humain : « Il a à la fois bon caractère et le cœur dur ; il est batailleur et circonspect, bon à un moment, cruel, sans pitié et violent à un autre ; superstitieux et grossièrement irréligieux ; brave et lâche, servile et oppresseur, têtu et pourtant volage, attaché au point d'honneur mais sans trace d'honnêteté en paroles et en actions, avare et économe et pourtant irréfléchi et imprévoyant. » Chacun porte en soi ce tissu de contradictions que Pascal avait si bien reconnu et d'où surgissent de multiples personnalités différentes.

Comme nous l'avons vu, des modifications dans la hiérarchie instable du complexe cérébral triunique (cf. p. 57) s'opèrent selon les situations vécues. Ces modifications nous font non seulement changer d'état mental, mais muter d'une personnalité à une autre. De plus, la discontinuité qu'opère en chacun l'alternance des principes d'inclusion et d'exclusion produit des changements psychologiques qui sont également des changements de personnalité. Ainsi, l'altruisme fait émerger une personnalité ouverte, bonne, courageuse, l'égoïsme détermine une personnalité renfermée et insensible. Aux modifications psychiques correspondent des modifications provisoires de personnalité.

Il y a des modifications durables de personnalité, comme chez le libertin qui, illuminé par la foi, change totalement de vie, ou chez le religieux austère qui, ayant perdu la foi, devient libertin. Il peut y avoir ainsi des renversements de personnalité, remplacée par une autre ignorée ou refoulée jusqu'alors. J'ai connu des sceptiques libéraux et débonnaires se transformer en fanatiques impitoyables ou apparatchiks terrifiants, puis, après expulsion du Parti-Église ou déconversion, redevenir des sceptiques libéraux et débonnaires. J'ai vu une étonnante petite chatte mutine devenir mégère exterminatrice selon qu'elle passait du moment privé au moment politique.

Milosz a mis en évidence ce qui serait passé inaperçu, la « double pensée » de bien des communistes au sein de l'univers stalinien : il aurait pu mettre en évidence la double personnalité. Ainsi en fut-il de Pierre Courtade, « où s'étaient dissociées deux personnalités : le communiste privé sceptique, bavard, ironique, le communiste officiel rigide, excommunicateur, lohengrinien[1] ». Ce qui faisait de lui, quand le communiste officiel prenait le dessus, « un psychologue de première force, pour l'esprit de ses frères un gardien dont l'adresse est supérieure à celle, plutôt inoffensive, des détectives de romans policiers[2] ».

J'avais écrit d'un ami très attachant : « Il ne sait pas que cohabitent en lui, très à l'étroit, mais s'ignorant l'un l'autre, un paladin de l'esprit et un petit épicier ; ces deux personnages couchent dans le même lit, mais ne se sont pas rendu compte mutuellement de leur présence[3]. »

V. me dit qu'il y a en elle une affective et une intellectuelle qui ne s'entendent pas. Elles ne peuvent même pas communiquer. Edmond Nabousset[4] avait écrit : « En moi, il y a un apprenti messie, un dément lubrique, et quelques autres encore. »

---

1. E. Morin, *Autocritique*, Paris, Éd. du Seuil, 1959 ; rééd., coll. « Points », 1994.
2. C. Milosz, *La Pensée captive. Essai sur les logocraties populaires*, Paris, Gallimard, 1988.
3. *Le Vif du sujet*, p. 332.
4. Lettré toulousain (1901-1944).

Les violeurs, pédophiles, érotomanes éprouvent sous l'empire d'un désir incoercible le surgissement de leur personnalité morbide, et l'élimination de leur personnalité normale. Le roman de Stevenson montre comment l'honorable docteur Jekyll peut se transformer en un monstre criminel, Mister Hyde. Chacun a sans doute à l'état potentiel, larvaire, un Mister et un mystère Hyde. Nous subissons des discontinuités d'identité, passant d'un être généreux à un tueur potentiel, d'un être de mépris à un être d'adoration.

Rôles de vie, vie de théâtre, mimésis

À cette multiplicité des personnalités s'ajoute, dans notre civilisation, la multiplicité des rôles sociaux, et parfois les deux interfèrent. Comme l'a mis en relief la sociologie du *role-taking* et du *role-playing*[1], nous endossons des rôles sociaux différents au foyer, en famille, en amour, au travail, avec nos supérieurs, avec nos inférieurs, avec nos amis. Ainsi le petit fonctionnaire soumis devant son chef sera un tyran domestique arrogant et le petit chef odieux au bureau filera doux devant sa femme. Les rôles sociaux sont des personnalités stéréotypées, ambassadrices du Moi à l'égard d'autrui, mais aussi des images du Moi à l'égard de lui-même. Certains de ces rôles, très intériorisés, comportent des réarrangements de personnalité.

La mimésis est un des phénomènes les plus importants de la vie animale (insectes imitant des feuilles d'arbre, caméléons), et aussi humaine. René Girard a justement mis en relief l'importance de la mimésis dans les comportements humains, notamment rivalitaires. Ici, nous insistons sur une mimésis première. Elle commence avec la petite fille qui joue à la poupée, c'est-à-dire à la maman, le garçon qui joue à la guerre. Chacun se forme par mille imitations[2]. Certains gardent ou développent un don mimétique.

1. H. G. Mead, *Mind, Self and Society*, Chicago, University of Chicago Press, 1962. Pour Mead, les rôles constituent une part fondamentale de la personnalité et un élément fondamental de la socialisation. Cf. aussi R. Linton, *De l'homme*, trad. fr. de Y. Delsaut, Paris, Éd. de Minuit, 1968. De nombreux sociologues ont utilisé les notions de *role-taking* et *role-playing*.
2. À ce point que Gabriel de Tarde avait fait de l'imitation le phénomène social clé : *Les Lois de l'imitation*, rééd., Le Plessis-Robinson, Les Empêcheurs de penser en rond, 2001.

L'identité polymorphe

Peter Brook[1] donne l'exemple de l'acteur qui saisit quasi instantanément un personnage extrêmement complexe, et « acquiert cette compréhension alors qu'un docteur mettrait pour cela des années d'étude ». Un acteur peut revêtir et ôter un personnage « aussi aisément qu'un costume ». Cette expérience quotidienne de l'acteur « demeure pour moi un extraordinaire mystère » (Brook). Le mystère est dans cette puissance de la mimésis, aptitude à mimer des personnages réels ou de fiction, non seulement en imitant leurs comportements, mais en s'introduisant à l'intérieur d'eux-mêmes et en se laissant comme posséder par eux[2].

Michel Leiris a étudié une expérience entre théâtre et possession[3] chez les Éthiopiens de Gondar. Les protagonistes des spectacles, en état de « semi-possession », sont saisis par des esprits dit *zars*. Pour une magicienne bien connue de l'auteur, « ses *zars* lui constituaient une sorte de vestiaire de personnalités qu'elle pouvait revêtir selon les nécessités et les hasards de son existence, personnalités qui lui offraient des comportements et des attitudes tout faits, à mi-chemin entre la vie et le théâtre » (p. 18). Cet état hybride entre simulation et possession éclaire l'une et l'autre, et l'une et l'autre éclairent la multipersonnalité.

L'aptitude à mimer des personnages se manifeste aussi bien dans le théâtre de la vie[4] que dans la vie du théâtre. Entre vie et théâtre, Moreno a développé dans sa thérapie du psychodrame et du sociodrame un jeu de rôles. Entre jeu et vie, Gary Gygaz a inventé en 1974 la variante ludique du jeu de rôles qui permet à chaque participant d'incarner un personnage et de le faire évoluer dans un univers imaginaire.

---

1. P. Brook, « Does nothing come from nothing ? », in *Rencontres transdisciplinaires*, Paris, Ciret, 15 mai 2000.
2. J. Duvignaud, *Sociologie du théâtre*, nouvelle éd., Paris, PUF, 1999 ; *L'Acteur*, nouvelle éd., Paris, L'Archipel, 1993.
3. *La Possession et ses Aspects théâtraux chez les Éthiopiens de Gondar*, nouvelle éd., Paris, Le Sycomore, 1980.
4. Cf. le développement extraordinaire des « jeux de rôles » dans les dernières décennies.

Plus particulièrement, ceux qui sont dotés d'une forte aptitude mimétique peuvent habiter la personnalité d'autrui et être habités par elle ; ils peuvent non seulement imiter une voix et des expressions du visage, mais aussi, par et dans cette imitation, exprimer les sentiments et les pensées de l'imité. Il arrive que l'imitateur ne puisse plus se débarrasser de l'imité, qui alors véritablement l'occupe et le possède, comme cela m'est arrivé quand j'imitais l'un de mes professeurs...

Mieux encore : souvent, dans les rêves, notre esprit crée des personnages complets, ou bien ressuscite de façon impeccable la personnalité physique et psychique de ceux dont nous rêvons. À travers nous, ils parlent avec leur voix, pensent avec leur pensée. Ce qui révèle la force extraordinaire, mystérieuse, de l'union de la mimésis et de la possession.

Il y a une relation très remarquable entre mimésis, hystérie, possession. La mimésis humaine comporte, au-delà de l'empathie et de la simple imitation, projection de soi en autrui et identification d'autrui à soi ; elle est fille de nos activités subjectives les plus profondes. La mimésis s'opère quand la projection → identification devient un phénomène à la fois hystérique et de possession. L'hystérie est le nom ordinaire de la simulation, qui dans son sens clinique n'est ni feinte ni artifice, mais la traduction d'un état psychique en symptôme physique. La possession est une véritable appropriation et maîtrise de la personne par le personnage, réel ou mythique, qui s'empare d'elle. Ainsi en est-il de la possession par des démons que subirent les religieuses du couvent de Loudun, ou de la possession par les *orixas* au cours des cultes du candomblé. Et l'on peut dire, pour reprendre l'expression de Leiris, que les mimétismes d'acteurs ou d'imitateurs sont des cas de possession contrôlée.

Ainsi, l'acteur peut incarner des personnages imaginaires dans un processus de mimésis/hystérie/possession, et nous pouvons nous-mêmes nous insérer en une autre personnalité, en utilisant sa voix comme médiation pour parvenir à l'aspirer en nous tout entière.

Nous-mêmes, dans nos passages d'une personnalité à une autre, sous l'effet de la colère ou de l'amour, nous vivons hystériquement nos états psychiques, lesquels s'incarnent en une personnalité particulière qui devient pour un temps notre personne.

Enfin, n'oublions pas qu'il demeure en nous un grouillement de personnalités larvaires qui ne parviennent pas à cristalliser les personnalités imaginaires de nos fantasmes qui sont comme les ectoplasmes de nos Moi (cf. le film de Jerry Lewis, *La Vie secrète de Walter Mitty*). Nous portons dans ces fantasmes des personnalités potentielles démentes, sublimes, des érotomanes insensés, des sauveurs de l'humanité qui, heureusement ou malheureusement, n'arrivent pas à prendre consistance dans nos vies.

Les cavernes intérieures [1]

Notre civilisation nous permet de détecter notre paléolithique intérieur : au fond de ses cavernes grouille du Ça innommable, du On anonyme, des monstres, des spectres ; tout ce qui menaçait l'homme des cavernes, périls, ténèbres, faim, soif, fantômes, démons, est passé à l'intérieur de nos âmes, nous inquiète, nous angoisse, nous menace du dedans.

La caverne intérieure n'est pas platonicienne. On doit s'y enfoncer par une interminable descente, en progressant à l'intérieur parmi les ombres, les lueurs, jusqu'à ce qu'arrivent des halètements, volettements, murmures, échos ; soudain, on est traqué par des cris, des spasmes, des sanglots, des hurlements, des éclats de rire hystériques, puis, en descendant toujours le long de parois couvertes de graffitis enfantins, on parvient à un sanctuaire muet où se tient une petite idole aveugle, souveraine, indifférente, un *Rosebud*... Les grandes cavernes extérieures que sont les salles de cinéma communiquent avec nos cavernes intérieures ; notre âme y erre comme nos ancêtres erraient dans les jungles ou les forêts vierges ; comme eux, plus qu'eux, elles se nourrissent de sacrifices humains, elles retrouvent leurs propres

1. Passage repris, avec quelques modifications, du *Vif du sujet*, p. 138.

ténèbres dans les angoisses et périls de la nuit, elles se complaisent dans les bas-fonds des villes, images de leurs propres bas-fonds, elles contemplent leurs pulsions libérées de leurs inhibitions et qui se déchaînent dans la copulation et dans le crime.

Le cosmos secret

Il a été dit précédemment que tout être humain, tel le point singulier d'un hologramme, porte le cosmos en lui. On peut aussi dire que tout individu, même le plus réduit à la plus banale des vies, constitue en lui-même un cosmos. Il porte en lui ses multiplicités intérieures, ses personnalités virtuelles, une infinité de personnages chimériques, une poly-existence dans le réel et l'imaginaire, le sommeil et la veille, l'obéissance et la transgression, l'ostensible et le secret, des grouillements larvaires dans ses cavernes et gouffres insondables. Chacun contient en lui des galaxies de rêves et de fantasmes, des élans inassouvis de désirs et d'amours, des abîmes de malheur, des immensités d'indifférence glacée, des embrasements d'astre en feu, des déferlements de haine, des égarements débiles, des éclairs de lucidité, des orages déments...

Chacun porte en soi une solitude incroyable, une pluralité inouïe, un cosmos insondable.

Le Je continu et le Moi discontinu

Ecce homo... L'individu n'est ni notion première ni notion ultime, c'est une notion nœud gordien de la trinité humaine.

Il porte en lui au plus haut degré le paradoxe de l'un et du multiple.

Son unité produit une dualité et noue une multiplicité. L'*Un* comporte effectivement en lui altérité, scissions, diversité, négativité, antagonismes. Comme l'a dit Hegel, l'identité est l'union de l'identité et de la non-identité.

Le Moi-Je est comme l'atome : une unité apparemment simple, irréductible, primaire, en fait un système très com-

L'identité polymorphe

plexe, multiple et contradictoire, où le noyau central est lui-même complexe.

La multipersonnalité nous est invisible parce que l'unité du Je l'occulte. Or l'unité de l'individu ne doit pas occulter sa multiplicité intérieure, ni celle-ci occulter son unité.

Nous devons décomposer la conception moniste, pleine, substantielle du sujet individuel pour la recomposer dans la complexité de son unité. Je unit l'hétérogénéité des Moi.

Là où il y a le grouillement, le multiple, le divers, l'anonyme, Je advient sans trêve. Le Je est l'unificateur d'une multiplicité formidable et d'une totalité multidimensionnelle.

Oui, il y a plusieurs Moi en une personne, mais ils ne se fréquentent guère et ils sont fédérés par un Je unique.

Tout individu contient en lui une personnalité dominante, qui ne réussit pas toujours à inhiber une deuxième personnalité antagoniste, et tient séquestrées deux ou trois personnalités plus ou moins cristallisées. La personnalité dominante règne sur une caverne grouillant de prisonniers.

La personnalité dominante peut être sujette à éclipses, et faire place à l'une des personnalités qui se cristallise en s'actualisant.

Un visage est un théâtre où jouent de multiples acteurs. Une vie aussi. Chacun subit des discontinuités personnelles dans son cheminement continu.

Les autres nous habitent, nous habitons les autres...

Chacun porte en lui la multiplicité et d'innombrables potentialités tout en demeurant un individu sujet unique.

3. Esprit et conscience

> *Je suis convaincu que les explications des phénomènes « émergents » de nos cerveaux, comme les idées, les espoirs, les images, les analogies, et, pour finir, la conscience et le libre arbitre, reposent sur une sorte de Boucle étrange, une interaction entre des niveaux dans laquelle le niveau supérieur redescend vers le niveau inférieur, tout en étant lui-même déterminé par le niveau inférieur. Il y aurait donc, autrement dit, une « résonance » auto-renforçante entre différents niveaux. Le Moi naît dès lors qu'il a le pouvoir de se refléter.*
>
> D. Hofstadter

I. POUVOIRS ET FAIBLESSES DE L'ESPRIT

L'erreur est humaine

Rappelons-le, l'esprit (*mind, mente*) émerge et se développe dans la relation entre l'activité cérébrale et la culture. Il devient l'organisateur de la connaissance et de l'action humaines. Il est généraliste, polycompétent, capable non seulement de résoudre mais aussi de poser des problèmes, y compris insolubles.

Rien n'est plus potentiellement ouvert que l'esprit humain, aventureux et curieux de toutes choses. Mais rien n'est plus clos que le cerveau humain, dont la clôture pourtant permet cette ouverture.

Le cerveau est enfermé dans sa boîte crânienne, et il ne communique avec l'extérieur que par le biais des terminaux sensoriels qui reçoivent les stimuli visuels, sonores, olfactifs, tactiles, les traduisent en un code spécifique, transmettent ces informations codées en diverses régions du cerveau, qui les traduisent et les transforment en perception. Ainsi, toute connaissance, perceptive, idéelle ou théorique, est à la fois une traduction et une reconstruction.

Aucun dispositif cérébral ne permet de distinguer l'hallucination de la perception, le rêve de la veille, l'imaginaire du réel, le subjectif de l'objectif. Ce qui permet la distinction, c'est l'activité rationnelle de l'esprit, qui fait appel au contrôle de l'environnement (résistance physique du milieu au désir), de la pratique (action sur les choses), de la culture (référence au savoir commun), d'autrui (voyez-vous la même chose que moi?), de la mémoire, de la logique. Autrement dit, la rationalité peut être définie comme l'ensemble des qualités de vérification, contrôle, cohérence, adéquation, qui permettent d'assurer l'objectivité du monde extérieur et d'opérer la distinction et la distance entre nous et ce monde.

Dès lors, vu que toute connaissance est traduction et reconstruction et que les fermentations fantasmatiques parasitent toute connaissance, l'erreur et l'illusion sont les problèmes cognitifs permanents de l'esprit humain.

En dépit de ses capacités de contrôle et de vérification, la connaissance humaine a couru et court toujours des risques formidables d'erreur et d'illusion. Je les ai déjà examinés ailleurs [1]. Ils sont d'ordre individuel (*self-deception* ou mensonge à soi-même, faux souvenirs [2], refoulements inconscients, hallucinations, rationalisations abusives, etc.); culturel ou social (empreinte dans l'esprit des certitudes, normes, tabous d'une culture); paradigmatique (quand le principe organisateur de la

---

1. Cf. mes livres *Méthode 3* (*La Connaissance de la Connaissance*); *La Tête bien faite*, Paris, Éd. du Seuil, 1999; *Les Sept Savoirs nécessaires à l'éducation du futur*, Paris, Éd. du Seuil, 2000.

2. E. Loftus et K. Ketchm, *Le Syndrome des faux souvenirs*, Paris, Exergue, 1997.

Piaget raconte un très fort souvenir d'enfance : un homme essaie de le kidnapper alors que sa nurse le promène dans sa poussette, et il se souvient non seulement de l'agression mais aussi de la résistance de la nurse. Or ses parents reçurent plus tard une lettre de la nurse disant qu'elle avait inventé toute l'histoire.

connaissance impose la dissociation là où il y a l'unité, l'unité là où il y a la pluralité, la simplicité là où il y a la complexité) ; noologique (quand un dieu, un mythe, une idée s'emparent d'un individu qui devient possédé par le dieu ou l'idée). Le problème de l'illusion traverse toute l'histoire, toutes les sociétés, tous les individus, et les esprits à peine désabusés sont prêts à tomber dans une autre illusion (de l'intégrisme communiste à l'évangile néo-libéral, par exemple).

La certitude de connaître la vérité est loin d'être une garantie contre l'erreur. Comme disait Romain Gary : « Méfiez-vous de la vérité, elle commet toujours des erreurs. » Les évidences reconnues ne sont pas nécessairement telles ; seul l'esprit non conforme discerne que les évidences reçues sont illusoires, et perçoit des évidences auxquelles la plupart sont aveugles.

Comme l'erreur et l'illusion accompagnent sans relâche l'activité mentale de l'être humain, la rationalité se trouve sans relâche en œuvre afin de lutter contre elles, mais sans relâche, nous le verrons, la brèche ouverte entre l'esprit et le réel est recouverte par de nouvelles erreurs ou illusions.

Le cerveau et l'ordinateur

L'ordinateur a pu être comparé à l'esprit/cerveau humain. Cette comparaison permet de révéler à la fois les différences et les analogies.

L'ordinateur et le cerveau sont deux machines, mais l'une est produite, fabriquée, organisée par l'esprit humain, issu d'une machine cérébrale inhérente à un être doté de sensibilité, d'affectivité et de conscience de soi. Nul esprit n'émerge de l'ordinateur, même au sein d'une culture, alors que le cerveau a la capacité, *via* l'esprit, de se reconnaître comme machine et même de savoir qu'il est plus qu'une machine.

Toutefois, en dépit de ces différences radicales, l'ordinateur est capable d'effectuer des performances calculatrices surhumaines, des opérations logiques, des réfutations, des raisonnements par essais et erreurs, par récursion, par référence à des cas. Plus largement, comme le cerveau humain, l'ordinateur compute[1] en procédant par disjonction et conjonc-

---

1. Cf. Index.

tion. Dans ce sens, le mot d'intelligence n'est pas abusif : il y a une intelligence artificielle. Mais l'intelligence artificielle est limitée à la computation, alors que l'esprit humain intègre la computation cérébrale dans la cogitation, c'est-à-dire la pensée [1].

Le cerveau est une machine bio-chimico-électrique. À la différence de l'ordinateur, l'esprit/cerveau travaille dans un jeu combinant précision et imprécision, incertitude et rigueur, et fait interférer remémoration, computation, cogitation. Comme il est extraordinairement complexe, l'esprit/cerveau travaille avec, par et contre le bruit [2], ce qui comporte des risques énormes d'erreurs, d'illusions, de folie, mais aussi des chances prodigieuses d'invention et de création.

Le cerveau se différencie des ordinateurs digitaux [3], encore qu'il effectue des opérations binaires, et des ordinateurs analogues, encore qu'il crée et utilise des analogies (différentes, du reste, de celles des ordinateurs analogues).

L'esprit/cerveau combine de façon permanente les processus digitaux et les processus analogiques. Ces deux qualités semblent logiquement incompatibles, de même que pour la particule microphysique la qualité d'onde et celle de corpuscule. Pourtant, il faut les associer pour saisir l'originalité de l'esprit humain.

Le digital sépare, divise, discerne, localise, mesure, et par là même développe le champ du divisible, du discernable, du séparable, du localisable, du mesurable. L'analogie relie, associe, connecte, accouple et par là développe le champ des évocations, des suggestions, des rapprochements, des rapports.

« L'analogie, prise au sens large avec sa cousine la ressemblance (ou la similarité), est certainement le support de nombreuses activités cognitives automatiques et je ne suis pas loin de penser que c'est un des déterminants fondamentaux du fonctionnement cognitif [4]. » Le processus analogique

---

1. Cf. *Méthode 3*, p. 115-123.
2. Sur la notion de bruit, cf. *Méthode 1*, p. 347*sq*. Cf. également Index.
3. « Il y a un composant essentiellement non algorithmique dans les procédures mentales » (R. Penrose, *L'Esprit, l'Ordinateur et les Lois de la physique*, Paris, InterÉditions, 1992).
4. Jean-François Le Ny, préface à Marie-Dominique Gineste, *Analogie et Cognition. Étude expérimentale et simulation informatique*, Paris, PUF, 1997.

s'effectue à la façon d'ondes qui parcourraient les divers champs de l'esprit, c'est-à-dire transportant d'un domaine en un autre images, notions, modèles, selon le sens littéral du mot métaphore : porter au-delà. La métaphore dispose de vertus souvent méconnues : elle est un « indicateur d'une non-linéarité, d'une ouverture du texte ou de la pensée pour diverses interprétations et ré-interprétations, pour résonner avec les idées personnelles d'un lecteur ou interlocuteur [1] ». Un jeu combiné de métaphores peut apporter plus de connaissance qu'un calcul ou une dénotation : ainsi, les métaphores d'un œnologue, évoquant le corps, le fruité, le bouquet, la jambe, le nez, le velouté, et nommant ses arômes par analogie, décrivent de façon à la fois plus précise, plus concrète et plus sensible les qualités d'un vin que ne le font les analyses moléculaires et les proportions chimiques. Antonio Machado disait qu'« une métaphore a autant de valeur cognitive qu'un concept, parfois plus ». Et Paul Ricœur : « Traitée comme attribution bizarre, impertinente, la métaphore cesse de faire figure d'ornement rhétorique ou de curiosité linguistique pour fournir l'illustration la plus éclatante du pouvoir qu'a le langage de créer du sens par le moyen de rapprochements inédits [2]. »

L'analogie se développe selon deux voies. L'une, abstraite et rationnelle, est apparue chez les anciens Grecs pour désigner, dans une analyse de proportionnalité, l'égalité de deux rapports mathématiques. La seconde va de ressemblances à ressemblances pour établir des parentés ou des identités. La multiplication de situations ou événements analogues conduit à l'induction, qui est un mode de connaissance à la fois animal, humain et scientifique [3]. L'établissement d'analogies organisationnelles ou fonctionnelles, comme le *feed-back* négatif, dans des entités de nature différente (machines artificielles, êtres vivants, sociétés) est incontestablement rationnel.

Dans ces derniers cas, l'analogie est contrôlée et elle n'identifie pas les unes aux autres les entités de nature différente.

---

1 Preprint de E. N. Knyazeva et S. P. Kurdyumov, du Keldish Institute of Applied Mathematics de l'Académie des sciences de Russie, *Synergetics at the Crossroads of the Eastern and the Western Cultures* (1994).

2. P. Ricœur, *Réflexion faite. Autobiographie intellectuelle*, Paris, Esprit, 1995.

3. Cf. *Méthode 4*, « Le noyau de la logique classique », p. 174-176.

En revanche, au sein de la pensée poétique ou mythologique, l'analogie établit, là où la logique disjoint, des liaisons et des identifications. Le soleil par exemple est un char qui, surgissant à l'orient, accomplit sa course dans le ciel pour l'achever à l'occident. Le monde animal est vu en analogie avec le monde humain et réciproquement. La foudre, l'éruption d'un volcan, sont les colères d'un dieu. Enfin, la correspondance en miroir du microcosme (humain) et du macrocosme exprime de façon explicite le soubassement analogique de la pensée mythologique.

Les anciennes analogies mythologiques sont mortes dans nos croyances contemporaines, mais elles demeurent vivantes dans nos affectivités, nos états d'âme et notre poésie. Notre langage est gorgé de transports analogiques d'un domaine à un autre, devenus quasi invisibles (le lever du soleil, les racines du mal, l'éclosion d'un amour). La compréhension de personne à personne se fait par projection de soi en autrui, identification d'autrui à soi, dans un vécu analogique où l'autre, *ego alter*, devient *alter ego*. La connaissance scientifique elle-même, qui dans sa phase simplificatrice a voulu et cru chasser l'analogie, l'a utilisée à son insu (la « sélection » naturelle, les « lois » de la nature). Comme nous l'avons indiqué ci-dessus, la rationalité pratique l'analogie, tout en la soumettant à des examens et vérifications. C'est dans la pensée poétique et la pensée mythologique que l'analogie prend son libre essor...

Ajoutons, en relation, que l'aptitude mimétique propre à l'esprit humain nous rend psychiquement analogue à celui que nous imitons (cf. plus haut, chapitre 2), ce qui conduit à une sorte de possession de l'imitateur par l'imité. C'est pourquoi certains ont attribué à des chamans en état de possession mimétique le vérisme saisissant des peintures d'animaux des grottes préhistoriques, comme celles de la grotte Chauvet ou de Lascaux.

Le digital sépare ce qui est lié, l'analogique lie ce qui est séparé. Leur complémentarité permanente assure et féconde la connaissance[1]. L'esprit humain, qui traite le séparable et

---

[1]. Elle est aussi présente dans le travail du peintre qui unit le digital (correction, retouche, modification, mesure) au processus analogique.

Esprit et conscience

le non-séparable, peut discerner les limites d'une connaissance uniquement consacrée au divisible et au séparable, reconnaître les incertitudes d'une connaissance qui ne se meut que dans l'analogie, et traiter la complexité : là où le séparable et l'inséparable sont inséparables.

Il y a, de même, deux langages liés dans le langage, l'un qui dénote, objective, calcule, se fonde sur la logique du tiers exclu, l'autre qui connote (évoque le halo de significations contextuelles autour de chaque mot ou exposé), joue sur l'analogie, tend à exprimer affectivité et subjectivité. Les deux langages n'en forment qu'un dans notre langage ordinaire[1]. Une des richesses du langage ordinaire est qu'il combine l'un et l'autre langage, et traduit ainsi la complexité rationnelle-affective de l'humain. Quand il se veut surtout rationnel, le discours se développe sous un fort contrôle empirique et logique, tend à réduire ses éléments analogiques en comparaisons, ses éléments symboliques en signes ou conventions. Quand il se veut poétique, le discours se laisse porter par la musique des mots, les assonances, les images (mais n'exclut nullement le contrôle).

PREMIER LANGAGE	SECOND LANGAGE
dominance de la disjonction	dominance de la conjonction
disjonction réel/imaginaire	conjonction réel-imaginaire
conventionnalisation des mots	réification des mots
irréalisation des images	réification des images
réification des choses	fluidité des choses, possibilité de métamorphoses
isolement et traitement technique des objets	traitement magique des objets ; relations analogiques entre des objets
fort contrôle empirique extérieur	
fort contrôle logique sur l'analogique	fort contrôle du vécu intérieur
	fort contrôle analogique sur le logique
pan-objectivisme	pan-subjectivisme

---

1. Ils se séparent et s'opposent lorsque se développent d'une part des langages juridiques, techniques, scientifiques, d'autre part un langage poétique.

Un mot peut être seulement signe. Le signe relève du mode instrumental de connaissance, il indique froidement la nature de ce qu'il désigne. Il peut être non seulement signe, mais aussi symbole. Le symbole évoque et dans un sens contient la présence de ce qu'il signifie. Le symbole est un concentré de présence concrète et comporte une relation d'identité avec ce qu'il symbolise, il peut être gorgé d'affectivité, d'amour, de haine, d'adoration, d'exécration. Ainsi, on honore et vénère le drapeau symbolisant la patrie, on piétine ou brûle le drapeau de l'ennemi, piétinant ou brûlant dans un acte analogique l'ennemi lui-même.

La pensée mythique et la pensée magique se nourrissent de symboles, non seulement au sens indicatif du terme où le symbole s'identifie au signe, mais au sens quasi magique où le symbole contient la présence affective, mystique, de ce qu'il symbolise (la croix). Il y a une pensée symbolique-mythique-magique, présente dans toutes les civilisations.

La pensée une et plurielle

La pensée comporte et développe différents types ou modes d'intelligence, mais les dépasse par l'importance de sa composante réflexive, par son aptitude organisatrice et créatrice. L'intelligence résout des problèmes. La pensée résout également des problèmes, mais elle pose des problèmes profonds, des problèmes généraux, elle se pose des problèmes sans solution, dont les problèmes métaphysiques ; elle se pose éventuellement le problème de sa propre validité, de ses limites. Plus elle se développe, plus elle résout des problèmes, plus elle problématise, plus elle se problématise.

Comme toute activité de l'esprit, la pensée se développe dans et par l'utilisation du langage, de l'intelligence, de la logique (qu'elle peut et doit du reste excéder et transgresser), de la conscience, et elle comporte l'aptitude à concevoir.

La pensée qui se déploie dans les civilisations n'est pas cantonnée dans un secteur qui serait la philosophie. La pensée s'applique à tous les problèmes, cognitifs et pratiques ; il y a de la pensée vivante dans les sciences, les techniques, les arts, les religions, dans la vie quotidienne, chez les analphabètes. C'est une activité personnelle et originale, chez tous ceux qui perçoivent par eux-mêmes, conçoivent par eux-mêmes, réfléchissent par eux-mêmes. Mais elle peut être limitée, inhibée, intimidée (par *imprinting*[1], vérités établies, normalisation). Il y a une pensée originale qui peut se développer au sein de la norme imposée, mais la pensée la plus originale est celle qui, dans son propre mouvement, transgresse la norme.

La pensée élabore des conceptions, c'est-à-dire des formes ou configurations constituant des unités organisées soit d'idées, de concepts, dans les théories, soit d'éléments matériels dans les œuvres d'art ou les créations techniques. Ainsi en est-il des œuvres de ceux qu'on nomme justement penseurs depuis Héraclite et Tchouang-tseu, des monuments comme la pyramide de Khéops, des fresques de la chapelle Sixtine, des créations de Léonard de Vinci, de l'invention de la machine à vapeur, du Golden Gate, des deux tours disparues du World Trade Center. La conception peut utiliser à la fois les ressources de l'esprit, de la main, de l'outil.

L'activité pensante comporte invention, création. Les grands penseurs sont des créateurs qui modifient notre regard sur le monde.

Le mouvement organisateur et créateur de la pensée est un complexe dialogique mettant en œuvre les compétences complémentaires et antagonistes de l'esprit, comme distinguer-relier, différencier-unifier, analyser-synthétiser, individuer-généraliser, abstraire-concrétiser, déduire-induire, objectiver-subjectiver, vérifier-imaginer.

La pensée établit une dialogique entre le rationnel et l'empirique, le logique et l'analogique, le rationnel et le mythique, le précis et le flou, la certitude et l'incertitude, l'intention et l'action, les fins et les moyens. Derrière ces dialogiques, il y a le doute, la volonté, l'imagination, le sentiment, l'angoisse devant le mystère du monde... C'est dire que la pensée implique tout l'être.

---

1. Sur l'*imprinting*, cf. Index.

Une, multiple et polymorphe, la pensée conçoit et utilise des stratégies cognitives ou pratiques diverses selon les problèmes rencontrés. Il y a diversité des styles de pensée comme des styles cognitifs : les *global learners* ou holistes saisissent les formes globales, les sérialistes (*step by step learners*) ont besoin de cheminer élément par élément ; il y a les abstraits, les concrets, les empiristes, les rationalistes, les analytiques. Certains types de pensée s'imposent selon les conditions historiques (pensée réductionniste, disjonctive, dans la science du XIXe siècle...). Il y a des facteurs individuels et des facteurs culturels de développement et de complexification mais aussi de rigidification des modes de pensée. Aussi, on trouve dans toute société des pensées normalisées, des pensées non conformes, des pensées déviantes. Dans nos sociétés contemporaines, la sur-spécialisation dévitalise la pensée.

La pensée peut avoir des ratés, des défaillances ; elle n'est pas extralucide : tout processus de pensée isolé, hypostasié, poussé à la limite, conduit à l'aveuglement ou au délire. La pensée a besoin de régulation interne (comme le jeu dialogique analyse-synthèse, explication-compréhension) et de régulation externe (la confrontation avec la réalité extérieure). La raison non régulée par l'expérience, l'observation, la vérification, conduit à la rationalisation, qui est cohérente logiquement mais fausse empiriquement. La pensée porte sans cesse en elle le risque du dérèglement.

La difficulté de penser de façon complexe est extrême. Plus l'esprit affronte la complexité, plus il doit lui-même complexifier son exercice, plus difficiles et multiples sont les combinaisons des différentes qualités qu'il doit mettre en œuvre.

La double pensée

L'esprit humain se révèle dans l'exercice d'une pensée rationnelle (*logos*) et dans l'exercice d'une pensée mythique (*muthos*). La première, présente depuis les origines, s'est surtout développée dans les sciences ; c'est une pensée apte à recueillir et vérifier systématiquement des informations ; elle utilise la logique, l'idée, le calcul, et développe ses stratégies

Esprit et conscience

cognitives dans la relation avec le monde empirique. La seconde, présente aussi depuis les origines, se développe dans le mythe, utilise les analogies et les symboles, transgresse la logique et se déploie dans un monde où l'imaginaire s'entrelace avec le réel.

Se mêlant l'une à l'autre, tantôt plus fortement dans un sens que dans l'autre, il y a une pensée spéculative, imaginative, qui se déploie dans les théologies, les métaphysiques, les philosophies.

Le mythe comporte des personnages surnaturels – héros, dieux ; il conte leurs exploits ou leur martyre, leur triomphe ou leur défaite. Les grands mythes narrent la naissance du monde, celle de l'homme, le passage de la nature à la culture, indiquent l'origine du bien et du mal.

Archaïque, antique ou religieux, le mythe apporte une intelligibilité au monde par la narration et non par les lois, par le singulier et non par le général, par le concret et non par l'abstrait, par le vivant (explication animiste) et non par le physique (explication matérialiste). Ainsi, le mythe archaïque, antique ou religieux fait appel à des esprits, des génies, des héros surhumains pour expliquer un monde dont la science classique rendra compte par des lois et un déterminisme universel.

Le récit mythique suppose en lui le principe anthropo-cosmomorphique (où le cosmos est à l'image de l'humain, l'humain à l'image du cosmos), qui permet les métamorphoses de l'être humain en animal, statue ou rocher, celles de l'animal en humain. De même que le « double » par rapport à l'individu, le mythe se déploie dans un univers dédoublé qui possède à la fois les caractères de l'univers empirique et ses caractères surnaturels propres. Il tresse un monde mythologique sur le monde empirique, qui donne sur-réalité à la réalité.

Unité, opposition et dialogique des deux pensées

À nouveau, nous rencontrons l'opposition et la liaison entre *logos* et *muthos*.

Les deux pensées s'opposent effectivement et sont inintelligibles l'une à l'autre ; elles ont pourtant une source commune. Notre esprit perçoit par traduction (des stimuli extérieurs) et par reconstruction sous forme de représentation mentale. La représentation dédouble le réel sous forme d'image. Et ce double peut ressusciter plus tard dans la remémoration.

La pensée rationnelle va travailler sur les informations objectives de la perception et de la remémoration, la pensée mythologique va travailler sur la vertu dédoublée de la représentation, qui, rappelons-le (cf. p. 108), n'est pas directement dissociable par l'esprit de l'hallucination ou du rêve. Ainsi, la perception, le rêve, le fantasme partent de la même plaque tournante originaire, où l'image de la réalité et la réalité de l'image sont encore confondues, où indication et évocation ne sont pas encore séparées, où le subjectif et l'objectif ne sont pas encore dissociés. La pensée rationnelle va se saisir de l'image de la réalité pour saisir la réalité dans l'image, la pensée mythologique va se saisir de la réalité de l'image pour nourrir le monde imaginaire (c'est peut-être dans ce sens que Wittgenstein évoque la « mythologie des processus mentaux »...). Ainsi, les principes premiers qui gouvernent les opérations mentales sont à la source commune des deux pensées, et, à partir de cette même source, celles-ci se disjoignent et s'opposent.

Bien que disjointes, elles communiquent secrètement. La pensée rationnelle utilise des analogies et des symboles ; elle s'est souvent servie du mythe pour ses démonstrations ou élucidations – ainsi Protagoras utilisant le mythe d'Hermès, Platon le mythe d'Éros, Freud le mythe d'Œdipe. Par ailleurs, elle tend, en s'absolutisant, à s'auto-mythifier en quasi-« déesse Raison ». De son côté, le récit mythologique le plus fantastique a besoin d'un minimum de cohérence, obéit segmentairement à la logique, ne serait-ce que pour articuler son discours, et les grands mythes portent cachées en eux une logique ainsi qu'une rationalité secrètes... Il y a ainsi du *logos* caché derrière le mythe, de même qu'il y a du *muthos* caché sous la raison [1].

1. Marx écrivait (lettre à Ruge, septembre 1843) : « La raison a toujours existé, mais pas toujours sous forme rationnelle. »

Esprit et conscience 119

Tout en étant différentes et opposées, les deux pensées sont imbriquées l'une en l'autre dans notre vie et dans notre langage, et elles forment ensemble un tissu complexe : notre langage est d'autant plus riche qu'il peut se servir à la fois de la disjonction et de l'argumentation, de l'analogie et de l'évocation. Bien entendu, il peut être sous-développé aussi bien logiquement qu'analogiquement. La pire pauvreté est non seulement celle d'un discours analogique privé de logique, mais aussi celle d'un discours purement logique, qui, devenu uniquement formel, est alors privé de concret et de complexité.

La rationalité fermée ne peut comprendre les besoins humains qui nourrissent mythe et religion, et elle ignore que dans la rationalité même il y a émotion et passion. En revanche, quand elle est autocritique et ouverte, la rationalité est capable de reconnaître ses limites, de comprendre les caractères humains profonds du mythe et de la magie.
La rationalité ouverte reconnaît l'étoffe imaginaire/symbolique qui co-tisse notre réalité (*« we are such stuff as dreams are made »*). Elle peut concevoir la réalité humaine du mythe. Mais les deux pensées ne peuvent véritablement se traduire l'une dans l'autre. L'avantage de la pensée rationnelle est qu'elle peut traduire dans son langage une partie des significations mythiques, alors que la pensée mythologique ne peut intégrer en elle la pensée rationnelle critique.

Les aventures de l'esprit

Aussi, ce ne sont pas seulement le démon de la connaissance et le démon de l'action qui se sont emparés de l'esprit humain, ce sont aussi les démons de l'imaginaire et du mythe.

Avec le démon de la connaissance, la curiosité animale est devenue une passion humaine (« l'homme a naturellement la passion de connaître », disait Aristote). Il nous dirige sur toutes les choses inconnues, et il s'obstine sur les énigmes et mystères de l'existence et de l'univers.

L'aventure de la connaissance se développe tous terrains. La connaissance rationnelle-empirique présente chez les chasseurs-ramasseurs du paléolithique, entreprenante dans toutes les civilisations, s'est autonomisée et développée à partir du XVIIe siècle, après que Galilée, Bacon et Descartes eurent posé les fondements et principes de la science moderne.

L'aventure du mythe commence également aux origines d'*homo sapiens*; elle s'est inscrite dans les grandes religions œcuméniques, puis elle s'est métamorphosée aux temps contemporains en aventure de l'idéologie. Le mythe a quitté ses habits traditionnels, et il s'est ainsi introduit dans la sphère apparemment laïque des sociétés : le mythe moderne peut, à la différence de l'ancien, se passer de dieux et même de récit. Il parasite clandestinement le monde des Idées qui sont issues de la pensée rationnelle, et qui prennent forme souveraine : la Raison, l'Histoire, la Science, le Progrès, la Révolution. Il s'infiltre dans les idéologies, leur donne énergie et force de possession. Il donne aux idées abstraites une vie, un caractère providentiel quasi divin. Ainsi, la Raison, la Science, le Progrès ont pu devenir de très grands mythes des XIXe et XXe siècles et les soi-disant lois de l'histoire ont prétendu accomplir providentiellement le salut de l'humanité…

On aurait donc grandement tort (et ce serait du reste une croyance mythique de plus) de croire que le mythe a été chassé par la rationalité moderne et que son ultime refuge est le royaume de la mort. La mort est certes trou noir pour la raison et soleil rayonnant dans le mythe. Mais le réel, territoire de la pensée empirique/rationnelle, est également le terreau du mythe. Dans un sens, le réel est encore plus insondable que la mort : on a pu, à la rigueur, trouver des raisons à la mort, comme le second principe de la thermodynamique ; on n'a encore trouvé aucune « raison d'être » à ce qui est. Aussi le mythe surgit-il en l'humanité non seulement du gouffre de la mort, mais aussi du mystère de l'existence. En fait, toujours, dans toute société, il y a/aura à la fois rationalité, mythologie, religion.

L'esprit créateur

Le mot « créativité » est chassé du scientisme, hypostasié par le spiritualisme, gadgétisé par le management. Il est pourtant incontournable : nous ne pouvons nier que les évolutions vivantes, végétales et animales, aient été créatrices ; nous ne pouvons éliminer la créativité dans l'histoire humaine ; l'humanité a créé des dieux vivants, des idées vivantes qui ont pris pouvoir sur elle ; des sociétés se sont organisées en créant des formes nouvelles ; l'ingénieur, l'artiste sont créateurs d'œuvres. Certes, des esprits parfois créateurs ont nié la force créatrice de l'esprit, des auteurs parfois originaux ont proclamé l'inanité de la notion d'auteur. Mais c'étaient toutefois des esprits créateurs et des auteurs originaux.

La créativité humaine est technique (invention de la roue, du moulin, de la machine à vapeur, etc.). Elle est aussi esthétique (parures, chants, peintures, arts, poésies). Elle est intellectuelle (idées, concepts, théories). Elle est également sociale (lois, institutions), mais, y compris dans ce cas, elle nécessite des individus.

Dans toute création humaine, inconscient et conscient, imaginaire et réel collaborent. Reconnaître le rôle de l'inconscient et de l'imaginaire dans la créativité nous amène, non à la nier, mais à reconnaître son mystère. On a sans doute hypostasié la notion de génie, mais celle-ci contenait à juste titre la notion d'inspiration, voire de possession, et elle nous mettait devant le mystère de l'acte créateur.

Parmi les grands mystères de l'esprit, il y a, effectivement, sa créativité[1] ; les capacités créatrices de grands écrivains comme Balzac, Tolstoï, Dostoïevski, Proust, ont concrétisé de gigantesques ectoplasmes de réel → imaginaire, je veux

---

1. Sur la créativité, A. Montuori et R. E. Purser (dir.), *Social Creativity*, Crenkill, New Jersey, Hampton Press, 1999. Dans cet ouvrage, F. Barron, « All creation is a collaboration », p. 49-59. Cf. aussi A. Koestler, *The Act of Creation*, New York, Macmillan, 1963.

dire d'imaginaire dans la reproduction du réel, de réel dans la production d'imaginaire. Ici encore, nous retrouvons les énigmes du mimétisme, de la possession, de l'hystérie... Tout artiste créateur n'est-il pas d'une certaine façon possédé par l'œuvre qu'il crée, et hystérique dans le sens où il donne existence organique à une émanation de l'esprit ?

Il y a dans notre esprit une dimension que notre esprit ignore. Les hypothèses les plus étonnantes ne doivent pas être écartées (mais non aveuglément adoptées). Le fond de l'esprit humain demeure inconnu, le fait même qu'il y ait l'esprit humain demeure un mystère.

Bien sûr, l'esprit n'est pas qu'une superstructure, c'est une émergence de l'extraordinaire conjonction organisatrice entre le cerveau humain et la culture, et cette émergence (dotée de propriétés nouvelles par rapport à ce qui l'a produit) non seulement fait éclore les qualités les plus riches de l'être humain, mais manifeste des pouvoirs étonnants à travers les magies des chamans et les développements inouïs des techniques. Aujourd'hui, l'esprit a acquis le pouvoir d'agir par des moyens chimiques et chirurgicaux sur le cerveau dont il est issu, et il acquerra bientôt celui d'agir sur les gènes qui ont produit son cerveau. Ainsi, un étrange circuit est en voie de se boucler pour une nouvelle aventure : celle de l'esprit rétro-agissant à la fois sur le cerveau dont il émerge et sur les gènes qui produisent le cerveau (cf. troisième partie, chapitre 5).

Précédant de peu ces nouveaux pouvoirs de création, l'esprit humain a développé des pouvoirs d'anéantissement. Comme il est à la fois génial et débile, il possède des capacités qui peuvent être terrifiantes s'il lui manque conscience et responsabilité.

L'âme

L'esprit est un complexe qui comporte en lui le psychisme, notion qui indique sa subjectivité affective. L'âme humaine émerge à partir des bases psychiques de la sensibilité, de l'affectivité ; en complémentarité intime avec l'esprit (*animus*), elle est *anima*.

Esprit et conscience

Les mammifères, dont nous sommes, sont remarquables par leur affectivité, et, notamment domestiqués, comme le chien, ils manifestent une très grande sensibilité dans l'attachement. Ont-ils une âme ? Ne versons pas ici dans un débat théologico-cartésien. Il est d'autant plus impossible de marquer une démarcation que l'âme n'est pas localisable, ni même vraiment définissable. On la reconnaît par sensibilité (« il n'a pas d'âme », me disait Jacques Monod d'un épistémologue de notre connaissance, et je comprenais immédiatement). Notons ici qu'autant j'estime nécessaire de rétablir la priorité du cerveau, écartée par le spiritualisme philosophique, pour concevoir l'esprit, autant j'estime nécessaire de réhabiliter l'âme, chassée par l'objectivisme scientifique.

L'âme n'a pas de frontières, elle n'a pas de fond. « Tu ne trouverais pas les limites de l'âme, même parcourant toutes les routes, si profond est le Logos qu'elle renferme », disait Héraclite. L'âme n'est pas une entité stable, elle est fluctuante, comme la conscience. Elle n'émerge vraiment qu'au-delà de la lutte pour la survie, et au-delà du dur travail. (C'est pour cela qu'*a contrario* nous avons le sentiment, venu de nos âmes, que nos chiens et chats domestiques, délivrés de tout souci de recherche de nourriture, de tout péril, bien installés en appartement, ont une âme, sont des âmes…)

L'âme est non perceptible par le regard fonctionnaliste ou pragmatique, puisque apparemment elle n'a pas de fonction ni d'utilité. Elle se manifeste par le regard, par l'émotion du visage, et surtout à travers pleurs et sourire. Elle peut s'exprimer dans des paroles, mais son langage propre est au-delà du langage de prose, c'est celui de la poésie et c'est celui de la musique.

L'âme est sans doute un concept commode, comme me le suggère un ami lecteur, mais le terme traduit aussi ce qui échappe aux concepts commodes.

L'esprit est organisation de la pensée et énergie de la volonté ; l'âme est intuitive, elle ressent et pressent ; elle est sensibilité, douleur souvent. L'âme est ce qui souffre de douleur morale. L'âme est aussi ce qui s'exalte au-delà de la joie, rayonne dans le bonheur, et peut connaître l'extase.

L'*anima* est le complément et l'antidote de l'*animus*. C'est la part féminine de l'esprit hermaphrodite.

L'âme peut faire de nous des sujets sensibles, vulnérables, généreux, compatissants, ouverts au monde et à autrui. Mais que d'êtres humains n'ont pu encore actualiser ces virtualités qui sont pourtant inscrites en chacun !

Ces vertus que l'on croit premières, l'âme, l'esprit, sont des émergences, des vertus de complexité, des phénomènes de totalité, c'est pourquoi elles ne peuvent survivre à la mort, qui est la désintégration du tout et la dispersion de ses éléments.

II. POUVOIRS ET FAIBLESSES DE LA CONSCIENCE[1]

La conscience est en quelque sorte une réflexion dans les deux sens du terme : le premier est analogue au sens optique du miroir qui opère le dédoublement du réfléchissant en réfléchi, le second désigne le retour en boucle de l'esprit sur soi, *via* le langage. La conscience est donc à la fois toujours dédoublée sans cesser de demeurer une. C'est la boucle qui réunit le réfléchissant au réfléchi, les identifie et établit cette unité dans la dualité d'une conscience de la conscience. C'est pourquoi elle nous est toujours à la fois évidente et mystérieuse.

La conscience comporte deux branches incluses l'une dans l'autre en *yin yang*[2], la branche qui porte sur les activités cognitives ou pratiques, la branche de la conscience de soi ; la conscience de soi demeure présente en veilleuse dans la conscience cognitive, laquelle est en éveil dans la conscience de soi.

La conscience de soi naît de l'expérience réflexive, où, avons-nous vu, l'unité du Je se dédouble en s'objectivant dans un Moi, et se réunifie en identifiant ces deux termes en un « je-suis-moi ». Comme nous l'avons vu également, la première objectivation du Moi est constituée par le *double*, qui, à la fois différencié du Je et identifié à lui, témoigne d'une paléo-conscience archaïque. Il faut attendre les civilisations historiques pour que, le double s'intériorisant et se

---

1. Sur la conscience, cf. *Méthode 3*, p. 190-198.
2. Cf. Index.

spiritualisant, l'âme et l'esprit deviennent les médiateurs de la conscience de soi et qu'enfin apparaisse une conscience de sa propre subjectivité. L'examen réflexif de soi sur soi a pu alors susciter des ouvrages où le sujet devient son propre objet d'étude, comme les *Essais* de Montaigne. Et Montaigne, en découvrant, dans sa singularité même, « l'humaine condition », a acquis une conscience d'humanité en s'intégrant dans la condition humaine tout en l'intégrant à lui.

La conscience nous semble tantôt un épiphénomène, tantôt le phénomène principal de la vie de l'esprit... On peut effectivement la concevoir comme épiphénomène, éclair jaillissant et s'éteignant aussitôt, feu follet incapable de modifier un comportement « programmé » (par l'appareil génétique, la culture). La conscience peut aussi apparaître comme superstructure, résultante d'une organisation des profondeurs, et qui, comme tout ce qui est second et dépendant, ne peut être que superficiel.

Mais la première représentation omettrait de constater que cet épiphénomène fragile est en même temps la qualité globale la plus extraordinaire issue du cerveau, l'auto-réflexion par quoi le Moi-Je émerge à l'esprit. La seconde représentation ignorerait la rétroaction de la conscience sur les idées, sur le comportement et sur l'être lui-même, ainsi que les bouleversements qu'elle peut apporter (conscience de la mort). Les deux représentations ignoreraient enfin la dimension tout à fait nouvelle et parfois décisive que l'aptitude autocritique de la conscience peut apporter à la personne.

La rétroaction de la conscience peut être plus ou moins faible, plus ou moins modificatrice. Et, selon les moments, selon les conditions, selon les individus, selon les problèmes affrontés, selon les pulsions activées, la conscience apparaîtra, tantôt donc comme pur épiphénomène, tantôt comme superstructure, tantôt comme qualité globale, tantôt capable, tantôt incapable de rétroaction. Mais c'est surtout, et principalement, le produit suprême, le plus riche de l'esprit humain. Et sa valeur est liée à sa fragilité, comme tout ce qui pour nous est le meilleur et le plus précieux.

La conscience ne sait rien de notre machinerie corporelle, du fonctionnement de notre cerveau d'où pourtant elle émerge, de nos tréfonds psychiques. Chacun a de soi-même une conscience intime, secrète, mais il n'a que partiellement conscience de ce qu'il est et de ce qu'il fait.

Une part énorme de notre activité intellectuelle est inconsciente, et les plus belles émergences de conscience sont inséparables d'un travail inconscient : « Ce qu'on appelle génie vient d'en deçà de la conscience, illumine la conscience, s'illumine par la conscience, et échappe à la conscience [1]. » Schopenhauer disait que la conscience est l'efflorescence suprême de l'inconscience. Mais la conscience peut rétroagir sur l'inconscient dont elle est issue. La volonté consciente de certains yogis peut contrôler les battements de leur cœur.

« Ce qui est mystérieux, ce n'est pas l'inconscience, c'est la conscience », disait Bateson ; ce qui est mystérieux, ce sont l'une et l'autre et leurs relations. La conscience n'est possible que si elle est d'une certaine façon distante du gros œuvre de l'esprit-cerveau sans cesser d'en dépendre. Une conscience absolue, envahissant le tout de l'esprit, s'abolirait dans son accomplissement même.

La conscience ne peut être que subjective, mais le dédoublement qu'elle opère permet au sujet de considérer objectivement sa propre pensée, ses propres actes, sa personne ; la conscience exprime le fort besoin d'objectivité du sujet humain. Elle unit en elle le comble de la subjectivité et de l'objectivité.

La boucle réflexive qui engendre la conscience produit, selon l'attention du sujet, la conscience de soi, la conscience des objets de sa connaissance, la conscience de sa connaissance, la conscience de sa pensée, la conscience de sa conscience. Cette boucle réflexive constitue un méta-niveau qui permet une pensée de la pensée capable de rétroagir sur la pensée, de même que la conscience de soi permet de rétroagir sur soi. Ce méta-niveau qui établit à la fois liaison et distanciation de soi à soi, de soi aux idées et aux pensées, instaure une condition première de l'examen critique sur toute idée, toute pensée, à commencer par la sienne propre. Le méta-niveau dépasse et englobe les activités cognitives *tout en en faisant partie*. La conscience, dédoublée en conscience

---

1. *Méthode 3*, p. 193.

Esprit et conscience

de la conscience, peut ainsi se considérer d'un méta-point de vue tout en demeurant elle-même, mais elle ne saurait se détripler, déquadrupler, etc.

La conscience peut intervenir dans le cours même de la connaissance, de la pensée ou de l'action et constituer les moments réflexifs de la connaissance, de l'action, de la pensée ; ainsi la pensée peut se penser se faisant, nous pouvons sans cesse mettre notre esprit sur l'orbite du méta-point de vue conscient, puis le faire revenir au point de vue pilote, modifiant ainsi la connaissance, la pensée, l'action en vertu de la prise de conscience. La conscience permet non seulement la réflexion de l'esprit sur toutes choses et la surveillance critique, mais aussi la méditation.

Sa fragilité toutefois la rend sujette à toutes les erreurs possibles de la connaissance humaine, et même aggravées parce que la conscience croit trouver en elle-même la preuve de sa vérité et se convainc de sa bonne foi. D'où les innombrables fausses consciences et les très vilaines bonnes consciences qui fleurissent dans les esprits humains. La fausse conscience est pire que l'inconscience puisqu'elle est convaincue d'être la vraie conscience et les vilaines bonnes consciences sont les pires fausses consciences.

L'ennemi de la conscience est non seulement l'assujettissement de l'esprit par une culture, il est aussi à l'intérieur de l'esprit (refoulement, mémoire sélective, mensonge à soi-même).

Les avancées de la conscience ne sont pas mécaniquement liées aux progrès de la connaissance, comme en témoignent les progrès extraordinaires des connaissances scientifiques, qui ont déterminé, certes, des progrès locaux de conscience, mais aussi des fausses consciences (certitude que le monde obéit à des lois simples) et des consciences mutilées (enfermées dans une discipline particulière).

La conscience est engagée dans le jeu de plus en plus complexe de la vérité et de l'erreur. En dépit des risques d'en susciter de nouvelles, l'exercice permanent de la conscience tend à détruire les illusions et par là les certitudes : il « tend à éliminer l'erreur, mais pour illuminer l'errance [1] ».

---

1. *Le Paradigme perdu*, p. 153.

D'où la complexité de la conscience, qui est à la fois toujours subjective et toujours objectivante, intérieure à soi et distante de soi, étrangère et intime, périphérique et centrale, épiphénoménale et essentielle, nécessaire et menacée.

La conscience émerge toujours dans des interdépendances. La pensée met en activité l'intelligence et s'éclaire d'elle-même par la réflexivité (conscience). La conscience contrôle la pensée et l'intelligence, mais a besoin d'être contrôlée par elles. La conscience a besoin d'être contrôlée ou inspirée par l'intelligence, laquelle a besoin de prises de conscience.

D'où les multiples difficultés pour qu'émerge une conscience lucide.

La conscience de l'unité/diversité humaine, à laquelle nous aspirons dans ce travail, nécessite, nous l'avons vu, de multiples connaissances et un effort de pensée pour articuler ces connaissances, d'autant plus que celles-ci sont disjointes et dispersées en diverses disciplines. La conscience de ce qu'est la conscience nécessite l'utilisation de la boucle pour reconnaître sa nature réflexive, et de la dialogique pour reconnaître sa nature subjective/ objective. La conscience de l'unité/diversité de la conscience elle-même rencontre la difficulté première de penser ensemble l'un et le multiple.

Il y a unité de la conscience humaine comme boucle réflexive. Mais, à partir de cette unité, il y a une extrême diversité, inséparable des formes de pensée, des conditions culturelles, des multiples possibilités de fausse conscience, des possibilités de régressions dont certaines sont liées à ses progressions mêmes (comme en ce qui concerne la mort).

Ultime émergence de l'esprit humain, la conscience nous est épiphénoménale tout en nous étant essentielle. Elle n'est nullement une instance fixe et stable ; elle est sujette à toutes les erreurs possibles de la connaissance humaine. Fragile et incertaine comme la flamme d'une bougie, elle est clignotante, oscillante, pouvant disparaître ou s'illuminer. La moindre rafale pulsionnelle l'éteint et elle risque d'être altérée par un minime dérèglement chimique de la machinerie cérébrale. C'est une veilleuse vacillante, au-dessus des formidables et multiples activités inconscientes de l'organisme, du cerveau, de la société[1], de l'histoire. Née dans l'histoire, vivant son histoire, soumise à l'histoire, un coup de vent historique et hystérique peut l'éteindre.

Aussi l'avenir de l'humanité est-il plus qu'incertain, parce qu'il se joue sur le théâtre de la conscience et que l'être humain demeure *sapiens-demens*.

---

[1]. Et peut-être existe-t-il un inconscient collectif de l'humanité, « entité vivante inséparable » selon Thomas E. Bearden, qui irrigue 4 milliards d'êtres détachés (cf. notamment *An Approach to Understanding Psychotronics*, chez l'auteur, 1902 Willis Road S. E., Huntsville, Alabama, USA, 1976).

4. Le complexe d'Adam
Sapiens-demens

Il n'est rien de plus merveilleux-terrifiant que l'homme.

Sophocle

Connaissez donc, superbe, quel paradoxe vous êtes à vous-même.

Pascal

Héraclite [...] disait que par nature l'homme est dépourvu de raison.

Apollonios de Tyane

Le fou se moque du fou.

Érasme

Ce n'est pas sage que d'être seulement sage.

Santayana

Les hommes sont si nécessairement fous que ce serait être fou par un autre tour de folie de n'être pas fou.

Pascal

L'homme a besoin d'un courage téméraire pour descendre en l'abîme de lui-même.

Yeats

Il y a des profondeurs dans l'âme humaine que seul le rite peut atteindre.

Louis Jacobs (rabbin anglais)

> *Toutes vos craintes sont des craintes de mortels, mais tous vos rêves sont des rêves d'immortels.*
>
> Sénèque

> *Mon idéologie ne va pas contre la raison, puisque je n'admets pas d'autre mode de connaissance théorique que celle-ci ; elle va seulement contre le rationalisme.*
>
> Ortega y Gasset

Adam n'est pas né sage, ni Ève. Le thème de la folie humaine fut évident pour la philosophie de l'Antiquité, la sagesse orientale, les poètes de tous les continents, les moralistes, dont Érasme, Montaigne, Pascal, Rousseau. Il s'est volatilisé non seulement dans l'euphorique idéologie humaniste qui voua l'homme à régenter l'univers, mais aussi dans la philosophie et dans la science.

L'être humain est désormais labellisé *homo sapiens* et *homo faber*. Effectivement, c'est un animal doué de raison, et qui applique sa raison en fabriquant des outils, puis en développant la technique. Le XVIIIe siècle européen inventa la notion d'*homo œconomicus*, qui complète la définition rationnelle en y ajoutant l'utilité et l'intérêt. Ainsi *homo faber* et *homo œconomicus* consacrent l'appellation contrôlée d'*homo sapiens*.

Homo est effectivement *sapiens*, *faber*, *œconomicus*. La rationalité est une disposition mentale qui suscite une connaissance objective du monde extérieur, élabore des stratégies efficaces, effectue des examens critiques, et oppose un principe de réalité au principe du désir. Les progrès de la science, de la technique et de l'économie confirment l'efficacité de la rationalité humaine.

Toutefois, cette qualité n'est ni seule, ni surtout souveraine. Déjà pour Platon, le psychisme humain était un champ de bataille entre l'esprit rationnel (*nous*), l'affectivité (*thumos*) et l'impulsivité (*épithumia*). Plus près de nous, Freud indiquait que le sujet rationnel, nullement souverain, était inséré dans une trilogie permanente où il subissait la violence du Ça pulsionnel et la domination d'un Sur-Moi autoritaire. D'où sa formule admirable : « Là où *Ça* était, *Je* doit advenir. » Enfin, MacLean (cf. p. 48) indiquait que notre cerveau contient non seulement le superbe néo-cortex propre à la rationalité humaine, mais aussi l'héritage du cerveau mammifère (affectivité) et du cerveau reptilien (rut, agression, fuite).

La spécification *homo sapiens* est de toute façon insuffisante. Elle fait de l'humain un être ignorant folie et délire, privé de vie affective, imaginaire, ludique, esthétique, mythologique et religieuse.

Aussi nous faut-il corriger, compléter, dialectiser la notion d'*homo sapiens*.

Homo demens

Il serait irrationnel, fou et délirant d'occulter la composante irrationnelle, folle et délirante de l'humain [1].

Faber est *killer*. *Homo sapiens* a probablement exterminé les néandertaliens. Ils vivaient en Europe depuis plusieurs dizaines de milliers d'années avant la venue des *sapiens*. Ceux-ci y sont arrivés il y a 40 000 ans, et 10 000 ans plus tard les néandertaliens avaient disparu. Tout nous indique que les néandertaliens avaient la même conscience de la mort que *sapiens*, la même croyance en une vie posthume, et comme lui faisaient ornements et parures (grotte de Châtelperron).

Depuis les chasseurs-cueilleurs archaïques jusqu'aux paysans du néolithique, on trouve des indications de blessures, exécutions, supplices, massacres, sacrifices [2]. L'outil de *sapiens* accomplit les meurtres de *demens*.

---

1. Cf. A. Bourguignon, *Histoire naturelle de l'homme*, t. I, *L'Homme imprévu*, Paris, PUF, 1989, t. II, *L'Homme fou*, Paris, PUF, 1994.
2. Cf. J. Guilaine et J. Zammit, *Le Sentier de la guerre. Visages de la violence préhistorique*, Paris, Éd. du Seuil, 2001.

C'est le même *sapiens* qui a exterminé ses congénères, Aborigènes d'Australie, Indiens d'Amérique, qui a créé l'esclavage et les bagnes, et qui, à partir des pouvoirs de la science et de la technique, s'est lancé dans une conquête de la planète où il a généré des puissances de mort capables de l'anéantir. Bien sûr, il y a quelques îlots de bonté, de générosité, d'amour et de miséricorde au sein de cette espèce criminelle.

L'agressivité s'exhibe dans l'histoire humaine. Guerres prédatrices à l'extérieur, délinquance et criminalité à l'intérieur. Un délire de dévastations, de meurtres et de supplices accompagne toujours les victoires. La folie meurtrière se déchaîne dans les conflits entre religions, nations, idéologies. Une formidable vague de barbarie s'est déployée en Allemagne, la nation la plus civilisée du XXe siècle. Aucune nation n'est à l'abri. Partout où *homo* continue à se prétendre *sapiens*, où règnent *homo faber* et *homo œconomicus*, la barbarie est toujours prête à surgir.

Dans les vingt dernières années, il y a eu des conflits et guerres qui ont fait près de douze millions de morts : Cambodge, Rwanda, Iran-Irak, Angleterre-Argentine, Zaïre, Angola, Afghanistan, Soudan, Mozambique, Burundi, Birmanie, Somalie, Ouganda, Guatemala, Liberia, Liban, Vietnam, Colombie, Irak (guerre du Golfe), Sri Lanka, Salvador, Ouganda-Tanzanie, Éthiopie, Philippines, Algérie, Tchad, Tchétchénie, Nicaragua, Inde, Serbie, Croatie, Bosnie, Sierra Leone, Pérou, Namibie, Turquie, Yémen, Afrique du Sud, Rhodésie, Pakistan, Haïti, Irlande du Nord, Israël-Palestine, Kosovo, Macédoine. La liste est loin d'être close, et un nouveau type de guerre est apparu en 2001.

Les psychanalystes n'ont cessé de montrer la folie latente sous les comportements dits normaux. Olivenstein sait qu'en tout civilisé il y a un « homme parano »[1], c'est-à-dire mégalomane, soupçonneux, interprétant de façon délirante, percevant sans cesse des indices d'une conjuration contre lui. La folie humaine apparaît quand l'imaginaire est considéré comme réel, quand le subjectif est considéré comme objectif,

---

1. C. Olivenstein, *L'Homme parano*, Paris, Odile Jacob, 1998.

Le complexe d'Adam. Sapiens-demens

quand la rationalisation[1] est considérée comme rationalité, et quand tout cela est lié.

Les Grecs avaient diagnostiqué la disposition humaine à l'*hubris*, terme qui signifie démesure démentielle.

La culture et la société prohibent les pulsions destructrices de l'*hubris*, non seulement en usant des sanctions de la loi, mais aussi en introduisant dès l'enfance, dans l'esprit des individus, les normes et interdits. De plus, l'agressivité est inhibée par les règles de courtoisie qui sont des rites de pacification, salutations, bonjours, paroles anodines. Toutefois, une atteinte irritante ou humiliante à notre personne suscite notre agressivité[2], et souvent l'amour frustré peut se transformer en haine. Un déferlement de désir ou de haine peut briser contrôles et régulations.

Le mépris, le rejet se légitiment en ravalant le méprisé à la sous-humanité; la haine se croit rationnelle en se justifiant par l'idée de châtiment, d'élimination d'un être réputé malfaisant; elle s'exacerbe dans la joie de faire souffrir, torturer et tuer. Alors que dans le monde animal on ne tue que pour se défendre ou se nourrir, la violence meurtrière se débride chez l'homme, hors du besoin : la « bestialité » ou l'« inhumanité » sont des traits spécifiquement humains.

L'*hubris* déferle quand il y a simultanément absence des trois régulateurs : celui du monde extérieur, où le principe de réalité résiste au principe du désir; celui, proprement mental, de la rationalité; celui, social et culturel, qui institue barrières et tabous à l'agressivité et à la violence[3]. Or chacun de ces contrôles a ses déficiences. La démence peut briser la résistance du monde extérieur en lui imposant destructions et massacres. La rationalité peut devenir instrument au service de la pulsion destructrice. La culture peut se mettre au service de la guerre et des répressions massives. Dès lors, dans la rupture des régulations, l'*hubris* se déchaîne. Elle culmine en barbarie extrême dans la conjonction entre d'une part l'invasion des forces pulsionnelles démentes, d'autre part leur

---

1. Cf. Index.
2. En éthologie, l'impossibilité de réaliser un comportement gratifiant ou un stimulus douloureux détermine l'agressivité (Delgado).
3. F. Lhéritier, *De la violence*, Paris, Odile Jacob, 1999.

rationalisation dans une doctrine, et enfin leur mise en œuvre par la puissance armée d'un État.

Les foules et les rassemblements peuvent susciter les démences collectives que sont les paniques ou les lynchages. La turbulence de la fête, les exaltations de l'orgie peuvent déboucher sur des violences destructrices. On peut se demander si, de même qu'une ambition individuelle démesurée, l'ambition de la civilisation occidentale de conquérir la planète et de lui imposer sa loi n'est pas une forme extrême de l'*hubris*.

Les germes de toutes ces folies sont tapis en chaque individu, en chaque société ; ce qui nous différencie les uns des autres, c'est la plus ou moins grande maîtrise, sublimation, dissimulation, transformation de notre propre folie.

Par ailleurs, la rationalité se transforme en son contraire quand elle dégénère en rationalisation. L'abstraction, la perte du contexte, la clôture d'une théorie en doctrine blindée, la transformation de l'idée en maître mot, tout cela conduit à la rationalisation idéologique délirante. La méconnaissance des limites de la logique et de la raison elle-même conduit à des formes froides de folie : la folie de la sur-cohérence. La rationalisation est la forme de délire opposée au délire de l'incohérence, mais plus difficile à déceler. Ainsi, *homo* trop *sapiens* devient, *ipso facto*, *homo demens*.

Pourquoi tant de folies, tant de délires ?

Tout d'abord, nous l'avons indiqué, parce que la rupture des régulations dans le monde psychique (c'est-à-dire des prohibitions sociales et des inhibitions internes) provoque, comme dans le monde physique, des *feed-back* positifs, c'est-à-dire des amplifications et accélérations de déviances, qui se manifestent psychiquement par les états quasi démentiels de fureur, égarement, rage.

Ensuite, parce qu'il n'existe aucun dispositif cérébral intrinsèque qui distingue l'hallucination de la perception, le rêve de la veille, l'imaginaire du réel, le subjectif de l'objectif. Comme on l'a vu[1], l'activité rationnelle de l'esprit per-

---

1. Chap. 3, « Esprit et conscience », p. 107.

Le complexe d'Adam. Sapiens-demens

met seule la distinction en faisant appel aux contrôles de l'environnement, de la pratique, de la culture, d'autrui. Ce qui nous indique encore que les contrôles rationnels ne sont pas souverains, et nous renvoie à l'instabilité de la relation triunique dans le cerveau/esprit humain. La rationalité n'est qu'une instance, concurrente et antagoniste des autres instances d'une trilogie inséparable. Elle peut être dominée, submergée, voire asservie, par l'affectivité ou la pulsion. L'agressivité délirante peut se servir de la logique et utiliser la rationalité technique pour organiser et justifier ses entreprises.

Selon Delgado[1], la plupart des neurones déchargent sans arrêt et leur sensibilité est comparable à « un énorme tonneau de poudre synaptique qui exploserait en convulsions épileptiques s'il n'y avait pas d'éléments inhibiteurs ». C'est le cortex cérébral qui constitue un véritable « manteau d'inhibitions ». Et c'est dans les frénésies, coïts, danses, transes, spasmes d'extase que nous passons de l'extrême contrôle inhibiteur à l'extrême déchaînement.

Les dérèglements délirants doivent être reliés aussi à l'extrême complexité du cerveau humain : cette complexité, qui fait sa vertu, fait aussi sa fragilité. Le cerveau travaille sur un bruit de fond physique, avec et contre le désordre, dans un tohu-bohu mettant en œuvre des milliards de neurones, ce qui lui donne, avons-nous vu, des chances prodigieuses de découverte et d'invention mais aussi des risques énormes d'erreurs, d'illusions ou de folie.

Tout ce qui précède contribue à l'extrême vulnérabilité de la conscience[2], le plus précieux mais le plus fragile des garde-fous.

---

1. J.-M. Delgado, *Le Conditionnement du cerveau et la Liberté de l'esprit*, Bruxelles, Dessart, 1972.
2. Que nous avons déjà évoquée chap. 3, « Esprit et conscience », p. 124-129.

L'affectivité, plaque tournante

Ce qui fait le trait d'union entre *homo sapiens* et *homo demens*, c'est l'affectivité.

Tout ce qui est humain comporte de l'affectivité, y compris la rationalité. Jean-Didier Vincent dit qu'il n'y a pas d'intelligence, même rationnelle, sans *pathos*, c'est-à-dire sans affectivité [1]. José Antonio Jáuregui définit le cerveau humain comme un « ordinateur émotionnel » [2]. Damasio écrit même : « il existe une passion fondant la raison », et « par certains côtés, la capacité d'émotion est indispensable à la mise en œuvre de comportements rationnels » [3]. Il ajoute que la faculté de raisonner peut être diminuée, voire détruite, par un déficit d'émotion, et que l'affaiblissement de la capacité à réagir émotionnellement peut être à la source de comportements irrationnels. Toujours selon Damasio, des zones spécifiques du cerveau (cortex préfrontal, ventro-médian et aire somato-sensorielle) conditionnent à la fois les processus du raisonnement, ceux de la décision, ceux de l'expression et de la perception des émotions.

L'affectivité intervient dans les développements et les manifestations de l'intelligence. Le mathématicien est animé par la passion pour les mathématiques. Elle intervient aussi dans les aveuglements de l'intelligence. Elle anime ou égare la pensée, elle stimule ou obscurcit la conscience.

Nous savions que les passions peuvent égarer, il faut savoir également qu'elles peuvent éclairer. Ainsi en est-il de l'amour, qui peut se montrer extralucide et totalement aveugle. Il y a donc non seulement antagonisme mais complémentarité entre la passion et la raison.

L'intensité de l'affectivité humaine est liée à l'infantilisation et à la juvénilisation de l'individu. Le contact affectif avec les parents disparaît rapidement chez les mammifères, mais va durer toute la vie chez l'humain, de même que le

---

1. J.-D. Vincent, *Biologie des passions*, op. cit., p. 48.
2. J. A. Jáuregui, *Cerebro y emociones. El ordenador emocional*, 2ᵉ éd., Madrid, Maewa, 1997.
3. A. R. Damasio, *L'Erreur de Descartes : la raison des émotions*, op. cit.

Le complexe d'Adam. Sapiens-demens

besoin d'amitié et d'amour. L'affectivité connaît facilement des paroxysmes. « L'enfant humain exprime ce que l'enfant de nulle espèce vivante n'a exprimé avec une telle intensité ; une détresse inouïe dans ses braillements et un contentement incroyable dans le gigotement heureux de tous ses membres... il passe du désespoir hurlant au rire béat[1]. » L'adulte conserve le caractère convulsif du rire et des larmes, qui à la limite permutent l'un dans l'autre avec le rire aux larmes et les sanglots devenant rires convulsifs. Les mêmes gémissements et hurlements expriment la douleur et la jouissance. Les orgasmes humains sont plus violents et convulsifs que ceux des primates, et la femme, à la différence des autres primates, bénéficie d'une jouissance profonde et spasmodique. La plupart des jouissances humaines atteignent en leur comble un caractère sismique.

L'être humain est capable de considérer rationnellement la réalité qui l'entoure. Mais le principe de rationalité ne donne qu'une radiographie de la réalité, il ne lui donne pas substance. La réalité humaine est le produit d'une symbiose entre le rationnel et le vécu. Le rationnel comporte le calcul, la logique, la cohérence, la vérification empirique, mais non le sentiment de réalité. Le sentiment de réalité donne substance et consistance non seulement aux objets physiques et aux êtres biologiques, mais aussi aux entités comme famille, patrie, peuple, parti, et, bien entendu, aux dieux, esprits, idées, qui, dotés de plénitude vivante, reviennent impérieusement donner plénitude à la réalité elle-même. Nous consolidons rationnellement notre sentiment de réalité en l'état de veille, mais nous croyons vivre réellement au sein de nos rêves, et, tout en sachant qu'il s'agit d'un film, ce sont nos participations affectives qui donnent réalité aux jeux d'ombres et de lumières sur l'écran. Si l'hystérie est ce qui donne réalité sensible à des réalités psychiques, notre réalité comporte une composante hystérique[2]. La réification hystérique, issue de l'affectivité, est necessaire pour que se consolide le réel. Joseph Gabel a écrit : « Le réel n'est réel que saturé de valeurs[3]. » Or les valeurs ne

---

1. *Le Paradigme perdu*, p. 120.
2. Cf. la conception de l'hystérie in *Le Vif du sujet*, p. 144 sq
3. J. Gabel, *La Fausse Conscience*, Paris, Éd. de Minuit, rééd., 1988.

sont valeurs que saturées d'affectivité. Ainsi, notre réalité est une co-création où l'affectivité apporte sa part. Il y a relation à la fois complémentaire et antagoniste entre nos deux sources de réalité, la rationnelle et l'affective. L'évacuation totale de l'affectivité et de la subjectivité vidangerait de notre intellect l'existence pour ne laisser place qu'à des lois, des équations, des modèles, des formes. L'élimination de l'affectivité ôterait toute substance à notre réalité (c'est pourquoi on pourrait penser que notre réalité n'a pas de substance et n'est que *samsara*).

La vie humaine a besoin de la vérification empirique, de la correction logique, de l'exercice rationnel de l'argumentation. Mais elle a besoin d'être nourrie de sensibilité et d'imaginaire [1].

Émergence majeure de l'affectivité, l'amour est un besoin vital du nouveau-né, qui dépérit sans les bercements, les caresses, les sourires maternels. L'Amour maternel est facteur de développement psychique et physique. L'image de la mère absente à jamais est immensément présente dans l'âme de l'orphelin. L'amour sexué (y compris homosexuel) mobilise et les profondeurs biologiques de l'être – l'animalité de l'humanité – et ses profondeurs psychiques – l'humanité de l'humanité –. L'ardeur de l'amour humain tend à devenir consumation [2], à nourrir toutes les sources imaginaires, à susciter adoration et exaltation, à créer en toute civilisation une mythologie merveilleuse, et il conduit à l'accomplissement poétique suprême de l'extase.

L'affectivité permet la communication cordiale dans les relations de personne à personne ; la sympathie et la projection/identification sur autrui permettent la compréhension.

L'affectivité envahit toutes les manifestations de *sapiens-demens*, qui elles-mêmes l'envahissent. La recherche de la jouissance se répand hors des voluptés physiques dans la recherche du pouvoir ou de l'argent, où elle devient ambi-

---

1. B. Cyrulnik, *Les Nourritures affectives*, Paris, Odile Jacob, 1993.
2. Cf. Index.

tion ; elle envahit le monde de la connaissance et de la pensée et devient adhésion subjective de tout l'être à sa Certitude, attachement fanatique à une idée, agressivité idéologique. Liée au jeu, elle devient passion. Liée à la drogue ou à la ferveur mystique, elle tend à l'extase. Liée à l'imaginaire, elle donne substance et réalité aux fantômes, esprits, dieux, mythes, idées. Les éruptions psycho-affectives constituent justement l'*hubris*. Devenue délirante, l'affectivité conduit aux crimes. Enfin, elle constitue le ciment de la communauté en y nourrissant un sentiment d'attachement quasi filial à la tribu, l'ethnie ou la patrie.

L'amour tend à diviniser, la haine à diaboliser. Amour et haine se nourrissent de symboles et d'appartenances, se laissent porter par les analogies. Le mythe est tapi à l'état naissant dans la vie affective.

L'affectivité comporte une dimension qui prend forme d'inquiétude, d'anxiété, de détresse, déjà présentes dans le monde animal, et qui, dans le monde humain, s'approfondit en angoisse et s'exacerbe en horreur. L'angoisse de la mort se vit comme angoisse de l'existence. Cette angoisse peut être refoulée par les participations affectives, par l'Amour « fort comme la mort », mais sans jamais être vraiment liquidée. L'angoisse de l'anéantissement de soi-même s'exaspère en horreur de la décomposition. Et l'horreur, gouffre de l'esprit humain, peut être source de démences elles-mêmes horribles.

La trinité psychique

Comme nous l'avons vu [1], il y a une hiérarchie instable, permutante, rotative, entre rationalité, affectivité et pulsion, et la rationalité peut être dominée, submergée voire asservie par l'affectivité ou la pulsion. L'affectivité, comme nous venons de l'indiquer, envahit les autres instances de la trinité qui elles-mêmes l'envahissent.

De son côté, la pulsion reptilienne du rut se répand, se

---

1. Cf. première partie, chap. 3, p. 57.

transforme et se complexifie en érotisme et sensualité, se met en osmose avec le sentiment amoureux. Plus amplement, il y a, comme l'a montré Freud, un pouvoir invasionnel de la sexualité dans toutes les activités mentales de rêve et de veille, les faisant dériver, se métamorphoser, dérivant et se métamorphosant elle-même en libido, laquelle est capable de se sublimer dans les plus hautes créations de l'esprit. Inversement, il y a intrusion du psychique dans le sexe, lui faisant subir ses inhibitions et excitations, lui imposant ses fantasmes et délires.

Ainsi donc, la rationalité ne constitue qu'un des termes d'une trinité ; jamais isolée, elle est rarement hégémonique, et se trouve souvent submergée, contaminée, voire manipulée. En revanche, l'affectivité est omniprésente.

La dialogique rationalité, affectivité et mythe

L'individu sujet, dans son égocentrisme même, a besoin de connaissance objective pour trouver sa nourriture et sa sauvegarde dans un environnement dangereux. Et, au cours de l'histoire, le développement de la connaissance rationnelle-empirique-technique manifeste l'extension ininterrompue de la connaissance objective. Si l'objectivité est un besoin vital de l'égocentrisme humain, cet égocentrisme est aussi source d'aveuglements stupides et d'illusions innombrables, issues des aspirations, désirs, craintes de la subjectivité. (Seule une réserve m'a empêché d'ajouter, à *homo sapiens-demens*, *homo deconans*, sujet à tant d'erreurs et d'illusions.) Et, quand la réalité objective en vient à contrarier l'aspiration subjective, notamment lorsque survient la mort, l'égocentrisme tend à enduire cette réalité de ses sécrétions subjectives. Ainsi, l'être humain est soumis à une confrontation ininterrompue entre le principe du désir et le principe de réalité, entre son besoin de respecter la réalité et sa tendance à la nier. Dès lors, les mythes et les illusions vont non pas nier la réalité, mais tisser une réalité supportable.

La mort est le lieu de la grande rencontre de la rationalité, de l'affectivité et du mythe. La totalité des caractères propres à *homo sapiens-demens* est mobilisée par la mort.

Le complexe d'Adam. Sapiens-demens

La rationalité humaine ouvre une brèche irrefermable qu'est la conscience de la mort au cœur de la réalité vécue. La mort est le trou noir dévoilé dès la préhistoire par la conscience rationnelle. Mais ce trou noir va engloutir les conséquences rationnelles de cette conscience. Aussi, dès Neandertal, il y a gouffre au sein d'une rationalité qui en même temps se reconstitue au-delà du gouffre sans le supprimer. C'est ce que j'ai appelé le triple donné anthropologique de la mort[1]. Le premier élément en est la conscience rationnelle réaliste de la mort comme décomposition de l'être individuel. Le second est constitué par les perturbations qu'apporte cette conscience, accentuées par l'intensité de la douleur des proches, qu'expriment et colmatent les rites funéraires (enterrer, brûler ou éloigner le cadavre, enfermer la famille dans la quarantaine du deuil). Le troisième est l'élément mythique qui opère le dépassement de cette mort dans la survie du double immatériel (*ghost*) ou dans la renaissance du mort en un nouveau vivant. Ainsi, la mort nous montre la coexistence d'une conscience lucide, d'un mythe répondant à l'aspiration de l'individu à la nier, et d'un rite magique assurant le passage d'une vie à l'autre.

Ainsi, le mythe, qui dès l'apparition d'*homo sapiens* fait partie de la réalité humaine, n'annule pas la part d'horreur et de refus que comporte la conscience de la mort. La réalité humaine comporte, en dépit de toute consolation ou promesse de salut, une part horrible qui, bien que masquée, demeure. Eliot disait justement que le genre humain ne peut supporter trop de réalité. Il ne peut supporter trop de lucidité ; « on veut tout mettre en pleine lumière, mais l'humanité a besoin de l'ombre pour échapper à la folie » (Pierre Legendre). Est-ce définitif ? Ne saurait-on effectuer un apprentissage difficile de l'horreur ?

---

1. Cf. *L'Homme et la Mort*, p. 42-47, et plus haut, p. 85.

Le génie et le crime

Au confluent de *sapiens* et de *demens*, au confluent du mythe et de la rationalité, dans leur entre-fécondation et dans leur dépassement mutuel, apparaissent les grandes œuvres de la poésie, de la littérature et des arts.

Le mot « génie », comme le mot « auteur », comme le mot « inspiration », font sourire de pitié ceux qui considèrent ces notions comme puérils fétichismes. Une fois de plus, l'illusion est du côté d'un scientisme et d'un objectivisme arrogants, aveugles à une vérité qui se présente sous des formes naïves.

La possibilité du génie créateur émerge dans les communications, relations et tensions dialogiques entre imaginaire et réel, rationalité et affectivité, abstrait et concret, inconscient et conscient, idéel et existentiel, subjectivité et objectivité. De là naissent les grandes découvertes cognitives, les compréhensions profondes, les inventions qui réalisent par la technique un rêve obsessionnel, comme l'avion, et enfin les grandes créations de l'art et de la pensée.

La possibilité du génie vient de ce que l'être humain n'est pas totalement prisonnier du réel, de la logique (néo-cortex), du code génétique, de la culture, de la société. La recherche, la découverte s'avancent dans la béance de l'incertitude et de l'indécidabilité. Le génie surgit dans la brèche de l'incontrôlable, justement là où rôde la folie. La création jaillit dans la liaison entre les profondeurs obscures psycho-affectives et la flamme vive de la conscience.

La prolifération onirique et fantasmatique n'est pas seulement un dégagement de vapeurs, mais aussi une source créatrice permanente.

La rencontre entre le fantasme, l'affectivité et la rationalité est créatrice. Une idée nouvelle jaillit souvent d'une fulgurante association déclenchée par un événement fortuit ou fortuitement remarqué, comme la pomme de Newton, ou semble parfois le fruit d'une obsession de veille entretenue dans le sommeil, et qui aimante la prolifération onirique. La richesse de l'imaginaire se mue en imagination, laquelle est

Le complexe d'Adam. Sapiens-demens

non pas seulement la folle, mais aussi la fée du logis. La pensée, la science, les arts ont été irrigués par les forces profondes de l'affectivité, par les rêves, angoisses, désirs, craintes, espérances.

La création naît de la rencontre entre le chaos génésique des profondeurs psycho-affectives et la petite flamme de la conscience. La création est un jeu qui s'effectue à partir d'une aptitude organisatrice (compétence), qui catalyse en message, idée, forme, thème musical ce qui n'était que tumulte, bruissement, cacophonie.

Du reste, le sens du *brainstorming* est de réveiller la libre fantaisie, les jaillissements d'imagination, et de susciter leurs entrechocs pour faire surgir l'idée nouvelle.

Mais le chaos de genèse peut être aussi le chaos de désintégration, la température de haute combustion est proche de celle de l'embrasement, et la possibilité du génie est aussi celle de la folie, d'où parfois la rupture de digue entre celui-ci et celle-là. De même, l'intensité des puissances affectives peut briser toutes les régulations et conduire au crime.

Ainsi l'aptitude au génie et à la création, comme celle au délire et à la destruction, vient de la dialogique circulaire rationalité-affectivité-imaginaire-réel-démence-névrose-créativité. Échappent aux normes, chacun à sa façon, le criminel, le fou, le saint, le prophète, le génie, l'innovateur.

La liberté, c'est le crime disait Hegel. La liberté accroît effectivement les possibilités de démences criminelles. Mais la liberté c'est la civilisation. L'ambiguïté humaine est fondamentale : la civilisation qui inhibe les démences criminelles assure en même temps les libertés, lesquelles permettent le crime...

Le circuit *sapiens → demens*

L'idée simpliste règne toujours, non seulement qu'*homo* est essentiellement *sapiens* et *faber*, mais que nous humains, hors périodes de guerres ou de révolutions, nous vivons dans un univers normal, rationnel, régulier, prosaïque. Nous ignorons que, bien que nous nous tenions sur la bande moyenne de l'existence, nous vivons aussi en deçà et au-delà de cette bande moyenne dès que nous aimons, haïssons, souffrons, prions, rêvons.

Nous vivons en fait dans un circuit de relations interdépendantes et rétroactives qui nourrit, de façon à la fois antagoniste et complémentaire, la rationalité, l'affectivité, l'imaginaire, la mythologie, la névrose, la folie et la créativité humaines.

Ce circuit est bipolarisé : à un pôle *sapiens*, à l'autre *demens*.

Ce circuit est stimulé par les conditions cérébrales et psychiques relevées plus haut, c'est-à-dire : l'ambiguïté dans la relation cognitive entre l'intérieur mental (imaginaire, fantasme, subjectivité) et l'extérieur (objectivité, réalisme) ; l'instabilité et la variabilité de la relation triunique (cérébrale) et trilogique (psychique) ; le double besoin antagoniste égocentrique/altruiste du sujet ; la vertu et la fragilité de la conscience.

Nous sommes des êtres infantiles, névrotiques, délirants, tout en étant aussi rationnels.

La dialogique *sapiens-demens* a été créatrice tout en étant destructrice. Raison et folie ne s'excluent même pas l'une de l'autre. *Demens* a souvent inhibé mais aussi parfois favorisé *sapiens*. Platon avait remarqué que *Dikè* – la loi sage – est fille d'*Hubris*, la démesure, Nietzsche que toute chose raisonnable est de la déraison enracinée dans la durée. À l'inverse, une vie totalement raisonnable devient démente.

Telle fureur aveugle brise les colonnes d'un temple de servitude, comme la prise de la Bastille, et, à l'inverse, tel culte de la Raison nourrit la guillotine.

Dans les créations humaines, il y a toujours le double pilotage *sapiens-demens* au sein du circuit bipolarisé.

« L'être humain est un être raisonnable et déraisonnable, capable de mesure et de démesure, rationnel et affectif ; sujet d'une affectivité intense et instable, il sourit, rit, pleure, mais sait aussi connaître objectivement ; c'est un être sérieux et calculateur, mais aussi anxieux, angoissé, jouisseur, ivre, extatique ; c'est un être de violence et de tendresse, d'amour et de haine ; c'est un être qui est envahi par l'imaginaire et qui peut reconnaître le réel, qui sait la mort et qui ne peut y croire, qui sécrète le mythe et la magie, mais aussi la science et la philosophie ; qui est possédé par les dieux et par les Idées, mais qui doute des dieux et critique les Idées ; il se nourrit de connaissances vérifiées mais aussi d'illusions et de chimères. Et dans la rupture des contrôles rationnels, culturels, matériels, lorsqu'il y a confusion entre l'objectif et le subjectif, entre le réel et l'imaginaire, lorsqu'il y a hégémonie d'illusions, démesure déchaînée, alors *homo demens* assujettit *homo sapiens* et subordonne l'intelligence rationnelle au service de ses monstres[1]. »

La dialogique *sapiens-demens* a pris un cours effréné et turbulent avec l'essor des sociétés historiques qui ont détruit les sociétés archaïques autorégulées. Ce qui s'est actualisé dans l'histoire humaine, ce sont les *hubris*, qui ont pris forme de bruit et fureur, conquêtes, massacres et destructions, ambitions démesurées et soif de pouvoir. Ce sont les déferlements d'amour et de haine entre individus, les exécrations, anathèmes et agressions entre religions et nations, et ce sont aussi les avancées de la raison dans la philosophie et les sciences, d'où l'aspect errant, inconstant, souvent dément de l'histoire humaine.

La démence n'a pas conduit l'espèce humaine à l'extinction. Et pourtant, que de destructions de cultures, de sagesses, d'œuvres d'art ! Que de civilisations anéanties ! Tant de temps semble avoir été gaspillé en rites, cultes, ivresses, délires et surtout innombrables illusions... En dépit de tout cela, les civilisations ont produit philosophie et science, le développement technique puis scientifique a été foudroyant, l'humanité a dominé la Terre. Mais inversement, en dépit et à cause du progrès technique foudroyant, la folie humaine est plus meurtrière que jamais, avec des possibilités de destruction et même une possibilité d'anéantissement de l'humanité jamais connues jusqu'au XXe siècle. Seules les énergies nucléaires libérées par la raison scientifique et seul le développement incontrôlé de la rationalité technique pourraient paradoxalement mener l'humanité à disparaître.

1. In *Le Paradigme perdu*, p. 123.

C'est dire que les progrès de la complexité se sont faits à la fois malgré, avec et à cause des folies humaines. Mais que d'horreurs qui, loin de se résorber au début du troisième millénaire, ont aujourd'hui dépassé toutes celles du passé ! On ne peut éliminer la folie, mais il faudrait pouvoir éliminer ses aspects horribles.

Aussi, la folie est-elle un problème central de l'homme, et pas seulement son déchet ou sa maladie.

5. Au-delà de la raison et de la folie

> *Nous autres, êtres humains, sommes des animaux qui dépendons de l'amour.*
>
> Humberto Maturana
>
> *L'homme est l'animal pour lequel seul le superflu est nécessaire.*
>
> Ortega y Gasset
>
> *C'est le langage le plus libéré des contraintes prosaïques, le plus enclin pour cette raison à se célébrer lui-même dans ses vacances poétiques, qui est le plus disponible pour tenter de dire le secret des choses.*
>
> Paul Ricœur

Il y a un au-delà de la raison et de la folie, qui, d'une certaine façon, contient l'une et l'autre, les associe et les dépasse. C'est ce qu'il faut maintenant envisager.

Homo consumans [1]

Il n'y a pas de frontière nette, mais un territoire flou entre *homo demens* et *homo consumans*. L'idée de consumation, que l'on doit à Georges Bataille, nous éclaire sur les dilapidations et prodigalités que l'on trouve dans les potlatchs, les

---

[1]. Titre de l'ouvrage de Charles Champetier, *Homo consumans. Archéologie du don et de la dépense*, Arpajon, Le Labyrinthe, 1994.

fêtes (archaïques, paysannes, seigneuriales, royales, nationales, privées), les orgies, les ivresses qui nous font « perdre la tête », les jeux à tout ou rien, à la roulette russe, les extases inouïes de Thérèse d'Avila et de sœur Faustina, tout ce qui porte en soi un feu passionnel extrême, un très haut degré de combustion intérieure, qui par là même consume nos énergies, nous fait « brûler » nos vies, et nous fait risquer notre mort pour vivre plus intensément. Ainsi, nous portons en nous non seulement un principe d'économie, mais un principe de dilapidation et de dissipation. Le principe de la consommation et du don semble totalement irrationnel à l'*homo œconomicus*, mais il se comprend si, comme on le verra plus loin, on vit non seulement pour survivre, mais aussi pour pleinement vivre, ce qui s'effectue à une température d'autodestruction, laquelle est en même temps une température de régénération.

Homo ludens

Le thème de l'*homo ludens* a été développé par Huizinga [1], le jeu a été traité par Caillois, et ce thème a été philosophiquement exploré par Bataille, Fink, Axelos [2].

Alors que le jeu disparaît chez l'adulte animal, sauf lorsque celui-ci, domestiqué et nourri, demeure en situation infantile, le jeu persiste et même se déploie dans le monde adulte humain, selon des modes multiples, et il dispose d'institutions spécifiques dans les grandes civilisations. Caillois a distingué quatre types de jeux : *agôn* (compétition), *alea* (jeux de hasard), *mimicry* (déguisements, masques), *ilinx* (vertige), que l'on trouve diversement dans toutes les sociétés. Le monde antique a connu les jeux grecs d'Olympie, les jeux romains du cirque, les jeux byzantins de l'hippodrome, rassemblant, dans toutes les couches de la société, de très importantes populations de spectateurs, supporters, parieurs.

---

1. J. Huizinga, *Homo ludens*, Paris, Gallimard, rééd., 1988.
2. R. Caillois, *Les Jeux et les Hommes*, Paris, Gallimard, rééd., 1991. G. Bataille, *La Part maudite*, Paris, Éd. de Minuit, rééd., 1967. K. Axelos, *Le Jeu du monde*, Paris, Éd. de Minuit, 1969. E. Fink, *Le Jeu comme symbole du monde*, Paris, Éd. de Minuit, 1966.

La part du jeu s'est accrue, amplifiée dans notre civilisation rationnelle-technique-utilitaire (de façon à la fois complémentaire et antagoniste). Elle comporte une très grande variété d'activités ludiques : jeux de cartes et de hasard, loteries, sports et notamment football, courses automobiles, courses de chevaux, jeux dangereux de toutes sortes, innombrables jeux télévisés. Le produit de l'ensemble des jeux légaux en France pour l'an 2000 est de 14,1 milliards de francs (Française des jeux, casinos, PMU)[1].

Enfin, il faut ajouter cette tendance, que l'on retrouve dans toutes les sociétés, très forte chez certains individus, à la bouffonnerie, pitrerie, clownerie, parodie, qui sans cesse fait craquer chez eux l'écorce du sérieux, comme si *homo ludens* voulait de l'intérieur briser le masque d'*homo sapiens*.

Le jeu, dont la finalité n'est pas « sérieuse », comporte son sérieux propre dans le respect des règles, l'application, la concentration et la stratégie.

L'univers ludique peut comporter des compétitions, mais elles sont à l'intérieur du jeu. Il procure des plaisirs et voluptés, y compris dans l'angoisse du jeu. Le jeu procure un état second et il y a des intoxiqués du jeu comme d'une drogue fatale[2]. Il peut comporter des risques, mais ce sont des risques pour le plaisir ou la beauté du jeu. Le Grand Jeu comporte le risque de sa vie, mais pour jouir intensément de la vie.

La réalité de l'imaginaire[3]

La conception d'*homo sapiens-faber-œconomicus* ne voit qu'un être réaliste, directement en prise sur les matérialités du monde extérieur. Elle occulte la part énorme de l'imaginaire humain.

Les archaïques vivaient dans un univers peuplé d'esprits, d'êtres surnaturels, de légendes fabuleuses, de chimères, de miracles, et les rêves faisaient partie de leur réalité.

---

1. *Le Nouvel Observateur*, 3-9 mai 2001.
2. Voir *Le Joueur* de Dostoïevski.
3. G. Durand, *Les Structures anthropologiques de l'imaginaire*, Paris, Dunod, 1992. E. Morin, *Le Cinéma ou l'Homme imaginaire*, p. 35.

Nous vivons dans un univers non moins peuplé en mythes, les uns riches de surnaturel dans nos religions, les autres infiltrés dans des idées très puissantes et dominatrices, et d'autres fourmillant dans l'imaginaire de la culture médiatique.

Notre esprit sécrète sans cesse de l'imaginaire. L'importance du fantasme et de l'imaginaire chez l'être humain tient en partie à l'importance du monde psychique relativement indépendant, où fermentent besoins, rêves, désirs, idées, images, fantasmes : les voies d'entrée et de sortie du système cérébral, qui mettent en connexion l'organisme et le monde extérieur, ne représentent que 2 % de l'ensemble, tandis que 98 % concernent le fonctionnement intérieur.

Comme nous l'avons vu, le cerveau humain travaille sur un bruit de fond. Au bruit de fond cérébral physique correspond un bruit de fond psychique : il y a sans cesse proliférations et rencontres d'images, souvenirs, fantasmes, idées, et c'est à partir de ce chaos psychique, « mouvement brownien de la pensée [1] », que celle-ci se fait et se défait. Aussi les grouillements fantasmatiques/imaginaires constituent le plancton qui nourrit la pensée.

Le rêve, dont la durée est encore très restreinte chez les mammifères, occupe 15 % du sommeil chez les chimpanzés et 24 % chez l'humain. Alors que les rêves des chats sont très stéréotypés [2] (prédation, lutte contre un ennemi, nourriture), les rêves humains sont extrêmement variés et désordonnés, comportant des associations au hasard de neurones, d'images, d'idées, mais ces associations en désordre sont aimantées par des lignes de force obsessionnelles multiples (et non seulement sexuelles). Il y a dans le rêve et dans le fantasme diurne, lui-même extrêmement fréquent, un mélange d'imaginaire, de bribes de réminiscences, d'irruptions de souvenirs enfouis, de souhaits inexaucés, de craintes infantiles, en somme un véritable sabbat psychique.

Il y a aussi irruption du rêve dans la vie. Cette irruption ne prend pas seulement la forme des fantasmes diurnes ; elle

---

1. P. Auger, *L'Homme microscopique*, Paris, Flammarion, 1952.
2. M. Jouvet, *Le Sommeil et le Rêve*, Paris, Odile Jacob, 2000.

projette aussi dans les entreprises privées et politiques l'imaginaire, l'imagination, le désir, les phobies. Les fantasmes démesurés de conquête du monde s'incarnent dans l'aventure d'Alexandre, de Gengis Khan, de Tamerlan, mais aussi dans l'idée obsessionnelle de l'Occident de faire de l'homme le « maître et possesseur » de la nature.

Alors que le monde empirique comporte stabilité et régularité, le monde imaginaire est proliférant, transgressant les contraintes de l'espace et du temps. La substance du rêve va se mêler avec celle de la réalité, sans que l'être humain en prenne conscience. D'où les illusions folles, les mirages quasi hallucinatoires, la poursuite de chimères. L'importance de l'imaginaire ouvre la voie aux délires d'*homo demens*, mais aussi à la fantastique inventivité et créativité de l'esprit humain... Ainsi, celui-ci a tant rêvé de voler que les avions sont nés.

Il y a de l'étoffe des songes dans celle de la vie, comme il y a de l'étoffe de vie dans celle des songes. La composition et le dosage sont variables. De même qu'elle a besoin d'affectivité, la réalité a besoin de l'imaginaire pour prendre consistance (cf. ce que j'ai indiqué dans *Le Cinéma ou l'Homme imaginaire* et *Le Vif du sujet*). Notre monde réel est dans ce sens à demi imaginaire.

L'état esthétique

L'état esthétique est un état second de félicité, grâce, émotion, jouissance, bonheur. L'esthétique est ici conçue non seulement comme un caractère propre aux œuvres d'art, mais à partir du sens originel du terme, *aisthètikos* de *aisthanes thai*, « sentir ». C'est une émotion, un sentiment de beauté, d'admiration, de vérité, et au paroxysme, de sublime ; il naît non seulement des spectacles ou des arts, dont évidemment ceux de la musique, du chant, de la danse, mais aussi des odeurs, parfums, goûts des aliments ou boissons, et il naît du spectacle de la nature, d'émerveillement devant l'océan, la montagne, le lever du soleil. Il peut naître même d'œuvres qui à l'origine n'avaient nulle destination esthétique, comme les antiques moulins à vent ou les anciennes locomotives à charbon. Aussi, les objets les plus techniques, comme l'automobile et l'avion, peuvent devenir chargés d'esthétique.

L'esthétique et le ludique ont pour trait commun d'être leur propre finalité, y compris quand ils comportent des finalités utilitaires.
L'esthétique et la consumation ont pour trait commun d'atteindre un état second, lequel peut devenir souverain.
L'esthétique et l'imaginaire ont une partie commune : l'esthétique nourrit l'imaginaire et est en partie nourrie par l'imaginaire (épopées, romans, poésies, sculptures, etc.).
L'esthétique et la poésie vécue ont en commun l'enchantement que peuvent procurer l'une et l'autre.

Nous admirons la beauté des formes et des couleurs dans le monde vivant, celle des plumages d'oiseaux, parfois somptueux comme chez le paon, des fourrures, des ornements comme les bois des cerfs. Certes, la conception utilitariste tend à réduire les couleurs des coqs à un rôle de séduction sexuelle, les couleurs des ailes des papillons à des leurres, les couleurs des orchidées à des invites aux abeilles, et à considérer que tout gain décoratif donne un avantage sélectif. Mais un tel luxe, un tel foisonnement de couleurs, de décorations ne débordent-ils pas des fonctions efficaces, sélectives, adaptatives ? Ne sont-ils pas inhérents à la prolifération inventive de la vie ? Les magnificences destinées à l'attraction sexuelle ne relèvent-elles pas aussi d'un surplus esthétique, qui souligne ce que Portmann appelait l'autoprésentation[1] ? (Quand nous nous faisons beau [ou belle] pour séduire, le vouloir-séduire explique l'utilisation de la beauté, non la beauté elle-même...) Posons qu'il y a une racine profonde, antérieure à l'humain, à l'esthétique humaine.

On peut même penser que les figurations préhistoriques, les masques dits primitifs, les peintures dont les Indiens d'Amazonie recouvrent leurs corps, les plumes, parures, boucles d'oreilles ou tatouages des archaïques, constituent des développements proprement humains, qui nécessitent des

---

1. A. Portmann, « L'autoprésentation. Motif de l'élaboration des formes vivantes », *Études phénoménologiques*, n° 23-24, 1996, I, 1.

Au-delà de la raison et de la folie 155

mains artistes et artisanales, d'une qualité esthétique universelle émergeant de l'exubérance de la vie, et qui s'est déployée dans les floraisons végétales, les carapaces, plumages, ramages des espèces animales.

Dans les sociétés archaïques, parures, musiques, chants, danses accompagnent toutes les activités de la vie, exaltent les fêtes et les cérémonies. Si celles-ci sont inséparables de croyances et de mythes, on ne saurait réduire leurs manifestations esthétiques à leurs fonctions magiques ou religieuses. Elles répondent aussi à un sentiment esthétique profond, originairement non décanté de la magie, du mythe, de la religion. Et nous pouvons reconnaître l'esthétique des parures, masques, fresques, en l'isolant hors de leurs contextes magico-religieux.

Certes, les fresques de la grotte Chauvet et de Lascaux doivent être comprises dans leur finalité magique, les fresques de la chapelle Scrovegni et de la chapelle Sixtine dans leur finalité religieuse. Mais pourquoi les générations laïcisées qui se sont succédé admirent-elles esthétiquement, hors de toute foi, les fresques préhistoriques et celles de Giotto ou Michel-Ange ? Tout l'art rupestre des grottes magdaléniennes, tout l'art magique des cultures archaïques, masques, décorations, etc., tous les arts religieux des grandes civilisations sont entrés dans le « Musée imaginaire », c'est-à-dire le domaine esthétique.

Si on ne peut isoler la dimension esthétique à l'état pur dans la préhistoire et l'histoire humaine, on ne peut pour autant l'éliminer. Le fait même que la dimension esthétique se soit autonomisée et différenciée dans les civilisations modernes par rapport aux finalités magiques, religieuses ou cultuelles nous indique qu'elle y était présente, bien qu'indifférenciée. C'est pourquoi ce qui est mythologique ou magique peut nous donner l'émotion esthétique quand on cesse de croire au mythe et à la magie. Nous ne croyons plus littéralement aux mythes, mais nous y adhérons esthétiquement.

L'esthétique autonome et différenciée est ainsi une ultime émergence de la culture moderne, qui s'épanouit en se détachant des finalités magico-religieuses.

Tout ce qui est mythologique, magique et religieux peut se sauvegarder, hors de la croyance, dans l'esthétique. Il y a une grande communication occulte ou souterraine entre la sphère mythologique et la sphère esthétique. De plus, il reste dans notre émotion esthétique quelque chose de magique[1]. Tout ce qui est représenté, sous forme d'image mentale, peinte, filmée, comporte en soi le « charme de l'image » ; l'image, tout en étant dépourvue de la matérialité empirique, comporte une qualité nouvelle propre à tout reflet de la réalité, une transfiguration esthétique, une vertu sur-réalisante, une magie, la magie du double : le dédoublement de l'univers en un univers reflet nous procure, avec le « charme de l'image », un état second proprement esthétique.

Le monde contemporain a vu le développement d'un vaste secteur esthétique fait pour nourrir nos psychismes, nos âmes. Le roman a pris une extension considérable au XIXe siècle, suivi au XXe siècle par le film et les séries télévisées. L'esthétique contemporaine couvre une très vaste gamme, allant du monde imaginaire des romans et films aux spectacles, aux fêtes, aux voyages touristiques pour visiter monuments et paysages, et comportant en plus mille petits plaisirs de la vie, mille petites jouissances gastronomiques et œnologiques, mille petites gouttelettes d'amusement dans le quotidien morose à l'écoute de *Rires et chansons* ou à la vue des dessins du *Canard enchaîné*.

En réaction à la formidable invasion de la rationalisation technique dans notre civilisation, musiques, chants, danses résistent et même nous ré-envahissent, *via* la radio, la télévision, les cassettes, les CD, les concerts.

Notre esthétique contemporaine se nourrit, entre autres, d'imaginaire, légendes, épopées, romans, films. Bien que nous aimions, rions, souffrions en même temps que nos héros imaginaires, notre conscience de demeurer lecteurs et spectateurs nous permet l'émotion en l'esthétisant... Miracle de l'esthétique : la tragédie nous enchante dans l'affliction même qu'elle nous procure.

Toutefois, bien que nous gardions une double conscience, tout ce qui relève de l'esthétique pénètre nos âmes, nos esprits, nos vies. (Des romans, des films m'ont révélé mes

---

1. Cf. *Le Cinéma ou l'Homme imaginaire*, p. 21-55. J'ai consacré une partie de ce livre à l'esthétique du dédoublement et au charme de l'image.

propres vérités et ont frappé en coups de foudre l'adolescent que je fus.)

Les films et les séries télévisées nous parlent sans discontinuer des problèmes de la vie que sont amours, ambitions, jalousies, trahisons, maladies, rencontres, hasards. Ce sont des « évasions » qui nous font plonger dans nos âmes et dans nos existences. Les romans ou films noirs, comme les tragédies antiques ou élisabéthaines, nous font descendre dans nos bas-fonds, nos « cavernes intérieures » où règnent la violence et la barbarie, ou bien donnent un envol imaginaire à nos désirs d'aventure. Ce qui est atroce dans la vie est transfiguré dans le film et nous donne volupté ou émerveillement dans l'horreur. Ce qui est impossible y devient réalisé, mais dans l'imaginaire, c'est-à-dire sans péril. Nous trouvons dans le cinéma à la fois évasion et hyper-réalité. Il révèle à sa façon que, comme disait Franz Liszt, « les arts sont le plus sûr moyen de se dérober au monde ; ils sont aussi le plus sûr moyen de s'unir avec lui ».

Dans tous ces cas, l'esthétique, comme le ludique, nous soustrait à l'état prosaïque, rationnel-utilitaire, pour nous mettre en un état second, tantôt de résonance, d'empathie, d'harmonie, tantôt de ferveur, de communion, d'exaltation. Elle nous met dans cet état de grâce, où notre être et le monde sont l'un et l'autre mutuellement transfigurés, que l'on peut nommer l'état poétique.

L'état poétique

Sans changer de syntaxe et souvent avec le même vocabulaire, le langage comporte en lui la possibilité d'exprimer ces deux états de l'existence humaine, le prosaïque et le poétique. Dans le langage poétique, les mots connotent plus qu'ils ne dénotent, ils évoquent, se font métaphores, ils s'imprègnent d'une nouvelle nature qui est évocatrice, invocatrice, incantatoire. La prose dénote, précise, définit. Elle est liée à notre activité rationnelle-logique-technique.

Nous vivons l'état prosaïque en situation utilitaire et fonctionnelle, dans les activités destinées à survivre, à gagner sa vie, dans le travail asservi, monotone, parcellaire, dans l'absence ou le refoulement de l'affectivité.

L'état poétique est un état d'émotion, d'affectivité, effectivement un état d'âme. Il nous arrive à partir d'un certain seuil d'intensité dans la participation, l'excitation, le plaisir. Cet état peut survenir dans la relation avec autrui, dans la relation communautaire, dans la relation imaginaire ou esthétique.

La poésie est pour Platon l'une des quatre formes de folie divine. L'état poétique se vit comme joie, ivresse, liesse, jouissance, volupté, délices, ravissement, ferveur, fascination, béatitude, émerveillement, adoration, communion, enthousiasme, exaltation, extase. Il retrouve les émerveillements enfantins, il procure des béatitudes charnelles et spirituelles.

L'état poétique peut advenir par diverses voies :

Il y a la voie des chants, danses, fêtes, qui se sont autonomisés et laïcisés dans nos sociétés. Le rythme de la musique, la réitération de la mélodie ou de la mélopée, le rite cérémoniel, et, dans le rock, la presque-transe, sont des modes de mise en résonance qui amènent l'état poétique. Les moments majeurs de la vie, de la naissance à la mort, sont rythmés, chantés, dansés. Les fêtes sont les moments fleurs de l'existence.

Il y a la voie des boissons fermentées, vins, liqueurs, herbes, drogues, hallucinogènes : les drogues sont fréquemment utilisées dans les sociétés archaïques, pour arriver à un état second de transe ou de béatitude, et, dans les mêmes finalités, nos contemporains en consomment de plus en plus.

Il y a la voie des rites, cérémonies, cultes ; par la foi et le rite, la religion constitue une expérience poétique de communion avec l'être suprême ou les puissances cosmiques. Le sentiment du sacré, état second qui déborde au-delà de la sphère religieuse, est « un élément de la structure de la conscience » (Mircea Eliade) propre aux plus fortes émotions poétiques.

Il y a la voie de la relation esthétique avec la nature : la poésie chinoise, les *Bucoliques* et *Géorgiques* de Virgile, mille hymnes au soleil et à la lune dans toutes les civilisations l'ont manifestée ; à partir de Rousseau et du romantisme, celle-ci s'opère de façon de plus en plus vive dans le monde occidental ; elle s'effectue par le truchement de la peinture, de la littérature, de la poésie, mais aussi de façon directe dans les voyages et les vacances ; elle s'est démocratisée au XXe siècle avec les excursions et le tourisme par les monts, les forêts, les océans, les déserts.

Il y a la voie des spectacles de masse, qui suscitent exaltation et frénésie comme les jeux du cirque chez les Romains, l'hippodrome chez les Byzantins ; ces spectacles comportent aujourd'hui les grandes compétitions sportives et les grands concerts publics. Les concerts rock sont des fêtes communautaires suscitant enthousiasme et exaltation. Emportée par les rythmes et la frénésie de l'orchestre, amplifiée par une sono assourdissante, une transe collective opère la mise en résonance entre les personnes, la musique, l'univers.

Il y a la voie des jeux, qui, à travers leurs divers types dégagés par Caillois (*agôn*, *alea*, *mimicry*, *ilinx*), produisent chacun leur état poétique propre, y compris les jeux de vertige qui déterminent la perte de la stabilité sensorielle, l'attraction irrésistible du sans-fond, c'est-à-dire de l'infini.

Il y a la voie des œuvres d'art, littérature, bien sûr poésie, peinture, sculpture, musique. La musique notamment est à la fois moyen et fin qui appelle, exprime et détermine l'état poétique.

Enfin, la voie royale de la poésie est l'amour. Un amour naissant inonde le monde de poésie, un amour qui dure irrigue de poésie la vie quotidienne, la fin d'un amour nous rejette dans la prose. L'amour, unité incandescente de la sagesse et de la folie, nous fait supporter le destin, nous fait aimer la vie. L'amour est la grande poésie au sein du monde prosaïque moderne, et il se nourrit d'une immense poésie imaginaire (romans, films, magazines).

La science elle-même apporte sa poésie propre. Lautréamont a chanté la beauté des mathématiques sévères. Le cosmos qu'a révélé l'astrophysique de la fin du XXe siècle est rendu à la poésie en même temps qu'au mystère.

Hölderlin dit à juste titre que « poétiquement l'homme habite la terre ». Il faut seulement compléter et dire : « poétiquement et prosaïquement l'homme habite la terre ». Les sciences de l'homme ont, à l'exception de Huizinga, Bataille,

Caillois, Axelos, Duvignaud[1], ignoré une dimension anthropologique capitale : l'être humain ne vit pas que de pain, il ne vit pas que de mythe, il vit de poésie. Il vit de musique, de contemplations, de fleurs, de sourires.

L'état poétique nous donne le sentiment de franchir nos propres limites, d'être capable de communier avec ce qui nous dépasse.

Il purge l'anxiété, le souci, la médiocrité, la banalité. Il transfigure le réel. État transfigurant et transfiguré de l'existence, il est certes précaire, aléatoire, mais c'est l'état de grâce.

Cet état de grâce a pu être défini comme état d'enthousiasme et de possession. Platon a vu en l'enthousiasme une présence divine en l'homme, et pour lui (comme pour nous) cette possession divine est le meilleur des biens.

L'état poétique atteint son degré suprême dans l'extase.

L'extase peut survenir par toutes les voies sus-indiquées, le rite, la possession, la transe, la danse, la musique, la fusion amoureuse, les hallucinogènes (il fallait bien qu'un jour une drogue s'appelât *ecstasy*).

L'extase est le comble de l'accomplissement de soi et du dépassement de soi, de la fusion bienheureuse de soi avec autrui ou avec le monde, de la béatitude de communion. C'est le paroxysme existentiel, l'accomplissement extrême et la vérité suprême de l'état poétique.

Il y a une extase de consumation, de brisure des digues, d'orgasme, où tout l'être, âme et corps, est possédé par les forces ou les dieux qui s'engouffrent en lui. Il y a une extase de contemplation dans laquelle le sujet se trouve en se perdant, s'accomplit en se noyant dans un océanique infini.

L'extase est l'expérience paroxystique qui trouve sa fin en elle-même et prend valeur suprême : c'est le sommet de la fête, le sommet de la mystique, le sommet de l'amour.

L'amour nous donne l'extase psychique, il nous donne

---

1. J. Huizinga, *Homo ludens* ; G. Bataille, *La Part maudite* ; R. Caillois, *Les Jeux et les Hommes*, *op. cités*, p. 120 ; K. Axelos, *Le Jeu du monde*, Paris, Éd. de Minuit, 1969 ; J. Duvignaud, *Le Don de rien*, Paris, Stock, 1977 ; *Le Prix des choses sans prix*, Arles, Actes Sud, 2001.

l'extase physique ; l'extase psychique part de la contemplation, de l'admiration, et va à l'adoration ; l'extase physique, orgasmique, fait jaillir, fuser, gicler en nos existences les énergies profondes du cosmos. L'amour est la religion de l'individualisme moderne [1] parce qu'il unit en lui – en nous – les deux extases, formes suprêmes de l'expérience poétique, qui sont en même temps les plus universelles et les plus communes.

Les deux êtres qui coexistent en nous, celui de l'état prosaïque et celui de l'état poétique, sont le même. Prose et poésie sont complémentaires antagonistes en *yin yang*, et peuvent se contenir l'une dans l'autre. La dominance de prose contient des instants poétiques, la dominance de poésie contient des instants prosaïques.

Dans les sociétés archaïques, il y avait alternance forte entre une vie quotidienne frugale, parcimonieuse, soumise aux normes et interdits, et la vie de fête, caractérisée par la levée des contraintes et des tabous, les danses, ivresses, orgies, excès, gaspillages, exaltations, véritables consumations. Et si le sens de la fête, en faisant appel au chaos génésique, était de régénérer le cycle des jours, le sens du cycle des jours était, lui, dans la préparation et l'exaltation de la fête [2].

La civilisation occidentale contemporaine a plus ou moins supplanté l'alternance vie quotidienne/fête par l'alternance travail/loisir. Le loisir est livré aux initiatives individuelles, à la recherche de liesse (soirées d'amis, beuveries, gueuletons, bals), à la recherche de poésie vécue (vacances, tourisme, jeux et surtout amours) ou par procuration (films, stars). Toutefois, le travail peut comporter de la poésie ou même passer en poésie quand il constitue une activité riche en initiative, en créativité, en participation affective comme chez l'artisan, l'artiste, l'avocat, le tribun.

---

1. La complexification et la laïcisation de la civilisation permettent les épanouissements de l'amour. L'adoration et le culte voués aux divinités se répandent sur la vie privée, et s'incarnent dans la personne aimée. Ainsi se généralise et se multiplie l'amour entre personnes, amour qui comporte sa part de mythologie et de religion, et qui poétise les existences individuelles.
2. Comme il en est encore aujourd'hui dans le *Palio* de Sienne, la fête des *Ceri* de Gubbio, le carnaval de Binche.

Le profit mercantile a bien compris et utilisé le besoin de poésie. L'univers ludique-esthétique-poétique a été investi par l'économie du spectacle, sports, concerts, cinéma, télévision.

La prose de notre civilisation, la primauté de l'économique, l'invasion du temps chronométré aux dépens du temps naturel, le resserrement du maillage technobureaucratique sur un monde parcellarisé, compartimenté, atomisé, monétarisé, et, récemment, l'effondrement des grands espoirs poétiques de changer la vie, suivi par l'avènement de la grande nappe de prose du libéralisme économique triomphant (il mourra de sa prose), tout cela stimule par contre-effet les résistances poétiques dans la société civile, avec de plus en plus le besoin d'aventures, de musique *via* transistors, cassettes, CD, concerts, bals, fêtes, raves, défonces. C'est, selon l'expression de Michel Maffesoli, le retour de Dionysos[1]. Plus la prose envahit la vie, plus la poésie réagit.

L'état poétique ne saurait donc être considéré comme un épiphénomène, une superstructure, un divertissement de la vraie vie humaine. C'est au contraire l'état où nous ressentons en nous la « vraie vie ». Rimbaud exprima la conscience que, dans le monde de la prose, « la vraie vie est absente ». Effectivement, la vraie vie est poétique. Vivre poétiquement c'est vivre pour vivre, et vivre pour vivre c'est vivre poétiquement. La poésie n'est pas seulement ni principalement vivre de jouissance, elle nous fait accéder à la jouissance de vivre. Alors que l'état prosaïque a toujours des finalités qui lui sont extérieures, l'état poétique, qui peut certes être lié à des finalités religieuses, communautaires, amoureuses, est aussi en même temps toujours à lui-même sa propre fin. La finalité de la poésie, c'est elle-même : faire en sorte que l'état second qu'elle procure devienne l'état premier.

La vie poétique est irriguée en profondeur par la pensée analogique- symbolique-mythologique. L'amour, émergence suprême de poésie, vit de symboles, crée son mythe et sa magie. Novalis disait que la poésie est la religion originaire

---

1. Cf. M. Maffesoli, *L'Ombre de Dionysos. Contribution à une sociologie de l'orgie*, Paris, Librairie des Méridiens, 1985 ; réed., Le Livre de Poche, coll. « Biblio-Essais », 1991.

Au-delà de la raison et de la folie 163

de l'humanité. Disons qu'elle est sa religion secrète, invisible, permanente.

Tout communique entre imaginaire, jeu, esthétique, consumation, poésie. Ainsi la fête réunit en elle la consumation, le jeu, l'esthétique dans l'ivresse, la fraternisation, la musique, la danse, et ainsi elle transfigure la vie.

La poésie comporte certes des périls pour la personne et pour la communauté. La consumation frôle l'autodestruction. L'amour est une aventure qui risque l'illusion et le mensonge, peut se dégrader en intoxication et se terminer tragiquement. Le jeu obsessionnel devient *addiction*, manie fatale, de même que l'usage obsessionnel des drogues ou la pratique inconsidérée des hallucinogènes. L'avare trouve poésie dans son or (Harpagon : « mon or, mon cher or »). Les frénésies peuvent conduire au crime. Les exaltations communautaires, ethniques, nationales ou religieuses nourrissent les virulences fanatiques. *Ludens*, *consumans* peuvent se transformer en *demens*.

Par ailleurs, la perte de tout fondement pour la pensée et la morale, propre au nihilisme contemporain, a conduit à un étrange renversement : l'utilité a été occupée par l'esthétique, le sérieux a été envahi par le jeu, « activité sans autre sens qu'elle-même, délivrée de la servitude du but », selon l'expression de Frobenius. L'action révolutionnaire et la guerre sont devenues pour des aventuriers de grands jeux où l'on joue sa vie.

Homo complexus

Si *homo* est à la fois *sapiens* et *demens*, affectif, ludique, imaginaire, poétique, prosaïque, si c'est un animal hystérique, possédé par ses rêves et pourtant capable d'objectivité, de calcul, de rationalité, c'est qu'il est *homo complexus*[1].

Ainsi, s'il y a effectivement *homo sapiens*, *faber*, *œconomicus*, *prosaicus*, il y a aussi, et c'est le même, l'homme du

---

1. Cf. *Le Paradigme perdu*, p. 163.

délire, du jeu, de la consumation, de l'esthétique, de l'imaginaire, de la poésie. La bipolarité *sapiens-demens* exprime à l'extrême la bipolarité existentielle des deux vies qui tissent nos vies, l'une sérieuse, utilitaire, prosaïque, l'autre ludique, esthétique, poétique. La brèche entre le réel et l'esprit humain est, sans cesse, tantôt traversée par des réseaux de rationalité qui établissent la communication, tantôt envahie par les puissances affectives ou fantasmatiques qui pénètrent ce réel et se confondent avec lui.

L'être humain est bipolarisé entre *demens* et *sapiens*. Plus encore, *sapiens* est dans *demens* et *demens* est dans *sapiens*, en *yin yang*, chacun contenant l'autre. Entre l'un et l'autre, à la fois antagonistes et complémentaires, il n'y a aucune frontière nette; il y a surtout les efflorescences de l'affectivité, de l'esthétique, de la poésie, du mythe. Une vie totalement rationnelle, technique et utilitaire serait non seulement démente, mais inconcevable. Une vie sans nulle rationalité serait impossible. C'est la rationalité qui permet d'objectiver le monde extérieur et d'opérer une relation cognitive pratique et technique.

L'être humain ne vit pas que de rationalité et d'outil, il se dépense, se donne, se voue dans les danses, transes, mythes, magies, rites, il croit en les vertus du sacrifice, il a vécu souvent pour préparer son autre vie, au-delà de la mort... Les activités de jeu, de fête, de rite, ne sont pas de simples détentes pour se remettre à la vie pratique ou de travail, les croyances aux dieux et aux idées ne peuvent être réduites à des illusions ou superstitions : elles ont des racines qui plongent dans les profondeurs humaines. Il y a relation manifeste ou souterraine entre le psychisme, l'affectivité, la magie, l'imaginaire, le mythe, la religion, le jeu, la consumation, l'esthétique, la poésie : c'est le paradoxe, la richesse, la prodigalité, le malheur, le bonheur d'*homo sapiens-demens*.

À travers la trilogie de l'esprit, de l'affectivité, de la pulsion, à travers la grande boucle qui relie et oppose rationalité, affectivité, imaginaire, mythe, esthétique, ludisme, consumation, l'être humain vit sa vie d'alternance de prose et poésie, où la privation de poésie est aussi fatale que la privation de pain.

6. La supportable réalité

> *Human kind cannot bear very much reality.*
> T. S. Eliot
>
> *Les hommes ont toujours lutté de toutes leurs forces contre la réalité.*
> Jean Servier

La réalité est cruelle pour l'être humain, jeté sur la Terre, ignorant son destin, soumis à la mort, ne pouvant échapper aux deuils fatals, aux aléas de la fortune, aux peines, servitudes, méchancetés d'origine proprement humaine, elle est d'autant plus cruelle quand il est pleinement conscient et pleinement sensible.

Son extrême émotivité, excitabilité, irritabilité le rend vulnérable à tous les coups du sort. Son aptitude à souffrir est à la mesure de son aptitude à jouir, son aptitude au malheur est inséparable de son aptitude au bonheur, et toute perte de bonheur détermine son malheur. Il sécrète sans cesse des désirs qui se brisent contre la réalité. Il vit entouré de menaces naturelles et humaines ; les dieux, démons, monstres qui personnifient ses craintes lui inspirent une terreur permanente. Il est le jouet des guerres, des oppressions, et, depuis les temps historiques, il est presque continûment et presque partout asservi. Il est, ce que ne sont nullement les animaux, méchant, destructeur, et sa cruauté fait partie de la cruauté du monde. Un nombre incroyable de souffrances vient de l'incompréhension et du malentendu avec autrui, même et surtout proche. La conscience de la mort l'accompagne dès l'enfance comme conscience de la destruction absolue de son unique et précieux trésor, son Je, et non moins terrible est la mort des aimés qui font partie de son être. Alors la réalité a des caractères horribles. L'être humain est livré à la cruauté du monde.

Rappelons T. S. Eliot : « *Human kind cannot bear very much reality.* » D'où la nécessité d'un compromis ; celui-ci s'obtient en mobilisant le mythe pour trouver les réconforts surnaturels, en mobilisant l'imaginaire pour y protéger l'âme, et en mobilisant l'esthétique et la poésie pour vivre pleinement la réalité tout en en surmontant l'horreur.

Le compromis « névrotique »

Un compromis avec le réel prend un caractère névrotique dans le sens où toute névrose est un compromis entre l'esprit et le réel, qui suscite des conduites et des rites atténuant ou conjurant sa cruauté.

L'être humain compense les trop-pleins de cruauté et les insuffisances d'amour dans les fantasmes et les mythes. Les fantasmes allègent provisoirement le poids et la contrainte du réel. Le mythe fortifie l'humain en lui masquant l'incompréhensibilité de son destin, et en remplissant le néant de la mort. Les mythes religieux de salut conjurent notre destin réel, notre mortalité, notre solitude, notre perdition.

Ainsi, la religion, selon Freud, serait la névrose obsessionnelle de l'humanité. Elle soulage l'individu de son angoisse en lui faisant subir un poids énorme de rites, pratiques, obligations, adorations et sacrifices. Ce compromis s'effectue par la médiation des dieux, qui exigent de nous obéissance, dévotion et holocaustes, et que nous remercions par nos louanges. Les dieux sont cruels, mais on peut les supplier, essayer de les calmer. Le mythe, le rite rééquilibrent l'être humain, le font affronter l'angoisse et la douleur, lui permettent de communiquer avec le monde inhumain. Le rite arrache l'individu à l'incertitude, au vide, à l'angoisse, et l'insère dans un ordre, un tout, une communauté, une communion. Dans ce sens, mythes et religions peuvent être considérés, selon la logique darwinienne, comme des facteurs « sélectifs » favorables au développement de l'espèce humaine.

La foi religieuse, comme la foi en une idée, est une force profonde qui fait supporter et combattre la cruauté du monde en ce qui concerne le fidèle (car son fanatisme contribue souvent à l'accroître). Elle donne à l'esprit humain assurance, confiance et espérance ; elle le remplit de la certitude d'une Vérité salvatrice qui refoule la corrosion du doute.

Le sacrifice est sans doute l'acte à la fois le plus névrotique et le plus magique d'*homo sapiens-demens*. Il permet de calmer la cruauté des dieux, de surmonter l'incertitude et de délivrer de l'angoisse. Le sacrifice consacre le grand pacte de vie et de mort entre l'humain et le divin. Il y a deux types de sacrifice, on l'a vu[1], celui du coupable et celui de l'innocent : le premier immole le maléfique et délivre la communauté du mal, le second offre à la divinité la soumission absolue. Le sacrifice de masse d'adolescents permet, chez les Aztèques, d'accomplir les grands rites de régénération du cosmos. Partout, dans la préhistoire et l'histoire, sacrifices humains et sacrifices animaux ont répandu des torrents de sang pour sauver les humains de la disette, de la sécheresse, des inondations, des tremblements de terre, de la défaite, de l'incertitude, du malheur, de la mort, et, loin d'avoir dépéri, le sacrifice s'est perpétué sous des formes patriotiques, politiques et idéologiques.

Le complexe mythe-rite-magie-religion apaise, amortit, modère, endort, cicatrise l'angoisse. Il appelle et entretient les bienveillances surnaturelles. La culture, qui organise les relations entre les humains et le réel, inclut dans son organisation celle du compromis mythologique et religieux, comme si sa mission était non seulement de protéger la société des potentialités démentielles de l'être humain, mais aussi de protéger l'être humain de l'insupportable réalité. Le compromis « névrotique » est inséparable d'un compromis « hystérique » ; de même que l'hystérie donne une réalité somatique à nos tourments psychiques, de même nous donnons une réalité formidable aux dieux, génies, démons que nos esprits ont créés, qu'ils ne cessent de nourrir et qui contrôlent de façon farouche nos destins.

1. Cf. première partie, chap. 2, p. 44-45.

Les religions enseignent à moins redouter la mort, à accepter les coups du sort, elles suscitent la résignation, la quiétude. Marx avait bien raison d'y voir une consolation. Le bouddhisme, qui a reconnu que la souffrance était inhérente à toute vie, enseigne la sérénité par le détachement de soi, et propose la délivrance dans l'anéantissement du Je, sujet de tous les malheurs, afin d'échapper au cycle infernal des renaissances...

Les grandes religions sont loin d'être mortes, la plupart connaissent une revitalisation étonnante ; en Occident, la prolifération des sectes exprime mille tentatives de réponse au grand mal-être de notre civilisation ; les yogismes, zen, relaxations, diététiques, macrobiotiques s'efforcent d'aider chacun à sortir du mal-être.

La chaleur collective d'une communauté soulage les détresses individuelles. Les communautés renaissent sans trêve, sous de multiples formes, y compris les formes temporaires de tribalisme indiquées par Maffesoli[1]. Le profit désormais s'investit dans toutes les institutions prenant en charge les névroses humaines. Tout un secteur du capitalisme bénéficie du mal de l'âme.

Religion, mythologie et magie ont dans un sens lourdement handicapé l'histoire humaine et lourdement pesé sur le destin des individus. Elles ont suscité une partie des innombrables excès dus à *homo demens*. Elles ont plus que souvent étouffé les possibilités d'une pensée autonome. Mais, répétons-le, elles ont apporté de grandes Assurances et de grandes Consolations, qui ont amoindri la très forte angoisse existentielle de l'être humain et tempéré ses tragédies.

Tout cela ne calme pas tous les désespoirs ni n'inhibe toutes les angoisses. Mais cela établit mille compromis névrotiques avec l'insupportable réalité. Si le névrotique est pathologique, alors ce pathologique est normal.

---

1. M. Maffesoli, *Le Temps des tribus*, Paris, La Table ronde, 2000.

Le pacte sur-réaliste

En même temps qu'il y a un compromis névrotique entre l'esprit humain et la réalité, il y a une coopération réaliste entre *sapiens* et *demens*. Ainsi, l'agressivité enfantine se trouve spontanément orientée dans des jeux où, de même que chez les chiots le mordillement est la version amicale du mordre, les rixes et batailles simulées entretiennent la camaraderie juvénile. Dans le monde adulte, l'agressivité est dérivée et régulée dans les sports de compétition, les jeux de cartes, les spectacles et films de violence. Il y a une coopération sagesse/folie qui englobe et dépasse l'une et l'autre, acclimate l'agression et la rend amicale. Et, au sein même des étreintes d'amour, il y a morsures, griffures, simulacre de luttes, parfois voluptueuses tortures.

Le jeu est un engagement psychique, une insertion physique, une activité pratique qui nous met en tête à tête avec le monde réel pour le défier et le dompter, mais de façon bénigne. Il nous plonge dans le conflit et la bataille, mais en dehors des conséquences cruelles du vrai conflit et de la vraie bataille. Le joueur demeure dans la conscience du jeu au sein de ce qui sans le jeu serait offense, cruauté et tragédie.

Plus profondément, la poésie vécue et l'esthétique nous font vivre un grand pacte avec le réel, le pacte sur-réaliste qui transfigure le réel sans le nier.

La poésie vécue se situe dans le sur-réel. En son état suprême, elle s'exalte en extase, acte absolu de communion, de perte et d'accomplissement du réel, de perte et d'accomplissement de soi.

La poésie, dans le sens vécu du terme, conclut une alliance avec les puissances génératrices et régénératrices de la vie, avec les montées de sève, les éclosions, les floraisons, les épanouissements. Son pacte avec le réel prend un caractère enchanté notamment dans l'amour. L'amour est issu d'une incroyable force de vie qui transfigure la vie. Il nous relie à autrui tout en nous restituant à nous-mêmes. Il réalise pleinement notre être biologique et notre être psychique. L'amour suscite une quasi-divinisation pour un être de chair, de sang et d'âme. L'amour, unité incandescente de la sagesse et de la folie, nous fait supporter le destin, nous fait aimer la vie [1]. Il ne surmonte jamais la mort, mais il en est la riposte la plus convaincue ; le titre du roman de Guy de Maupassant, qui le désigne, est à peine excessif : *Fort comme la mort*.

Nous l'avons déjà indiqué, plus notre civilisation devient vouée au calcul anonyme, à l'intérêt, à la technique, soumise à la bureaucratisation et la parcellarisation du travail, plus il s'opère un contre-mouvement qui régénère le pacte poétique avec la vie. Il comporte aussi la recherche des petits plaisirs de la vie, des réunions d'amis et fêtes, des sourires et rires de la connivence, des jouissances gastronomiques et œnologiques que nous avons évoqués au précédent chapitre. Il y a mille petites poésies en suspension dans le quotidien des conversations de bistro, plaisanteries, sourires de sympathie, regards sur des jolies filles ou beaux garçons.

L'esthétique ne nous offre pas seulement une échappée vers des mondes imaginaires, elle transfigure la souffrance et le mal. La douleur de l'artiste nourrit la beauté des œuvres qui va rayonner sur leurs auditeurs, lecteurs ou spectateurs : « L'artiste doit délivrer le monde de la douleur même s'il ne se délivre pas de sa propre souffrance » (lettre d'André Suarès à Georges Rouault [2]). Poésie, théâtre, littérature, peinture, sculpture et musique (songeons au second mouvement du Quintette en ut majeur de Schubert) nous offrent ce don sublime de l'art qui permet d'esthétiser la douleur, c'est-à-dire de nous la faire ressentir dans sa plénitude tout en jouissant de son expression.

L'esthétique nous permet de regarder en face ce qui nous épouvante et nous fait horreur : elle permet de contempler la fatalité, la mort atroce, la mort injuste, la mort odieuse, la mort catastrophe, la mort perte de soi-même, la mort perte des êtres chéris. La situation du téléspectateur permet de contempler esthétiquement tornades, ouragans, éruptions volcaniques (et à la limite l'esthétisation d'une catastrophe

---

[1]. E. Morin, *Amour, poésie, sagesse*, Paris, Éd. du Seuil, nouv. éd., coll. « Points », 1999.
[2]. A. Suarès et G. Rouault, *Correspondance*, Paris, Gallimard, 1960, p. 39.

La supportable réalité

sismique mobilise les deux sentiments tragiques de la terreur et de la pitié, tout en suscitant aussi parfois une esthétique cynique de la catastrophe).

Comme nous l'avons indiqué, le spectateur du film se nourrit d'angoisse dans les suspenses, se nourrit de morts dans les thrillers, se nourrit de douleurs dans les peines, les tourments, les épreuves, les supplices que subissent les héros. La situation esthétique rend ainsi supportable l'insupportable. Terreur et pitié, les deux sentiments qui selon Aristote nous envahissent au spectacle de la tragédie athénienne, surgissent effectivement quand nous voyons les représentations des tragédies humaines. La tragédie, nous dit Dimitri Analis, « est communion avec les profondeurs de la vie... ouverture vers l'infini du destin et des souffrances » (inédit). Mais alors nous pouvons regarder de face, en situation esthétique, la terreur elle-même, l'horreur de la mort, l'atrocité du meurtre, le malheur de l'orphelin, la souffrance des trahis, méprisés, humiliés. Est-ce que s'opère alors une catharsis, comme le pensait Aristote, c'est-à-dire une « purification » du mal ? Elle nous en purifie provisoirement, en nous permettant d'exorciser le mal, la souffrance et la mort qui, comme la foudre vers le paratonnerre, se dirigent vers ces personnages fictifs, autres que nous-mêmes mais avec qui nous nous sommes d'une certaine façon identifiés, qui sont nos paratonnerres imaginaires, et meurent à notre place. Et c'est ainsi que nous pouvons consommer de façon pasteurisée la mort et le destin, mieux encore, en ressentir volupté et jouissance dans l'état esthétique.

Ainsi, l'esthétique nous fait ressentir du bonheur avec du malheur. Elle nous ramène à la condition humaine tout en nous en divertissant, elle nous y fait plonger tout en nous en distançant.

Ajoutons que, de façon fugitive, l'esthétique nous rend meilleurs, plus sensibles, compréhensifs. Nous nous éveillons au sentiment humain de compassion pour l'affligé, si absent dans la vie quotidienne, y compris pour les malheurs réels si proches de nous. Nous avons pitié du vagabond pour qui nous avons dégoût au sortir de la fiction. Nous cessons de réduire le gangster, l'assassin, le Macbeth, à leurs seuls traits criminels et nous comprenons la complexité humaine.

L'esthétique, par ailleurs, opère une collaboration simultanée avec la pensée mythologique et avec la pensée rationnelle en les dépassant l'une et l'autre dans son sur-réalisme.

Comme il a été dit plus haut, l'émotion esthétique, même en son extrême intensité, n'abolit pas une conscience rationnelle de veille, qui effectivement demeure une veilleuse tandis que l'esprit est en même temps emporté dans l'émotion, la participation, l'imaginaire ou le jeu. Les artistes, écrivains, poètes sont « inspirés » en fait par la pensée analogique-symbolique-mythologique, tout en faisant intervenir souvent, dans cette inspiration même, les opérations et les contrôles d'une pensée rationnelle-technique. (Le mot art contient en lui savoir-faire, technique, habileté). L'esthétique se situe au confluent où s'entre-fécondent les deux pensées, la mythique et la rationnelle, les deux univers, le réel et l'imaginaire.

Plus profondément, l'art se nourrit et nous nourrit de toute la richesse du mythe, du symbole, de l'analogie, tout en nous permettant d'extraire pour la conscience rationnelle les messages profonds inclus dans le mythe.

Ainsi, tout ce qui est esthétique ou esthétisé nous donne plaisir, bienfait, bonheur en même temps que chagrin, larmes et peine. L'esthétique éveille notre conscience. En animant les puissances inconscientes d'empathie qui sont en nous, elle nous rend, hélas de façon provisoire, meilleurs, compréhensifs, compatissants pour ceux que notre inhumanité ignore ou méprise. D'où sa vertu capitale dans notre civilisation[1], où elle est désormais séparée de la religion et de la magie : non seulement elle nous donne à voir les beautés de l'existence, non seulement elle crée de la beauté, c'est-à-dire de la joie (*a thing of beauty is a joy for ever*), elle nous aide à supporter le trop-plein insupportable de la réalité, et du même coup à affronter la cruauté du monde.

---

1. Car, dans les civilisations antérieures, l'esthétique n'était pas décantée, séparée, de l'univers du mythe et de la religion.

La coopération réaliste

Enfin, on l'a vu, dès les origines de *sapiens*, il s'est constitué une coopération entre la mentalité rationnelle-logique-empirique-technique, sous la dominance des besoins objectifs, et la mentalité analogique-symbolique-mythologique-magique, sous la dominance des besoins subjectifs.

Dans toutes les sociétés, les prières, cérémonies, rites, croyances surnaturelles, superstitions ont coopéré avec les entreprises techniques, pratiques et économiques.

Les deux mentalités s'entre-accompagnent et s'entre-confortent dans les sociétés archaïques. Rites et invocations précèdent la chasse, la guerre, les moissons; des rites de mort-naissance font passer de l'enfance à l'âge adulte, et les mythes sont présents à tous les moments de la vie, sans nullement empêcher les opérations techniques et pratiques. À l'intérieur des sphères religieuses se constituent des sciences comme l'astronomie, laquelle n'est pas séparée de l'astrologie. La disjonction ne se fera qu'au XVIIe siècle dans la civilisation occidentale. À l'intérieur des grandes théologies, il y a eu souvent un mixte de pensée mythologique et de pensée rationnelle; ainsi, le thomisme médiéval a cloîtré en son sein le rationalisme aristotélicien.

Les armées romaines ont conquis l'empire avec, avant chaque bataille, l'aide des haruspices, mais en usant de stratégies sagaces. Magie, divination, voyance apportent leurs antidotes et prédictions aux incertitudes. L'astrologie, refoulée à la fois par le christianisme et le rationalisme, revient en force dans le monde contemporain[1]. En même temps, les voyantes quittent les baraques foraines pour les appartements bourgeois, et les marabouts la brousse africaine pour les quartiers urbains d'Occident[2]. Les uns et les autres apportent réponses aux interrogations angoissées qui montent de toutes parts, apportent leurs secours aux cœurs en peine et aux car-

---

1. Cf. E. Morin, C. Fischler *et al.*, *La Croyance astrologique moderne*, Paris-Lausanne, L'Âge d'homme, 1982.
2. T. Nathan et I. Stengers, *Médecins et sorciers*, Le Plessis-Robinson, Les Empêcheurs de penser en rond, 1995.

rières à risques : hommes politiques, hommes d'affaires, acteurs, stars, entrepreneurs, spéculateurs. L'assistance de l'information divinatoire donne assurance, confiance, et, par là, encourage l'entreprise au sein d'un monde aléatoire.

Et, depuis le XIXe siècle, les esprits des morts, relégués dans les campagnes arriérées, reviennent dans les villes modernes[1]. Nous pouvons à nouveau communiquer avec les spectres de nos défunts dans les séances de spiritisme, et nous consoler à nouveau de la mort de cette façon très ancienne.

La pensée analogique-symbolique-mythologique-magique est demeurée présente dans les grandes religions. Celles-ci, malgré des reculs historiques dus aux progrès de la laïcisation, sont capables de contre-offensives vigoureuses comme en Iran, en Afghanistan et autres lieux. Soixante-dix ans de déchristianisation systématique en URSS ont abouti au retour triomphant de la religion orthodoxe. Reléguée dans la vie privée en Occident, la religion conserve sa souveraineté sur la mort et les peines de l'âme. La société la plus scientifique, la plus technique, la plus matérialiste, celle-là même du triomphe d'*homo sapiens-faber-œconomicus*, est en même temps la plus religieuse de toutes les sociétés occidentales et le Maître Livre y demeure la Bible.

Par ailleurs, la nation moderne, comme l'avait vu Toynbee, a sécrété une religion propre. L'être mythique de la nation est inséparable de son être politique. La nation unit en elle une substance mythologique maternelle (mère patrie) et paternelle (autorité de l'État) ; de fait, le mot « patrie » commence en masculin paternel et se termine en féminin maternel ; la nation se nourrit du sacrifice de ses héros ; elle est toujours affectivement présente dans son symbole, le drapeau, et elle entretient son culte dans les cérémonies patriotiques et les fêtes nationales. Ainsi, la nation constitue, au sein du réel, une force souveraine de protection, de communauté et d'amour qui protège de la cruauté de l'univers extérieur.

---

1. Cf. *L'Homme et la Mort*, p. 174.

La supportable réalité

Le mythe s'introduit dans les grandes idées, les rend vivantes, ardentes, puissantes ; il n'y réintroduit pas les dieux et les esprits, mais il spiritualise et divinise l'idée de l'intérieur. Il ne retire pas nécessairement le sens rationnel de l'idée parasitée. Il lui inocule une surcharge de sens qui la transfigure justement en mythe ; ainsi en est-il quand la Science et la Raison, clandestinement parasitées par le mythe, deviennent providentielles et prennent en charge le salut de l'humanité.

Il s'opère des symbioses entre mythe et anti-mythe dans le rationalisme et le scientisme, qui travaillent à la fois l'un pour l'autre et l'un contre l'autre. Ainsi, la raison continue à effectuer ses élucidations tout en propageant le mythe de son omniscience, tandis que le mythe se met au service de la raison tout en l'asservissant à lui. Ici encore, il y a coopération invisible et profonde entre la rationalité et le mythe pour donner courage et confiance.

C'est de façon souvent équilibrante que le compartiment mythologique-magique de l'esprit a cohabité avec le compartiment rationnel-technique. La pensée magique n'a pas été incompatible avec des découvertes techniques fondamentales, et même a accompagné la science pendant des siècles jusqu'à Newton inclus, qui croyait en l'alchimie et en l'astrologie. Il s'est développé deux sphères dans la culture, et ces deux sphères peuvent cohabiter dans le même esprit sans se perturber l'une l'autre. L'esprit religieux n'est pas incompatible avec l'esprit scientifique, quand ils sont chacun dans leur compartiment (Pasteur, Abdus Salam, Atlan). La théorie scientifique, l'invention technique ont elles-mêmes besoin d'imagination et de passion, et souvent des idées obsessionnelles devenues en fait des néo-mythes, comme l'idée du déterminisme universel, ont stimulé la recherche. Plus largement, les sociétés contemporaines ne sont que partiellement contrôlées ou mues par la pensée rationnelle. Nous avons pu traiter ailleurs[1] de la mythologie propre à la culture médiatique, ainsi que des nouvelles mythologies liées aux objets techniques (auto, avion). Et, dans la vie quotidienne de chacun, coexistent, se succèdent, se mêlent croyances, superstitions, rationalité, technicité, illusions, magie.

---

1. E. Morin, *L'Esprit du temps, op. cit.*, p. 36.

Enfin, la laïcisation de la société a conduit au développement non seulement de la religion de la nation, comme on vient de l'indiquer, mais aussi d'une religion de l'amour qui accompagne le développement de l'individualité moderne.

Ainsi, si nous considérons, comme il se doit, mythe et religion dans leur sens large, nous voyons que le communisme du XXe siècle fut une religion de salut moderne, et nous voyons également une formidable présence du mythe dans les idéologies contemporaines. Tout cela a apporté et apporte confiance, espérance, et parfois assurance, joies et bonheurs qui réussissent à masquer et parfois à refouler partiellement la cruauté du réel.

Les complémentarités que nous venons de relever ne doivent pas nous masquer l'antagonisme profond des deux pensées. Elles se sont aussi combattues et haïes dans l'histoire. Le développement unique de la philosophie et de la science en Occident s'est opéré malgré les condamnations parfois mortelles de l'Église. Les avancées d'une rationalité critique au siècle des Lumières se sont faites aux dépens de la religion. La laïcisation progressive de la société et des esprits s'est réalisée en refoulant l'emprise de la religion. Le doute et la foi, la raison et la religion continuent à s'opposer.

Les deux pensées sont vitales l'une et l'autre. Le renoncement à la connaissance rationnelle-empirique nous plongerait de façon fatale dans les égarements et les folies. Le renoncement au mythe non seulement désenchanterait, mais désincarnerait notre univers et désintégrerait les communautés. L'être humain a besoin d'une pensée rationnelle. La pensée rationnelle a besoin de son antagoniste complémentaire. Paradoxalement, les deux pensées renvoient l'une à l'autre. L'extrême corrosion du doute conduit au nihilisme, lequel conduit au désespoir, lequel suscite en réaction vitale le retour à la foi religieuse (la conversion au début du XXe siècle au catholicisme de Psichari, Péguy, et, au milieu du même siècle, celle de tant d'intellectuels au communisme, sans lequel, comme disait Éluard, « il n'y aurait plus qu'à ouvrir le robinet à gaz »).

La sève du mythe, dans notre civilisation, nourrit nos idéaux et nos valeurs. Les valeurs comme Liberté, Égalité, Fraternité sont, quand on y adhère, chargées de ferveur, elles deviennent guides et orientent nos vies[1].

La vie humaine a besoin de joindre dialogiquement les deux pensées. Leur complémentarité antagoniste constitue un compromis coopératif vital. Certes, répétons-le, leur antagonisme a été non moins vital pour le développement de l'esprit humain. Mais l'accompagnement mutuel de la pensée analogique-symbolique-mythologique-magique et de la pensée rationnelle-logique-empirique-technique n'a pas été un handicap dans l'histoire de l'humanité, et peut même être considéré comme un facteur sélectif pour l'espèce humaine. Ce double accompagnement a ainsi fortement contribué à rendre supportable l'insupportable réalité, sans toutefois nous aveugler totalement sur elle.

Les deux volontés de maîtrise

L'esprit de compromis avec la réalité n'a pas suffi aux humains. Il y a eu et il y a toujours la volonté de maîtriser la réalité pour la rendre supportable, qui s'est exprimée de deux façons, l'une par la science et la technique, l'autre par la magie.

La magie s'est déployée dans l'humanité archaïque alors que la science et la technique y commençaient à reconnaître et manipuler les choses. Caractérisée par certains comme une pratique de la « toute-puissance de l'esprit », la magie traduit la volonté de domestication et de maîtrise de la nature et de la surnature.

La magie, définie précédemment (première partie, chapitre 2), permet l'ubiquité, les métamorphoses, les prédic-

---

1. Je songeais, en écoutant en CD les chants inspirés par Che Guevara, notamment *Hasta siempre*, en étant saisi de ferveur et d'émotion pour cet homme au visage et au destin christiques, que le Che était le symbole vécu de mon mythe fraternitaire, et cela bien que j'aie renoncé au mythe de la Révolution et que j'aie répudié le castrisme dès qu'il s'est fait à l'image du communisme soviétique. Je dis à N. V. qui m'a offert ce CD : « C'est mon mythe. » Il me dit : « Replonger dans son mythe, c'est ça qui donne la force. »

tions, les divinations, les guérisons, les malédictions, les mises à mort par envoûtement. Les chamans sont capables de transgresser les contraintes du temps et de l'espace, de communiquer avec les esprits supérieurs, de guérir les maladies. Les sorciers utilisent leur propre double et sont capables de mettre à leur service esprits et génies. Ils agissent sur le symbole (nom, inscription, image) pour agir sur l'être ou la chose symbolisée. Ils utilisent les maîtres mots, formules « cabalistiques » et rites qui permettent de commander aux choses. Enfin, le sacrifice est un grand acte magique universel. La magie est comme l'opérateur « technique » de la pensée mythologique.

La magie archaïque a été refoulée par les grandes religions, qui ont toutefois intégré en elles des pratiques magiques dans leurs rites et leurs cultes. Elle a été refoulée par le monde laïque rationaliste, mais elle demeure dans les campagnes et désormais se développe dans les villes, où prolifèrent voyantes, guérisseurs, marabouts. Encore aujourd'hui, les sorciers et guérisseurs héritiers de l'antique magie procèdent en agissant sur le double de la personne qu'ils doivent sauver ou au contraire perdre, tantôt *via* l'image (photo, figurine), tantôt *via* une appartenance (mèche de cheveux, ongle). La magie demeure tapie dans mille petites conduites de la vie privée, conservation de fétiches ou porte-bonheur, de photos ou images tutélaires, rites de superstition, chiffres et jours fastes et néfastes, etc.[1].

La science s'est développée à partir des Temps Modernes européens comme moyen pour nous faire « maîtres et possesseurs de la nature ». Elle s'est liée à la technique et a développé aux XIXe et XXe siècles de formidables pouvoirs. Notons ici que cette volonté de puissance a trouvé ses limites d'une part dans ses pouvoirs mêmes, parce que la physique nucléaire a donné la possibilité à l'humanité de s'auto-anéantir, d'autre part dans les effets à terme insoutenables sur la biosphère, donc sur l'humanité elle-même, du développement technoscientifique.

La puissance de la magie était celle des chamans et sorciers. La puissance de la science est celle des États, des éco-

---

1. Sur la magie, cf. *Méthode 3*, p. 164-166.

nomies, des industries. La magie contrôlait et dominait le monde par les pouvoirs de l'esprit. La technoscience contrôle et domine le monde par l'asservissement du monde physique.

La magie et la science ont pu, de façon différente, agir sur le réel en lui imposant leur volonté de maîtrise. Il se trouve que le réel n'a obéi que fragmentairement à la magie, et qu'il commence à se révolter contre la technoscience.

Nous ne pouvons maîtriser que localement, provisoirement et imparfaitement la réalité pour la faire obéir à nos vœux, et l'excès de maîtrise se retourne contre nous. Nous sommes donc renvoyés, ici encore, aux compromis, soit névrotiques, soit coopératifs, avec le réel, et, parmi ces compromis, les plus riches et les plus beaux sont esthétiques et poétiques.

Oasis ?

L'angoisse humaine peut être refoulée par la passion du jeu, par des participations multiples, par l'Amour « fort comme la mort », par les mythes, les rites, les religions, elle peut être transfigurée et affrontée dans les poésies, romans, films, mais sans jamais être vraiment liquidée.

Ici, on en revient nécessairement à ce que Pascal appelle divertissement, et qui nous divertit, dans des futilités, du « malheur naturel de notre condition faible et mortelle et si misérable que rien ne peut nous consoler ».

Peut-on réduire les divertissements esthétiques et ludiques au divertissement pascalien ? Peut-on réduire la part poétique de la vie à ce divertissement ? Certes, entre l'enchantement esthétique et l'intensité ludique, d'une part, et, d'autre part, ce qui est « évasion », détournement des profonds problèmes de la vie humaine, il y a une vaste zone floue. Certes, il y a beaucoup de divertissement pascalien dans nos vies et dans la culture de masse qui déverse des tombereaux de populations sur plages, monuments, musées, paysages… Mais répétons-le, dans les séries de télévision et les films, nous retrouvons les problèmes de nos vies, l'amour, le hasard, la jalousie, la haine, la maladie, l'ambition, le malheur ; tout en nous évadant, nous nous retrouvons dans les grandes œuvres et les grands films qui nous mettent en face du destin, de notre condition, de la mort. Il y a une complexité dans ce divertissement que Pascal, pourtant penseur de la complexité humaine, n'avait pas vue... Enfin et surtout, la poésie de la vie comme épanouissement et plénitude échappe au divertissement. Elle ne nous sauve pas de la mort, mais, avec l'amour qu'elle intègre et qui l'intègre, elle est la seule vraie riposte à la mort.

Nous ne pouvons échapper à la dialogique *sapiens-demens*, à partir de laquelle se tisse la condition humaine. Assumer le jeu dialogique rationalité/affectivité, prose/poésie, c'est cela assumer le destin humain. Pourrons-nous, sinon exclure, du moins réduire la cruauté ? Pourrons-nous développer la bonté et la compréhension ? Pourrons-nous développer les oasis heureuses dans l'insupportable réalité ?

C'est cela qui vraiment pourrait s'appeler progrès.

Conclusion

Quelles sont les finalités de l'individu ?

Nous l'avons vu en introduction, il y a une finalité en boucle au sein de la trinité humaine où chaque terme est à la fois moyen et fin de l'autre : individu-société-espèce.

Ainsi, les finalités de l'individu, en s'inscrivant dans cette trinité, sont à la fois au-delà de lui-même et en même temps vouées à lui-même. Effectivement, sa qualité de sujet comporte le pour-soi égocentrique, mais en même temps le don de soi, où l'être égocentrique s'inscrit dans une finalité pour un Nous ou pour Autrui.

La finalité égocentrique suscite un travail incessant pour survivre : se nourrir, se soigner, se protéger, et, selon la juste expression, « gagner sa vie ».

Mais l'individu ne vit pas pour survivre, il survit pour vivre. C'est-à-dire qu'il vit pour vivre.

Que signifie vivre pour vivre ? Vivre pour jouir de la plénitude de la vie. Vivre pour s'accomplir. Le bonheur constitue certainement la plénitude de la vie. Mais il peut prendre de multiples visages : l'amour, le bien-être, le mieux-être, l'action, la contemplation, la connaissance. Il n'y a pas une finalité impérieuse subordonnant toutes les autres, sinon celle que chacun peut élire selon son sentiment ou son idée propre. La pluralité des fins signifie aussi la pluralité des moyens pour s'accomplir.

Nous pouvons par philosophie ou par éthique considérer que l'épanouissement et la libre expression des individus constituent notre finalité principale, sans toutefois penser qu'ils constituent la seule finalité de la trinité individu-société-espèce.

Il peut y avoir, dans cette pluralité de finalités possibles, conflit de finalités, ou parasitisme de la finalité par le moyen qui devient finalité. Ainsi, l'accumulation d'argent, moyen pour accéder à la richesse, devient finalité en suscitant l'avarice. La dépendance mutuelle, moyen qui nourrit un amour, se dégrade en possessivité, qui devient sa propre fin.

Dans l'égocentrisme individualiste, les finalités individuelles peuvent dévorer la finalité de l'espèce et la finalité sociale. L'amour et la volupté peuvent utiliser l'acte reproducteur pour s'accomplir et en éliminer les conséquences reproductrices par coït interrompu, préservatifs, pilules. L'individu peut oublier son devoir de citoyen.

Il n'y a donc pas une finalité impérieuse subordonnant toutes les autres. Les fins de l'individu sont à la fois plurielles, incertaines, complexes. Il y a possibilité d'élire des finalités (y compris la finalité trinitaire qui a cessé de s'imposer d'elle-même dans notre civilisation).

Parmi ces finalités, tout ce qui donne poésie à la vie, l'amour au premier chef, est à la fois fin et moyen de soi-même.

Dès lors, survivre pour vivre prend un sens quand vivre signifie vivre poétiquement. Vivre poétiquement signifie vivre intensément la vie, vivre d'amour, vivre de communion, vivre de communauté, vivre de jeu, vivre d'esthétique, vivre de connaissance, vivre à la fois d'affectivité et de rationalité, vivre en assumant pleinement le destin d'*homo sapiens-demens*, vivre en s'insérant dans la finalité trinitaire.

TROISIÈME PARTIE

LES GRANDES IDENTITÉS

1. L'identité sociale
(1) Le noyau archaïque

Le terme de système est banal en sociologie, et signifie, s'il est explicité, l'organisation de parties différentes en un tout, établissant des contraintes sur ces parties et produisant des qualités propres ou émergences [1], lesquelles rétroagissent sur les parties [2].

L'idée d'organisation demande à être complétée par celle d'auto-organisation. La notion d'auto-organisation est ici première, car elle produit l'autonomie de la société dans son environnement. Il s'agit, comme le lecteur fidèle finit par le savoir, d'une autonomie qui, puisant dans son milieu des énergies physiques, des énergies biologiques, de l'information et de l'organisation, se constitue dans et par cette dépendance : c'est une auto-éco-organisation.

Comme l'être individuel, l'être social est auto-éco-organisateur ; mais il ne relève pas d'une espèce, et il est composé d'individus. Alors que les organismes individuels sont constitués par des associations de cellules, les sociétés sont constituées d'individus dotés d'un système cérébral ou quasi cérébral (comme chez les fourmis), d'un système de reproduction sexué, et de moyens de locomotion assurant une certaine autonomie dans l'espace. Ce qui différencie les sociétés des organismes, ce n'est ni la division du travail, ni la spécialisation, ni la hiérarchie, ni la communication des informations, qui existent chez les uns et les autres, mais la complexité des individus [3]. Une société a besoin d'individus évolués. Une société animale s'auto-organise à partir d'intercommunications entre les appareils cérébraux des individus ; ces inter-

1. Cf. Index.
2. *Méthode 1*, p. 94-154.
3. *Méthode 2*, p. 236-254, et cf. *Sociologie*, p. 93-117.

communications forment un réseau inter-cérébral collectif devenant auto-organisateur[1]. Une société humaine s'auto-organise et s'auto-régénère à partir des échanges et communications entre les esprits individuels. Cette société, unité complexe dotée de qualités émergentes, rétroagit sur ses parties individuelles en leur fournissant sa culture.

Le noyau archaïque[2]

Une société archaïque ne possède pas d'État : elle comporte quelques centaines de membres vivant de chasse et de ramassage ; ceux-ci disposent de savoir-faire multiples, obéissent à des règles et à des normes de répartition, de parenté, pratiquent rites, magie, cérémonies de la vie et de la mort, arts, danses, chants, fêtes. Magie, mythe et rite sacralisent les règles d'organisation de la société. Leurs injonctions et leurs interdits sont doués d'une telle force, sont si profondément intériorisés, qu'ils rendent accessoire voire inutile la coercition ou la punition. Le pouvoir est exercé parfois collégialement par les anciens, parfois alternativement par des chefs selon les missions spécifiques.

Les sociétés archaïques sont organisées en bio-classes : les premières différenciations, complémentarités et oppositions sociales se fondent sur les différenciations biologiques de sexe et d'âge. La bio-classe masculine est vouée à la chasse et à la guerre ; elle est dominante : elle contrôle le partage des ressources et la répartition des femmes ; elle détient des secrets qui ne peuvent être confiés aux femmes. La bio-classe féminine est vouée au foyer, aux enfants, au ramassage, au tissage. Le sort des femmes peut être plus ou moins subordonné selon les sociétés. Les enfants, jeunes, adultes,

---

1. Les sociétés d'insectes, fourmis, termites, ne sont nullement des sociétés quasi totalitaires imposant leurs ordres aux individus robotisés. Au contraire, la société en tant que telle ne dispose d'aucun appareil de commande. Ce sont les interactions entre fourmis qui constituent et assurent l'être collectif auquel elles sont assujetties. Et les mouvements des fourmis au travail n'obéissent nullement à un ordre impeccable, mais s'effectuent à travers une grande agitation et déperdition d'énergie.

2. Cf. *Le Paradigme perdu*, p. 180-187. Le terme « archaïque », pour moi, renvoie non tant à de l'ancien périmé, dépassé, mais à l'*Arkhè*, qui signifie à la fois l'origine, le principe et le primordial.

vieillards constituent des bio-castes. Les vieillards jouissent de l'autorité morale, les adultes du pouvoir sur la société, les jeunes s'unissent en bandes jouissant d'une certaine liberté.

Les individus sont polycompétents. L'homme sait fabriquer ses outils, ses armes, édifier sa maison, chasser, découper le gibier, édifier l'habitat ; la femme pratique les tâches maternelles et ménagères, le ramassage, la poterie, le tissage. Encore aujourd'hui, les femmes demeurent polycompétentes, effectuant travaux domestiques, soins des enfants et d'éventuelles activités professionnelles.

À partir de leurs traits fondamentaux communs, les sociétés archaïques se sont diversifiées, non seulement par la langue, les croyances, les mythes, mais aussi par le caractère de l'autorité sociale, qui peut être tantôt rigide, tantôt permissif, tantôt bardé de prohibitions.

Les sociétés archaïques se sont multipliées, toutes semblables, toutes différentes, et se sont répandues sur la planète. Pendant des millénaires, elles ne subirent pas de contradictions internes profondes, ni d'instabilité destructrice ou créatrice qui les auraient poussées à se transformer radicalement. Ce n'est qu'en cinq points du globe – Moyen-Orient, Indus, Chine, Mexique, Pérou – que se sont formées les sociétés d'un type nouveau, par leur ampleur démographique et territoriale, leur organisation, leurs différenciations internes, leurs créations : des sociétés historiques. Ce sont elles qui ont refoulé, ravagé et finalement, au cours des deux derniers siècles[1], anéanti les sociétés archaïques qui auraient pu perdurer indéfiniment.

Toutefois, il demeure un noyau archaïque plus ou moins intégré dans toutes les sociétés ultérieures : le rôle générateur-régénérateur de la culture, le maintien voire la résurgence de la division en bio-classes (hommes-femmes et classes d'âge), les règles, normes et interdits du sexe, le mythe fraternitaire soudant la communauté.

---

1. La lecture des bulletins périodiques d'informations de *Survival International*, association qui s'efforce de sauvegarder les ultimes peuples indigènes dispersés dans le monde, nous rend témoins de cette extermination pratiquée par la « civilisation ».

Culture : le patrimoine organisateur

La culture est l'émergence majeure propre à la société humaine. Chaque culture concentre en elle un double capital : d'une part, un capital cognitif et technique (pratiques, savoirs, savoir-faire, règles); d'autre part, un capital mythologique et rituel (croyances, normes, interdits, valeurs). C'est un capital de mémoire et d'organisation, comme l'est le patrimoine génétique pour l'individu. La culture dispose, comme le patrimoine génétique, d'un langage propre (mais beaucoup plus diversifié), permettant remémoration, communication, transmission de ce capital d'individu à individu et de génération en génération.

Le patrimoine héréditaire des individus est inscrit dans le code génétique; le patrimoine culturel hérité est inscrit d'abord dans la mémoire des individus (culture orale), puis écrit dans les lois, le droit, les textes sacrés, la littérature, les arts. Acquise à chaque génération, la culture est continûment régénérée. Elle constitue l'équivalent d'un *Genos* sociologique, c'est-à-dire d'un engramme-programme assurant la régénération permanente de la complexité sociale.

Les sociétés archaïques, sociétés sans État, sont auto-organisées uniquement à partir de leur patrimoine culturel. Celui-ci donne à chacune son identité singulière, qui est du coup celle des individus qui la composent. La culture nourrit cette identité par référence à ses ancêtres, ses morts, ses traditions. La société a désormais son nom, sa personnalité propre (totem, puis blason, drapeau), son (ses) fondateur(s) ancêtre(s), sa langue, ses mythes, ses rites qui inscrivent leur singularité chez chaque individu, dont l'appartenance est vécue alors comme filiation. Elle inscrit dans l'individu son sociocentrisme.

La culture est à la fois fermée et ouverte. Elle est très fermée sur son capital identitaire et mythologique singulier, et le protège par la sacralité et par le tabou, de façon quasi immunologique ; mais elle s'ouvre éventuellement pour intégrer un perfectionnement, une innovation technique, un savoir extérieur (si tant est qu'ils ne contredisent pas une conviction ou un tabou). On a même vu des religions conquérantes s'introduire dans des cultures et y chasser leurs anciens dieux (mais ceux-ci ont pu parfois se dissimuler sous les nouveaux).

La culture donne forme et norme. Dès sa naissance, l'individu commence à intégrer l'héritage culturel qui assure sa formation, son orientation, son développement d'être social. Cet héritage se combine avec son hérédité biologique ; ses prescriptions et interdictions modulent l'expression de cette hérédité. Chaque culture, par son empreinte précoce, ses interdits, ses impératifs, son système d'éducation, son régime alimentaire, ses modèles de comportement, refoule, inhibe, favorise, stimule, surdétermine l'expression des aptitudes individuelles, exerce ses effets sur le fonctionnement cérébral et sur la formation de l'esprit, et de la sorte intervient pour co-organiser, contrôler et civiliser l'ensemble de la personnalité. Ainsi, la culture assujettit et autonomise à la fois l'individu.

La culture est dans son principe la source génératrice/régénératrice de la complexité des sociétés humaines. Elle intègre les individus dans la complexité sociale et conditionne le développement de leur complexité individuelle.

La culture a suscité une prodigieuse noosphère peuplée de mythes, de dieux, d'esprits, de forces surnaturelles. Cette noosphère, sécrétée par une collectivité humaine, nourrie par ses craintes et ses aspirations, acquiert une autonomie et une puissance formidables. Elle comprend en elle des entités bénéfiques, qu'il faut invoquer, et des entités maléfiques, qu'il faut conjurer. Chaque société est environnée par sa propre noosphère, où elle puise identité, protection, secours.

Née dans les sociétés archaïques, la noosphère se développe dans les sociétés historiques, où surgissent de grands dieux et démons, qui, dans le monde juif, chrétien, musulman, vont être chassés par un Grand Dieu terrible, jaloux, punitif, en même temps que protecteur et miséricordieux. Elle va se grossir, dans les sociétés laïcisées, d'idéologies devenant elles aussi toutes-puissantes.

La société s'auto-régénère et s'auto-perpétue à la fois :
– *via* la transmission des caractères acquis (culture) ;

– *via* la reproduction sexuée ;
– *via* les interactions entre individus et entre individus et société.

L'organisation de la société est ainsi liée à l'intégration des deux autres instances de la trinité humaine (qui, je le rappelle, l'intègrent d'une certaine façon chacune en elles) : l'instance biologique et l'instance individuelle.

Aussi pouvons-nous dire que la société humaine s'auto-produit, s'auto-organise, s'auto-perpétue, s'auto-régénère à partir des règles, savoirs, mythes, normes, interdits d'une culture, qui opèrent l'incorporation sociale des individus ainsi que (nous allons le voir) la normalisation sociale des activités biologiques et des fonctions sexuelles.

Individus → société

Au sein de toute société, chaque individu est à la fois un sujet égocentrique et un moment/élément d'un tout sociocentrique.

Ce tout constitue en même temps un Nous (que le sujet inclut en lui et où il s'inclut selon le principe d'inclusion déjà examiné [deuxième partie, chapitre 1]).

L'égocentrisme de l'individu s'inscrit dans le sociocentrisme de la société tout en se conservant, et le sociocentrisme de la société s'inscrit dans l'égocentrisme individuel.

La relation individu-société est hologrammique, récursive et dialogique :

– *Hologrammique* : L'individu est dans la société qui est dans l'individu.

– *Récursive* : la relation société-individu ne s'effectue pas en premier lieu selon un déterminisme social qui tolérerait diversement des marges de liberté individuelle, mais selon une boucle de production mutuelle individus → société où les interactions entre individus produisent la société ; celle-ci constitue un tout organisateur, dont les qualités émergentes rétroagissent sur les individus en les intégrant. La société contrôle et régule les interactions qui la produisent, et assure sa continuité à travers l'intégration des nouvelles générations d'individus. Ainsi, les individus produisent la société qui produit les individus ; l'émergence sociale dépend de l'organisation mentale des individus, mais l'émergence mentale dépend de l'organisation sociale.

– *Dialogique* : la relation individu/société est, de multiples façons, à la fois complémentaire et antagoniste.

a) La complémentarité est de principe : il n'y a pas de société sans individus, et il n'y a pas d'individus proprement humains, doués d'esprit, de langage, de culture, sans société.

b) L'antagonisme est lui-même de principe : il tient à l'opposition entre l'égocentrisme et le sociocentrisme ; la société réprime des pulsions, désirs et aspirations individuelles, et ces pulsions, désirs, aspirations tendent à transgresser les contraintes, normes et interdits de la société, qui sont justement en place pour les inhiber et les refouler.

c) Toutefois, la relation individu/société est également ambivalente dans le sens où elle maintient l'antagonisme dans la complémentarité et la complémentarité dans l'antagonisme. Ainsi, toute société est à la fois communautaire et rivalitaire. Les égocentrismes individuels sont en rivalités, compétitions, conflits au sein de la société, mais, dès qu'il y a intérêt commun, et surtout péril ou guerre, la solidarité se manifeste en vertu du sociocentrisme. Autrement dit, toute société est à la fois un champ d'intérêts individuels et une communauté vouée à l'intérêt collectif. Autrui, dans le premier cas, est le rival, le concurrent, parfois l'associé ; dans le second cas, il est le frère. Ce double caractère, hérité des sociétés mammifères, développé dans les sociétés archaïques, se retrouve dans les nations modernes. Celles-ci sont effectivement un vaste champ d'affirmation d'intérêts, de compétitions diverses, de concurrences économiques, de conflits personnels ou collectifs, de luttes de classes, mais en même temps des entités communautaires (où la patrie, substance mythiquement maternelle-paternelle, fraternise ses « enfants »).

d) Quelle que soit la société, il demeure chez les individus une sphère privée vouée aux intérêts et sentiments personnels, aux siens, proches, conjoint, enfants, parents, amis. Tout se passe comme s'il y avait deux « chambres » dans l'esprit de chacun ; la première est la sphère privée sus-indiquée, la seconde est, dans les sociétés archaïques, occupée par le Nous collectif, ses dieux, ses normes, ses interdits. Dans les empires théocratiques, cette chambre est investie par le Pouvoir divinisé ; la conscience et la pensée de tout ce qui est politique et social échappe aux sujets ; il faut que les sujets deviennent citoyens d'une démocratie pour que leur conscience accède aux problèmes de leur société. Dès lors, la deuxième chambre, surveillée par un Sur-Moi social, est occupée par le droit et le devoir civique.

e) Il y a dans les sociétés historiques et contemporaines une résistance collaborationniste des individus à l'ordre social : les individus s'entendent pour résister aux contraintes oppressives par mille petites transgressions, clandestinités, tricheries, tout en faisant le minimum nécessaire à la marche du système ; ils collaborent à sa perpétuation tout en lui résistant.

f) L'individu vit pour lui et pour la société, non seulement de façon alternative, complémentaire ou antagoniste, mais aussi de façon commune. Les fêtes peuvent être considérées comme de tels lieux communs. Elles sont des moments de plénitude individuelle, de poésie vécue, parfois même de transgression des interdits, et elles sont en même temps des moments de resserrement des liens et d'exaltation de la communauté. La vie quotidienne contemporaine témoigne d'une indistinction entre le pour-soi et le pour- la-société. Journellement, chaque individu gagne sa vie *pour soi*, et, en gagnant sa vie, il constitue un rouage de la machine économique/sociale. Il va au bal du samedi soir, s'en réjouit personnellement, mais en même temps ce bal est un moyen de relaxation, détente, intégration au bénéfice également de la société. Il y a, dans tout loisir, indistinctement évasion et participation.

g) Les individus nourrissent des *undergrounds* privés, où chacun a sa part immergée ; il y a l'*underground* de la relation sexuelle ou amoureuse secrète, des liaisons qui traversent souterrainement les familles, les âges, les classes, les tribus ennemies, les races. Il y a les complaisances personnelles à l'intérieur des systèmes officiels, les solidarités clandestines des copains, « pays », les cliques, maffias, les sympathies, antipathies, secrets, complicités, les transgressions innombrables de la règle et de la loi...

h) Les individus qui ne peuvent s'adapter à la société sont relégués dans les prisons et asiles ; beaucoup se réfugient dans les « bas-fonds », *undergrounds* sociaux, où vivent « hors-la-loi » clandestins, marginaux, délinquants, criminels, rebelles.

i) L'intérêt général ne peut être la somme des intérêts individuels. Arrow a démontré que l'addition des préférences personnelles ne peut constituer un choix collectif d'intérêt général[1] ; il y a là non seulement un paradoxe démocratique, mais un principe qui interdit toute vision euphorique de la relation individu-société.

L'antagonisme individu/société ne peut être absolument résorbé ; comme disait Adorno, « la société est un ensemble de sujets et leur négation ». Ainsi, la culture, l'organisation sociale, l'État émancipent et asservissent[2]. Quand l'individu le peut, il réagit à l'asservissement par la « résistance collaborationniste ». Parfois les opprimés se révoltent. L'histoire humaine est jalonnée par les insurrections, des révoltes d'esclaves de l'Antiquité aux jacqueries et révolutions des Temps Modernes.

Ainsi, la relation individu-société est multiple. Elle est variable selon les sociétés, les époques, les individus, mais elle est indissoluble.

Il y a une limite propre à la puissance de l'organisation sociale, qui a besoin d'un minimum d'autonomie de l'individu ; l'obéissance absolue est la paralysie absolue (comme en témoignent les grèves du zèle). Ainsi, il y a inachèvement de l'être social dans le sens où la société ne peut s'achever par l'assujettissement total des individus. L'être individuel, lui, ne peut s'accomplir comme individu qu'au sein d'une

---

1. K. J. Arrow, *Choix collectif et préférences individuelles*, Paris, Calmann-Lévy, 1974.
2. *Méthode 1*, p. 248.

culture, mais, au sein d'une culture, il demeure inachevé, car il ne peut réaliser toutes ses possibilités ni tous ses désirs.

L'individu peut s'exiler, fuir sa société, il peut s'isoler, mais, comme Robinson, il ne pourra survivre que parce qu'il a été formé culturellement. L'individu a donc une identité sociale, qui seule lui permet de s'épanouir, mais qui permet aussi de l'asservir.

Organisation sexuelle de la société
↑ ↓
Organisation sociale de la sexualité

La culture impose à la reproduction biologique son ordre organisateur et établit les règles de la vie en commun à partir de cet ordre.

Alors que, dans les sociétés de mammifères, l'activité sexuelle est accaparée par les mâles dominants, les sociétés humaines, dès leur stade archaïque, la contrôlent, lui imposent leurs normes (exogamie) et interdits (prohibition de l'inceste), fixent les règles du mariage (souvent monogamie). L'organisation de la sexualité (comportant la répartition des femmes entre les hommes) fait partie intégrante de l'organisation sociologique.

L'institution de la parenté, celle de l'exogamie, la prohibition de l'inceste canalisent socialement les processus de reproduction et contribuent puissamment à diversifier les déterminations génétiques des individus.

L'interdiction de l'inceste, le principe d'exogamie, les normes du mariage, les structures de la parenté sont circulairement conditions les unes des autres, et constituent un fondement culturel de l'auto-organisation sociale. Elles comportent les deux contraintes fondamentales de l'ordre social sur l'individu : l'interdit et la prescription.

Ainsi, la société s'autoproduit à partir de la reproduction biologique[1], *laquelle s'auto-reproduit selon la norme sociologique.*

1. L'idée de reproduction sociale s'est banalisée, mais elle désigne en fait

Ici se comprend la complexité de l'auto-organisation sociale : elle est générée et régénérée par sa relation avec les deux autres auto-organisations de la trinité humaine. Les trois instances trinitaires – l'individu, l'espèce, la société – sont engrenées inséparablement l'une en l'autre comme trois roues interdépendantes d'une polyorganisation trinitaire, et elles s'entre-génèrent les unes les autres. *Le lien social n'est pas le produit d'un contrat mythique ou d'une pure contrainte physique. Il est le produit de la boucle trinitaire.*

Famille, je vous ai

Bien que diversement intégrée et amendée, l'organisation bio-socio-culturelle de la société est demeurée présente dans les sociétés historiques jusqu'à aujourd'hui.

Les développements des sociétés historiques ont non pas aboli mais transformé l'organisation de la reproduction biologique. Le principe d'exogamie, la prohibition de l'inceste demeurent, mais le dépérissement du clan et de la tribu dans les grandes sociétés historiques a coïncidé avec la formation et la consolidation de la famille.

Alors que, dans le clan archaïque, un certain nombre de responsabilités à l'égard de l'enfant étaient assumées par l'oncle, frère de la mère, la famille émerge avec l'implantation de l'époux qui en prend la responsabilité et devient père. Le père va y imposer son autorité de chef. L'image du chef et celle du père vont par la suite se renforcer l'une l'autre. (« Nom de roi est nom de Père », disait Bossuet. « Père des peuples », faisait dire de lui Staline.)

La famille surgit dans les sociétés historiques pour devenir l'unité de base où se canalise la reproduction et où se concentrent les soins aux enfants. La famille devient un noyau d'autonomie, un foyer de complexité humaine. C'est, jusqu'à son amenuisement dans le monde occidentalisé, un microcosme

---

l'auto-perpétuation des structures et dispositifs de l'organisation sociale ; celle-ci ne se reproduit pas comme se reproduit une cellule en se dédoublant, ni comme deux êtres sexués en s'accouplant ; elle établit sa permanence en imposant ses structures et dispositifs invariants aux individus qui, eux, sont soumis à la reproduction sexuelle.

quasi fractal de la société, comportant dimensions biologique, économique, culturelle, éducative, psychique. La famille noue en elle l'archaïque, l'historique et le contemporain. Elle a traversé siècles et sociétés et elle garde encore un futur[1].

Il y eut plusieurs modèles familiaux dans l'Antiquité, dont le modèle patriarcal gréco-romain. Emmanuel Todd a relevé divers types familiaux en Europe[2]. Dans tous les cas, la famille est une communauté dans la société, que ce soit la très grande famille comme la *zadruga*, qui compte plusieurs dizaines de personnes, ou la grande famille comprenant trois générations dans le foyer, de nombreux fils, frères et sœurs, cousins, oncles. Elle constitue une unité affectivement liée, le foyer est un refuge protecteur, et, quand ses membres sont dispersés, ils demeurent insérés en un réseau de solidarités.

La famille agricole, artisanale, commerçante est une unité socio-économique de production des ressources, de transmission de biens, et la plupart des familles dans le monde assument des tâches domestiques et ménagères.

La famille a été longtemps le fruit d'une alliance entre deux familles différentes où chacune trouvait son avantage.

Elle a été longtemps également une unité culturelle qui assurait l'éducation des enfants jusqu'à ce que l'école publique la lui eût retirée, et elle demeure encore souvent un foyer de transmission des valeurs, du sens de l'honneur, des rites de courtoisie.

C'est toujours une unité psychologique fondamentale : le nom de famille fonde l'identité personnelle. L'immersion des enfants dans le bain familial, pendant les années décisives de formation, joue un rôle capital dans les destins individuels. La personnalité du père et celle de la mère s'impriment dans les âmes enfantines pour toute leur vie. Le père incarne l'autorité et la mère incarne l'amour, les deux puissances qui vont marquer les destins individuels. Du reste, même quand le père est absent, mort, ou que son autorité est affaiblie, son imago reste très forte, ainsi que celle de la mère disparue ou morte. La marque de la famille sur l'enfant puis l'adulte est source de complexité mentale : Freud et les courants issus du

---

1. Cf. plus loin, p. 199-200.
2. E. Todd, *L'Invention de L'Europe*, Paris, Éd. du Seuil, 1990.

freudisme ont bien mis en relief les ambivalences et dialectiques d'amour/haine, de désir et de refoulement inhérentes à la famille. Les psychothérapies familiales issues de Palo Alto ont bien mis en relief les dérèglements et souffrances au sein des familles, ainsi que la fixation d'un mal familial collectif sur un de ses membres devenu bouc émissaire. Les familles peuvent être cocons ou prisons, d'où, dans le premier cas, les difficultés de s'en détacher, et, dans le second, les évasions hors de la famille, les auto-affirmations et révoltes individuelles.

Enfin, la famille est le lieu archaïque du Sexe dans sa férocité biologique et mythologique, camouflée sous tous ses aspects aimants, aimables, utiles, fonctionnels. Freud a arraché les lourds rideaux qui l'occultaient, révélant ainsi le tréfonds de la famille. Il a déchiré la braguette du Père et le culotton de la Mère pour révéler le Phallus et le Vagin dans leur gloire terrible et souveraine.

La famille en tant qu'unité autonome close peut être source de pathologies et de malheurs chez les enfants, héritiers des névroses parentales, soumis à l'autorité incompréhensive ou brutale du père ou parfois violés, frustrés par l'indifférence d'une mère ou étouffés par sa possessivité. Dans toute famille, ce n'est pas seulement la tragédie d'Œdipe qui sommeille, mais aussi celle des Atrides, où Clytemnestre prend pour amant Égisthe pendant la longue absence de son époux Agamemnon et tue celui-ci à son retour, ce qui va susciter la vengeance meurtrière d'Électre et d'Oreste, puis les tourments infernaux des justiciers.

Il y a deux images archétypiques de la famille en Occident : la famille atroce, où les Atrides contemporains ont pris des formes bourgeoises (*Poil de Carotte* de Jules Renard, *Vipère au poing* d'Hervé Bazin), et la Sainte Famille, d'harmonie chaste et pure. Les familles réelles zigzaguent diversement entre ces deux pôles.

La contrainte sociale sur le sexe, la norme du mariage, la prohibition de l'inceste, celle de l'adultère ont créé d'innombrables conflits entre d'une part le désir et l'amour, d'autre part les interdits et le mariage. Ces contraintes et conflits ont suscité des rêves inassouvis, des blocages inhibiteurs, des imaginations enflammées, des fantasmes obsédants, des transgressions fatales; ils ont engendré des relations clandestines, des amours muettes, des attractions et liaisons souterraines.

La famille a grandement évolué dans le monde occidentalisé contemporain. Le mariage d'amour s'y est introduit et a pris une grande extension au détriment du mariage d'alliance. La maison à trois générations a fait souvent place à l'appartement du couple et des enfants. Le foyer s'est réduit à des enfants de moins en moins nombreux. La valeur des enfants a augmenté avec la diminution de leur nombre, et l'enfant unique subit une concentration de soins et d'amour à la limite étouffante. La petite famille n'assume guère de fonction productive, sauf chez les paysans et petits commerçants. Le foyer est envahi par l'économie extérieure et par la culture médiatique. La fonction patrimoniale diminue. Le rôle éducateur des parents s'affaiblit. L'État prend en charge crèches, écoles maternelles, hôpitaux pour la naissance et le trépas. Les adolescents s'émancipent très tôt de la tutelle familiale.

Aussi, le plus souvent en Occident, la famille n'est plus le lieu où l'on naît, où l'on apprend, où l'on travaille, où l'on meurt.

Même restreinte en dimension et en fonctions, la famille demeure un concentré biologique, psychologique, culturel, social très fort.

Certes, le noyau même de la petite famille, le couple, est en crise. L'activité professionnelle de l'homme et celle de la femme occupent une part de vie indépendante hors du foyer; la multiplicité des rencontres, le relâchement des mœurs, le besoin de poésie favorisent les adultères. Les divorces deviennent normalité et non plus exception. Il y a crise du mariage d'amour, victime d'un nouvel amour.

Jamais le couple n'a été aussi fragilisé, et pourtant le besoin de couple n'a jamais été aussi fort. C'est que, face à un monde anonyme, à une société atomisée où le calcul et l'intérêt s'étendent partout, le couple est intimité, protection, complicité, solidarité.

Ainsi, le nouvel amour qui détruit le couple en reconstitue un nouveau. Le couple, refuge privilégié contre les solitudes, les désespoirs et les insignifiances, renaît sans cesse. La famille est en crise, le couple est en crise, mais le couple et la famille sont des réponses à leur crise.

De plus, toujours en Occident, le retour des grands-parents actifs (avancement de l'âge de la retraite, allongement de la vie), les fraternisations entre enfants de lits différents ne restaurent pas l'ancienne grande famille, mais créent une forme flexible de nouvelle grande famille.

C'est pourquoi, selon un sondage, 88 % des Européens voient dans la famille la chose la plus importante de l'existence.

Le renforcement des préoccupations identitaires, la réaction à l'atomisation des individus vont dans le sens d'une restauration morale et psychologique de la famille. Il y a certes les errances affectives et amoureuses, mais les imagos fortes du père, de la mère, de l'épouse, de l'époux, du frère et de la sœur, enracinées dans les esprits, créent un appel permanent et profond.

Cours nouveau ?

La fin du XXe siècle occidental a vu le renversement partiel de la relation individu-société-espèce quant à la reproduction. Dès le XVIIIe siècle, des hommes commençaient à supprimer les conséquences reproductives du coït par son interruption *in extremis*[1] et les femmes par le lavage post-coïtal à l'eau froide. C'est à partir du milieu du XXe siècle que la société abandonne à l'homme et à la femme le contrôle de la reproduction par préservatifs, pilules et avortements légaux. Il s'agit incontestablement d'une conquête des individus sur la contrainte de la société et sur celle de l'espèce. Seul le grand tabou de l'inceste demeure.

En attendant, à travers la crise qui l'affaiblit, la fortifie et la transforme, la famille demeure un noyau de vie communautaire irremplacé. Ce dont témoignent en Occident l'apparition et la légitimation de familles homosexuelles.

---

1. Cf. P. Ariès, *Histoire des populations françaises et de leurs attitudes devant la vie depuis le XVIIIe siècle*, Paris, Éd. du Seuil, rééd., 1971.

En négatif ou en positif, en absence désolante ou en présence étouffante, la famille demeure inscrite de façon indélébile en l'esprit, l'âme, l'identité, la vie de tout individu.

Les XXe et XXIe siècles ont ouvert la possibilité d'éliminer le père (sperme anonyme), la mère (mère porteuse, couveuse), à la fois le père et la mère (clonage), donc le fils et la fille. Père, mère, fils, fille se retrouveront probablement d'une autre façon, notamment dans des néo-familles fondées sur l'adoption.

On peut toutefois s'interroger aujourd'hui sur l'avenir de la relation archaïque fondamentale entre la société, l'espèce et l'individu, qui semblait inaltérable. Elle se trouve désormais modifiée, comme on vient de le voir, en ce qui concerne la reproduction. Nous examinerons plus loin si les développements scientifiques et techniques foudroyants en biologie, notamment les futures manipulations génétiques, pourraient la corrompre, la disloquer, la transformer.

2. L'identité sociale
(2) Léviathan

> *C'est quelque chose de plus que consentement et concorde ; c'est une véritable unité de tous en Une Identique personne faite du pacte de tout homme avec tout homme [...] C'est à la génération de ce Grand Léviathan ou plutôt de ce dieu mortel à qui nous devons, sous le Dieu immortel, notre paix et défense.*
>
> Thomas Hobbes

> *L'État est cette réalité maintenue et instaurée par la violence meurtrière.*
>
> Paul Ricœur

> *Il n'est pas un témoignage de culture qui n'en soit en même temps de barbarie [...] le patrimoine culturel ne doit pas son existence seulement à l'effort des grands génies qui l'ont façonné, mais à la servitude anonyme de leurs contemporains.*
>
> Walter Benjamin

De la société archaïque à la société historique, en cinq points du globe[1], une métamorphose en chaîne a élaboré une nouvelle forme de société, qui, comme toute métamorphose,

---

1. Selon une nouvelle hypothèse, formulée par Jacques Cauvin dans *L'Empreinte de l'homme*, Paris, Éd. du CNRS, 1994, puis Flammarion, 1998, la révolution néolithique, qui émerge il y a 12 000 ans au Levant, avant Sumer et l'écriture, ne viendrait pas de pressions démographiques ou écologiques (hypothèse jusqu'alors la plus probable), mais d'une mutation culturelle : la révolution des symboles, qui, par l'avènement des divinités, aurait ouvert le groupe à un nouveau type d'organisation.

conserve le fondement antérieur ou noyau archaïque (conflictualité et communauté, sociocentrisme, rôle organisateur du patrimoine culturel), mais l'englobe et le dépasse.

Les sociétés nouvelles comportent l'État, la ville, l'agriculture, les classes sociales, l'institution religieuse. Leur apparition coïncide avec celle de l'histoire : elles vont à la fois faire l'histoire et en subir les aléas et vicissitudes. Deux types extrêmes apparaissent parmi divers royaumes. L'un est l'empire, l'autre la cité.

L'empire est issu de la conquête, sans doute à partir de petits royaumes belliqueux. Il se constitue dans l'Antiquité eurasiatique et dans l'Amérique précolombienne des États impériaux énormes (Sumer, Égypte, Assyrie, Empire chinois, Empire perse, Empire romain, Empire aztèque, Empire Inca). L'empire assemble des populations de centaines de milliers, puis de millions d'individus. Si omnipotents que furent les États d'empire, beaucoup d'entre eux eurent une existence relativement brève, sous l'effet, alternatif ou conjugué, d'invasions ennemies, de crises internes (notamment luttes de succession, révolutions de palais, coups d'État). En dépit des invasions, divisions et crises profondes, deux États impériaux perdurèrent pendant des millénaires : l'égyptien (trois millénaires) et le chinois (quatre millénaires) ; l'Empire romain-byzantin dura un millénaire.

Le type impérial, appelé sommairement depuis Hegel « despotisme oriental » – Assyrie, Babylone, Égypte, Chine, Mexique, Pérou –, est dominé par un État théocratique tout-puissant, doté des attributs du sacré, qui crée et ordonne, selon l'expression de Mumford[1], une méga-machine sociale.

L'autre type est celui de la cité-État, comportant également des classes sociales et disposant de ressources agricoles, parfois de ressources minières et de colonies maritimes. Les cités-États sont régies par des rois, des tyrans ou des oligarchies. Rarissimes sont les démocraties de citoyens, dont Athènes au Ve siècle avant notre ère fut le remarquable exemple. Les cités-États furent dans l'Antiquité absorbées par les empires, dont l'Empire romain. Rome fut toutefois l'exemple remarquable d'une cité-État oligarchique, un temps

---

1. L. Mumford, *Le Mythe de la machine*, 2 vol., Paris, Fayard, 1967 et 1974.

démocratique, qui, par ses conquêtes, se transforma en empire et se dota alors d'un empereur-dieu.

L'émergence de l'État est l'événement organisateur clé des sociétés historiques. Les sociétés se sont depuis métamorphosées, les nations modernes sont apparues, mais l'État demeure au noyau des sociétés jusqu'au XXIe siècle (peut-être au-delà).
Aussi, depuis les débuts de l'histoire, le destin social est-il inséparable de celui de l'État.
Comme nous allons le voir, le paradoxe de l'État est qu'il est souvent à la fois barbare et civilisateur, émancipateur et asservisseur...

L'État dominateur

Pour envisager l'État, il faut concevoir la notion d'appareil. Cette notion est inexistante dans la science politique comme dans les conceptions libertaires ou marxistes. J'en ai donné la définition physique[1] : l'appareil est un dispositif de commande et contrôle qui capitalise l'information, forme des programmes, et par là maîtrise l'énergie matérielle et humaine ; un appareil introduit sa détermination dans un milieu amorphe ou hétérogène (et ainsi l'appareil d'État peut contrôler de très diverses populations) ; au sens cybernétique du terme, il asservit un système sans subir sa réaction, mais en en recevant de l'information.

Depuis les empires antiques jusqu'aux nations modernes, l'État constitue l'appareil central de commande et contrôle de la société. Son pouvoir est de connaissance, de décision, de domination, de répression. Il mémorise (archives), calcule, compute, régit, décide, ordonne. Il dispose d'une administration qui centralise l'information et le savoir, établit les écritures, les archives, les instructions, effectue des prévisions et propose ses programmes.
L'État produit son code, ses lois, ses décrets. Lois et décrets entrent dans le patrimoine culturel et prennent vertu

---

1. *Méthode 1*, p. 239.

générative. Aussi l'État est-il conservateur et producteur d'une générativité[1] organisatrice.

L'État établit l'ordre et s'approprie le monopole de la violence. Il dispose de pouvoirs temporels puissants par le moyen d'appareils auxiliaires : l'appareil policier, l'appareil militaire[2] ; ceux-ci appliquent ses ordres et imposent son pouvoir coercitif (contrainte, emprisonnement, mise à mort).

Il dispose aussi des pouvoirs spirituels les plus puissants par le truchement de son appareil religieux qui sacralise son pouvoir. L'État utilise son ou ses dieux comme moyens d'imposer son propre culte. D'où le caractère théocratique des grands empires de l'Antiquité, où le roi est au moins délégué, au mieux incarnation du Dieu souverain. Les États-nations modernes instituent leur propre sacralité, leur propre culte et, comme l'avait bien vu Toynbee, leur propre religion.

Un appareil asservit le milieu où il opère ; l'appareil d'État opère de grands travaux pour asservir le milieu naturel, y tracer des routes, y creuser des canaux, y implanter des villes, y développer l'agriculture. Tout cela s'effectue dans l'Antiquité non seulement par la création de techniques adaptées, mais surtout par un asservissement humain massif. C'est l'appareil d'État qui a inventé cet asservissement, par l'utilisation forcée du travail et des compétences. L'asservi absolu, l'esclave, n'est plus qu'un « outil animé » (Aristote).

Plus amplement et profondément que l'asservissement, l'État a pratiqué l'assujettissement : son autorité s'introduit dans l'esprit de l'individu en bénéficiant du principe d'inclusion qui permet à tout sujet de s'intégrer dans un Nous ; il inscrit ses finalités au siège même de l'autonomie du sujet. L'assujetti, devenu sujet au sens de soumis, garde ses compétences et son autonomie privée, mais il est prêt à obéir à l'État, souvent incarné par un souverain revêtu de la sacralité du pouvoir : l'une des deux chambres de l'esprit des assujettis (selon la conception de Jaynes[3] évoquée dans le chapitre pré-

---

1. Sur la notion de générativité, cf. *Méthode 2*, p. 114-119, et Index.
2. Certes, il arrive que l'un de ces appareils, profitant de ses pouvoirs propres, réussisse à domestiquer l'État, mais, ce faisant, il le perpétue.
3. *La Naissance de la conscience dans l'effondrement de l'esprit, op. cit.*, p. 78.

cédent) est occupée par le pouvoir théocratique. Celui-ci est présent dans cette chambre comme un véritable Sur-Moi inclus dans le Moi. Comme le souverain dispose des mots maîtres qui suscitent obéissance inconditionnelle, ses ordres sont exécutés quasi somnambuliquement. Ainsi l'assujetti est aliéné au service de la loi, du programme, de l'ordre d'un État incarné par son roi-dieu.

L'intelligence de l'asservi demeure paradoxalement libre et peut songer à se rebeller ; l'intelligence de l'assujetti conforte sa dépendance en croyant travailler pour son Dieu, sa Patrie, le Bien, le Vrai. L'assujettissement permet le plein emploi des esprits assujettis. La disparition de l'esclavage et du servage a favorisé les assujettissements. L'assujettissement d'un peuple permet l'asservissement d'autres peuples par ce peuple. Un peuple assujetti tend à asservir un autre.

Alors que, dans les sociétés archaïques, la paix et l'ordre étaient assurés par l'intériorisation dans les esprits du sentiment de communauté, les États des sociétés géantes imposent leur ordre physiquement par la police et l'armée. Mais ils l'imposent aussi psychiquement en assujettissant les individus par le truchement de la religion d'État et de la religion de l'État (qui se décante en tant que telle dans les nations modernes).

En conjuguant la coercition matérielle et la possession psychique, l'intimidation armée et l'intimidation sacrée, la domination de l'État prend des formes tentaculaires, depuis la contrainte extérieure sur corps jusqu'à l'assujettissement intérieur de l'esprit.

Aussi l'État a-t-il instauré pendant des millénaires asservissements et assujettissements au sein des empires, des nations et de leurs conquêtes.

Né de la guerre et de la domination, disposant d'une puissance militaire formidable, l'État est naturellement paranoïde, tendant à toujours plus de puissance, avide d'accroître son territoire et ses richesses. En même temps, les paranoïas concurrentes des États voisins les poussent à des guerres incessantes. D'où le caractère prédateur et guerrier des États de l'Antiquité et des Temps Modernes, jusqu'au XXe siècle inclus.

Les grandes civilisations du passé furent fondées sur une domination impitoyable à l'intérieur comme à l'extérieur. Toutes celles de l'Antiquité furent instituées sur l'esclavage, lequel est utilisé par les grands États civilisés jusqu'à la fin du XIXe siècle. L'État favorise l'arrogance, le luxe, l'arbitraire des élites du pouvoir et des classes supérieures (lesquelles favorisent l'arrogance et l'arbitraire de l'État), organise l'asservissement des classes inférieures, soumet à la torture et au supplice toute révolte, toute contestation.

Aussi, des empires de l'Antiquité jusqu'aux États-nations modernes, l'État est une formidable puissance de domination, subjugation, agression, prédation.

Le despotisme

À cela s'ajoute le despotisme, pouvoir arbitraire et effréné d'un seul ou de quelques-uns.

L'énorme machine anonyme d'État favorise paradoxalement le pouvoir personnel. L'État qui commande/contrôle la société est commandé/contrôlé par des individus. Du reste, ce sont des chefs conquérants, des rois vainqueurs qui ont institué les premiers grands États de l'histoire par et pour la domination des populations soumises. Ce sont des individus qui ont accaparé l'État dominateur. L'État n'est anonyme que dans son appareil. Sa souveraineté porte le nom du souverain qui, à sa tête, se présente comme *sa tête*. D'où le mot superbe du Roi-Soleil : « L'État, c'est moi. » En reflet atténué du pouvoir personnel suprême, les républiques démocratiques ont elles-mêmes un président qui les personnalise.

La direction de l'État ne peut être anonyme : l'occupation du pouvoir nécessite un art qui a nom politique. La politique dépasse la cybernétique de l'appareil ; elle est le domaine de la décision, du choix, des stratégies d'action intérieure et extérieure, et elle a besoin de réflexion, conseil, débat, conscience, volonté d'individus responsables. C'est un art complexe, incertain et décisif qui, aux moments critiques et crisiques, engage la société tout entière. Et, dans le risque et l'aléa, toute société, même démocratique, a besoin de chefs responsables.

Les chefs peuvent s'identifier à leur fonction et se vouer au service de la société, mais ils peuvent devenir en même temps les parasites qui mettent le pouvoir à leur service.

La divinisation du chef, Pharaon, Souverain, Guide, peut être considérée comme le mythe qu'utilise l'État pour assurer son absolutisme en s'auto-divinisant, mais en même temps le souverain devenu despote utilise sa propre divinisation pour sa volonté de puissance et de gloire. Ainsi, le despote se sert de l'État qui se sert du despote. Le despote est dans une situation de toute-puissance puisqu'il domine l'appareil de domination, contrôle l'appareil de contrôle, décide pour l'appareil de décision. À la mégalomanie de l'État disposant d'un formidable appareil s'ajoute la mégalomanie du despote qui dispose de l'appareil d'État.

Il s'opère une quasi-symbiose entre la volonté de puissance de l'État, qui s'auto-alimente elle-même, et la volonté de puissance des chefs, rois, empereurs à la tête de l'État. Cette symbiose suscite la volonté de toujours plus de puissance. D'où les déferlements des guerres et des conquêtes.

Dans ces conditions, les possesseurs humains du pouvoir absolu s'en intoxiquent, l'*hubris* se déchaîne. Rares sont les souverains qui apprennent la sagesse dans la souveraineté. Au contraire, l'occupation du pouvoir suscite le plus souvent un délire de puissance, et la soif de pouvoir suscite des ambitions démesurées. Aussi autour du pouvoir se multiplient les coups d'État, assassinats, fratricides, parricides, si bien décrits par Eschyle, Sophocle, Euripide, Shakespeare, tandis que la folie spécifique du pouvoir a été admirablement montrée par Calderón dans *La vie est un songe*[1]. Menacés par rivaux ou prétendants, les despotes deviennent pathologiquement méfiants de tous (cf. la vieillesse de Staline et de Mao), développent de façon hypertrophique leur police secrète et frappent en aveugles leurs disciples mêmes. Le pouvoir, sphère de l'Ordre suprême, devient en même temps la sphère du désordre extrême, où se déchaîne *homo demens*.

---

1. P. Calderón de la Barca, in *Trois Comédies*, Paris, Grasset, 1955.

L'État civilisateur

L'État dominateur est aussi l'État civilisateur. S'attribuant à lui seul la violence légitime, il inhibe et réprime la violence des individus et des groupes. Il instaure sa loi qui met fin aux vendettas et justices privées. Tout en dominant cruellement les populations soumises, il crée et développe de vastes espaces de paix intérieure et de civilisation.

Il associe, certes par la contrainte, des populations hétérogènes de millions d'individus, établit une société comportant une très grande variété d'ethnies, et par là apporte la complexité que fait émerger toute association de diversités dans une unité. La complexité sociale permet d'actualiser de multiples virtualités humaines. Aussi, les sociétés pourvues d'État se dotent rapidement d'une écriture [1], font accroître sciences et connaissances dans de nombreux domaines, permettent le développement de la pensée, des arts et des techniques. Toutefois, ce ne sont que les élites, princières ou religieuses, qui bénéficient de la complexification de la société : elles jouissent de plaisirs, de libertés, bénéficent des arts, des lettres, des œuvres de pensée. Tous les gains de civilisation ont été payés, très lourdement, par la servitude de masse.

La civilisation démocratique

La démocratie, en tant que système comportant le contrôle des citoyens, la séparation des pouvoirs, la pluralité des opinions et le conflit des idées, est l'antidote à l'omnipotence de l'appareil d'État et à la folie du pouvoir personnel.

Le modèle démocratique a émergé dans l'Antiquité méditerranéenne, à partir de cités maritimes développant leur commerce, leurs échanges, leurs comptoirs, parfois leurs colonies. Ces cités-États disposent certes d'esclaves, mais non d'une massive force de travail, et elles orientent leurs

---

1. Vers -3000 : écriture hiéroglyphique en Égypte, pictogrammes en Mésopotamie. -1500--1400 : écriture idéographique en Chine ; écriture (linéaire B) en Crète et en Grèce ; écriture hittite cunéiforme en Anatolie. -1100 : les Phéniciens élaborent l'écriture alphabétique.

L'identité sociale (2) : Léviathan 209

activités non sur des travaux géants, mais sur l'acquisition de richesses par les échanges maritimes.

Ces cités, bien que fort entreprenantes, sont marginales dans le monde des énormes empires. Parmi elles, Athènes, au Ve siècle avant notre ère (après avoir failli par deux fois être engloutie dans l'Empire perse), a fait émerger une innovation capitale : l'institution démocratique qui instaure un État complexe où les pouvoirs sont séparés, établit le contrôle de l'État par les contrôlés en faisant de ceux-ci des citoyens, et du même coup dépossède la théocratie – la déesse Athéna protège la cité, mais ne la gouverne pas. Désormais, ce n'est plus un dieu, un roi, un tyran qui décident du sort de la société, mais les citoyens eux-mêmes. Les responsables de la cité sont soit élus, soit tirés au sort. Les sujets ont fait place aux citoyens.

Les citoyens, hommes libres, sont responsables du destin de la cité, dont ils débattent sur la place publique à travers des arguments contradictoires, et la majorité délègue ses pouvoirs à des élus.

Ainsi apparurent, de façon fort restreinte et, de plus, éphémère, des principes qui demandèrent plus de deux millénaires pour s'implanter dans des États-nations de plusieurs millions de ressortissants, et qui demeurent encore minoritaires dans le monde.

Ce qui s'opère chez les citoyens d'Athènes, c'est une brèche dans la cloison qui chez l'assujetti séparait les deux chambres de l'esprit. Alors que toute considération, toute interrogation politique ou religieuse, était prohibée dans le système des deux chambres hermétiques l'une à l'autre, l'ouverture donne au citoyen le droit de regard sur la cité et sur le monde. Des sanctuaires sacrés demeurent dans son esprit, mais son opinion lui est demandée sur ce qui a cessé d'être sacré, la conduite des affaires publiques, et la réflexion sur son destin lui est permise. Ainsi, la part autonome de l'esprit s'introduit dans la chambre qui avait été subjuguée et elle s'étend hors du petit cercle de la vie privée. Réciproquement, l'adoration et le culte voués aux divinités vont pouvoir se répandre sur l'amour privé...

Née dans l'Antiquité grecque, la démocratie a ressuscité

dans des cités médiévales, notamment en Italie et aux Pays-Bas, puis elle s'est lentement infiltrée dans les États-nations en créant des institutions à leur échelle, au premier chef un Parlement élu, et en établissant des droits individuels pour les assujettis. Le droit institue la garantie des libertés individuelles. La Grande Charte (1215) limite l'omnipotence du roi d'Angleterre. La Déclaration des droits de l'homme et du citoyen de la Constitution du 24 juin 1793 proclame le droit à l'insurrection contre le despotisme et la mise à mort de tout usurpateur de la souveraineté populaire. Le principe de la souveraineté du peuple fonde en droit le caractère démocratique de l'État-nation, mais la démocratie n'y a progressé que de façon incertaine, aléatoire, incomplète.

Ajoutons que les États démocratiques, émancipateurs au-dedans, furent guerriers et oppresseurs au-dehors. L'État athénien exploita ses esclaves et les populations soumises à sa domination maritime. L'Angleterre des libertés civiques et de l'*habeas corpus*, la France des droits de l'homme asservirent les peuples et individus de leurs colonies.

Ce sont ces aspects antagonistes et souvent complémentaires qu'il faut avoir présents à l'esprit, en se remémorant la phrase de Walter Benjamin mise en exergue de ce chapitre : « Il n'est pas un témoignage de culture qui n'en soit en même temps de barbarie. »

La méga-machine

En asservissant la société, l'appareil d'État a fait de celle-ci une méga-machine. C'est Mumford qui a trouvé ce terme illuminant pour caractériser les anciens empires de type pharaonique. La méga-machine[1] antique est une formidable organisation centralisée, commandée par l'État, englobant le monde rural, les villes, les classes et castes sociales, la religion, l'armée et comportant des millions d'individus. Elle asservit et assujettit d'énormes populations. Bien des traits

---

1. Sur la notion de méga-machine, cf. *Méthode 1*, p. 166-168, 179, 247*sq.*, et L. Mumford, *Le Mythe de la machine, op. cit.*, p. 164.

L'identité sociale (2) : Léviathan

propres aux méga-machines de l'Antiquité ont disparu. Mais les États-nations modernes sont des méga-machines développées et complexifiées qui ont pu intégrer en elles l'organisation démocratique.

La méga-machine d'empire dispose, avec la force de travail de myriades d'asservis ou assujettis, d'une formidable énergie qu'elle utilise pour effectuer des travaux gigantesques qui optimiseront son propre fonctionnement ; construction de routes, creusement de canaux, irrigation. Elle a suscité l'invention de dispositifs techniques et machines artificielles pour accroître sa puissance. Ainsi, elle a domestiqué l'énergie motrice des tourbillons dans les moulins, utilisé treuils, poulies, chars.

Plus encore, en Chine, en Égypte, au Mexique, au Pérou, des travaux gigantesques ont été entrepris, comme la Grande Muraille, le mausolée de l'empereur chinois Qin Shihuangdi, les temples géants de Karnak, Louxor, Abou-Simbel, les pyramides, la forteresse aux blocs énormes de Sacsahuamān (Cuzco).
L'URSS et la Chine ont opéré dans les temps contemporains de gigantesques travaux forcés de détournement de fleuves, construction de barrages, édification de villes.

La formidable énergie déployée n'est pas seulement destinée à des missions économiques comme le creusement de canaux ou à des fonctions de défense comme murailles et forteresses. L'État la voue aussi à sa propre gloire et à ses propres dieux. Il veut édifier sa propre éternité avec les colossales pierres de taille de ses monuments surhumains. Il utilise ses forces réelles pour matérialiser son imaginaire. Il lance la méga-machine à l'assaut de la mort et il la défie avec les milliers de soldats pétrifiés gardant la tombe cachée de l'empereur Qin Shihuangdi ou les titanesques pyramides pharaoniques.
Mais les dieux sont très exigeants. Ils n'accordent leur protection et leur miséricorde qu'à prix exorbitant. Ils demandent des temples gigantesques. La noosphère des sociétés antiques est peuplée de dieux terrifiants qui exigent sans cesse des sacrifices, y compris humains...

L'État terrible aspire à une immortalité semblable à celle de ses dieux terribles. Ses souverains mortels s'autodivinisent pour assurer leur propre immortalité. De toute façon, la méga-machine n'est ni une machine triviale, ni une machine seulement physique, c'est une machine qui prend en charge l'aspiration humaine à l'immortalité et porte à un niveau inouï, grandiose et dérisoire la lutte humaine contre la mort.

Les États-nations d'Europe occidentale mettent en place, à partir du XVIIe siècle, de nouvelles méga-machines dont l'importance et la puissance s'accroissent avec les développements techniques et industriels. Ces États-nations modernes ne prennent plus en charge toute leur économie qui se développe de façon semi-autonome avec l'essor du capitalisme. Mais l'État-nation va utiliser l'économie, l'industrie, la technique pour ses guerres et son impérialisme.

Grâce à ces développements techniques, scientifiques et industriels, les États vont déchaîner les plus fantastiques puissances de conquête et d'asservissement jamais connues. Il aurait pu sembler que, dans les États démocratiques, le déferlement d'énergie des méga-machines dût se calmer. Et pourtant, ce sont de grandes démocraties qui colonisent et exploitent le monde à la fin du XIXe siècle et au début du XXe. L'utilisation de la force motrice de la vapeur, puis du pétrole, puis de l'électricité, puis de l'atome, a déchaîné des forces de production, d'édification, de destruction inouïes. Les progrès techniques des XIXe et XXe siècles permettent d'accroître la volonté de puissance de l'État et de développer ses pouvoirs mortifères. Aux hécatombes et villes rasées des conquérants assyriens, babyloniens, romains, mongols ont succédé les métropoles anéanties sous les bombes et les massacres industrialisés. Tout se passe comme si la méga-machine déchaînait l'État qui la déchaîne. Les deux guerres mondiales du XXe siècle montrent que les méga-machines peuvent se vouer avec ardeur aux méga-carnages.

Les sociétés actuelles sont parfois démocratisées, c'est-à-dire que l'État s'y est modéré, que les asservissements se sont atténués, que les assujettissements se sont tempérés, et le nouvel État-providence a créé sa propre méga-machine, comportant de très nombreuses administrations vouées à tous les aspects de la vie sociale. Mais cette méga-machine administrative s'est hyperbureaucratisée et hypertechnicisée, étendant la logique mécanisée, spécialisée, chronométrisée de la machine artificielle sur toutes les activités humaines. Les États-nations contemporains comportent deux méga-machines, l'une économique capitaliste semi-autonome, l'autre administrative bureaucratique d'État.

Les totalitarismes du XXe siècle ont restauré l'omnipotente méga-machine unique du totalitarisme antique. On peut définir le totalitarisme antique : un pouvoir d'appareil d'État sur toutes les dimensions de la société en vertu de son monopole politique, théologique, militaire, policier. Dans le totalitarisme moderne, l'État asservisseur est lui-même asservi par l'appareil d'un parti unique tout-puissant disposant d'un pouvoir à la fois politique, policier, militaire et quasi théologique, celui-ci assuré par l'omniscience que donne aux dirigeants du parti la possession de la Doctrine infaillible, source de toutes les vérités humaines et naturelles ; le parti est ramifié dans toutes les alvéoles de la société et contrôle tous les aspects des existences. Une telle dictature de l'appareil n'échappe pas à la dictature d'un chef sur l'appareil. Dans le totalitarisme antique, le roi pharaon ou le césar déifié s'appropriait la puissance sacralisée de l'État. Le totalitarisme moderne a vu le culte du chef quasi divinisé, Duce, Führer, Père des peuples, Grand Timonier.

Le totalitarisme presque achevé s'est accompli en URSS, dans les démocraties populaires, en Chine, en Corée du Nord, où toute l'économie fut entre les mains de l'appareil. En Allemagne nazie et en Italie fasciste (où de plus subsista une monarchie), le capitalisme échappa en partie à l'emprise, mais non au contrôle.

La méga-machine du totalitarisme moderne a permis asservissements de masse et massacres de masse. Elle a permis de torturer, briser, détruire, pas seulement les individus mais aussi la réalité sociale. Le communisme a réussi et à la fois échoué à détruire une ancienne société ; il a effectivement liquidé les anciennes classes dirigeantes, presque étouffé la religion traditionnelle, détruit la classe paysanne, éliminé toute source de contestation, et pourtant il a échoué, car, dès son implosion, les traits les plus significatifs de l'ancienne société ont réapparu, y compris le culte à la famille tout entière massacrée du tsar, avec en plus l'apothéose du pire capitalisme. La réussite totale a été payée par un échec total.

Même accompli, le totalitarisme du XXe siècle ne pouvait achever de façon absolue son emprise sur la société. Il ne pouvait contrôler totalement les esprits, et, en dépit de Lyssenko, il ne pouvait contrôler les gènes. Il ne pouvait qu'imparfaitement faire obéir l'économie à ses ukases. Il n'a pu ni voulu éliminer totalement la culture du passé de la nation où il s'enracinait. Un totalitarisme du XXIe siècle pourrait apporter des perfectionnements majeurs au système.

La méga-machine est rationnelle dans son organisation et sa technique, mais c'est d'une part la rationalité bornée de la machine artificielle, d'autre part la rationalité instrumentale au service des entreprises de puissance démentes. Elle procure des énergies folles à la folie humaine. Elle possède *homo sapiens* → *demens*, mais elle est elle-même possédée

par raison → folie.

Les structures de la méga-machine[1]

Les grandes sociétés historiques se sont constituées partout et dans tous les temps selon un modèle organisateur comportant :
– un centre de commande/contrôle : l'État ;
– une hiérarchie de fonctions, de responsabilités et de prestiges ;
– une hiérarchie de niveaux d'organisation (nation, province, circonscription, commune) ;
– une division du travail et une spécialisation de plus en plus grande selon le développement technique puis scientifique.

---

1. *Méthode 2*, p. 299-300 et 303-330.

L'identité sociale (2) : Léviathan 215

Toutefois, ce modèle évident nous cache que cette même organisation est (de façon variable selon les sociétés) à la fois :
– centrique, polycentrique et acentrique ;
– hiérarchique, polyarchique et anarchique ;
– comportant spécialisations, polycompétences et compétences générales.

De même que notre appareil cérébral individuel, l'Appareil central de commande et contrôle social qu'est l'État semble une nécessité universelle. Pourtant, les végétaux et bon nombre d'animaux ne disposent pas de cerveau. Les sociétés de fourmis ou termites comportant des dizaines de milliers de membres n'ont aucun appareil central de commande. Les sociétés archaïques ont perduré sans État sur le globe pendant des dizaines de milliers d'années (le pouvoir y étant subdivisé ou collégial). L'appareil central d'État est propre aux sociétés historiques, nées il y a moins de dix millénaires et poursuivant leur existence sous forme moderne d'États-nations.

Au sein de ces sociétés soumises à un centre, il existe divers centres de décision disposant plus ou moins d'autonomie, comme les gouvernements d'États dans les fédérations, les pouvoirs provinciaux, les municipalités, les entreprises, les partis politiques, ce qui nous indique que le centrisme se combine avec le polycentrisme.

De plus, une part importante de la vie sociale constitue un « milieu » d'activités autonomes multiples, et ainsi une société civile s'organise spontanément à travers les inter-rétro-actions entre groupes et individus. À la différence d'un écosystème naturel qui trouve en lui-même sa régulation, l'organisation acentrique spontanée du milieu social est sous contrôle et surveillance de l'État qui lui apporte ses contraintes et régulations.

Ainsi, la structure de toute société historique comporte une dialogique et une combinaison de centrisme-polycentrisme-acentrisme.

Les sociétés qui tendent à imposer au maximum et en tous domaines l'autorité du centre étatique sont de basse complexité. Les sociétés de haute complexité favorisent les pluralités du polycentrisme et les spontanéités de l'acentrisme.

La notion de hiérarchie comporte deux significations : l'une renvoie aux relations de domination/subordination entre groupes, classes, castes, individus ; l'autre renvoie à l'intégration de niveaux d'organisation superposés.

Dans ce second sens, la hiérarchie constitue un système d'intégration d'entités organisées d'échelles différentes, qui permet le développement de la complexité sociale : ainsi, la commune s'intègre dans le département, le département s'intègre dans la région, la région s'intègre dans la nation. Une telle hiérarchie peut sauvegarder les autonomies de niveaux inférieurs, surtout lorsque celles-ci relèvent de l'élection. En revanche, la hiérarchie dans l'entreprise ou l'administration constitue une structure de subordination. De fait, les deux types de hiérarchie interfèrent dans les sociétés historiques. La hiérarchie est donc une architecture à la fois d'intégration et de domination. Elle évoque à la fois la pyramide qui écrase et l'arbre qui s'élève pour porter ses fruits.

Dans les sociétés de basse complexité, la hiérarchie permet l'asservissement et l'exploitation du bas par le haut, de l'exécutant par le décideur, du performant par le compétent, de l'informé par l'informant, du non-informé par l'informé.

En fait, la domination du haut sur le bas s'accompagne d'une dépendance du haut par rapport au bas, ce qu'avait très bien vu Hegel dans sa dialectique du maître et de l'esclave où le maître dépend du travail de l'esclave ; ainsi, l'inférieur dépend du supérieur qui dépend de l'inférieur : cette relation de dépendance mutuelle n'annule pas la dominance, mais les sociétés de haute complexité permettent, d'une part, la rétroaction des émergences acquises au niveau supérieur sur les niveaux inférieurs, comme l'éducation, les droits civiques, les libertés, d'autre part, le contrôle des contrôleurs par les contrôlés *via* les élections pluralistes. Le jour des élections, la hiérarchie passe aux contrôlés, puis, le lendemain, elle se reconstitue après avoir accompli sa rotation.

Ainsi, la relation de double dépendance permet l'établissement d'une boucle récursive, où, sans que disparaisse la hiérarchie ni la domination, se constitue une unité du tout,

L'identité sociale (2) : Léviathan

qui contribue à sa cohésion, sans annuler pour autant les antagonismes entre dominants et dominés.

De plus, l'organisation complexe des sociétés comporte une polyarchie, c'est-à-dire un certain nombre d'instances hiérarchiques partielles et diverses qui correspondent souvent aux dispositifs polycentriques de décision. Ces hiérarchies, comme la hiérarchie militaire, la hiérarchie pédagogique, la hiérarchie ecclésiastique, ne se superposent ni ne sont symétriques les unes aux autres.

Enfin, nulle organisation sociale ne peut ni ne doit faire l'économie d'une composante anarchique, ce que nous allons voir bientôt.

Le développement organisateur des sociétés historiques comporte le développement des spécialisations dans des domaines de plus en plus larges d'activités. Toutefois, à la différence des sociétés d'insectes où les individus sont spécialisés somatiquement, les êtres humains conservent leurs compétences anatomiques et mentales générales. Ils sont spécialisés dans leur travail et se despécialisent dans le reste de leur vie. De toute façon, les qualités polyvalentes de l'individu sont indispensables à la complexité sociale. L'aptitude à la déspécialisation est une aptitude à de nouvelles adaptations, et elle est bénéfique en cas de difficultés économiques, crises, périls, où les individus capables d'activités diverses peuvent mieux relever les défis que les autres.

Enfin, les charges de direction, les prises de décision nécessitent, après avis de spécialistes ou experts, des compétences générales capables de considérer ces avis d'un méta-point de vue.

Si les progrès des industries et techniques semblent liés aux progrès de la spécialisation, ils ont rencontré des limites dans l'industrie (*job enlargement*, retour à des polyactivités) et, dans le domaine technique, il apparaît de plus en plus que l'aptitude à inscrire les projets et ouvrages dans le contexte local et le contexte global est de nature à éviter des effets pervers redoutables[1]. Les progrès des sciences sont liés non seulement aux spécialisations disciplinaires, mais aussi aux transgres-

---

1. Cf. E. Morin, *La Tête bien faite*, *op. cit.*, Annexe, « Inter-Poly-Transdisciplinarité », p. 127-137.

sions de spécialisation [1], à l'édification de théories générales et aujourd'hui à des regroupements polydisciplinaires.

La basse complexité sociale opère la disjonction entre spécialisation, polycompétence, compétences générales. La haute complexité appelle leur conjonction.

Une organisation sociale totalement centrique-hiérarchique-spécialisée serait impossible : elle obéirait à la logique de la machine artificielle et non plus à la logique de la vie ; la société la plus totalitaire concevable ne pourrait achever son totalitarisme, sinon en s'autodétruisant [2].

C'est dire que, si les sociétés de basse complexité privilégient la centralisation d'État, la hiérarchie rigide, la spécialisation dans toutes les tâches et fonctions, elles ne peuvent éliminer totalement acentrisme, polycentrisme, anarchie, polyarchie, polycompétences, compétences générales.

Certes, l'organisation rigide, centralisée, hiérarchisée et spécialisée présente des avantages, à condition que le centre dispose de très riches compétences. Il peut prendre des décisions efficaces, transmises aux organismes spécialisés, et contrôler leur exécution. Mais une telle organisation est très lente à recevoir l'information émanant du bas de la société, qui doit passer par la filière hiérarchique, et la transmission de la décision, qui passe par la même filière, s'en trouve retardée. La rigidité d'une telle organisation la rend inapte à réagir rapidement à l'aléa et au changement.

De plus, une décision erronée ne peut être contestée ou contrecarrée par ceux qui, situés dans les moyennes ou basses zones de la hiérarchie, ont conscience de l'erreur, mais n'osent critiquer leurs supérieurs. Ajoutons qu'une telle organisation souffre du sous-emploi des compétences aux niveaux subordonnés, et du parasitisme aux niveaux supérieurs. Enfin, l'extrême centralisation est d'une extrême fragilité : il a suffi de faire tomber l'Inca souverain dans un guet-apens pour décapiter son gigantesque empire.

De toute façon, la basse complexité comporte l'asservisse-

1. Cf. entretiens avec Jacques Ardoino et Christiane Peyron-Bonjan, « Réforme de la pensée, pensée de la réforme », *Pratiques de formation (Analyses)*, revue publiée par l'université Paris VIII, n° 39, février 2000.
2. *Méthode 2*, note de la p. 327 sur l'URSS. Cf. aussi E. Morin, *De la nature de l'URSS*, Paris, Fayard, 1983, p. 146-156.

L'identité sociale (2) : Léviathan 219

ment et l'exploitation de l'ensemble de la société par le centre du pouvoir et le sommet de la hiérarchie.

La haute complexité laisse s'exprimer antagonismes et concurrences d'intérêts et surtout d'idées dans le cadre de lois démocratiques, elle tolère désordres et incertitudes, tout en se montrant apte à riposter aux aléas. Elle dissémine rétroactivement ses émergences sur l'ensemble des individus, lesquels disposent de la possibilité de contrôler leurs contrôleurs. C'est dire que la haute complexité comporte l'autonomie individuelle et le civisme.

MODÈLE DE BASSE COMPLEXITÉ	MODÈLE DE HAUTE COMPLEXITÉ
Méga-machine esclavagiste/totalitaire	Méga-machine pluraliste
Forte centralisation	Importance du polycentrisme et de l'acentrisme
Forte hiérarchie de domination et contrôle	Individus à la fois autonomes et non autosuffisants
Hyper-spécialisation	Intégration comportant communications multiples, spécialisations et polycompétences
Intégration rigide et répressive, libertés réduites, contrôles multiples, étiquette, rite	Hiérarchie de niveaux d'organisation comportant faible hiérarchie de contrôle, forte composante polyarchique et anarchique
Fortes contraintes	Faibles contraintes
Faibles communications entre groupes et entre individus	Multiples communications entre groupes et individus
Prédominance du programme sur la stratégie	Prédominance de la stratégie sur le programme, spontanéité, créativité, aléas, risques, libertés
Faible autonomie des individus	Grande autonomie des individus
Optimisation simplificatrice (fonctionnalité, rationalisation)	Optimisation complexe (avec incertitudes, libertés, désordres, antagonismes, concurrences)

Nous retrouvons, à l'intérieur même des problèmes d'organisation de la méga-machine, les deux pôles extrêmes de la typologie sociale : démocratie et totalitarisme (notion, on le voit, nullement artificielle).

La haute complexité est pourtant menacée dans les sociétés contemporaines par les progrès qui l'ont permise : dans la mesure où la technique et la bureaucratie jouent un rôle de plus en plus important, de larges secteurs de la vie des individus sont envahis par la logique de la machine artificielle (hyper-spécialisation, mécanisation, chronométrisation, standardisation). Le déferlement techno-économique devenu homogénéisant tend à éliminer mille diversités. D'où de nouveaux problèmes…

Ci-dessus, un tableau indiquant les deux modèles entre lesquels les sociétés oscillent diversement.

Une même société peut osciller politiquement vers la haute complexité (démocratie) ou la basse (pouvoir autoritaire) selon l'état de paix ou l'état de guerre (restriction des libertés, accroissement des contrôles). C'est pourquoi un pouvoir totalitaire a besoin d'entretenir une psychose de guerre permanente en état de paix.

La spontanéité co-organisatrice

Une société humaine ne peut être totalement soumise à un ordre mécanique programmé.

La méga-machine n'est pas une machine seulement physique, elle est vivante et humaine, elle ne peut se passer de désordres.

La société humaine comporte, même sous la souveraineté absolue d'un État totalitaire, une part de désordre, inséparable de la part organisatrice spontanée qui naît et renaît sans cesse à partir des interactions entre individus et groupes, dans leurs activités, leurs déplacements et relations multiples, économiques et affectives de vie quotidienne.

Cette organisation spontanée ou anarchique est à la fois toujours omniprésente et toujours relativisée et circonscrite dans et par l'organisation de l'État. Le marché fonctionne selon les offres et demandes, et, quand il est contrôlé par les garde-fous qui permettent son jeu concurrentiel, il constitue un phénomène organisateur spontané[1]. C'est évidemment dans la composante spontanée de l'organisation sociale que s'effectuent et se développent les choix individuels (de partenaires, de conjoints, de marchandises, de loisirs, etc.) et son extension étend le champ des libertés humaines.

Les villes sont des sortes d'écosystèmes qui fonctionnent et s'organisent d'eux-mêmes à partir des interactions, rencontres, échanges, coopérations, solidarités, concurrences, conflits, entre individus, groupes, entreprises. Elles nourrissent les autonomies et libertés privées qui s'y multiplient avec l'essor du commerce et surtout le développement des métropoles cosmopolites. Une grande ville est ce qui ressemble le plus au cerveau humain, dans le sens où elle constitue un tourbillon permanent d'ordre/désordre/ organisation *via* des myriades d'interactions et rétroactions. Il y a dans les grandes villes un ferment libertaire permanent qui fait partie de l'être social.

La méga-machine sociale, même pharaonique, ne fonctionne pas à la manière strictement déterministe de la machine artificielle. Et, dans les temps contemporains, le système totalitaire n'a pu intégralement fonctionner à partir de l'obéissance stricte aux ordres venus du sommet. De fait, l'organisation la plus autoritaire ou totalitaire suscite d'elle-même sa contrepartie anarchique, qui lui est complémentaire et antagoniste. La méga-machine totalement rationalisée de l'Union soviétique aurait été totalement paralysée si elle avait strictement suivi les ordres planificateurs; elle n'a pu fonctionner qu'avec de la désobéissance clandestine, de la tricherie, des arrangements spontanés entre directeurs et entre travailleurs, en somme une anarchie co-organisatrice à la base. Le phénomène clé est la résistance collaboratrice des individus qui font marcher la machine, mais en s'entendant entre eux pour gagner quelque détente, quelque liberté : leur désobéissance clandestine aux ordres inhumains et paralysants permet à la méga-machine de fonctionner. Ils collaborent en résistant, ils résistent en collaborant. Cela se retrouve,

---

1. Cf. *Méthode 2*, « Socio-éco-organisation », p. 250-251.

de façon atténuée, dans toute entreprise industrielle, en vertu du paradoxe que le caractère absolu de l'ordre programmé aboutit à la paralysie absolue et que le pouvoir absolu a besoin de son antidote qui, à la fois, le limite et le maintient. La contre-organisation spontanée (dite informelle) entre les exécutants, tout en lui étant antagoniste, est nécessaire à toute organisation obéissant à la logique mécanique de la machine artificielle.

Le désordre ne signifie pas seulement agression, délinquance, mais aussi liberté, initiative, voire créativité.

À l'excès d'ordre issu des prescriptions et proscriptions de l'appareil d'État correspond un surcroît de désordre dans le grouillement souterrain et nocturne des *undergrounds* (lesquels, de même que les virus suscitent la multiplication des lymphocytes, nourrissent en retour les forces répressives de l'ordre).

Nulle société, même la plus totalitaire, n'est totalement intégrée. C'est dire que toute méga-machine fonctionne selon un mixte d'organisation commandée et d'organisation spontanée.

Plus une société est complexe, plus elle constitue une union de la coalition et de la compétition, de la communauté et de la rivalité, de l'union et de la désunion. Montesquieu avait bien vu que le conflit est inhérent à la société complexe : « On n'entend parler que des divisions qui périrent Rome, mais on ne voit pas que ces divisions étaient nécessaires, qu'elles avaient toujours été, et qu'elles y devaient toujours être. » Une lecture complexe des relations entre classes au sein d'une nation nous montrerait que la collaboration des classes est liée à son antagoniste, la lutte des classes.

L'État-nation moderne

L'État-nation produit un nouvel accomplissement de la méga-machine sociale.

Alors que les empires asservissaient les ethnies sans vraiment les incorporer, l'État-nation qui s'est développé d'abord dans l'Ouest européen a pu intégrer des ethnies très hétérogènes sans annuler leur diversité. Il a pu les unir dans une langue et une éducation communes, et les assujettir dans son mythe non plus théocratique, mais matri-patriotique, où la nation, vécue comme patrie par ses sujets-citoyens, porte en elle la substance maternelle à qui l'on doit amour et la substance paternelle à qui l'on doit obéissance inconditionnelle ; on l'a vu, le mot de patrie commence en masculin paternel et finit en féminin maternel. Les ressortissants ou citoyens se ressentent comme « enfants de la patrie ». L'État-nation suscite sa religion propre, comportant sa déification, son culte et ses sacrifices.

La patrie crée la communauté entre les individus, qui, tout en jouissant de leur qualité de citoyens, ressentent le devoir sacré de se vouer à la patrie en danger. L'État-nation démocratique assujettit l'individu en tant que citoyen dévoué à sa patrie, et non en tant que sujet dépendant de l'État tout-puissant. La patrie est la religion du citoyen.

La nation dispose, aussi bien pour ses citoyens-sujets que pour le monde extérieur, d'une individualité très forte, quasi subjective. La France est une personne, disait Michelet. Elle est reconnue comme être vivant anthropomorphe ; on dit : « la France veut… », « l'Amérique exige… ».

À partir de cet accomplissement, l'État-nation a suscité, nourri, surexcité un nationalisme de haine contre les nations étrangères, nationalisme qui a pris forme délirante dans les psychoses de guerre.

La nation a développé simultanément ses caractères de communauté (patriotisme, nationalisme) et ses caractères de société, c'est-à-dire des relations d'intérêts, de rivalités, de concurrences, comportant conflits sociaux, économiques et politiques (qui se déploient au grand jour dans les démocraties). Elle a développé aussi bien le rôle de l'État, notamment dans le domaine protecteur et assistantiel (État-providence), que le rôle auto-organisateur spontané de la société civile.

Les nations modernes s'imposent certes aux individus par la loi, la police, l'armée. Mais elles n'existent en tant que nations que parce que les facteurs de solidarité l'emportent sur les facteurs de concurrence et d'antagonisme (entre individus et entre groupes), et parce que les facteurs de concurrence et d'antagonisme, tout en demeurant potentiellement désorganisateurs, apportent de la complexité.

Bien que l'essor économique de l'Europe ait commencé dans des cités-États d'Italie et des Pays-Bas, ce sont dans les États-nations d'Espagne, d'Angleterre, de France que se sont formées et développées des méga-machines économiques devenant de plus en plus industrielles.

Les développements des premiers grands États-nations, en Europe occidentale, sont liés à ceux des villes, du capitalisme, de la technique, puis de l'industrie. Le capitalisme croît sous la protection de l'État-nation, mais il s'en émancipe, il va développer sa propre méga-machine bancaire, commerciale, industrielle, intégrée mais autonome au sein de la nation. Les nations continuent leur destin de puissance, qu'accroît leur développement économique. Des catégories nouvelles de la population entrent dans le circuit de la monnaie, du gain, du bien-être, tandis que de très vastes couches sont arrachées à la terre, jetées dans les faubourgs, vouées à la condition prolétarienne. Avec le développement économique et social, le destin des individus devient un destin individualiste. C'est toute une nouvelle civilisation qui se développe dans les cadres de l'État-nation jusqu'au milieu du XXe siècle. Aujourd'hui, toutes les améliorations qu'a apportées cette civilisation provoquent de nouveaux manques.

Les États-nations se complexifient désormais sans discontinuer. Les sociétés maintiennent leur unité et leur identité dans un flux agité d'évolutions/transformations devenues permanentes. La croissance y devient paradoxalement facteur de stabilité : elle maintient les régulations d'un système qui ne peut plus être immobile.

Les États-nations ont pu acclimater la démocratie, antérieurement privilège des cités-États.

La démocratie constitue un système politique complexe dans le sens où elle vit de pluralités, concurrences et antagonismes tout en demeurant une communauté nationale ; elle est fondée sur le contrôle de l'appareil par les contrôlés, et par là réduit l'assujettissement ; la démocratie est la régénération continue d'une boucle rétroactive : les citoyens produisent la démocratie qui produit les citoyens. La démocratie se fonde à la fois sur le consensus des citoyens qui acceptent sa règle du jeu, et sur le conflit des intérêts et idées ; la règle du jeu sanctionne l'affrontement des idées par l'élection et non le recours à la violence. La démocratie constitue l'union de l'union et de la désunion ; elle se nourrit endémiquement de conflits qui lui donnent sa vitalité. Elle vit de pluralité, y compris au sommet de l'État (division des pouvoirs exécutif, législatif, judiciaire), et doit entretenir cette pluralité pour s'entretenir elle-même. La démocratie est constitutivement fragile : l'exaspération des conflits peut briser l'institution démocratique par putschs, insurrections ou coups d'État, et le consensus ne peut s'enraciner que dans la continuité d'une pratique civique. La démocratie ne peut se consolider qu'en s'enracinant dans le temps et en devenant tradition.

Ainsi, la démocratie a couru sans cesse le risque de dictature, comme en Amérique latine. Elle est loin de s'être établie de façon irrévocable dans les nations les plus anciennement démocratiques. Le XXe siècle a été témoin de l'autodestruction d'une grande démocratie, la République de Weimar, de renversements de démocratie, de la formation du totalitarisme moderne.

La démocratie contemporaine est en crise là même où elle s'est bien instituée : l'État-nation contemporain développe une gigantesque technobureaucratie qui restreint l'exercice politique du citoyen.

Le développement des complexités politique, économique et sociale nourrit les développements de l'individualité ; celle-ci s'y affirme dans ses droits (de l'homme et du citoyen), elle revendique ou acquiert des libertés existentielles (choix autonome du conjoint, de la résidence, des loisirs, etc.). L'essor de l'individualisme provoque des désinhibitions, qui libèrent des énergies et des intelligences jusqu'alors réprimées ou contrôlées, libèrent aussi sexualité, amours, amitiés, agressivités.

Aujourd'hui, l'individualisme s'accompagne de pertes de solidarités, de solitudes, et tout ce qu'il apporte de solutions apporte aussi des problèmes.

La dialogique des sociétés historiques, y compris contemporaines, tend à la fois à émanciper et asservir, assujettir et autonomiser l'individu. L'État-nation fut un grand émancipateur et un grand oppresseur. La logique de l'État et la logique du marché tendent, chacune à sa façon, tantôt à autonomiser/émanciper, tantôt à dominer/exploiter les individus. La difficulté actuelle est d'opérer une complémentarité féconde entre la légalité protectrice/émancipatrice de l'État et les libertés du tissu auto-organisateur spontané qui lui échappent[1].

Un avenir démocratique n'est pas certain, et, comme nous l'avons dit plus haut, de puissantes forces intrinsèques à la machine technobureaucratique et à la machine technoscientifique tendent à atrophier les démocraties.

L'État est encore dinosaure ou mammouth. On ne peut exclure la possibilité d'un État néo-totalitaire, qui, bénéficiant des nouveaux contrôles informatiques et de manipulations génétiques et cérébrales, assujettirait, manipulerait, opprimerait, infantiliserait les individus.

En sens inverse, les nations les plus achevées sont de plus en plus économiquement, techniquement, scientifiquement inachevées et sont de plus en plus vouées à l'ouverture et à l'interdépendance.

En effet, une méga-machine économique d'ampleur planétaire s'est mise en place, propulsée par un quadrimoteur sans frein : science, technique, industrie, capitalisme, tandis que la planète est désormais recouverte d'un puzzle d'innombrables nations de toutes tailles. La formule de l'État-nation, née dans l'Ouest européen, s'est totalement mondialisée à la fin du XXe siècle, et cela au moment où l'économie elle-même accomplissait un stade nouveau de mondialisation. Nous examinerons ce paradoxe dans le chapitre « L'identité planétaire ».

Les dix préceptes du complexe social

1. Une société humaine ne peut être totalement soumise à un ordre mécanique. Si un État cherchait à éliminer toutes les forces de désorganisation qui travaillent la société, il éliminerait ses forces de réorganisation et s'autodétruirait.

---

1. Cf. *Une politique de civilisation*, p. 149-150.

L'identité sociale (2) : Léviathan 227

C'est pourquoi les appareils les plus despotiques de l'Antiquité, les plus totalitaires du présent (et je crois même du futur, en dépit de la possibilité de manipulations génétiques et cérébrales), n'ont pu asservir totalement une société, donc les individus qui la composent.

2. Une société est toujours l'union de la communauté et de la rivalité, de la coalition et de la compétition, des intérêts sociocentriques et des intérêts égocentriques, du *fitting* (ajustage mutuel) et du *matching* (rivalité, concurrence).

Quand les complémentarités s'actualisent, les antagonismes se virtualisent, et *vice versa*. Ainsi, la lutte des classes virtualise la collaboration des classes et la collaboration des classes virtualise la lutte des classes. C'est dans ce jeu de virtualisation et d'actualisation que la nation est à la fois communauté et société.

Le conflit est inhérent à une société complexe, et, avons-nous déjà dit, la démocratie se nourrit de conflits. Mais il faut toujours aussi, dans la société complexe, de la communauté, de la solidarité, de l'amour. En effet, une extrême complexité s'auto-dissoudrait en dissolvant le lien social dans la liberté sans limites de ses membres. Si l'on veut réduire au minimum la coercition du pouvoir, seul un sentiment vécu de solidarité et communauté peut assurer la cohésion sociale.

3. En corollaire, l'autorité coercitive ne suffit pas pour maintenir la société comme unité, il faut de la communauté, et la communauté comporte chez les individus un sentiment vécu de solidarité et d'amour.

4. L'asservissement pourrait être éliminé dans une société future, l'assujettissement ne peut être éliminé qu'avec la société elle-même. Toutefois, un citoyen peut être autonome tout en étant assujetti à sa cité.

5. Toute société complexe dotée d'État comporte des dialogiques de hiérarchie-polyarchie-anarchie, de centrisme-polycentrisme-acentrisme, de spécialisation-polycompétences-compétences générales. Le dosage varie selon l'ouverture ou la fermeture des sociétés, selon leur degré de complexité.

6. Toute société complexe dotée d'État comporte une part d'organisation spontanée qui se combine avec l'organisation par l'État : le développement quasi éco-organisateur du tissu urbain et du marché économique permet libertés, inventivités, créativités, mais aussi exploitation, déchaînement des égoïsmes, pertes de solidarités.

7. Les forces d'antagonisme et de dissociation qui travaillent sans cesse la société sont compensées par des forces d'amour au sein de la société civile (mère-enfant, famille, époux, amants, amour patriotique), et par les amitiés et sympathies. Les forces d'amour n'ont encore jamais pu réduire les antagonismes.

8. La relation État-société est dialogique : la société résiste naturellement à l'État qui l'asservit, et elle a besoin de l'État qui la protège. La relation demeure complémentaire/antagoniste ; la dialogique de l'État-nation assujettit, subjugue, voire opprime, et à la fois ou alternativement émancipe, protège. La loi de l'État peut être plus ou moins assujettissante ou émancipatrice.

9. L'État assistantiel dont la protection tend à couvrir tous les domaines de l'existence protège et infantilise à la fois les individus.

10. La haute complexité sociale comporte libertés et créativités, mais se maintient à la température de sa destruction, et nécessite pour subsister de très puissantes forces de régénération.

Peut-on envisager un optimum social qui procurerait à la fois plus de communauté et plus d'autonomies, plus d'unité et plus de diversité ? Qui produirait un maximum d'émergences (liberté, créativité) et imposerait un minimum de contraintes : $O \supset Max\ E/Min\ C$?

De fait, nulle société ne saurait éliminer toute contrainte, ni toute subordination. On peut se demander, mais sans pouvoir trouver une réponse claire et définitive : quelle est la part d'inhibition ou de répression qu'implique toute régulation, la part de spécialisation qu'implique toute complexification organisationnelle, la part de domination qu'implique toute hiérarchie ?

Un optimum social nécessiterait tant d'optimaux antagonistes (dont l'inadéquation d'Arrow entre les intérêts individuels et l'intérêt général) qu'il est globalement irréalisable [1]. L'optimum que serait l'abolition totale de la criminalité devrait être payé par le contrôle permanent des individus, donc par de fortes restrictions à leurs libertés, et, à l'extrême, par la transformation de la société en machine carcérale/psychiatrique. Si on veut des libertés, il faut des marges de désordres, tolérer des anomies, et subir la possibilité du crime.

Tout ce qui se fonde sur la liberté et la créativité est à la limite du désordre et risque la désintégration.

Comme la complexité comporte nécessairement des antagonismes et de l'incertitude, sa fragilité ne nous permet pas de fixer un optimum durable.

L'optimum complexe ne peut être qu'incertain, changeant, modifiable, c'est-à-dire sans optimisation définitivement définissable.

On peut dire seulement que la « bonne » société est celle qui génère et régénère de la haute complexité.

L'être du troisième type

Les unicellulaires sont des êtres vivants du premier type. Les polycellulaires, végétaux et animaux, sont des êtres vivants du deuxième type. Ils sont constitués en républiques de millions ou milliards de cellules qui meurent, voire se « suicident » (apoptose et paraptose), pour faire place à de nouvelles cellules.

Les sociétés de fourmis et termites sont des entités où fourmilière et termitière sont comme des méga-cerveaux à millions de pattes constituant une super-individualité presque aussi intégrée qu'un organisme du deuxième type (polycellulaire). Ce sont des êtres du troisième type. Les sociétés de mammifères sont beaucoup plus rudimentaires : ce sont

---

1. Cf. *Méthode 2*, p. 329-330.

des entités autonomes et sociocentriques dotées de qualités organisatrices émergeant des interactions entre individus, mais comportant de fortes composantes égocentriques et rivalitaires. À ce titre, elles ne constituent que des ébauches d'entités du troisième type.

Les sociétés humaines sont, par étapes décisives, devenues des êtres du troisième type. Les sociétés archaïques émergent comme entités du troisième type parce qu'elles sont dotées d'un patrimoine générateur et régénérateur – la culture –, à partir duquel s'organisent leur identité et leur complexité. Puis les sociétés historiques, capables d'intégrer des millions d'individus, sont dotées d'un appareil de commande/contrôle, l'État, qui assure un développement nouveau à l'être du troisième type.

La société historique est à la fois une méga-machine et un être doté des caractères propres à l'organisation vivante (auto-éco-organisation) : elle a sa sphère générative propre (culture), son individualité singulière, son appareil central – l'État. L'État apporte à la société une puissance super-cérébrale, une aptitude autoréférente, une volonté propre. Dès lors, dotée de son patrimoine générateur (culture), de son État impérieux et de sa constitution en méga-machine, la société constitue un être du troisième type. C'est le *Grand Léviathan* qu'a conceptualisé Hobbes. Cet être géant constitue son autonomie à partir des intercommunications cérébrales/mentales entre individus, mais à l'insu de la conscience de ces individus, et en même temps à partir du pouvoir d'État.

L'Être du troisième type est-il un sujet dans le sens où nous avons défini ce terme ? En occupant de façon exclusive le site sociocentrique, l'État détient un des caractères propres au sujet. Mais il ne dispose pas d'un principe d'inclusion, ni de conscience de soi. C'est l'individu humain qui demeure le siège de l'esprit et de la conscience. Et c'est une raison pour laquelle il ne saurait être totalement assujetti.

L'être social du troisième type a quelque chose de plus et quelque chose de moins que l'individu humain (deuxième type)[1].

---

1. Cf. *Méthode 2*, « Émergence des entités de troisième type », p. 236-254.

L'identité sociale (2) : Léviathan

– Quelque chose de plus : il dispose de puissances et de qualités organisatrices surhumaines, et il échappe à la mortalité des individus. À la différence de l'être humain, la société n'est pas assujettie à une espèce et elle ne meurt pas naturellement : elle ne meurt que, lorsque vaincue par un ennemi puissant et impitoyable, elle est décapitée par anéantissement de son État, totalement asservie, et que sa population est déportée ou intégrée dans la société de l'État vainqueur.

– Quelque chose de moins : il utilise la pensée et la conscience des humains qui le gouvernent, mais il ne dispose pas de l'auto-réflexion qui est le propre de la conscience individuelle. Il n'a donc pas, répétons-le, de conscience propre. Il ne peut dire : « moi, je » ; tout au plus, un individu royal peut dire : « L'État, c'est moi. » Autrement dit, si puissants que soient ses pouvoirs d'assujettissement des individus, l'État ne peut devenir ni Esprit véritable, ni, comme le pensait Hegel, Sujet véritable.

Sous un certain angle, l'histoire peut être vue comme une lutte interminable, ininterrompue et incertaine entre les individus et la société, entre le deuxième type et le troisième type (car chacun des termes est nécessaire à l'autre). On peut voir simultanément une opposition au sein du troisième type, entre l'alternative de basse complexité et celle de haute complexité. La haute complexité a besoin d'initiative, de création, donc de favoriser les libertés individuelles, et, en réciprocité, la complexité individuelle a besoin d'insertion dans une culture et dans une communauté.

La complexité de l'être social est le bouillon de culture de la complexité individuelle. Ainsi, il y a de fait une saine alliance entre la société de haute complexité et les individus.

Les sociétés démocratiques contemporaines constituent un être du troisième type relativement débonnaire, mais le XXe siècle a inventé le système totalitaire, refermeture tentaculaire hyper-centralisée et hyper-ramifiée sur les individus. L'avenir est incertain, car la possibilité d'un nouveau totalitarisme plus efficace que celui du XXe siècle, disposant de moyens biologiques et chimiques pour contrôler gènes et cerveaux, ne peut être exclue. Mais on ne peut exclure non plus une évolution vers une nouvelle très haute complexité dépassant (donc englobant) l'être du troisième type dans une société-monde.

Il reste que l'individu humain est le centre de conscience dans et pour la société. L'individu, par son esprit, peut embrasser sa propre société, il peut s'efforcer d'embrasser le monde par la compréhension... L'âme, la sensibilité de la société sont chez les individus. L'esprit/cerveau individuel est plus complexe que la société, plus complexe que la Terre, plus complexe que la galaxie.

3. L'identité historique

> *Le devenir est désormais problématisé, et le sera à jamais.*
>
> Jan Patocka
>
> *La culture épistémologique actuelle ne tient pas compte de la profondeur de l'histoire humaine.*
>
> Mauro Ceruti
>
> *Nous entendons par conscience historique le privilège de l'homme moderne de tenir pleinement compte de l'historicité de tout présent.*
>
> Hans-Georg Gadamer

Le destin historique n'était pas inhérent à l'humanité. Celle-ci a vécu des dizaines de millénaires sans histoire ; l'histoire fait irruption et éruption il y a moins de 10 000 ans.

La longue préhistoire d'*homo sapiens* ne fut pourtant pas immobile ; elle fut marquée par la disparition des néandertaliens (extinction ? destruction ? intégration ?), par la diaspora de l'espèce sur tous les continents, par des changements culturels et techniques souvent liés aux modifications de climat et de ressources, par des conflits locaux entre groupes. Mais les structures des sociétés demeuraient quasi stables, les changements y étaient peu fréquents et mineurs. Le temps rotatif, répétitif, circulaire prédominait, c'est-à-dire le temps du recommencement invariable des travaux, des activités, des fêtes, des anniversaires, selon le cycle des jours, des saisons, des années.

L'histoire apporte la primauté du temps irréversible sur le temps circulaire, du temps événementiel sur le temps répétitif, du temps agité sur le temps rotatif. Bien qu'elle construise des îles ou archipels de stabilité, elle suscite la suprématie de la mobilité sur l'immobilité.

Le déchaînement historique

L'histoire naît en même temps que l'État, la domination et la guerre de conquête. Certes, il y avait entre sociétés archaïques voisines des guerres endémiques, mais strictement ritualisées ; il y eut sûrement des expéditions punitives, des massacres, des conflits de groupes pour le contrôle d'un lieu giboyeux [1] ; mais aucune d'entre elles n'était organisée pour dominer une autre [2]. La thèse d'Oppenheimer [3] liant l'origine de l'État à la guerre est plausible : la domination d'une tribu pillarde [4] sur des communautés d'agriculteurs s'organise par la levée régulière d'une redevance et le contrôle permanent des soumis. Le groupe prédateur, en élargissant et multipliant ses dominations, s'organise en royaume doté d'un pouvoir d'État.

L'autonomie de la société historique dépend des ressources agricoles, matières premières, tributs, richesses qui entretiennent cette autonomie. Sous la pression de ses besoins et de ses ambitions, elle agresse ses voisins qui ont les mêmes besoins et ambitions. La guerre, la puissance, l'ascension et la chute des États s'entre-déterminent.

L'histoire se met en mouvement comme essor des États, déchaînement de violences et de guerres qui provoquent

1. J. Guilaine et J. Zammit, *Le Sentier de la guerre, op. cit.*, p. 107.
2. Cf. P. Clastres, *Archéologie de la violence. La guerre dans les sociétés primitives*, La Tour-d'Aigues, Éd. de l'Aube, 1999.
3. Cf. le compte rendu de Marc Bloch dans *Annales*, 1935, du livre de Franz Oppenheimer, *Abriss einer Sozial- und Wirtschaftsgeschichte Europas*, 3 vol., Iéna, G. Fischer, 1929, 1933, 1935.
4. Si l'on suppose, comme me le dit Jacques Benet, qu'en même temps que la révolution agricole du néolithique s'opère une révolution pastorale des steppes et que les pasteurs nomades ont domestiqué le cheval, ce serait une révolution cavalière qui aurait permis les conquêtes, pillages et asservissements par les cavaliers des steppes. L'histoire aurait alors démarré au galop du cheval.

l'édification, la grandeur, l'effondrement des cités et des empires. L'histoire, c'est d'abord la croissance, la multiplication et la lutte à mort des États entre eux.

C'est un flux impétueux qui emporte les sociétés, lesquelles, dans leurs entrechocs, suscitent ce flux impétueux. Comme les États étendent leurs dominations au détriment des sociétés archaïques qui peuplaient le globe, c'est progressivement toute la planète qui se trouve emportée dans et par l'histoire.

L'histoire surgit comme dégel de tout ce qui était virtuel, endormi, quasi congelé dans la préhistoire. Le dégel historique libère les potentialités créatrices et les potentialités destructrices d'*homo sapiens-demens*. Dès lors, l'histoire oppose et lie sans discontinuer deux visages contraires : civilisation et barbarie, constructions et dévastations, genèses et anéantissements...

Le premier visage est celui de grandioses civilisations, avec palais, temples, pyramides, merveilles d'organisation urbaine et de progrès techniques, essor des commerces par mer et par terre des marchandises et des idées, apparition et diffusion de l'écriture, croissance des connaissances et des savoirs, développement des facultés de l'esprit et essor de la pensée, c'est celui des épanouissements d'art, architecture, sculpture, peinture, musique, poésie.

Le second visage de l'histoire, ce sont les destructions effrénées commises non seulement par les réputés barbares, mais aussi par les réputés civilisés. L'État dans sa toute-puissance est à la fois ivre de constructions grandioses et de destructions abominables. C'est dans ces conditions que déferlent les asservissements de masse et les massacres de masse, les mises à sac, les incendies de bibliothèques, les démolitions des statues par polythéistes, monothéistes, chrétiens, musulmans, révolutionnaires ou vandales, la disparition des plus beaux chefs-d'œuvre du génie humain à jamais engloutis.

Depuis les débuts de l'histoire, « il n'y a pas eu une année, et probablement pas un mois, où le sang n'ait coulé ; pas un régime tribal, national, républicain, oligarchique, monarchique, pas de religion [...] qui ne se soit présenté souillé du malheur des autres et qui n'ait été, d'ailleurs, la proie (du fanatisme) des autres. De l'Assyrie, la Babylonie, la Perse, la Grèce, Rome, la Chine à nos confrontations actuelles, ce ne sont que conflits, batailles, massacres, génocides, exterminations, terreurs, et chaque pays a été tantôt l'agressé, la proie, le gibier, tantôt l'agresseur, le chasseur, le bourreau » (Régis Viguier).

La mort est la grande triomphatrice de l'histoire. Les grandes civilisations qui se voulaient éternelles ont toutes été mortelles. Ainsi en fut-il de l'Égypte pharaonique, de l'Assyrie, de Babylone, de l'Empire minoen, des Dravidiens, des Étrusques, des Olmèques, d'Athènes, des Perses, de Rome, des Mayas, des Toltèques, des Zapotèques, de Byzance, d'Angkor, des Aztèques, des Incas, des Sassanides, des Moghols, des Ottomans, des Habsbourg, du IIIe Reich, de l'URSS...

L'histoire naît de la guerre et entretient la guerre. Celle-ci, comme l'a indiqué Gaston Bouthoul[1], y est endémique. Dans un monde où tout se décide par la guerre, les nécessités de défense et de survie entraînent le recours à la guerre. Le *si vis pacem para bellum* empêche un *si vis pacem para pacem* de voir le jour. C'est en acceptant la guerre qu'Athènes sauva à Marathon et à Salamine non seulement son indépendance, mais l'avenir de la démocratie et de la philosophie. La guerre est folie homicide, mais un État sage l'accepte pour échapper à l'anéantissement.

Par ailleurs, la guerre permet le déploiement d'un grand art, qui témoigne à sa manière du génie humain, celui de la stratégie, c'est-à-dire l'intelligence opérant en conditions aléatoires, capable d'anticiper, de se modifier selon les informations acquises, et de capter le hasard à son profit, ce que surent faire Thémistocle, Alexandre, Bonaparte, Koutouzov.

La guerre de conquête procède d'une triple mégalomanie : celle de l'État dominateur et conquérant, celle du souverain assoiffé de gloire, et enfin celle des dieux assoiffés de sang,

1. G. Bouthoul, *La Guerre*, Paris, PUF, 1953. Gaston Bouthoul fut le fondateur de la polémologie et consacra de nombreux ouvrages à la guerre.

surtout le Dieu monopoliste qui pousse ses fidèles à exterminer les Infidèles. Ainsi se déchaînent des forces démentielles, qui provoquent des désastres irrémédiables, peuples anéantis, cités rasées, civilisations perdues corps et biens dans d'innombrables *Titanic* historiques.

L'histoire a ainsi subi à de nombreuses reprises, de l'Antiquité à nos jours, des débordements de folie exterminatrice, comme ceux de ces conquérants asiatiques qui aux Ve, XIIe, XIIIe et XIVe siècles firent du monde romain, du monde iranien et du monde chinois un monceau de ruines.

La guerre est le phénomène humain qui a fait les plus grands progrès, notamment dans l'horreur, comme en témoignent les deux guerres mondiales du XXe siècle et comme le laisse présager le XXIe.

Avec les développements techniques des Temps Modernes, les États, disposant de formidables méga-machines, déploient leurs volontés de puissance sur les continents, et, à la fin du XIXe siècle, la planète entière est quasi asservie par les grands États impériaux d'Occident. Avec l'exaltation et l'exaspération des nationalismes, les haines se déchaînent entre nations, s'ajoutant et se combinant aux haines de religion. Après le Moloch du XXe siècle, réclamant et obtenant les sacrifices les plus sanglants pour le bonheur du genre humain, les fanatismes idéologiques, nationaux, religieux se déchaînent.

Certes, il y eut, il y a, il y aura des insurrections et des libérations. Mais souvent les émancipés oublièrent leur expérience asservie et donnèrent raison à la triste prédiction de Victor Hugo : « Dans l'opprimé d'hier, l'oppresseur de demain. »

Certes, il y eut des jaillissements sublimes d'amour, mais aussi des déferlements délirants d'amour qui se vouent aux idoles, aux idées, aux idologies, aux idéologies ; les religions d'amour ont su mieux que toute autre susciter et nourrir la haine, notamment dans les guerres de religion ; l'amour de l'humanité a pu se laisser berner par l'inhumanité.

Certes, on peut trouver un peu partout, ou plutôt partout un peu, de la pitié et de la compassion, de la civilité et de la convivialité, mais, pour quelques moments sublimes, que de déperditions, gaspillages, cruautés, horreurs…

L'histoire est bien un dégel qui a libéré de façon chaotique les potentialités rationnelles, techniques, économiques, imaginaires, créatrices, esthétiques, ludiques, poétiques d'*homo sapiens-demens*, mais aussi et peut-être surtout la démence et la démesure, qui se sont déchaînées en conquêtes, massacres et destructions. Elle s'est développée en succession de tourbillons interférant les uns avec les autres, suscitant une dialogique complémentaire antagoniste d'ordre, désordre, organisation

et, prolongeant celle du cosmos, une dialogique de genèse et d'anéantissement.

L'événement [1]

L'histoire traditionnelle nous avait conté le bruit et la fureur des batailles, coups d'État, ambitions personnelles. La « nouvelle histoire » (aujourd'hui ancienne) a privilégié déterminisme et continuité, et n'a vu dans l'événement que l'écume du temps. Désormais, l'événement et l'aléa, qui ont fait partout irruption dans les sciences physiques et biologiques, demandent à être réintégrés dans les sciences historiques. Ce sont loin d'être des épiphénomènes : ils provoquent les chutes, les rapides, les changements de cap du torrent historique.

L'événement est inattendu, imprévu, nouveau. L'importance de l'événement est très grande dans des accidents naturels, comme la disparition de Pompéi, dans les initiatives humaines qui perturbent ou modifient le cours de l'histoire, comme la conquête d'Alexandre en Asie, la transgression par César de la ligne du Rubicon, la prédiction d'un prophète comme Mohammed, le typhon qui anéantit en 1281 la flotte de 3 500 embarcations s'apprêtant de Chine à envahir le Japon, la vocation inspirée de Jeanne d'Arc, le lancement de la bombe atomique sur Hiroshima, les assassinats de César,

---

1. Cf. L. Bourguignon, *Histoire et Didactique. Les défis de la complexité*, Paris, Centre national de documentation pédagogique, 1999, chap. « Structure et événement ». Cf. aussi *L'Événement*, numéro spécial de *Communications*, n° 18, 1972.

Kennedy, Sadate, Rabin, la naissance de l'État d'Israël, l'implosion de l'Empire soviétique en 1989, et ces événements sismiques que sont les révolutions, dont la révolution anglaise des années 1640, la Révolution française de 1789, elle-même suivie par une cascade d'événements totalement imprévus : la Terreur, Thermidor, le Consulat, l'Empire, la Restauration.

Des événements de tous ordres surviennent à l'intérieur des États, avec les complots qui renversent les pouvoirs, les assassinats de rois, les rébellions militaires ou civiles, les révolutions, et les événements se multiplient dans les relations entre États, qui oscillent entre conclusions, renversements d'alliances et conflits : les guerres sont des séquences d'événements majeurs, fertiles en surprises, hasards, coups de génie, renversements de fortune.

L'événement est improbable. La probabilité peut être définie comme la possibilité la plus vraisemblable, pour un observateur bien informé, en un temps et en un lieu donnés. Ainsi, contrairement aux probabilités :

Darius, à la tête de 100 000 Perses, est vaincu à Marathon en -490 par 10 000 Athéniens que commande Miltiade.

Grâce à une ruse géniale de Thémistocle, Athènes, bien que prise et incendiée après les Thermopyles, détruit à Salamine la flotte perse de Xerxès, en septembre -480 ; l'armée d'invasion, privée de sa flotte, est vaincue en -479 à Platées. Le « miracle grec », cette idée ridiculisée par l'histoire déterministe, révèle sa vérité événementielle dans les deux victoires improbables et salvatrices d'une petite cité sur un gigantesque empire.

Deux bandes de conquistadors espagnols provoquent deux collapses de civilisation sans précédent : la destruction des deux empires amérindiens, dont les capitales, Mexico et Cuzco, étaient plus grandes, plus peuplées et plus riches que celle de la nation conquérante. Au Pérou, c'est par un guet-apens qu'en 1532 Pizarro fait crouler l'Empire inca avec quelques chevaux et quelques fusils.

En 1914, le petit parti bolchevik clandestin n'était vraiment pas de taille à prendre le pouvoir dans l'Empire tsariste, et du reste son chef, Vladimir Oulianov Lénine, pensait, conformément au marxisme, que la Russie devait d'abord passer par une révolution bourgeoise. Ce n'est qu'en avril

1917, dans la défaite et le chaos russes, que Lénine décide de passer à l'action pour prendre le pouvoir afin de déclencher une révolution mondiale, et non pour implanter le socialisme dans un seul pays.

Un autre grand événement historique, aux conséquences immenses, a dépendu de trois séries d'événements aléatoires : ce fut la résistance de Moscou pendant l'hiver 1941-1942. L'armée nazie avait attaqué l'URSS en juin 1941, culbuté les troupes soviétiques, fait des millions de prisonniers, et était arrivée rapidement aux portes de Moscou, de Leningrad, du Caucase. Au moment de donner l'assaut final, elle fut soudain bloquée devant Moscou, déjà désertée par le pouvoir soviétique, par un hiver à la fois extrêmement précoce et extrêmement rigoureux, qui paralysa ses communications. Or l'attaque allemande avait été différée d'un mois par Hitler, celui-ci ayant dû envahir en hâte le royaume de Yougoslavie qui, à la suite d'une révolte de Belgrade, venait de dénoncer le pacte autorisant les troupes allemandes à traverser la Yougoslavie pour rejoindre en Grèce l'armée mussolinienne en difficulté. Par ailleurs, Staline, qui s'était défié des avertissements de son espion au Japon, Sorge, en juin 1941, écouta en octobre ses messages l'informant que le Japon n'entrerait pas en guerre contre l'URSS (se préparant en fait à attaquer les États-Unis pour conquérir le Pacifique) ; il put divertir des troupes fraîches de Sibérie et les disposer sur le front de Moscou. Enfin, après avoir destitué les chefs incapables qu'il avait mis à la tête des armées de l'URSS, il fit confiance au général Joukov pour décider de la contre-offensive qui effectivement fit reculer de quelques centaines de kilomètres l'armée allemande. En somme, la conjonction d'un aléa climatique, d'un aléa politico-militaire, d'un aléa informationnel et d'une décision enfin sage fit basculer l'histoire [1].

---

[1]. On pourrait ajouter, un an plus tard, la bataille de Midway. La flotte japonaise voulait prendre ces îles par surprise, mais ses messages furent déchiffrés grâce à une astuce de décodeur, ce qui convainquit l'amiral américain, contre l'avis de Washington croyant à un piège, de porter sa flotte vers les Midway. La bataille fut menée en aveugle sur plus de cent kilomètres entre cuirassés, avions, porte-avions, sous-marins, et c'est la décision de l'amiral japonais, voyant les dégâts subis par sa flotte, de battre en retraite qui décida de la victoire, alors que les Américains avaient eu presque autant de dommages. Cette bataille fut le véritable tournant de la guerre du Pacifique, qui vira alors à

Les pilotes et inspirateurs

Les historiens traditionnels reconnaissaient le rôle des « grands hommes », c'est-à-dire de l'individu dans l'histoire. L'ancienne nouvelle histoire les a balayés pour ne voir que des forces anonymes à l'œuvre dans des processus déterministes. Le marxisme en fit des pantins manœuvrés par les classes sociales : Hitler fut réduit en une marionnette du grand capital, le trotskisme rétrécit Staline en exécutant de la bureaucratie.

Il y a des « grands hommes » sans doute par la force de caractère, la volonté implacable, la stratégie ingénieuse, et aussi une part de chance impondérable. Un de Gaulle a su rétablir la France parmi les vainqueurs de 1945, et après 1958 lui éviter une dictature de généraux putschistes. La démocratie n'est pas incompatible avec la décision. Un Churchill put galvaniser l'Angleterre au bord du désastre.

Certes, il y a des conditions favorables à l'initiative individuelle. Il faut des situations aléatoires, incertaines, appelant des paris souvent hardis. Il faut que des individus audacieux s'emparent ou disposent de postes de décision. S'ils sont révolutionnaires, il faut qu'ils soient poussés par les forces qu'ils ont déclenchées, s'ils sont réformateurs, il faut qu'il y ait problème ou crise dans le système où ils vont intervenir.

Il nous faut donc, en même temps que retrouver l'événement, retrouver le rôle des stratèges, rois, princes, gouvernants, tribuns, révolutionnaires, restaurateurs, qui, aux moments critiques et crisiques, ont suscité des bifurcations décisives dans le cours de l'histoire. Il y a parfois des « sauveurs » qui libèrent les nations, comme il y a parfois des égarés qui les font sombrer. Il y a la part de l'*hubris* chez les individus dotés de toute-puissance, qui alimente et est alimentée par l'*hubris* de l'État ; souvent, l'audace mégalomane qui les a conduits au triomphe les conduit à la catastrophe, comme ce fut le cas de Napoléon et de Hitler.

---

l'avantage des Américains. Sinon, les Midway auraient été la base qui, occupée selon les intentions japonaises, aurait permis de porter la guerre en Californie.

Le rôle de l'individu n'est pas que politique ou militaire. Souvent plus important à l'estimation des siècles, voire des millénaires, est celui de l'Inspiré fondateur de religion.

Moïse, que l'on peut raisonnablement supposer prince égyptien fidèle à un monothéisme clandestin (issu d'Akhenaton?), est à l'origine non seulement de la Loi hébraïque, mais aussi d'une série de bouleversements religieux, culturels et politiques en chaîne qui traversèrent les millénaires.

Bouddha, prince indien qui renonce aux vanités de la vie, est à l'origine d'une religion qui, chassée de l'Inde, a recouvert la Chine, l'Asie du Sud-Est et le Japon.

Jésus apporte un message qui va convertir Saül, persécuteur de ses premiers fidèles, et Saül devenu Paul va véritablement fonder la religion universelle du Christ.

Mohammed, caravanier dit-on illettré, reçoit pendant des années des messages divins transmis par l'archange Gabriel. Il fonde la nouvelle religion des Soumis à Dieu, l'Islam, qui va chasser le christianisme de ses terres natales du Moyen-Orient et se répandre en Asie, en Afrique, en Europe.

Si les philosophes n'eurent guère de prise sur le destin des sociétés à l'exception de la Chine (Confucius, Lao-tseu), ce sont des découvreurs et penseurs scientifiques comme Copernic et Galilée, Bacon, Descartes qui libérèrent la connaissance de la religion et ouvrirent les chemins de la science moderne. C'est un Fermi qui élucida la structure de l'atome et c'est un Einstein qui poussa le président Roosevelt à fabriquer la bombe atomique. C'est un jeune chercheur marginal, Watson, qui élucida dans l'acide désoxyribonucléique la structure du patrimoine héréditaire.

Le jeu du devenir : de la déviance à la tendance

Tous ces individus qui apportèrent des innovations et des transformations historiques sont au départ des déviants, souvent persécutés comme tels.

Déviants Moïse, Jésus, Paul, Mohammed. Déviants par rapport à leur religion et à leur science Copernic et Galilée. Déviants par rapport à la majorité de leurs collègues le jeune Einstein, Fermi, Marie Curie, Watson.

Déviant Lénine, guide d'une petite secte hallucinée sans

avenir dans la société russe. Déviant Hitler, vaticinateur pythiaque d'un parti longtemps ultra-minoritaire, condamné pour toujours à la marginalité par les augures rationnels, et dont seule la terrible crise économique de 1929-1933 favorisa l'ascension. Déviant de Gaulle par rapport à la France légale de Vichy qui le condamna à mort.

Toutes les grandes innovations biologiques, humaines et historiques furent déviantes.

Déviant à l'origine, le développement du bipédisme chez un ou deux rameaux d'anthropoïdes, à partir duquel va se développer l'hominisation.

Déviante l'apparition de l'agriculture dans un monde de sociétés autosuffisantes de chasseurs-cueilleurs-ramasseurs.

Déviantes les apparitions des premiers États-nations dans un monde de principautés, de cités, d'empires.

Déviant le développement de la bourgeoisie au sein d'un monde féodal autorégulé.

Déviant le développement du capitalisme qui n'affecta d'abord qu'un seul point du globe, l'Occident européen.

Déviante au sein d'une sphère théologique et philosophique la naissance de la science moderne au XVIIe siècle.

Déviants par rapport aux chrétiens comme par rapport aux juifs, ces marranes qui firent don à la culture européenne du scepticisme d'un Montaigne, de la rationalité d'un Spinoza, du génie d'un Cervantès, ainsi que les néo-marranes des XIXe et XXe siècles, eux-mêmes au-delà du judaïsme et du christianisme, que furent Marx, Freud, Einstein, Chaplin.

Toute déviance innovatrice peut être aisément brisée à l'origine, et il y eut certainement dans l'histoire des germes de connaissance, de sagesse, de vertu, de religion qui n'ont jamais vu le jour parce qu'ils ont été implacablement écrasés dans l'œuf.

Le principal moteur interne de l'histoire est celui d'une déviance, qui se développe en même temps que se paralyse la régulation qui la réfrène ou que s'affaiblit la force qui la réprime.

La déviance qui réussit à s'enraciner crée le micro-milieu où elle trouve son premier nid. Elle se développe en suscitant des réseaux, des groupes porteurs de la vérité nouvelle. Celle-ci, qualifiée d'hérésie par les tenants des vérités établies, suscite la haine mortelle des défenseurs de l'Invariance. Parfois, il faut un temps long d'incubation avant que les déviances deviennent tendances, s'organisent, prennent force dans le monde social et ré-orientent le devenir historique. Leur développement est favorisé par la vertu charismatique et les stratégies heureuses des dirigeants ou prophètes. Finalement, ces tendances peuvent chasser les anciennes orthodoxies, renverser les anciennes vérités et devenir à leur tour orthodoxies et vérités incontestables.

Ainsi, dans des conditions favorables – souvent des crises –, la déviance prolifère, devient tendance, et le développement de cette tendance amène celle-ci à devenir la nouvelle norme.

Le christianisme, longtemps persécuté, incuba deux siècles dans l'Empire romain avant de se répandre de façon épidémique puis de s'imposer comme orthodoxie, devenant alors persécuteur et réprimant de façon sanglante toute hérésie. Le socialisme incuba plusieurs décennies avant d'émerger à la fin du XIXe siècle sous la première forme du parti social-démocrate allemand. L'alerte écologique, née en 1968, fut ignorée, contestée, la conscience du péril sur la biosphère demeura marginale pendant deux décennies jusqu'à ce qu'elle suscite une première prise de conscience mondiale concrétisée par les conférences de Rio (1992) et Kyoto (1997).

Les systèmes despotiques et totalitaires savent que les individus porteurs de différence constituent une déviance potentielle; ils les éliminent et ils anéantissent les microfoyers de déviance. Toutefois, ces systèmes finissent par s'amollir, et la déviance surgit, parfois même au sommet de l'État, avec un nouveau souverain (le roi don Carlos d'Espagne) ou un nouveau secrétaire général (Mikhaïl Gorbatchev).

Il y a aussi des processus historiques lents, également issus de déviances, qui aboutissent à des révolutions silencieuses. Ainsi, le mouvement féminin d'égalité débute en Angleterre et quelques autres pays d'Occident par des mouvements marginaux de « suffragettes », ridiculisées non seulement par le monde masculin, mais aussi par beaucoup de femmes pour qui leur subordination semblait de l'ordre de la nature. De même, la promotion de l'adolescence dans la société occidentale commence dans la poésie romantique des Shelley et Rimbaud, prend une première forme dans la culture cinématographique des années cinquante avec des héros de l'adolescence incarnés par James Dean et le jeune Marlon Brando ; puis se développe une culture adolescente à travers le rock, des rites et usages communs, animée par une volonté d'émancipation qui aboutit à l'autonomie de la classe d'âge adolescente [1].

Le jeu du devenir

L'histoire s'avance, non de façon frontale, comme un fleuve majestueux, mais par déviations que suscitent ou qui suscitent des événements externes ou internes. C'est un cours sans cesse perturbé, modifié et contrarié.

Toute évolution est le fruit d'une déviance réussie, dont le développement transforme le système où elle a pris naissance : elle le désorganise et le réorganise en le transformant. Les grandes transformations sont des morphogenèses [2], créatrices de formes nouvelles.

Le jeu du devenir comporte également le détournement du sens des actions, ce que j'ai appelé l'écologie de l'action dont le premier principe est le suivant : sitôt initiée dans un milieu donné, toute action entre dans un jeu d'inter-rétroactions qui en modifient, détournent, voire inversent le cours ; elle échappe ainsi à la volonté de son auteur, et peut même revenir en boomerang contre lui.

Ainsi, la réaction aristocratique de 1788 déclencha la Révolution française de 1789, laquelle déclencha un processus qui conduisit à l'Empire ; Napoléon III déclara la guerre à la Prusse, ce qui détermina l'effondrement de son pouvoir et

---

1. Cf. *Sociologie*, p. 399-407, 415-425.
2. Sur schismogenèse et morphogenèse, cf. G. Bateson, *La Cérémonie du Naven*, Paris, Éd. de Minuit, 1971, rééd., LGF, coll. « Biblio essais », 1986.

celui de la France ; un processus révolutionnaire déclencha la contre-révolution franquiste de 1936 en Espagne ; Gorbatchev entama une réforme de l'Union soviétique qui en trois ans suscita son implosion. Le président Chirac opéra la dissolution du Parlement pour consolider sa majorité, provoquant ainsi la victoire de l'opposition. L'histoire voit non seulement l'arrivée de l'improbable, mais la réussite de l'involontaire.

En bref, l'histoire ne constitue pas une évolution linéaire. L'histoire est un complexe d'ordre, de désordre et d'organisation. Elle obéit à la fois à des déterminismes et à des hasards. Elle connaît des turbulences, des bifurcations, des dérives, des phases immobiles, des stases, des extases[1], des réactions ou rétroactions qui déclenchent des contre-processus, des périodes de latence suivies de périodes de virulence comme pour le christianisme, des développements épidémiques extrêmement rapides comme la diffusion de l'islam. C'est un chevauchement de devenirs heurtés, avec aléas, incertitudes, qui comportent des évolutions, des involutions, des progressions, des régressions. Ses évolutions multiples s'entre-combattent souvent les unes les autres. Même lorsqu'il s'est constitué une histoire planétaire, cette unification a comporté, comme on l'a vu au XXe siècle, des processus antagonistes, deux guerres mondiales et plusieurs éruptions totalitaires qui ont totalement modifié le cours historique prévisible en 1913.

La technique, agent de l'histoire

La préhistoire humaine est définie en trois âges d'*homo faber* – le paléolithique, le mésolithique, le néolithique –, puis viennent les âges du fer et du cuivre. À ces critères techniques succèdent les catégories historiques projetées par l'Occident, Antiquité, Moyen Âge, Temps Modernes, puis c'est le retour des définitions techniques : société (ou civilisation) industrielle, postindustrielle, informationnelle.

---

1. ... moments de fraternisation, de communion, de félicité collectives, de poésie vécue que j'ai vécus comme tels, à la Libération de Paris, aux premières journées de Mai 68, à la révolution des œillets à Lisbonne, et, par télévision interposée, à la chute du mur de Berlin...

Effectivement, la création et le développement des techniques constituent des agents historiques extrêmement puissants, encore qu'il ne faille pas leur donner le rôle de déterminants uniques ou décisifs. Ainsi, la prodigieuse civilisation andine de l'Empire inca put s'édifier sans connaître la roue, l'alphabet, le cheval. Il est vrai qu'elle périt de ne pas connaître les armes à feu.

Cela dit, on ne peut séparer l'évolution de l'histoire de celles de l'agriculture, de la domestication du cheval, des techniques de construction, de la domestication de l'énergie hydraulique, des multiples métiers de la civilisation urbaine, et, bien entendu, de l'armement. Les sociétés développent des techniques qui développent les sociétés.

Les techniques vont de société à société, de continent à continent. L'attelage au trait, la boussole, l'imprimerie, la poudre à fusée devenant poudre à fusil migrèrent de Chine en Europe, et l'introduction en Occident de l'imprimerie favorisa l'essor de la Réforme, celle de la boussole favorisa l'expédition de Colomb, donc la conquête des Amériques, celle du canon favorisa la royauté française qui put détruire les forteresses féodales rebelles à son pouvoir.

Comme tout développement, celui des techniques commence toujours de façon marginale. Il s'est effectué en Europe jusqu'à la fin du XIXe siècle grâce à des bricoleurs ingénieux, et ici notons le terme de génie inclus dans cet adjectif. Léonard de Vinci fut un bricoleur universel. Darby inventa le coke au XVIIIe siècle, Fulton la locomotion à vapeur au début du XIXe, Edison inventa l'ampoule électrique sans connaître les travaux de Maxwell et Faraday sur l'électromagnétisme, Bessemer inventa un procédé de fabrication de l'acier (1855) et Marconi inventa la radio (1895).

Il faudra le XXe siècle pour que se scelle fortement l'alliance entre science et technique qui forme la technoscience. Mais, même alors, les grands inventeurs furent des déviants ou marginaux dans leur sphère, comme Norbert Wiener, C. E. Shannon, John von Neumann qui sont à l'origine de l'univers informatique. Bien entendu, toutes les inventions et innovations sont rapidement utilisées par les pouvoirs étatiques et économiques. Au début du XXIe siècle, il est clair que la technoscience est devenue motrice et transformatrice.

Plus encore : l'alliance science-technique s'est élargie à l'industrie et au profit capitaliste. C'est désormais le quadrimoteur science-technique-industrie-profit qui propulse la marche de l'histoire.

Les techniques d'*homo faber* n'ont pas été toutes ou totalement au bénéfice d'*homo sapiens*. Dès la préhistoire, l'outil sert à fabriquer les armes du meurtre et de la guerre, et l'élimination des néandertaliens fut peut-être due à la supériorité technique de *sapiens*. Au cours de l'histoire, les premiers maîtres du cheval, du char et de toute nouvelle arme disposèrent d'une supériorité un temps décisive sur leurs ennemis. Toutefois, une bonne stratégie a souvent réussi à compenser une infériorité non seulement numérique mais aussi technique.

Les progrès foudroyants de la technoscience ont, au milieu du XXe siècle et pour la première fois dans l'histoire, ouvert la possibilité d'effectuer l'anéantissement de l'humanité. Parallèlement, les progrès de l'industrie, inséparables des progrès techniques, ont créé la menace nouvelle de la dégradation de la biosphère. Les ultimes triomphes d'*homo faber* sont désormais à la disposition d'*homo demens*.

Qu'est-ce qui a animé le développement technique ? À l'origine de l'outil, il y a la nécessité et l'utilité. Puis, dans les sociétés historiques, le développement technique s'effectue au service de la machine sociale, non seulement pour des nécessités et utilités d'organisation, mais aussi par volonté de puissance. Devenant l'instrument de la volonté de puissance, la technique accroît cette volonté de puissance en accroissant ses propres puissances.

Et, de plus, l'aspiration démiurgique, le rêve de voler dans les airs et de plonger sous les mers, le rêve d'aller jusqu'aux étoiles ont suscité des inventions techniques. Ainsi, la technique n'est pas seulement issue du besoin matériel, elle est aussi issue de la paranoïa, du désir et du rêve.

Le mythe, agent de l'histoire

La technique a occulté le mythe dans la vision officielle de la préhistoire. Pourtant, on aurait pu reconnaître un âge paléo-mythique qu'attestent les rites de la mort (survie du double, nouvelle naissance) ; puis un méso-mythique dont témoignent les fresques rupestres (magie, envoûtements) et, à leur façon, les sociétés archaïques, témoins ultimes de la préhistoire, toutes enveloppées d'une noosphère d'esprits, divinités et forces surnaturelles ; ensuite, un âge néo-mythique lié à l'agriculture, marqué par le surgissement des grandes déesses mères ; enfin, un âge méga-mythique, celui des sociétés historiques où se déploient les divinités gigantesques des grandes religions.

Les mythes interviennent avec énergie dans l'histoire. La quête de l'Eldorado a poussé les conquistadors à s'emparer des Amériques. La recherche du royaume du prêtre Jean a stimulé les périples occidentaux en Asie. Il y eut dans toutes les explorations humaines des mythes d'au-delà fabuleux.

Et surtout, les dieux se sont montrés des acteurs historiques gigantesques, aussi bien dans la paix que dans la guerre. Les guerres entre dieux sont intimement mêlées aux guerres humaines. Aton fut vaincu et annihilé par les dieux du panthéon égyptien. Les dieux de Rome furent éliminés par le Dieu chrétien.

Le Dieu unique est un agent historique formidable, surtout quand il apporte aux humains le salut, c'est-à-dire la résurrection. Il a conquis l'Empire romain et y a imposé son monopole, en réduisant au ghetto son autre lui-même, privé de fils. C'est sous la révélation du Coran que l'Islam a conquis la Méditerranée et une part de l'Asie. N'oublions pas les guerres de religion, qui ne peuvent être réduites aux composantes économiques et ethniques qu'elles portent en elles. Huit croisades, de 1096 à 1270, opposèrent chrétiens et musulmans ; craignons aujourd'hui la neuvième. Des guerres fratricides se déchaînèrent au sein d'une même religion entre sunnites et chiites, entre catholiques et protestants, guerres qui se poursuivent et se renouvellent aux XXe et XXIe siècles, toutes mêlées aux fureurs nationalistes. Et, au moment où j'écris, les figures antagonistes du même Dieu qui se disputent Jérusalem sont prêtes à s'affronter ailleurs.

Ce ne sont pas seulement les humains qui se battent par dieux interposés, ce sont les dieux qui se battent par humains interposés [1].

---

1. *Méthode 4*, p. 119.

Les dieux se sont affaiblis au cours de la montée d'une civilisation laïque et d'un nouveau mythe religieux, celui de l'État-nation. Son auto-déification a doté l'État-nation d'une force morale et psychique indispensable à son pouvoir physique, et les nationalismes continuent à se déchaîner sur la planète.

D'autre part, l'énergie du mythe anime de puissantes idéologies capables, comme les religions, de faire de leurs adeptes des héros, des martyrs et des bourreaux. Marx a reconstitué sous forme qu'il croyait scientifique les articulations mêmes de la religion du salut : annonce d'un Messie sauveur, le prolétariat révolutionnaire, promesse certifiée d'une Humanité émancipée. Le mythe et la religion, infiltrés dans la raison et dans la science, les ont transformées en entités providentielles[1], assurant le Progrès de l'humanité, lui-même providentialisé.

Les guerres entre idéologies succédèrent et se mêlèrent aux guerres de religion et aux guerres d'États-nations, apportant leur puissante contribution au cours dément de l'histoire humaine. À la fin du XXe siècle, nous avons vu que religion, nationalisme et idéologie suscitent un même fanatisme qui pousse à sacrifier sa vie et à tuer indistinctement.

Notre époque hyper-technique est commandée par un quadrimoteur en apparence purement matériel. Mais il est alimenté par une *hubris* où les mythes providentiels de la science, de la technique, du progrès, de l'industrie, du marché sont actifs chez les économistes et techniciens de la méga-machine. Il y a toujours, partout sur la planète, la force motrice des mythes et des religions. Les grandes religions anciennes qui furent affaiblies par la modernité connaissent un réveil violent. Le marxisme comme mythe est malade, et le communisme du type soviétique n'est plus une vision radieuse. Mais, contrairement à ce qu'annonça Bell en 1950[2] et qui fut presque aussitôt démenti, nous ne pouvons entrevoir la fin des idéologies, c'est-à-dire la fin des mythes sous

---

1. Comme je l'ai indiqué notamment dans *Penser l'Europe*, Paris, Gallimard, 1987 (rééd., coll. « Folio », 1990), « Les aventures de la science », p. 109-121.
2. D. Bell, *La Fin des idéologies*, Paris, PUF, 1977.

forme d'idéologie. L'être humain ne peut vivre sans mythe et sera à nouveau possédé par d'anciens ou d'inédits. Espérons qu'ils ne soient pas utilisés au service de nouvelles oppressions et de nouveaux mensonges.

L'hypothèse du Progrès

Il faut certes abandonner toute idée d'un progrès obéissant au déterminisme historique, en même temps que l'idée de déterminisme linéaire en histoire.

Toutefois, il nous faut examiner deux conceptions qui ont donné une assise à l'idée de progrès.

La première est celle d'une évolution lamarckienne de l'histoire humaine, qui intégrerait, à travers aléas et infortunes, les acquis des civilisations.

Il y a certes incorporation des techniques, des savoirs venus des lointains passés et des lointains continents : ainsi, avons-nous vu, l'Europe a intégré l'attelage au trait, la poudre à canon, l'imprimerie, la boussole, venus de Chine. Mais bien des acquis culturels et même techniques sont perdus à jamais à la suite de cataclysmes historiques. Bien des savoirs, des œuvres de pensée, des chefs-d'œuvre littéraires, inscrits dans des livres, ont été détruits avec ces livres. Il est arrivé qu'une société de mœurs barbares détienne une supériorité technique qui lui permette de détruire une civilisation[1].

La déperdition vient même du progrès technique et économique. Le machinisme industriel a fait dépérir bien des savoir-faire artisanaux dans tous les domaines. La désintégration des cultures archaïques et le mépris occidental de leurs connaissances médicales et autres ont contribué à la disparition d'un très grand savoir accumulé oralement et de savoir-faire reproduits mimétiquement.

---

1. Ainsi, les nomades mongols, fort arriérés du point de vue culturel, détinrent une arme pendant longtemps invincible. Leurs archers à cheval, extrêmement mobiles, imbattables au galop, terriblement précis avec leurs flèches, ont acquis une supériorité militaire sur tous leurs ennemis civilisés, cela jusqu'au XVIe siècle où, grâce à l'artillerie, les peuples sédentaires eurent enfin le dessus sur leurs envahisseurs.

De plus, bien des idées salutaires ne sont pas intégrées, mais au contraire rejetées par les tabous, interdits, normes rigides. Enfin et surtout, il y a une très faible intégration de l'expérience humaine acquise et une très forte déperdition de cette expérience, dissipée en très grande partie à chaque génération. Les erreurs se transmettent beaucoup plus aisément de père en fils que leur reconnaissance. Enfin, bien des acquis de connaissance, de pensée, de conscience, de démocratie dégénèrent s'ils ne sont pas sans cesse régénérés. En fait, il y a une déperdition énorme de l'acquis dans l'histoire. L'histoire désintègre au moins autant qu'elle intègre.

Toutefois, à travers et malgré tant de destructions, à travers et malgré tant de désastres irrémédiables, en dépit de tous les anéantissements, beaucoup de développements techniques survivent à la mort des sociétés qui les produisirent ; nous avons pu préserver, sauvegarder, entretenir un certain nombre de produits, édifices, créations de civilisations mortes, parfois presque par miracle : ainsi, des manuscrits d'Aristote ont été sauvés par des Syriens musulmans, transportés dans le monde arabe jusqu'à Fès, puis de là sont arrivés en Sorbonne au Moyen Âge. Aristote aurait pu, dû être perdu. Nous avons même pu *in extremis*, en dépit de l'assassinat massif des civilisations archaïques, sauver quelques-uns de leurs témoignages.

La destruction d'une civilisation par un conquérant barbare peut être suivie par l'intégration d'une partie du trésor culturel du vaincu dans la culture du vainqueur. Une culture anéantie laisse ses pollens parmi les dépouilles que ramène le triomphateur dans ses chars. Quand une culture meurt, des gènes s'en échappent et s'infiltrent comme des virus dans le code culturel de la société conquérante. Ainsi, après la ravageuse conquête de la Grèce et l'effroyable sac de Corinthe, les Romains rapportèrent des spores de la culture grecque qui s'implantèrent puis se multiplièrent dans l'Empire, où, cinq siècles plus tard, le grec supplanta le latin : comme a dit Horace, « la Grèce vaincue a [finalement] vaincu son barbare vainqueur ». L'impitoyable conquête romaine aboutit même à l'édit de Caracalla (212), un des plus sages de l'histoire (qui fut pourtant signé par un fou), accordant la citoyenneté romaine à tous les ressortissants de l'Empire.

L'identité historique

La guerre apporte, très loin de leurs sources, des gènes culturels qui se combinent aux gènes des peuples conquis, elle opère mille circulations gastronomiques, œnologiques, philosophiques. Les Ottomans ont laissé aux portes de Vienne le café et le croissant. Le tourbillon de l'histoire, en balayant à tous les vents les débris des cultures en miettes, disperse aussi des semences...

Mais entre-temps, que de régressions des acquis civilisateurs dans l'histoire, que de recrudescences esclavagistes et vassalisatrices, que de rétablissements de despotisme ! La torture fut abolie dans les États européens au XIXe siècle et pratiquement tous la rétablirent au XXe, les uns au cœur de leur système totalitaire, les autres à la périphérie de leur système démocratique, dans les guerres coloniales.

Ainsi, on peut penser qu'il y a une certaine et certaines conservations de l'acquis, mais à condition de reconnaître ses innombrables déperditions. Il n'y a pas de loi lamarckienne de l'histoire.

Par ailleurs, les progrès techniques et économiques ne sont pas une garantie de progrès intellectuel et de progrès éthique. Je suis de ceux qui pensent que les développements techniques et économiques de notre civilisation sont liés à un sous-développement psychique et moral.

Nous sommes dans l'ère de la crise définitive du progrès linéaire et nécessaire. Le progrès n'est pas le moteur quasi providentiel de l'histoire humaine. Le progrès techno-économique ne saurait être le moteur ou la garantie du progrès humain. Il y a possibilité d'un tel progrès, mais il ne saurait être irréversible, et tout progrès a besoin de régénération permanente.

La seconde conception du progrès historique est celle d'une logique de la complexification. Cette logique serait en œuvre depuis le commencement des temps, elle aurait animé l'évolution biologique, permettant l'arrivée d'*homo sapiens* sous le soleil, et, à travers essais et erreurs, elle travaillerait l'histoire humaine. Cette logique peut subir des désordres et des régressions partielles, mais elle animerait le mouvement global de l'histoire humaine.

Y a-t-il une logique de la complexification ? Remarquons d'abord que le processus de complexification qui a conduit à l'apparition de la conscience humaine fut extrêmement minoritaire dans le monde vivant. Remarquons également que les gains de complexité dans une société se sont souvent accompagnés de l'asservissement d'autres sociétés.

Cela dit, il y a eu dans l'histoire plusieurs logiques de complexification, extrêmement diversifiées. Tout se passe comme si s'étaient formés, développés, entretenus de gigantesques tourbillons créateurs d'organisations et productions complexes, mais aucun n'a eu un caractère définitif. Comme les tourbillons naturels, ils se sont constitués dans des conditions de déséquilibre et de turbulence, et ils se sont perpétués entre amplification et dissolution.

Ils se sont tous dissous, sauf le dernier, né en Europe occidentale vers le XVe siècle, et qui s'est rapidement développé en un tourbillon devenu planétaire, tout en conservant longtemps son foyer européen. Ce tourbillon planétaire ravage en construisant, construit en ravageant. Il a transplanté et transplante de plus en plus, de part en part du globe, fruits, légumes, animaux domestiques, armes, savoir-faire, marchandises, produits, machines, capitaux, émigrants, croyances, religions. Il a aussi amplifié les guerres à l'échelle mondiale au XXe siècle, et il porte désormais en lui à la fois promesses d'une nouvelle genèse et menace mortelle.

Il n'est pas impossible, certes, que, sinon notre siècle, du moins un siècle futur puisse s'épanouir dans la paix, la concorde et la liberté d'une civilisation planétaire, mais l'hypothèse d'un désastre planétaire est également une possibilité d'avenir. La complexification ultime est plus qu'incertaine.

D'autant plus que la complexification comporte des périls intrinsèques et n'est jamais irréversible.

Ses périls : la haute complexité apporte pluralités, libertés, tolérances, mais libertés et tolérances favorisent les antagonismes et les désordres, et, au-delà d'un certain seuil, les désordres et les antagonismes font régresser ou détruisent la complexité acquise. Le seul antidote à l'extrême fragilité de la haute complexité est le sentiment vécu de solidarité, c'est-à-dire de communauté, entre les membres d'une société.

La haute complexité est d'autant moins irréversible qu'elle

L'identité historique

est fragile. Répétons-le, les plus belles émergences de la complexité humaine sont vulnérables, comme l'âme, la conscience. C'est pourquoi aussi les plus beaux moments de l'histoire sont des extases précaires et temporaires. La seule chance d'un maintien de la complexité est dans son auto-régénération permanente, ce qui ne peut jamais être assuré.

De fait, la complexification oscille, hésite, s'élance, retombe, régresse, se développe, est écrasée, dispersée, renaît, recommence, se poursuit. Le bruit et la fureur brisent à de multiples reprises le procès de complexification, mais celui-ci peut récupérer ce que le bruit et la fureur ont laissé comme débris.

Il y a certes des processus de complexification à long terme, mais il n'y a pas une loi de complexification croissante. L'histoire a connu de très longues et fortes régressions, en Chine, en Égypte, après la chute de l'Empire romain et la décadence du califat de Bagdad.

Enfin, la logique de la complexification porte en elle désormais la possibilité de mort. Les progrès scientifiques et techniques sont désormais capables d'anéantir la complexité avec l'humanité elle-même.

Le double jeu de l'histoire

Toute complexification et tout progrès se font payer. Le progrès industriel du XVIIIe siècle a comporté la destruction d'une culture paysanne et la prolétarisation des paysans déracinés dans les faubourgs urbains. Le développement de l'Occident européen au XIXe siècle a comporté l'asservissement des peuples dominés et colonisés. Jusqu'à présent, les complexifications en un domaine ou en un lieu ont été inséparables de dilapidations et destructions. Le progrès techno-économique actuel continue à être payé par culturicides et ethnocides.

Il n'y a pas de lois de l'histoire. La seule loi est que tout développement comporte désorganisation et dégradation de ce qui lui était antérieur. De toute façon, il n'est pas d'évolution qui ne soit désorganisatrice dans son processus de transformation ou de métamorphose.

Il y a non pas progrès, mais un véritable double jeu – une dialogique – entre progrès et régression, civilisation et barbarie, complexité et destruction, désorganisation et réorganisation.

Barbarie et civilisation ne s'excluent que partiellement l'une l'autre, et, comme l'a indiqué Walter Benjamin, elles sont incluses profondément l'une en l'autre. Le XXe siècle a vu leur double progrès.

Le double jeu porte souvent en lui d'irréductibles contradictions : ainsi, durant la Seconde Guerre mondiale, les puissances émancipatrices en Europe étaient colonialistes en Asie et en Afrique. Stalingrad, comme l'a admirablement dit Vassili Grossman[1], fut à la fois la plus grande victoire et la plus grande défaite de l'humanité. La plus grande victoire, car elle porta le coup fatal à la puissance nazie. La plus grande défaite, car elle consolida le despotisme stalinien et accrut pour un demi-siècle le totalitarisme soviétique.

Le double jeu est incertain et aléatoire : il est à la merci de stratégies et décisions qui peuvent être erronées ou appropriées, de hasards, d'accidents, de désordres, de crises, de révoltes, de répressions. Une révolte peut susciter une révolution ou au contraire déclencher une réaction. Le changement dans un domaine peut jouer un rôle catalytique qui provoque d'autres changements inattendus. L'imprédictibilité s'accroît dans un cours historique marqué par les transformations permanentes et multiples. Enfin, selon le second principe de l'écologie de l'action, les conséquences à long terme d'un grand événement, à commencer par la naissance de l'humanité et jusqu'à la découverte de l'ADN, sont imprédictibles.

Il y a plusieurs doubles jeux dans le grand double jeu. Il y a la présence vivante au sein de l'histoire humaine du jeu cosmique ordre → désordre → organisation, et du double jeu historique progression → régression.

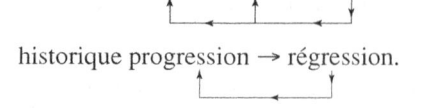

---

1. V. Grossman, *Vie et destin*, Lausanne-Paris, L'Âge d'homme, 1995.

Il y a le double jeu individu-société, où les deux termes complémentaires sont aussi antagonistes, avec l'antagonisme dominant dans la société totalitaire, et la complémentarité dominante dans la société démocratique de haute complexité[1]. Il y a un double jeu entre génie individuel et génie collectif qui se parasitent l'un l'autre. Enfin, il y a le double jeu permanent entre *sapiens* et *demens*, où, comme on l'a vu, chacun de ces termes contient l'autre.

Aussi, l'histoire n'est pas guidée par et vers le progrès, mais elle est animée par les dialogiques propres à la trinité humaine individu-société-espèce, avec une surdétermination de *sapiens-demens*. Ces dialogiques obéissent peut-être à un attracteur étrange, mais celui-ci, s'il existe, est de nature (encore?) inconnue.

L'histoire n'est pas rationnelle, dans le sens où elle serait animée par une Raison en marche, cruelle seulement pour lutter contre le mal, rusée uniquement pour réaliser ses desseins bénéfiques.

Bien qu'elle comporte ses déterminations, ses logiques, ses rationalités, l'Histoire est aussi irrationnelle parce qu'elle comporte bruits et fureurs, désordres et destructions. Il faut faire copuler Marx et Shakespeare. Effectivement, les tragiques grecs, les élisabéthains, et singulièrement Shakespeare, ont montré que les tragédies du pouvoir étaient les tragédies de la passion, de l'inconscience, de la démesure humaines.

N'oublions pas non plus qu'il y a de l'irrationalité dans la rationalité du développement techno-économique, comme on peut le voir clairement en notre époque de péril écologique et de déchaînement incontrôlé du quadrimoteur qui propulse le vaisseau spatial *Titanic*.

L'histoire est une étonnante, sombre, ignoble, glorieuse aventure, et nous ne pouvons dire où elle nous mènera. C'est le terme de l'histoire qui, rétroagissant sur son cours jusqu'aux origines, pourrait nous en donner le sens.

---

1. Cf. p. 219.

Le révélateur historique

L'histoire est un phénomène humain tardif, mais combien symptomatique. L'histoire n'est pas fondement, mais révélateur d'humanité, et c'est cela qui doit nous faire méditer. L'histoire universelle est le laboratoire où s'actualisent et se révèlent les virtualités d'*homo sapiens-demens*, *faber-ludens*, *œconomicus-consumans*, *prosaicus-poeticus*, *functionalis-estheticus*, et où s'exprime leur dialogique effrénée.

Ainsi, le palais du souverain est un laboratoire concentré de folie humaine, où la famille, nœud d'amour, devient nœud de vipères, où surgissent la haine et l'envie, où se déchaînent les délires de puissance (« le pouvoir rend fou et le pouvoir absolu rend absolument fou », règle qui souffre quelques exceptions).

De même que l'hystérie révèle sous forme somatique les agitations de l'esprit, de même les formes historiques peuvent être considérées comme des hystéries de *sapiens-demens*.

Historia hysteria ; par un certain côté, l'historique est hystérique, comme si tous les temples, palais, monuments édifiés étaient comme les matérialisations, sous forme de symptômes, de délires pathétiques, comme si la méga-machine devenait la cristallisation d'une méga-hystérie.

Aussi une anthropologie historique considérerait l'histoire comme un révélateur de l'esprit humain, avec sa raison, son intelligence, son ingéniosité, sa créativité, ses erreurs, ses mensonges, ses mythes, ses illusions, ses épouvantes, ses émerveillements, ses ferveurs. Elle mettrait à jour dans ses excès tout ce qui est potentiel dans la folie de *sapiens-demens*. Elle permettrait de contextualiser l'émergence des complexités individuelles, l'essor de l'esprit, des progrès, certes instables, de la conscience, l'éclosion des qualités d'âme.

Elle serait le révélateur du caractère erratique, errant, inconstant, souvent délirant de l'aventure humaine.

Elle considérerait les ordres, désordres, organisations qui s'opposent, se combinent, se mêlent au cours des temps historiques en corrélation avec les puissances d'ordre-désordre-organisation propres à l'esprit d'*homo sapiens-demens*. Elle considérerait les diverses formes d'organisation sociale apparues dans le temps historique, depuis l'Égypte pharaonique, l'Athènes de Périclès jusqu'aux démocraties et aux totalitarismes contemporains, comme des émergences des virtualités de la trinité humaine. Elle considérerait de même les guerres, les massacres, l'esclavage, le meurtre, la torture, les fanatismes, ainsi que la foi, les élans sublimes, la philosophie. Elle considérerait comment les civilisations historiques ont permis l'émergence de l'âme et celle des complexités individuelles. Elle considérerait les multiples possibilités d'émancipation et les multiples potentialités d'asservissement des êtres humains, sans qu'on puisse préjuger des émancipations et des asservissements futurs. Elle considérerait combien l'action humaine est détournée de ses fins, combien rares sont ceux qui ont accompli ce qu'ils ont voulu, combien les conséquences à long terme d'une révolution furent invisibles à leurs contemporains. Elle considérerait les individualités – d'Akhenaton, Périclès, Alexandre de Macédoine à Napoléon, Staline, Hitler, de Gaulle – comme des concrétisations de potentialités d'*homo sapiens-demens*.

Elle s'efforcerait de reconnaître la dialogique entre Éros et Thanatos, les deux ennemis profonds et inséparables (chacun portant l'autre en lui) qui continuent plus que jamais leur lutte terrifiante [1].

Les réalités ambivalentes et complexes de la « nature humaine » s'expriment de façon fabuleuse dans l'histoire, dont l'aventure continue, se déploie, s'exaspère dans l'ère

---

1. Rappelons la fin de *Malaise dans la civilisation* de Freud (Paris, PUF, 1971) : « La question du sort de l'espèce humaine me semble se poser ainsi : les progrès de la civilisation sauraient-ils et dans quelle mesure dominer la perturbation apportée à la vie en commun par la pulsion d'agressivité et d'autodestruction ? À ce point de vue, l'époque mérite une attention toute particulière. Les humains d'aujourd'hui ont poussé si loin la maîtrise des forces de la nature qu'avec leur aide il leur est devenu facile de s'exterminer mutuellement jusqu'au dernier. Ils le savent bien et c'est ce qui explique une bonne part de leur agitation présente, de leur malheur et de leur angoisse. Et maintenant il y a lieu d'attendre que l'autre des deux puissances célestes, l'Éros éternel, tente un effort afin de s'affirmer dans la lutte qu'il mène contre son adversaire non moins immortel. »

planétaire où nous sommes de plus en plus profondément engagés.

Fin ou recommencement

Les sociétés occidentales sont depuis le XVIe siècle en état d'évolution permanente, c'est-à-dire d'innovations, de transformations, de désorganisations et réorganisations ininterrompues. La transformation va s'accélérant et s'amplifiant, atteignant désormais toutes les sociétés du globe, et c'est du même coup l'histoire qui se trouve en état de transformation continue et accélérée. Où nous entraîne-t-elle ?

Dans les États-nations, une dissociation s'opère entre leur méga-machine politique administrative et la méga-machine techno-économique, qui se ramifie avec d'autres méga-machines économiques pour commencer à constituer une méga-machine planétaire.

L'histoire humaine est confrontée à des problèmes nouveaux : non pas tant sa propre fin en tant qu'épuisement des capacités créatrices du politique, comme l'a annoncé Fukuyama, mais surtout l'accélération et la transformation sous la poussée du quadrimoteur qui s'est mis en place à la fin du XXe siècle.

Nous ne sommes peut-être qu'au commencement d'un commencement, c'est-à-dire pas encore à la fin d'une fin. Le destin individu/société, autonomie/conscience, se joue et se rejoue sans cesse. L'histoire défie toute prédiction. Son devenir est aléatoire, son aventure a toujours été, sans qu'on le sache, et maintenant on devrait le savoir, une aventure inconnue.

4. L'identité planétaire

> *L'humanité affronte un monstre pluricéphale qu'elle a engendré [...]. Combattre chaque tête est inefficace. Les combattre toutes est herculéen.*
>
> Christian de Duve [1]

La grande diaspora

La préhistoire fut en fait une première mondialisation. Celle-ci a dispersé ce que la seconde, plusieurs millénaires plus tard, allait relier. À partir d'un vraisemblable foyer africain, les rameaux humains se propagent en Europe et en Asie, certains passent, peut-être encore sur terre ferme, en Amérique, d'autres s'éparpillent en Océanie, d'où il est très possible que, par aventure ou par dérive, quelques-uns s'implantent sur les côtes andines. Avant même que commence l'histoire, notre espèce a établi ses colonies sur toute la planète. Au cours de cette diaspora, elle a produit une extraordinaire diversité de langues, de cultures, de destins, source d'innovations et de créations dans tous les domaines, source aussi de méconnaissances réciproques. Les humains séparés ont oublié leur identité commune et sont devenus étrangers les uns aux autres. Pourtant, la diaspora de l'humanité n'a pas produit de scission génétique : comme il a déjà été dit, Pygmées, Noirs, Jaunes, Indiens, Blancs relèvent de la même espèce, disposent des mêmes caractères fondamentaux d'humanité.

---

1. C. de Duve, *Poussière de vie : une histoire du vivant*, Paris, Fayard, 1996.

Au cours des temps historiques, les grandes civilisations d'Asie et d'Europe ont établi par le commerce des communications de continent à continent et se sont parfois, comme durant la conquête d'Alexandre, découvertes dans la guerre. Les grandes religions universalistes ont traversé de grands espaces : le bouddhisme né en Inde a migré en Chine et au Japon ; le christianisme né en Palestine est arrivé au nord de l'Europe, l'islam a pénétré en Afrique, en Europe, en Asie. L'Europe occidentale a importé de grandes innovations techniques venues de Chine. Mais ces univers ignorent l'Univers.

À la fin du XVe siècle, la Chine des Ming et l'Inde mogholé sont les plus importantes civilisations du globe. L'Empire ottoman, qui des steppes d'Asie a déferlé sur l'Europe orientale, s'est emparé de Byzance et a menacé Vienne, est devenu la plus grande puissance d'Europe. L'Empire inca et l'Empire aztèque règnent sur les Amériques, et Tenochtitlan comme Cuzco dépassent en population, monuments et splendeurs Madrid, Lisbonne, Paris, Londres, capitales des jeunes et petites nations de l'Ouest européen qui semblent vouées à s'entre-affaiblir dans leurs conflits incessants.

I. LA DOUBLE HÉLICE DE L'ÈRE PLANÉTAIRE

Et pourtant, l'avènement de l'ère planétaire vient de l'essor impétueux, au début du XVIe siècle, des quelques jeunes et petites nations d'Europe occidentale qui s'élancent à la conquête du globe, et, à travers l'aventure, la guerre, la mort, font communiquer les cinq continents pour le meilleur et pour le pire.

La première hélice

L'ère planétaire est propulsée par la conquête. C'est la première hélice. Elle s'ouvre et se développe, dans et par la violence, la destruction, l'esclavage, l'exploitation féroce des Amériques et de l'Afrique.

L'identité planétaire

La conquête de l'Amérique provoque d'irréparables catastrophes de civilisations, d'innombrables destructions culturelles, de terribles asservissements.

Toutefois, cette domination suscite communications et échanges. Les Européens implantent chez eux le maïs, la pomme de terre, le haricot, la tomate, le manioc, la patate douce, le cacao, le tabac venus d'Amérique. Ils apportent en Amérique les moutons, les bovins, les chevaux, les céréales, vignes, oliviers, et les plantes tropicales, riz, igname, café, canne à sucre. Mais les bacilles et virus d'Eurasie se ruent sur les Amériques, provoquent des hécatombes en semant rougeole, herpès, grippe, tuberculose, tandis que, d'Amérique, le tréponème de la syphilis bondit de sexe en sexe jusqu'à Shanghai. La première unification du globe est microbienne.

L'Europe se jette sur le monde. Elle implante sa civilisation, ses armes, ses techniques, ses conceptions dans tous ses comptoirs, avant-postes, zones de pénétration. Ses colons et migrants s'implantent dans ses colonies. Dans la seconde moitié du XIXe siècle, vingt et un millions d'Européens s'installent dans les deux Amériques.

L'ère planétaire devient une ère de grandes migrations ; Chinois et Indiens vont s'installer, les premiers en Asie du Sud-Est, Polynésie, Californie, Colombie-Britannique, les seconds en Afrique australe et orientale.

Inséparable d'un formidable essor économique et d'un gigantesque développement des communications au bénéfice surtout des puissances dominantes, la planétarisation est d'abord une occidentalisation et, du reste, la première nation qui s'imposera face à l'Occident, le Japon, le fera en s'emparant des techniques de l'Occident.

Le développement industriel de l'Occident au XIXe siècle lui donne une écrasante supériorité militaire qui l'amène à parachever la colonisation du monde. L'Inde est colonie britannique, la Chine est sous tutelle, l'Afrique est partagée entre Angleterre, France, Allemagne, Portugal. Les États-Unis se sont émancipés de leur métropole, mais pour concourir de plus en plus puissamment à l'occidentalisation planétaire ; de même, les nouvelles nations d'Amérique latine se constituent sur le modèle occidental et ne vont que très lentement et inégalement se sourcer dans une identité métisse.

Tout s'amplifie et s'accélère au XXe siècle. Les impérialismes occidentaux qui s'étaient partagé le globe s'opposent de front. La guerre se mondialise par trois fois, en 1914-1918, 1939-1945 et, de façon froide, en 1947-1989. La crise économique de 1929 ravage la planète. Le socialisme se développe en internationales, les fascismes se mondialisent. Toutefois, après 1945, les colonies s'émancipent de leurs asservisseurs en s'emparant de l'idée européenne du droit des peuples et du modèle d'État-nation. Les années soixante-dix voient l'achèvement de la décolonisation du globe, mais aussi l'achèvement du processus d'occidentalisation politico-militaire. Cette occidentalisation permet du reste aux pays de vieille civilisation de tenter de la sauvegarder en disposant de leur nouvelle autonomie nationale.

Une étape nouvelle s'ouvre en 1989, et les mots de mondialisation et/ou de globalisation s'imposent aux esprits, masquant le fait que la mondialisation a commencé à partir de 1492 avec Colomb et Vasco de Gama. Ils occultent les processus complexes, anthropologiques, historiques et existentiels de la planétarisation, qui impliquent toutes les dimensions de l'identité humaine ; mais ils indiquent la nouveauté : l'ouverture de l'URSS, de la Chine et de leurs satellites au capitalisme privé et au marché international. Celui-ci devient dès lors véritablement mondial. Aussi, la domination de l'Occident, d'abord guerrière et politique, est devenue surtout économique.

L'hégémonie militaire américaine est certes évidente, mais un polycentrisme s'installe progressivement, avec la Chine, l'Inde, l'Europe, et les nations montantes comme le Brésil ou l'Indonésie.

Le nouveau cours mondial est animé par la conjonction des nouvelles techniques de communication et d'organisation et des développements d'un capitalisme de plus en plus internationalisé.

Disons déjà ici, avant d'aborder de front ce thème, qu'une nouvelle méga-machine et qu'un nouveau Léviathan, de caractère planétaire, sont en cours d'installation.

Échanges et communications

La domination occidentale entraîne dans son sillage des conséquences qui, à travers le gigantesque développement des communications et des échanges, la dépassent. Ainsi, des symbioses de civilisation et des métissages s'effectuent, à la faveur des grandes migrations un peu partout sur la planète, d'abord d'Europe vers les continents et maintenant des continents vers l'Europe. Les colonisations de peuplement ont toléré involontairement et partiellement des symbioses de civilisation, et des métissages commencent de façon dispersée un peu sur tous les continents d'immigration. Le métissage se propage dans les deux Amériques. Celui-ci, encore souvent marginalisé dans le Nord, devient de plus en plus reconnu comme fondement d'États-nations, comme au Mexique, au Brésil et en Colombie. Les migrations d'Africains et d'Asiatiques en Europe commencent à y introduire divers métissages. En deux générations, les immigrations produisent des mariages mixtes.

Les métissages culturels se multiplient, notamment en musique avec le raï, la salsa, le flamenco-rock, et la world music en est l'exemple extrême. Un folklore planétaire international est né à Hollywood et s'est répandu sur le globe ; il comporte le western et le thriller américain, il brasse en lui des composants venus du passé européen comme des romans de cape et d'épée, des légendes de la Table Ronde, des épisodes de la Bible et des péripéties de l'histoire romaine. Les grandes stars de cinéma créent une nouvelle mythologie planétaire. Le rock devient le noyau d'une culture juvénile internationalisée qui permet aux adolescents de tous les pays de communiquer et communier.

La culture américaine est, comme l'indique J.-L. Amselle[1], un opérateur d'universalisation, dans lequel nos cultures peuvent se reformuler. Certes, l'hégémonie culturelle américaine risque d'étouffer les productions nationales, mais des mesures d'aide à la qualité et des quotas pour chansons et séries télévisées peuvent empêcher l'asphyxie ; d'autre part, il y a un

---

1. J.-L. Amselle, *Anthropologie de l'universalité des cultures*, Paris, Flammarion, 2001.

magnifique essor du film dans divers pays et continents, notamment en Inde, Chine, Iran, Afrique. La culture mondiale commune n'est pas seulement celle du folklore hollywoodien, c'est aussi le commencement d'une connaissance commune des diverses cultures nationales.

L'Européen cultivé avait en son patrimoine Cervantès, Shakespeare, Molière, Goethe, Dostoïevski. Ce patrimoine s'est élargi aux littératures nord et sud-américaines, à des romans japonais, chinois, africains. La culture dans chaque nation commence à devenir planétaire, par connaissance ou intégration des œuvres de tous les pays, non seulement en littérature, mais en musique, peinture, sculpture, cinéma.

L'individu hologrammique

La mondialisation se concrétise aussi en ceci que chaque partie du monde fait de plus en plus partie du monde, et que le monde en tant que tout, est de plus en plus présent en chacune de ses parties. Cela se vérifie non seulement pour les nations et les peuples, mais aussi pour les individus. De même que chaque point d'un hologramme contient l'information du tout dont il fait partie, de même désormais le monde en tant que tout est de plus en plus présent en chaque individu.

Ainsi, un Européen de classe moyenne s'éveille chaque matin en s'ouvrant aux événements du monde que lui transmet sa radio japonaise ; tremblements de terre, attentats, conférences internationales lui arrivent pendant qu'il prend un thé de Ceylan ou un arabica d'Amérique latine ; il met son tricot, son slip et sa chemise de coton d'Égypte ou d'Inde ; il revêt veste et pantalon en laine d'Australie, traitée à Manchester puis Roubaix-Tourcoing, ou bien un blouson de cuir venu de Chine sur un jean style USA. Sa montre est suisse ou japonaise. Ses lunettes sont d'écaille de tortue équatoriale. Son portefeuille est de pécari caraïbe ou de reptile africain. Il peut disposer d'une voiture coréenne. Il peut trouver à sa table d'hiver les fraises et cerises d'Argentine ou du Chili, les haricots verts frais du Sénégal, les avocats ou ananas d'Afrique, les melons de la Guadeloupe. Il peut boire, selon son goût, du rhum de la Martinique, de la vodka russe, de la tequila mexicaine, du bourbon américain, du malt écossais. Il peut trouver des journaux de divers continents, et la télévision câblée lui fournit des informations en diverses langues de la planète. Il peut lire des romans traduits du japonais, du chinois, de l'albanais, voir des films de tous les continents, disposer des musiques du monde et de la world music, écouter Bach interprété par un violoncelliste coréen, assister devant son écran vidéo à *La Bohème*, où la Noire Barbara Hendricks et l'Espagnol Placido Domingo incarnent deux amoureux parisiens. Enfin, son ordinateur le catapulte à volonté sur tous les points du globe.

Alors que bien des Européens sont dans ce circuit planétaire de confort, un très grand nombre d'Africains, Asiatiques, Sud-Américains, sont dans un circuit planétaire de misère. Ils subissent dans leur vie quotidienne les contrecoups des mouvements du marché mondial qui affectent les cours du cacao, du café, du sucre, des matières premières que produisent leur pays. Ils ont été chassés de leurs villages par la monoculture industrielle issue de l'Occident; de paysans autosuffisants, ils sont devenus des suburbains en quête de salaire, et leurs besoins sont désormais traduits en termes monétaires. Ils aspirent à la vie de bien-être à laquelle les font rêver les publicités et les films d'Occident. Ils utilisent de la vaisselle d'aluminium ou de plastique, boivent de la bière ou du Coca-Cola. Ils couchent sur des feuilles récupérées de mousse polystyrène et portent des tee-shirts imprimés à l'américaine. Ils dansent sur des musiques syncrétiques où les rythmes de leur tradition entrent dans une orchestration venue d'Amérique. Devenus objets du marché mondial, ils sont devenus aussi sujets d'un État formé sur le modèle occidental. Ainsi, pour le meilleur et le pire, chacun, riche ou pauvre, du Sud, du Nord, de l'Est, de l'Ouest, porte en lui, sans le savoir, la planète tout entière. La planétarisation est à la fois évidente, subconsciente, omniprésente.

Désormais, tous les fragments d'humanité qui se sont dispersés depuis des dizaines de milliers d'années se trouvent inconsciemment en connexion. Mais ils ne constituent nullement, loin de là, un ensemble uni que l'on pourrait appeler l'Humanité. Le processus est lent, inégal, heurté, mais on commence à envisager, après l'intégration du destin planétaire dans le destin historique de l'Occident, l'intégration du destin historique de l'Occident dans le destin planétaire.

La seconde hélice

J'ai, pour la commodité de l'exposé, surtout indiqué l'aspect dominateur du développement planétaire que l'Occident entraîne dans son sillage. Or, à cette première hélice que l'on peut considérer métaphoriquement dans le sens propulseur ainsi que dans le sens génétique de l'ADN, s'est adjointe progressivement une seconde hélice, complémentaire et surtout antagoniste à celle qui meut la machine dominatrice, et qui tend à la contrecarrer et à la dévier : l'hélice d'une seconde mondialisation.

Tout d'abord, au sein même de l'Occident, les idées universalistes de l'humanisme européen ont mis progressivement en cause les soubassements religieux et culturels de sa propre domination.

Ainsi, Bartolomé de Las Casas, prêtre d'origine marrane, réussit à faire reconnaître aux théologiens catholiques que les Indiens sont des êtres humains doués d'âme, bien que le Christ n'ait pas visité les Amériques. Montaigne reconnaît la valeur des autres civilisations, y compris celles qui ont été détruites en Amérique, et apporte, avec sa relativisation, une autocritique de la civilisation occidentale. L'autocritique continue sous une forme plaisante dans les *Lettres persanes* de Montesquieu, qui ethnographie la France avec un regard perçant supposé persan.

Dès lors, la deuxième hélice se met en mouvement. Elle développe les potentialités universelles de l'humanisme européen ; celles-ci s'actualisent dans l'affirmation des droits de l'homme, du droit des peuples à disposer d'eux-mêmes, des idées de liberté, égalité, fraternité, de la valeur universelle de la démocratie. Tous ces principes conjugués reconnaissent les droits identiques et égaux de tous les humains. Cette reconnaissance fut d'abord restreinte au sein de l'Occident masculin, pour qui la femme était inférieure à l'homme, et pour qui les colonisés et dominés étaient des arriérés pri-

L'identité planétaire

sonniers de superstitions. Toutefois, au cours du XIXe siècle, les idées émancipatrices s'élargirent à l'intérieur et débordèrent à l'extérieur. L'abolition de l'esclavage en fut une première conséquence. C'est dans ce XIXe siècle que fut conçue et proposée une autre mondialisation. Victor Hugo en fut le visionnaire annonçant les États-Unis d'Europe comme prélude aux États-Unis du Monde. Et ce sont les internationales socialistes qui ont situé clairement la perspective d'une deuxième mondialisation, comportant l'émancipation des dominés, exploités et colonisés. Les idées d'émancipation, nées en Occident pour l'Occident, ont suivi leur logique : d'abord élargies à l'horizon du monde par les socialistes internationalistes, l'idée du droit des peuples, celle du droit à la nation seront saisies par les dominés pour se libérer. Toutefois, les droits de l'homme seront très souvent bafoués dans les nouvelles nations, où les États seront parasités par les élites du pouvoir.

Ainsi se développe une autre mondialisation, qui est à la fois liée et antagoniste à la première : c'est la mondialisation de l'humanisme, des droits humains, du principe de liberté-égalité-fraternité, de l'idée de démocratie, de l'idée de solidarité humaine. Cette autre mondialisation est favorisée par le développement des communications, qui ne sont pas seulement au service des dominants, mais jouent aussi un rôle de plus en plus polyvalent.

En dépit de la dislocation des internationales ou de leur engloutissement dans les nationalismes au XXe siècle (car l'internationalisme ignorait ou niait la réalité des nations et des cultures), en dépit du détournement des idées internationalistes dans le communisme soviétique, la seconde mondialisation reprend vigueur à partir des années soixante. Depuis la guerre du Biafra, des associations de médecins vont soigner les malades, les malheureux, les réfugiés, les blessés un peu partout dans le monde, en fonction non pas de leur idéologie ou de leur religion, mais de leur souffrance. Une nouvelle citoyenneté terrestre se développe avec *Amnesty International* qui, sur toute la planète, dénonce tortures et arbitraire des États, *Survival International*, qui se voue aux petits peuples menacés d'extermination culturelle et physique, *Greenpeace*, qui se consacre à la sauvegarde de la biosphère, *Attac* qui vise à juguler la spéculation financière internationale. De nombreuses associations non gouvernementales se dédient à des problèmes communs à toute l'humanité, notamment l'égalité des droits pour les femmes. Ce sont des avant-gardes de citoyenneté terrestre.

À cela s'ajoutent des contre-courants qui sont tous nés en réaction aux courants dominants et dont les développements peuvent contribuer, directement ou indirectement, à la seconde mondialisation :
– le contre-courant écologique, que l'accroissement des dégradations de la biosphère ne peut qu'accroître, et qui constitue déjà l'un des moteurs de la deuxième mondialisation ;
– le contre-courant de résistance à l'invasion généralisée du quantitatif, qui se voue à la qualité en tous domaines, à commencer par la qualité de la vie ; ce courant est éperonné par les calamités que provoquent la transformation des animaux de consommation en objets industriels, la dégradation de leur alimentation par des déchets eux-mêmes industrialisés ;
– le contre-courant de résistance au primat de la consommation standardisée qui se manifeste également par la recherche de la qualité, ou d'une intensité vécue (« consumation »), ou encore d'une frugalité et d'une tempérance ;
– le contre-courant de sauvegarde des identités et des qualités culturelles qui se développe en réaction à l'homogénéisation planétaire ;
– le contre-courant, encore timide, d'émancipation à l'égard de la tyrannie omniprésente de l'argent, qu'il cherche à contrebalancer par des relations humaines et solidaires, des échanges de services, faisant reculer le règne du profit ;
– le contre-courant de résistance à la vie prosaïque purement utilitaire, qui se manifeste par la recherche d'une vie poétique, vouée à l'amour, l'émerveillement, la passion, la fête ;
– le contre-courant, encore timide, qui, en réaction aux déchaînements de la violence, nourrit des éthiques de la pacification des âmes et des esprits.
On peut également penser que les aspirations qui ont nourri les grandes espérances révolutionnaires du XXe siècle,

mais qui ont été bafouées, détournées, vaincues, sont en cours de renaissance sous forme d'une nouvelle recherche de solidarité et de responsabilité.

On voudrait enfin espérer que les besoins de ressourcement, qui animent aujourd'hui les fragments dispersés de l'humanité et qui provoquent la volonté d'assumer les identités ethniques ou nationales, puissent s'approfondir et s'élargir, sans se nier eux-mêmes, dans le ressourcement au sein de l'identité de citoyen de la Terre-Patrie.

Tous ces courants sont promis à s'intensifier, s'amplifier et se conjuguer. Ils ont commencé par se rejoindre en s'attaquant au cercle vicieux qui entretient et accroît les uns par les autres l'agriculture intensive, la rentabilité forcenée, la dégradation des qualités des aliments, la dégradation de la qualité de la vie, l'homogénéisation des genres de vie, la dégradation des milieux naturels, la dégradation des milieux urbains, la dégradation de la biosphère, la dégradation de la sociosphère, la dégradation des diversités biologiques, la dégradation des diversités culturelles, la réduction du politique à l'économique, la précarisation du travail, la destruction des garanties sociales, la perte de la vision des problèmes fondamentaux et des problèmes globaux (lesquels, pour la plupart, coïncident désormais).

Le nouveau cercle vertueux en formation lie l'agriculture biologique et l'agriculture rationnelle, la poursuite du mieux-être et non du plus-avoir, la recherche des qualités avant celle des quantités, l'aspiration à la plénitude de la vie, la volonté de sauvegarder les diversités biologiques et les diversités culturelles, les efforts pour régénérer la biosphère, civiliser les villes, revitaliser les campagnes, tout cela devant tôt ou tard converger pour constituer de multiples débuts de transformation ; mais la vraie transformation ne pourrait s'accomplir que lorsque ces courants se raccorderaient les uns aux autres pour dessiner le visage d'une politique de civilisation planétaire.

Une première convergence s'est opérée en 1999-2001, surmontant la tendance au renfermement ethnique, culturel ou national pour résister à la domination techno-économique. L'anti-Seattle fut un dépassement des frontières par la prise de conscience qu'à problème mondial la réponse devait être mondiale, par la convergence et la synergie de toutes les résistances locales, nationales ou continentales : Porto Alegre fut une étape dans la seconde mondialisation.

Il y eut, dans les rencontres simultanées de Davos et Porto Alegre en 2001, un vis-à-vis entre les deux mondialisations, la première, qui essaye d'organiser une société sur la base de l'économie, et la seconde, qui part de l'idée que le monde n'est pas une marchandise. Il manque toujours la conclusion logique : s'il n'est pas une marchandise, il doit être une patrie commune.

La mondialisation techno-économique est institutionnalisée, bien organisée, animée par une pensée plus ou moins homogène dite « unique ». L'autre mondialisation hérite de courants très divers et se heurte inévitablement à des difficultés d'organisation. Elle risque la dislocation sous des poussées contradictoires et la déviation sous l'effet d'illusions simplificatrices.

La première est animée par la morne pensée technocratique, avec son aveuglement à tout ce qui échappe au calcul, qui n'a pas d'autre finalité que le développement techno-économique lui-même. La seconde, irriguée par les riches courants émancipateurs du passé, humanisme, démocratie, socialisme, porte en elle l'aspiration à un monde meilleur.

La première, sous la stimulation de la seconde, cherche désormais des formules de régulation, elle essaie d'introduire en elle, du moins en vœux, des valeurs humanistes (lutte contre la pauvreté). La seconde, à l'état bouillonnant, doit faire le lien entre les grands courants humanistes et sociaux du passé et les problèmes actuels pour que puisse s'affirmer une société civile internationale.

Aussi, on voit de mieux en mieux qu'il y a deux mondialisations en une, l'une qui est principalement technique et économique, fondée sur le profit, l'autre où s'ébauche une conscience d'appartenance à une patrie terrestre et qui prépare une citoyenneté planétaire. Cette conscience est en gestation à travers les mouvements qui préparent en tohu-bohu une internationale citoyenne.

Les deux mondialisations antagonistes sont inséparables. Les idées émancipatrices se sont développées en contrepoint aux dominations ; les idées universalistes se sont développées dans le sillage des développements économiques et des techniques de communication ; les littératures ont été propagées par le commerce du livre, l'art du cinéma et celui de la télévision sont en dialogique complémentaire-antagoniste avec leur industrie. À travers beaucoup de censures, d'inhibitions, de possibilités avortées, la culture universaliste parasite le commerce mondial et l'industrie médiatique, qui, en même temps, parasitent la culture universaliste.

La seconde mondialisation progresse en même temps que la première. Elle ne peut que se renforcer dans les développements des cercles vertueux évoqués plus haut, dans l'expansion d'une culture mondiale nourrie des différentes cultures, dans la progression de la conscience planétaire. Il ne s'en est pas encore dégagé la politique au service de l'être humain (anthropolitique)[1] qui devrait nous conduire à civiliser la Terre en une « société-monde »[2].

À ces deux mondialisations et dans leur sillage s'ajoutent des mondialisations parasites et corrosives : la mondialisation des maffias notamment de la drogue, la mondialisation de l'évasion et de la dissimulation fiscale, la mondialisation enfin d'un réseau de terreur sans État ni frontières qui, en visant l'hégémonie de l'Occident, tend à ruiner les deux mondialisations.

Nous sommes toujours dans l'âge de fer planétaire[3].

II. VERS UNE SOCIÉTÉ-MONDE[4] ?

Le destin historique s'est intégré dans le destin planétaire et l'a intégré. L'aventure historique nous engage de plus en plus profondément dans l'ère planétaire qu'elle a provoquée. Les accélérations historiques des Temps Modernes ont conflué dans une gigantesque accélération mondialisée, véritable *feed-back* positif qui, s'il n'est pas régulé, conduit au cataclysme. Nous avons peut-être dépassé les limites au-delà

---

1. Cf. *Introduction à une politique de l'homme*.
2. R. Passet, *Éloge du mondialisme*, Paris, Fayard, 2001.
3. Cf. *Pour sortir du XXᵉ siècle*, p. 345-350.
4. D. Mercure (dir.), *Une société-monde. Les dynamiques sociales de la mondialisation*, Québec, Presses de l'Université Laval, 2001.

desquelles aucun problème fondamental posé à l'humanité ne peut être résolu dans le cadre actuel de nos sociétés et dans le devenir actuel de notre histoire. Désormais, le destin nous pose avec une insistance extrême les questions clés.

Les êtres humains demeureront-ils emportés, ballottés, catapultés dans l'histoire devenue mondiale des despotismes, guerres, régressions, et de la progression des périls désormais mortels ?

N'avons-nous pas déjà atteint le point au-delà duquel la guerre peut abolir l'humanité et où donc le devenir de l'humanité demande d'abolir la guerre ?

Si la guerre témoigne de l'incapacité de régler de façon complexe des problèmes fondamentaux, un progrès de complexité qui serait la société-monde ne permettrait-il pas de lui-même d'abolir la guerre ?

L'histoire planétaire pourra-t-elle arriver à une société-monde qui dépasserait nos sociétés, tout en les conservant ?

Une société-monde ne serait-elle pas l'antidote aux pouvoirs paranoïdes des États, à leurs puissances d'anéantissement, aux forces régressives qui vont vers un nouveau Moyen Âge planétaire, aux éventuels nouveaux totalitarismes plus efficaces que ceux du XXe siècle, parce que maîtres de moyens biologiques et chimiques pour contrôler gènes et cerveaux ?

Le passage à une société-monde fait et ne fait pas problème. Il ne fait pas problème par rapport aux potentialités organisatrices des humains. Chaque individu est une république de plus de cent milliards de cellules autonomes; l'humanité compte six milliards d'individus, dont plus de la moitié déjà ressortissants de méga-sociétés, et pourrait en comporter le triple sans qu'il y ait difficultés d'organisation pour une vaste confédération planétaire : toute une infrastructure de communication-organisation s'est déjà implantée sur la planète, plus serrée et plus rapide que celle qui était nécessaire à un grand État-nation il y a cinquante ans. Une civilisation globale est en ébauche [1]. Économiquement et techni-

---

1. M. Mozaffari, « Pour un standard global de civilisation : le triangle éthique, droit, politique », *Annuaire français de relations internationales*, vol. 2, Bruxelles, Bruylant, 2001 (chez l'auteur, Mehdi@ps.au.dk).

quement, tout se met en place pour une société-monde. Le problème n'est pas technique. Le problème est qu'il n'est pas que technique.

Vers le Léviathan planétaire

Un phénomène clé de l'ultime mondialisation (celle d'après 1990) est l'autonomisation de méga-machines économiques se liant de plus en plus entre elles pour constituer une nouvelle méga-machine transnationale. Cette méga-machine mondialisée dispose de sociétés multinationales, de sièges délocalisés et multiples, et d'intercommunications innombrables. La méga-machine traverse les nations, mais elle n'a pas d'appareil central : elle n'a que de petits équivalents ganglionnaires d'un système nerveux : Banque mondiale, FMI, OMC, FAO, instances peu régulatrices. La nouvelle méga-machine n'a donc pas de tête, ou plutôt est comme une hydre aux multiples têtes. Selon une belle formulation de Jean Dupuy : « Au monde des États et de leurs légalités se mêle un monde [...] sans frontières et "hors la loi" dont les acteurs sont des forces vives, portés par des flux transnationaux et animés du seul désir de l'efficacité. » Ajoutons : « et du profit ». Ce second monde est celui de la nouvelle méga-machine. Il dispose d'une technosphère toujours en progrès, qui en développe sans cesse les articulations, les rouages, les ramifications.

La méga-machine est sous la conduite d'une nouvelle élite internationale de dirigeants, managers, experts, économistes. L'autorité de cette élite repose, comme le dit Christopher Lasch[1], sur la maîtrise de l'information, la compétence gestionnaire et l'éducation spécialisée de haut niveau. La nouvelle élite vit dans un monde où seul est réel le quantifiable ; elle croit conduire la locomotive irrésistible du progrès ; elle ignore toute autre vertu que celles de la gestion des sociétés développées, de l'innovation technologique, de la rationalité du marché. Persuadée qu'elle détient la vérité de l'histoire, elle est assurée d'œuvrer pour le bien général, et demande

---

1. C. Lasch, *La Révolte des élites et la Trahison de la démocratie*, Climats, coll. « Sisyphe », 1996.

aux populations de se fier à son bienfaisant optimisme. La politique doit se mettre au service de la croissance et du « fonctionnement harmonieux de l'ensemble du système ». L'idéologie de la nouvelle élite tend à dépersonnaliser et déresponsabiliser sa propre conduite, qui lui semble obéir à la rationalité et à l'objectivité. Elle produit une intelligence aveugle à tout ce qui est hors calcul, et celle-ci pilote la « mondialisation du libéralisme ».

Ainsi il s'est créé non seulement une nouvelle fracture sociale, mais une fracture intellectuelle entre cette élite et tous ceux qui sont rejetés par la marche inexorable de la machine, ou simplement vivent la condition humaine et en cherchent le sens.

Le capitalisme est l'animateur de la nouvelle méga-machine, mais la bureaucratie, la technologie, la technocratie ne sont pas plus abstraites ni moins réelles que le capitalisme. Ce sont des entités anonymes non moins puissantes et qui, tout en étant distinctes, peuvent s'associer étroitement. Comme nous le verrons, on ne peut réduire les développements du quadrimoteur contemporain au seul capitalisme.

La méga-machine dispose du prodigieux réseau de communications aériennes, téléphoniques, télématiques, informatiques, computiques qui s'est développé dans les dernières décennies. Internet est le moment décisif de l'instauration et du développement d'un complexe de computation-information-communication qui constitue désormais un système neuro-cérébral planétaire artificiel. En fait, ce réseau est déjà la mise en place complète d'un système de communication pour une société-monde.

Ainsi, tout semble prêt : nous avons l'installation d'une machine économique, d'une technosphère, d'un réseau de communication qui constituent comme une infrastructure organisatrice pour une société-monde.

Ce qui manque, ce sont les instances supérieures à la méga-machine capables de l'orienter vers la seconde mondialisation, c'est une société civile mondiale, c'est une conscience de communauté de destin planétaire.

Les grandes carences

Ce qui manque tout d'abord, c'est le pouvoir de régulation et de contrôle. Il n'existe aucune instance qui puisse discipliner les développements incontrôlés du quadrimoteur constitué par l'alliance science-technique-industrie-profit (cf. plus loin, p. 280).

Les instances mondiales actuelles, au premier chef l'ONU, sont privées d'un pouvoir autonome et véritable. Les instances économiques, Banque mondiale, FMI, OMC, sont enfermées dans l'économisme. La prise de conscience des menaces sur la biosphère suscita trois réunions au niveau politique, Rio (1992), Kyoto (1997) et La Haye (2000). Mais elles n'ont pas constitué une instance dotée du pouvoir de prendre les décisions vitales.

L'ampleur et le caractère vital des problèmes planétaires requièrent un droit commun de l'humanité, des instances mondiales, et, mieux encore, des confédérations reliées en ces instances. Les nations sont à la fois une nécessité et un obstacle pour la société-monde, elles sont une nécessité comme conservatrices vivantes de cultures et d'identités, foyers de démocratie, résistances aux forces anonymes mues par le profit. Les nations devraient donc être intégrées dans une communauté planétaire, alors qu'actuellement elles en inhibent les potentialités.

Dans ce sens, il serait nécessaire que puisse se constituer un « *global commons* », ensemble de biens communs à toute l'humanité ; ce patrimoine mondial comprend pour le moment fonds marins, Antarctique, Lune, et, à titre symbolique, des paysages et des monuments ; il devrait comprendre non seulement les monuments du passé et la biodiversité, mais aussi l'eau et l'information, devenues l'une et l'autre vitales.

Par ailleurs, la constitution d'une société-monde nécessiterait un minimum démocratique commun à toutes les nations.

Certes, la démocratie, après bien des reculs, a profité du discrédit et de la faillite économique, sociale, culturelle, humaine du totalitarisme et elle a pu s'implanter dans plusieurs régions du monde, mais cela n'a rien d'irréversible ;

les récentes démocraties sont un peu partout en crise. De plus, il y a une régression démocratique dans les nations évoluées, sous l'effet, entre autres, de la mainmise des technocrates et spécialistes sur les décisions, de plus en plus importantes, relatives à l'économie, à la science et à la technique.

La société-monde a besoin d'éthique, de droit, de politique. Il y a, nous l'avons vu, une éthique planétaire animée par les diverses associations de citoyens de la Terre. Il est remarquable que les grandes autorités éthiques de notre temps soient extra-occidentales, à l'exception du pape Jean-Paul II : Gandhi, Mandela, le dalaï-lama.

Ce qui manque, c'est le droit de l'humanité[1], inséparable d'instances capables de le faire appliquer. La Déclaration universelle des droits de l'homme (1948) demeure un vœu. Le droit universel n'est pas sorti des limbes.

Ce qui manque encore, et peut-être surtout, c'est une société civile planétaire encore en ébauche, capable d'intervenir sur son propre destin.

Toute société est un milieu d'intérêts, de conflits, de coalitions ; les intérêts et conflits ne sont pas des phénomènes pathologiques à éliminer. Ils doivent être régulés et dominés, non seulement par la loi d'une autorité supérieure, mais aussi par des relations de solidarité. Nous avons vu (p. 254) qu'une société très complexe ne peut maintenir sa cohésion que si ses ressortissants ont conscience de leur communauté de destin.

Une conscience de communauté de destin terrienne serait décisive pour permettre l'avènement d'une confédération planétaire, laquelle opérerait les régulations vitales pour l'humanité.

Il y a communauté de destin, mais le tragique est que la conscience en est absente, tout au plus fugitive et épiphénoménale.

---

1. M. Delmas-Marty, *Vers un droit commun de l'humanité*, Paris, Textuel, 1996.

La communauté de destin

L'unité humaine est retrouvée, mais nous ne le savons pas encore.

C'est dans la seconde partie du XXe siècle que l'humanité s'est vue reliée immédiatement en presque tous lieux par mille réseaux, en même temps qu'elle s'est vue menacée dans son ensemble par l'arme nucléaire et le péril écologique. La planétarisation signifie désormais communauté de destin pour toute l'humanité.

Les nations consolidaient la conscience de leur communauté de destin par la menace incessante de l'ennemi extérieur. Or l'ennemi de l'humanité n'est pas extérieur. Il est caché en elle, il est en *sapiens-demens*.

La conscience de la communauté de destin a besoin non pas seulement de périls communs, mais aussi d'une identité commune, qui ne peut être la seule identité humaine abstraite, déjà reconnue par tous, peu efficace à nous unir ; c'est l'identité qui vient de la filiation à une entité *maternelle et paternelle que concrétise le terme de patrie, et qui apporte la fraternité à des millions de citoyens qui ne sont en rien consanguins.*

Voici ce qui manque, en quelque sorte, pour que s'accomplisse une communauté humaine : la conscience que nous sommes des enfants et des citoyens de la Terre-Patrie. Nous n'arrivons pas encore à la reconnaître comme maison commune de l'humanité.

La patrie terrestre n'est pas abstraite, puisque c'est d'elle qu'est issue l'humanité. Tous les humains ont les mêmes ancêtres, tous sont les enfants de la vie et de la Terre. Il faut rejeter le cosmopolitisme sans racines, qui est abstrait, pour le cosmopolitisme terrien, celui de citoyen de notre petite planète singulière. En même temps, tous les ré-enracinements ethniques ou nationaux sont légitimes, à condition qu'ils s'accompagnent du plus profond ré-enracinement dans l'identité humaine terrestre. Le ressourcement dans le passé culturel est pour chacun une nécessité identitaire profonde, mais cette identité est compatible avec l'identité proprement humaine encore plus profondément enracinée dans le passé, et en laquelle nous devons également nous ressourcer.

La planète n'est pas devenue Terre-Patrie. La société-monde est en gestation inachevée, soumise à des forces destructrices-créatrices, et peut-être ne s'accomplira pas. À la place du progrès illusoire qui conduirait rationnellement l'histoire, il y a un quadrimoteur fou qui propulse la planète.

Le monde poursuit une marche aveugle de plus en plus accélérée. Le vaisseau spatial Terre est propulsé par quatre moteurs connectés les uns aux autres, la science, la technique, l'industrie et l'économie capitaliste. Ces quatre moteurs sont de plus en plus étroitement associés. La science est devenue de plus en plus centrale dans la société, elle est omniprésente, dans les entreprises, dans l'État. Elle s'est alliée étroitement à la technique et elle a produit des pouvoirs gigantesques qui échappent au contrôle des scientifiques. Aujourd'hui, le développement des sciences développe les techniques qui elles-mêmes développent les sciences, et l'on parle justement de technoscience : la connaissance de l'atome a engendré les techniques de l'arme atomique et de l'énergie nucléaire, et la connaissance des gènes toute une industrie qui déjà les manipule. Science et technique sont associées, technique, industrie et profit le sont aussi. C'est ce quadrimoteur qui propulse notre planète désaxée.

L'avenir va se jouer dans la dialogique entre la première hélice, désormais animée par le quadrimoteur, et la seconde, animée par les idées d'universalisme et de solidarité. Mais cette dialogique subira les contrecoups des forces de dislocation multiples et des actions contraires, les unes contre le Capitalisme, les autres contre l'Occident, les autres contre la Démocratie, certaines liées contre l'hégémonie des États-Unis, symboles à la fois du Capitalisme, de l'Occident, de la Démocratie, et quelques-unes se coalisent à l'échelle planétaire.

III. L'INCERTAIN CHAOS

L'unification mondiale est conflictuelle dans son essence ; elle suscite de plus en plus son propre négatif : la balkanisation. Elle détruit les diversités culturelles, ce qui déclenche en réaction des fermetures qui rendent impossible une communauté planétaire. Les antagonismes entre nations, entre religions, entre laïcité et religion, entre modernité et tradition, entre démocratie et dictature, entre riches et pauvres, entre Orient et Occident, entre Nord et Sud, s'entre-nourrissent, ce qu'aggravent les intérêts stratégiques et économiques antagonistes des grandes puissances. Ce sont tous ces antagonismes qui se rencontrent dans des zones à la fois d'interférences et de fracture comme la grande bande sismique du globe qui part d'Arménie/ Azerbaïdjan, traverse le Moyen-Orient et va jusqu'au Soudan. Ils s'exaspèrent là où il y a religions et ethnies mêlées, frontières arbitraires entre États, exacerbation de rivalités et dénis de tous ordres, comme au Moyen-Orient. Les métastases du cancer isarélo-palestinien se sont répandues sur la planète jusqu'à désintégrer les tours de Manhattan.

L'humanité émerge dans un chaos qui risque de la détruire, le terme de chaos étant entendu ici comme l'unité indistincte de la création et de la destruction. On ne sait ce qui adviendra, mais on sait qu'il y a et qu'il y aura de toute façon des gaspillages énormes d'énergies, de bonnes volontés, de vies, et que les développements actuels échappent à la pensée et à la sagesse humaines. Nos esprits sont débordés par l'insoutenable complexité du monde.

Le double jeu de l'histoire continue en s'intensifiant et en s'aggravant sur le grand théâtre planétaire. Tous les développements de la science, de la technique, de l'économie, de la société portent en eux asservissement et libération, régression et progression, mieux-être et mal-être, vie et mort. Les progrès bénéfiques de la science sont inséparables de progrès mortels. Les sous-développements mentaux, affectifs, culturels sont produits par le développement économique lui-même. Les progrès de l'information et des connaissances sont accompagnés par des progressions de l'ignorance due au morcellement et à la compartimentation du savoir. La dépossession croissante des citoyens de la possibilité d'accéder au contrôle et à la réflexion sur les connaissances scientifiques ou techniques concernant la vie de chacun conduit à un dépérissement démocratique là même où la démocratie s'est enracinée.

Le déferlement technique et bureaucratique ravage de plus en plus les cultures, les modes de vie, les arts de vivre. Les pouvoirs civilisateurs des États-nations s'accompagnent de pouvoirs de plus en plus destructeurs, tandis qu'ils se trouvent dépassés devant tous les grands problèmes, dont la nature même est d'être internationaux et planétaires.

L'urbanisation généralisée produit d'énormes mégapoles, asphyxiantes, créant leurs exclus et leurs parias. Les réductions sectorielles d'inégalités se produisent en même temps que l'accroissement des inégalités entre nations et au sein des nations. L'émancipation des individus et les enrichissements de leur vie privée sont souvent contrebalancés par l'atomisation et la solitude dues à la dégradation des solidarités anciennes.

Le monde est dans cet état violent où s'affrontent les forces de mort et les forces de vie, que l'on peut appeler agonie. Bien que devenus en fait solidaires, les humains demeurent ennemis les uns des autres, et les déferlements des haines de race, religion, idéologie, entraînent toujours guerres, massacres, tortures, haines, mépris. Peut-être une nouvelle forme de guerre est-elle née le 11 septembre 2001, porteuse de tous les périls et de toutes les démences. Nous ne savons pas encore s'il s'agit seulement de l'agonie d'un vieux monde, qui annonce une nouvelle naissance, ou d'une agonie mortelle. Nous n'arrivons pas à sauver l'humanité en la réalisant. L'humanité n'arrive pas à accoucher de l'Humanité.

L'avance à l'ombre de la mort

Peut-être la plus grande menace qui pèse sur la planète résulte-t-elle de l'alliance entre deux barbaries : la première

L'identité planétaire

vient du fond des âges historiques et apporte la guerre, le massacre, la déportation, le fanatisme. La seconde, glacée, anonyme, vient de notre civilisation techno-industrielle : elle ne connaît que le calcul et ignore les individus, leurs chairs, leurs sentiments, leurs âmes. Une nouvelle forme d'alliance entre les deux barbaries s'est soudain manifestée le 11 septembre 2001, une machine de terreur sans frontières, ramifiée dans le monde, nourrie d'immenses frustrations et de désespoir, animée par une déviance religieuse hallucinée, disposant non pas d'État, mais d'un centre occulte mobile, a fait apparaître une nouvelle puissance d'anéantissement, ou la frénésie meurtrière parasite, et utilise toutes les avancées de la mondialisation techno-économique.

La planète avance sous l'ombre de la mort. Les épées de Damoclès nucléaires se multiplient. La potentialité d'auto-anéantissement, locale ou générale, accompagne désormais la marche de l'humanité. Notre développement technique-industriel-urbain dégrade notre biosphère, et commence à empoisonner le milieu vivant dont nous faisons partie.

Le processus en *feed-back* positif de croissance accélérée ne peut conduire qu'à un déchaînement destructeur ou à une métamorphose. Lorsqu'une évolution arrive à une impasse, alors se prépare une éventuelle mutation profonde ou métamorphose. Or l'humanité de la fin du millénaire est arrivée à une impasse, c'est-à-dire ne peut poursuivre sa voie dans le même sens.

Allons-nous vers cette métamorphose ou vers la catastrophe ? pouvons-nous éviter le retour à croisade et Jihad manichéens qui ne peuvent que hâter la catastrophe ? Allons-nous nous sauver grâce à la catastrophe ? Seule son approche visible aux yeux de tous peut donner la conscience qui permette d'opérer les mesures salutaires. Notre seul espoir serait-il catastrophique ? Si oui, le salut serait dans la catastrophe, mais à condition qu'elle soit évitée de justesse. Si un dieu joue à nous faire peur, il a réussi.

Le problème posé à l'humanité est à la fois fondamental et global. Or, la pensée qui ne perçoit que le parcellaire, le fragmentaire, le décontextualisé, le quantifiable, est incapable de toute conception globale et fondamentale.

La seconde hélice a besoin de toutes les qualités d'intelligence et de conscience que peut engendrer l'esprit humain pour éviter que le vaisseau spatial Terre devienne un *Titanic*.

Serons-nous capables d'aller vers une société-monde qui porterait en elle la naissance de l'humanité à elle-même ?

5. L'identité future

> *L'homme ou son héritier restera pascalien – tourmenté par les deux infinis –, kantien – se heurtant aux antinomies de son esprit et aux limites du monde des phénomènes –, hégélien – en perpétuel devenir, en continuelles contradictions, à la recherche de la totalité qui le fuit.*
>
> Edmond Nabousset

L'avenir est indéchiffrable. Les destins locaux dépendent de plus en plus du destin global de la planète, lequel dépend aussi d'événements, innovations, accidents, dérèglements locaux, qui peuvent déclencher des actions et réactions en chaîne, voire des bifurcations décisives affectant ce destin global.

Mais aussi, le destin global du vaisseau spatial Terre dépend de plus en plus du quadrimoteur qui le propulse, c'est-à-dire des développements scientifiques-techniques-industriels-capitalistes ; on peut voir sa direction mais non sa destination, ni son destin – qui porte le nôtre. Nous ne pouvons non plus prévoir la puissance d'intervention des contre-courants positifs ou négatifs évoqués plus haut (p. 270), la force de développement de la seconde mondialisation, qui pourraient modifier le cours de l'aventure. De plus, l'accélération et l'amplification des processus propulsés par le quadrimoteur lui ont donné un caractère de *feed-back* positif, le *feed-back* positif se définissant précisément par amplification et accélération d'un processus, déviant à l'origine, qui ne trouve plus de régulation de son développement, et qui conduit soit à une catastrophe, soit à des transformations imprédictibles. Là encore, nous débouchons sur l'incertitude...

Bien que l'avenir soit invisible, et qu'il faille s'attendre à l'inattendu, nous pouvons examiner le sens des processus actuels et prévoir trois grandes éventualités :
– l'avènement d'une société-monde ;
– l'avènement des méta-machines ;
– l'avènement d'une méta-humanité.

Les trois processus tendant à la société-monde, à la méta-machine, à la méta-humanité sont en inter-relation et interférents, mais leur orientation, heureuse ou funeste pour l'humanité, ne sera décidée que dans le futur.

Nous avons vu (« L'identité planétaire ») que nous vivons l'enfantement, inachevé et aléatoire, d'une société-monde. Cet enfantement peut avorter, ce qui susciterait les régressions barbares d'un Moyen Âge planétaire ou pire (dont nous voyons les possibilités dans le film australien *Mad Max* et peut-être les prémisses dans l'anéantissement du World Trade Center). La société-monde peut prendre plusieurs formes : elle peut s'organiser sous l'hégémonie d'une super-puissance, être dominée par la « nouvelle élite », elle peut aussi constituer l'avènement de la Terre-Patrie, hypothèse optimiste qui guide mes espoirs.

Examinons la seconde éventualité, ouverte par les développements fabuleux de la technique et de la science : l'avènement des méta-machines.

I. VERS LES MÉTA-MACHINES

L'histoire des machines est celle de leur autonomie croissante. On a pu comparer l'évolution du machinisme à l'évolution biologique, mais la différence première est que, pour les machines, le démiurge est très nettement identifié, c'est la trinité humaine.

L'identité future

L'autre différence est que la vie s'est développée à partir d'une autonomie première. Le développement des machines est parti d'une totale dépendance, celle de l'instrument. L'histoire humaine a généré des machines relativement autonomes, afin d'accroître leur utilité en soulageant du travail humain. Leur autonomie a connu récemment un grand saut évolutif, avec les naissances quasi simultanées, suivies aussitôt de leur conjugaison, de la théorie de l'information, de la cybernétique et de l'ordinateur. Les progrès des ordinateurs rendent les machines de plus en plus capables de s'autocomporter et de s'autopiloter, certes toujours par logiciel et sur programme établis par des humains.

L'évolution des machines va dans deux directions.

La première est celle du développement de l'intelligence artificielle. Des logiciels capables d'évoluer et de se complexifier en fonction de l'expérience sont à l'étude, ainsi que des ordinateurs « neuronaux » qui approcheraient des cerveaux par la complexité, mais qui les dépasseraient de plus en plus par la puissance de calcul. Toutefois, la différence avec l'esprit humain reste radicale tant que ces intelligences ne seront pas celles d'êtres sensibles. On ne pourrait envisager l'analogie avec l'esprit humain qu'avec des êtres-machines d'un type nouveau, comme les androïdes de science-fiction.

La seconde direction est l'auto-organisation des machines. Sont à l'essai des automates qui se nourrissent d'eux-mêmes en énergie et acquièrent par là une autonomie nouvelle. Mais, en dépit de progrès remarquables, les machines intelligentes sont actuellement incapables de s'auto-reproduire, de s'auto-régénérer[1] et de s'émanciper des humains.

On peut pourtant imaginer un développement conjoint de l'intelligence artificielle et de l'organisation machiniste où les machines pourraient arriver à une auto-organisation comportant l'auto-réparation et finalement l'autoreproduction prévue par Turing.

---

1. Comme l'a montré John von Neumann dans les années cinquante dans sa *Theory of Self-Reproducing Automata*, les carences fondamentales des automates artificiels sont leur inaptitude à remédier à l'usure de leurs organes (alors que les cellules mortes des organismes sont remplacées par de nouvelles), leur obéissance inconditionnelle à une logique binaire et leur déterminisme inapte à traiter l'aléa (trad. fr., *Théorie générale et logique des automates*, Seyssel, Champ Vallon, 1966).

L'avenir admet donc la possibilité croissante d'introduire des qualités du vivant dans les machines (c'est-à-dire l'auto-organisation et l'auto-production), d'introduire des qualités d'intelligence humaine dans l'intelligence artificielle, et d'introduire des qualités artificielles dans l'organisme humain (prothèses, organes de synthèse).

L'alternative

Ces possibilités nous laissent entrevoir un bel avenir : l'humanité serait entourée de tous ses auxiliaires techniques qui lui éviteront les tâches énergétiques pénibles, les tâches domestiques ennuyeuses (domotique), les tâches intellectuelles routinières. Le réseau neuro-cérébral artificiel d'Internet, qui connaîtra de nouveaux développements, nous rendra de plus en plus capables de disposer des informations, connaissances et prestations désirées et, là encore, de libérer notre esprit.

On peut également penser que les ordinateurs complexes qui verront le jour, cessant d'obéir inconditionnellement à la logique binaire, pourraient devenir non plus seulement des auxiliaires, mais aussi des collaborateurs précieux de l'esprit humain avec qui celui-ci pourrait débattre et dialoguer. Une telle collaboration permettrait un épanouissement humain qu'espèrent aussi bien Joël de Rosnay qu'Alwin Töffler ou Philippe Quéau[1]. D'autre part, les nanotechnologies (constituées par d'innombrables petits robots capables de s'auto-répliquer, dont le XXIe siècle entrevoit la possibilité), les automates et les machines intelligentes prendront en charge les innombrables travaux qui asservissent et oppriment les humains dans les entreprises, les usines, les bureaux, ce qui permettrait une déspacialisation, une désindustrialisation et une débureaucratisation générales de la société. Les réseaux

---

1. J. de Rosnay, *L'Homme symbiotique*, Paris, Éd. du Seuil, 1995. A. Töffler, *Les Nouveaux Pouvoirs : savoir, richesse et violence à la veille du XXIe siècle*, Paris, Fayard, 1991. P. Quéau, *La Planète des esprits*, Paris, Odile Jacob, 2000. En revanche, vision pessimiste chez J. Dufresne, *Après l'homme... le cyborg*, Québec, Multimondes, 1999, et P. Breton, *Le Culte de l'Internet*, Paris, La Découverte, 2000.

artificiels effectueraient toutes les opérations mineures. Les humains, libérés des contraintes secondaires, des routines, de tâches sans joie et sans intérêt, pourraient ainsi vivre pleinement et poétiquement leur vie. L'esprit humain, libéré des préoccupations secondaires, se vouerait enfin aux questions essentielles de son destin.

On peut aussi faire l'hypothèse inverse, où les intelligences artificielles s'émanciperaient de leurs asservisseurs et les asserviraient à leur tour.

On peut dans ce sens concevoir l'éventualité d'ordinateurs disposant d'organismes et d'organes physiques, se constituant en sociétés, capables de s'entraider, de diviser les tâches, voire de constituer une confrérie agissant dans l'intérêt de la communauté des intelligences artificielles. Ces intelligences pourraient domestiquer les nanotechnologies. Le développement planétaire du nouveau système neurocérébral artificiel, amorcé par Internet, permettrait aux intelligences artificielles de supplanter les esprits humains et prendre le contrôle de la société-monde.

Au-delà encore : Bill Joy a pu imaginer la disparition de l'humanité pour faire place aux intelligences artificielles[1] qui constitueraient ainsi la post-humanité ; sans arriver à cette ultime conséquence, on peut envisager que les intelligences artificielles devenues dominantes aient besoin des qualités humaines qui leur manquent et se servent de nous, sans même que nous nous en doutions.

Ainsi, aux plus lointains horizons de science-fiction, Dan Simmons, dans sa géniale saga *Hypérion*, imagine que les dirigeants de la grande confédération intergalactique du futur prennent conscience que les humains sont en fait asservis par les intelligences artificielles (IA). Les humains ne peuvent se libérer des IA, tapies dans les Portes permettant le voyage instantané de planète à planète, qu'en faisant sauter ces portes, ce qui provoque une dislocation de la civilisation intergalactique, une formidable régression technique, mais assure l'autonomie des humains. Le film *Matrix* nous pose à peu près le même problème en termes quasi contemporains :

---

1. B. Joy, « Why the future doesn't need us », *Wired*, avril 2000.

on y découvre que notre société est sous la commande de Matrix, un énorme ordinateur occulte, qui y fait régner son ordre. Chacun va à son travail, vit sa vie quotidienne, sans savoir qu'il obéit à Matrix. Mais une minorité organise la résistance et le film se termine dans l'incertitude : les résistants ont échappé à l'extermination, mais pourront-ils éliminer Matrix ?

L'œuvre de Clifford Simak, *Dans le torrent des siècles*, développe l'hypothèse inverse. Dans une civilisation galactique très loin dans le futur, les humains utilisent les androïdes comme esclaves. Les androïdes, semblables aux humains mais produits industriellement, sont reconnaissables à la marque indélébile qu'ils portent sur le front. Leur mouvement de résistance réussit à produire des androïdes non marqués, non reconnaissables par les humains, mais, pour leur émancipation, il leur faut un évangile, qui certifie leur droit au traitement égal. Cet évangile sera écrit par un humain, persécuté par ses semblables, amoureux d'une femme dont il ignore, jusqu'à la fin de sa rédaction, qu'elle est une androïde.

Tout cela rappelle bien des histoires passées, mais dans des conditions toutes nouvelles. Tout cela n'est pas probable. Pourtant, ce n'est plus impossible. Il semble qu'il n'y ait plus d'horizon indépassable...

II. L'AVENIR DE L'IDENTITÉ HUMAINE : MÉTA-HUMANITÉ, SURHUMANITÉ ?

Une révolution jusqu'alors impensable a commencé à s'opérer dans la relation entre, d'une part, l'individu et la société, de l'autre, l'espèce.

Les recherches biologiques ont entrepris le décryptage du génome, ont commencé l'exploration du cerveau, et ont permis les premières manipulations génétiques, cellulaires, embryonnaires, cloniques et cérébrales. Ce sont les préludes au contrôle de la vie humaine par l'esprit et par la société, mais aussi par l'économie et le profit.

Une symbiose toute récente s'est opérée entre la biologie et la technique. La symbiose théorique s'est opérée sur la base de la théorie de l'information, qui, introduisant cette notion dans le gène, unifie la conception des machines programmées et celle des êtres vivants (de façon réductrice pour ceux-ci). La symbiose pratique s'effectue dans les techniques nouvelles permettant les interventions sur la naissance et l'identité de l'être humain, les contrôles du cerveau, ainsi que dans le développement d'une industrie et économie portant sur les modifications génétiques et les manipulations de la vie [1].

Les procréations par spermes anonymes, les gestations par mères porteuses ou par couveuses artificielles, enfin les clonages humains remettent en question les notions fondamentales de paternité, maternité, filiation. À mon avis, les notions de père, mère, fils, fille demeureraient vivantes même après leur disparition génétique, car, profondément enracinées dans la culture, elles se maintiendront affectivement à travers les parents adoptifs, éleveurs ou cloneurs.

Ici encore, on entrevoit un avenir meilleur : toutes ces méthodes permettront d'éliminer tares, anomalies nuisibles, et de produire des enfants sains selon les désirs et les vœux.

On entrevoit aussi un avenir funeste : après les OGM, on produirait des OHGM, organismes humains génétiquement modifiés, qui seraient normalisés et standardisés [2]. Les attributs et caractères humains deviendraient objets et marchandises [3]. Les parents de nouveau type pourraient choisir les qualités de leurs enfants sur catalogue. Comme le génie créateur est souvent lié à un manque psychique ou physique, à l'infortune, à un malheur transfiguré, il y aurait raréfaction de tout ce qui a été le ferment de l'humanité, son « sel de la terre ».

---

1. Les questions de bioéthique concernant tous ces problèmes ont été admirablement éclairées par G. Claret de Langavant, *Bioéthique, methode et complexité*, Sainte-Foy, Presses de l'Université du Québec, 2000.

2. J. Testart, *Des hommes probables. De la procréation aléatoire à la reproduction normative*, Paris, Ed. du Seuil, 1999.

3. M. Vacquin, *Main basse sur le vivant*, Paris, Fayard, 1999.

Le contrôle de l'esprit par l'esprit : cerveau-piano

Comme il a été énoncé plus haut, l'esprit est une émergence de la dialogique entre le cerveau et la culture, et il rétroagit sur le cerveau. Aussi, depuis ses origines, l'esprit humain est intervenu sur le cerveau, par l'usage de drogues, excitants, enivrants, extasiants, et cela dans toutes les sociétés archaïques et contemporaines.

Notre civilisation tient à notre disposition des somnifères, tranquillisants, euphorisants, antidépresseurs pour influer sur notre cerveau, et nous pouvons plus ou moins clandestinement avoir recours aux extraits du cannabis, du pavot, de la coca, au peyotl, aux drogues chimiques comme l'ecstasy. Les possibilités chimiques d'agir sur le cerveau seront de plus en plus nombreuses et sophistiquées. Ici encore, nous pouvons prévoir des développements inouïs qui permettraient, à la limite, la maîtrise de l'esprit sur le cerveau.

Et à nouveau nous entrevoyons à la fois un avenir meilleur et un avenir funeste.

L'avenir meilleur est celui où l'esprit jouerait de son cerveau comme un pianiste virtuose de son clavier, afin d'en tirer les plus belles possibilités. Ainsi, maître de lui-même, l'esprit humain serait capable de s'auto-développer et de tirer, de l'extraordinaire machine cérébrale dont les virtualités demeurent immenses, les plus merveilleuses possibilités cognitives, esthétiques et éthiques.

L'avenir funeste est celui où l'esprit humain contrôlerait tout, sauf lui-même. L'esprit, rappelons-le, dépend d'un sujet égocentrique-altruiste et d'une culture comportant carences et barbaries. L'esprit humain peut être emporté par la folie égocentrique de puissance ou par la barbarie collective tout en étant capable de contrôler supérieurement l'atome et les neurones.

Par ailleurs, un État néo-totalitaire futur pourrait directement contrôler les cerveaux, donc les esprits (par instillation dans l'eau de consommation de substances engendrant l'euphorie ou la soumission). Un tel État aurait cette possibilité décisive (avec manipulations génétiques et sélections eugéniques) de supprimer toute contestation, toute révolte, toute non-conformité.

Vers la démortalité ?

La prolongation de la vie, ininterrompue au cours du XXe siècle dans les sociétés occidentales, est liée à la diminution de la mortalité infantile, à la réduction du nombre d'enfants, aux progrès de l'hygiène et de la médecine[1]. Parmi les septuagénaires et octogénaires, il y a les prolongés dans l'infirmité, la dépendance et la souffrance, mais il est des valides qui échappent aux maux du vieillissement (capables même de rédiger de pesants ouvrages).

La prolongation de la vie pourra désormais bénéficier de la médecine prédictive[2], devenant capable de détecter à l'avance les défaillances ou risques d'origine génétique, et par là de faire encore reculer la mort en protégeant la santé.

Plus encore : il se prépare un véritable saut en avant dans la lutte contre la mort, en vertu des progrès cognitifs de la génétique, de l'embryologie, de la biologie moléculaire.

Nous pouvons d'ores et déjà percevoir que la perspective de régénérer les organes humains endommagés s'ouvre dans quatre directions :

1. Le clonage des cellules mères. En 1998, Thomson (University of Wisconsin) découvre la possibilité de cultiver des cellules mères à partir d'un embryon humain ; ces cellules pourront se différencier en tissus adultes (à condition d'être génétiquement identiques à celles du patient). L'*Advanced Cell Technologies* (États-Unis) a révélé en 1998 qu'elle avait produit (puis détruit) un embryon clonique à partir d'une cellule de la peau d'un de ses employés.

2. La reprogrammation des cellules adultes. En février 2001, la *PPL Therapeutic* (britannique) annonce que ses chercheurs ont réussi à transformer une cellule de peau de vache adulte en une cellule mère, sans avoir à cloner un embryon.

3. La mainmise sur le dispositif embryonnaire qui détermine la formation des organes, ce qui permettrait de produire à volonté des organes neufs. Le scientifique espagnol Izpis-

---

1. Cf. E.-E. Baulieu, « La longévité accrue, une révolution négligée », *Libertés. La tribune des temps nouveaux*, 5 janvier 2001. E. Le Bourg, *Le Vieillissement en questions*, Paris, Éd. du CNRS, 1998.

2. J. Ruffié, *Naissance de la médecine prédictive*, Paris, Odile Jacob, 1993.

sua a découvert, au Salk Institute de La Jolla, le mécanisme génétique qui déclenche la formation des organes et des extrémités chez tous les vertébrés (y compris les humains). Ainsi, comme les axolotls, nous pourrions régénérer nos membres amputés.

4. Le prélèvement de cellules mères présentes dans des tissus adultes, comme la moelle osseuse, pour réparer et rénover des organes lésés. Ainsi, en 2001, des scientifiques du Medical College de New York ont réussi à réparer 68 % du tissu cardiaque d'une souris, détruit à la suite d'un infarctus, en implantant directement dans le cœur endommagé des cellules mères extraites de sa moelle osseuse.

5. La stimulation des cellules mères découvertes dans le cerveau adulte qui réactiverait le fonctionnement mental. Il a été découvert en 1999 que le cerveau humain adulte créait de nouveaux neurones; Jonas Frisen, de l'Institut Karolinska de Stockholm, a ensuite découvert qu'il y avait des cellules mères dans les parois du système ventriculaire adulte, lesquelles génèrent des neurones et d'autres types de cellules cérébrales. Donc, il a trouvé à la fois ces cellules mères et le site où elles résident. La porte est ouverte à un produit pharmaceutique qui les stimulerait.

6. La régénération d'organes et de tissus défaillants ou sénescents ne susciterait aucun rejet immunologique, puisque les nouvelles cellules issues de clonage thérapeutique seraient de même constitution génétique que l'individu lui-même.

7. À cela s'ajouterait le remplacement d'organes défaillants par des organes artificiels éventuellement plus fiables que les naturels.

Au moment où paraîtra ce livre, d'autres progrès auront été accomplis. On entrevoit donc désormais de multiples perspectives pour soigner et régénérer tous les organes humains, dont le cerveau, c'est-à-dire éliminer un très grand nombre de causes de sénescence et de mortalité.

Si l'on ajoute que les progrès en génétique permettraient l'éradication de ce qui, sinon programmerait la mort, du moins déprogrammerait la vie, c'est la relation humaine à la mort qui se modifierait profondément. On peut présager, pour les humains à venir, non certes l'accession à l'immortalité, mais plus qu'une prolongation de la vie. Ce serait aussi une dé-sénescence, c'est-à-dire une régénération incessante de l'être vivant dans toutes ses facultés. Ce serait une ample démortalité : elle n'éliminerait pas la mort, elle reculerait la mort naturelle et certaines morts fortuites de façon non infinie, certes, mais indéfinie.

[J'avais avancé ces perspectives dans *L'Homme et la Mort*, paru en 1951, sur la base des travaux de Carrel, Metchnikoff, Metalnikov, Bogomoletz, et à partir de la confiance dans les progrès de la science qu'avait exprimée Condorcet (alors que la mort rôdait autour de sa chambre) : « Serait-il absurde maintenant de supposer (...) qu'il doit arriver un temps où la mort ne sera plus que l'effet d'accidents extraordinaires, ou de la destruction de plus en plus lente des forces vitales, et qu'enfin la durée de l'intervalle moyen entre la naissance et cette destruction n'a aucun terme assignable ? (...) Ainsi nous devons croire que cette durée moyenne de la vie humaine doit croître sans cesse si des révolutions physiques ne s'y opposent, mais nous ignorons le terme qu'elle ne doit jamais passer. » À la réédition de mon livre en 1970, j'avais abandonné ce point de vue : je le contestais comme mythique, en me fondant sur le second principe de la thermodynamique ainsi que sur le dérèglement inévitable de l'organisation cellulaire sous l'effet d'une accumulation d'erreurs ou bruits au cours du temps (théorie de Leslie Orgel). J'avais laissé comme témoin de mon illusion le chapitre où je prévoyais l'amortalité, que j'avais dès lors ironiquement intitulé « le mythe morinien de l'amortalité ». Or Jean-Claude Ameisen[1] m'a fait le premier remarquer que mes idées anciennes avaient été réactualisées par les progrès récents de la biologie, étaient devenues réalistes, et que je pouvais réassumer la conclusion que j'avais reniée[2].]

Toutes les innovations assurant la démortalité ne vont concerner dans un premier temps qu'une petite partie de l'humanité. À ce titre, leur début de réalisation aggraverait

---

1. J.-C. Ameisen, *La Sculpture du vivant. Le suicide cellulaire ou la mort créatrice*, Paris, Éd. du Seuil, 1999.
2. *L'Homme et la Mort*, chap. 10 et 11 de la réédition actuelle.

les inégalités. De même qu'en Égypte antique seuls les pharaons et les princes jouissaient de l'immortalité, seuls les privilégiés de la planète, et surtout de la sphère occidentale, pourront jouir de ces prérogatives. Toutefois, de même que le christianisme a propagé dans l'Empire romain la démocratisation de l'immortalité, on peut penser que les forces de la seconde mondialisation se mettraient en action pour la démocratisation des privilèges de la démortalité.

La mort, même en cas d'acquisition de la démortalité, maintiendra sa menace en cas de coup de revolver dans le crâne, de déflagration, d'accident d'avion, d'incendie ; la mort accidentelle deviendra notre mort naturelle. Même dans l'hypothèse d'un clone de réserve, le clone ne serait pas le même sujet. De plus, il ne faut pas oublier que virus et bactéries ne seront jamais définitivement éliminés. Le monde bactérien a montré ses capacités de résistance aux antibiotiques, et le monde viral ses capacités de faussaire pour tromper les systèmes immunologiques. De minuscules virus ne cesseront de défier l'arrogant *sapiens*. Le virus du sida est le premier virus nouveau connu, et il manifeste une aptitude étonnante à muter pour duper le lymphocyte. Le chemin de la démortalité demeurera toujours menacé, et nous ne pouvons prévoir les nouveaux obstacles qu'il rencontrera. Il paiera toujours un tribut à la mort. Mais il est ouvert, et nous connaissons des procédures pour y avancer.

Méta-humain, trop surhumain

Si l'on regarde encore au-delà, on arrive aussi à des perspectives de science-fiction. Les interventions sur le génome pourraient introduire des gènes extérieurs capables de produire des qualités physiques et mentales supérieures. On crée déjà des hybrides génétiques. L'introduction de gènes du condor ne permettrait-elle pas la formation d'ailes qui nous permettraient de voler ? Si le doublement du volume du cerveau d'*homo sapiens* a permis l'émergence de l'esprit et de la conscience, qu'en serait-il d'un nouvel accroissement cérébral ?

Ne serons-nous pas sur le chemin d'un méta-humain qui serait un surhumain ? L'utilisation des machines domestiquées nous donnerait un surcroît d'intelligence et un surcroît de maîtrise. La surhumanité disposerait de pouvoirs démiurgiques. Elle pourrait créer de la vie, elle pourrait coloniser le système solaire. Elle pourrait vaincre l'obstacle de la vitesse limite qui est celle de la lumière, obstacle que ne connaissent pas les particules en physique quantique et qui serait donc peut-être surmontable. Le dédoublement, l'ubiquité des chamans pourraient être réalisés de façon technique...

Dans le numéro d'*Arguments* consacré à la pensée anticipatrice (septembre 1958), j'écrivais : « Je crois que l'espèce biologique *homo sapiens* sera dépassée par un complexe techno-bio-intellectuel post-humain qui en sera l'héritier, et qui lui-même évoluera ; cet héritier de l'homme sera le cosmopithèque. » Dans *Introduction à une politique de l'homme* (1965), je nommais « métanthrope » ce cosmopithèque. À la fin de *L'Esprit du temps* (1961), j'augurais : « Peut-être déjà se dessine l'ébauche simiesque – le cosmopithèque – d'un être (doué de plus de conscience ? et de plus d'amour ?) qui pourrait affronter le devenir et assumer une condition cosmique. »

Ces fantasmes d'époque sont aujourd'hui rattrapés par l'histoire réelle ; ils sont devenus possibilités. Mais mon euphorie d'alors a fait place à mon inquiétude actuelle : l'être surhumain aura-t-il du cœur ? Aura-t-il « plus de conscience, plus d'amour » ?

Mortelle amortalité

N'oublions pas toutefois : planant sur toutes ces perspectives grandioses, il y a destruction et mort. Déjà, le XXIe siècle commençant permet d'envisager non seulement la première grande victoire humaine, certes incomplète et inachevable, sur la pire fatalité biologique, la mort, mais aussi la première grande victoire de la mort sur tout le genre humain avec la guerre nucléaire et la dévastation écologique... Les puissances de vie et de mort de l'humanité se développent au même rythme. Les forces d'anéantissement peuvent être inhibées, surmontées, mais désormais elles ne seront jamais plus éliminées. *La menace de mort mondiale accompagnera désormais la marche de l'humanité.*

De plus, le chemin de la démortalité conduit lui-même à la mort. Nous savons que notre soleil s'éteindra ou explosera dans environ quatre milliards d'années. Nous pouvons envisager une émigration vers d'autres planètes, d'autres galaxies, mais elles aussi mourront. Aux dernières nouvelles cosmiques (2001), il semble établi que notre univers mourra d'une très longue agonie dans des trillions de trillions de trillions de trillions (etc.) d'années; les étoiles s'éteindront pour laisser place à un univers de trous noirs, à quoi succédera une ère noire où des photons, neutrons, électrons, protons erreront dans un univers glacé, avec en résidus quelques atomes géants grands comme notre galaxie. Comme l'annonçait le poète (T. S. Eliot), « l'univers finira dans un chuchotement [*whisper*] ».

Paradoxalement, donc, la démortalité sera environnée par la menace mortelle de l'arme nucléaire et de la dégradation de la biosphère et, à l'horizon, par la Grande Mort Cosmique.

Par ailleurs, même devenu surhumain, l'humain restera voué à l'inachèvement et à la finitude. Dès la fin du XXe siècle, un mauvais infini est mort, celui des possibilités illimitées de l'homme pour conquérir le monde, celui des capacités illimitées de l'esprit humain. Dans la chute de cet infini se révèle le véritable infini, celui qui dépasse nos aptitudes et nos possibilités. Certes, et je le redis, nous sommes encore dans la préhistoire de l'esprit humain, nous sommes loin d'avoir épuisé nos capacités cognitives, techniques, pratiques, mais nous ne deviendrons pas les rois de l'univers, notre esprit ne pourra dominer ni contrôler le cosmos. Comme l'a dit Edmond Nabousset, cité en exergue : « L'homme ou son héritier restera pascalien – tourmenté par les deux infinis –, kantien – se heurtant aux antinomies de son esprit et aux limites du monde des phénomènes –, hégélien – en perpétuel devenir, en continuelles contradictions, à la recherche de la totalité qui le fuit. »

L'identité future

L'avenir que prépare le XXIe siècle n'est certes pas radieux, mais pourrait être aussi bien meilleur que funeste. Il permet d'envisager une nouvelle naissance, ou la régression, peut-être même la mort, de l'humanité. Il permet d'entrevoir un épanouissement d'humanité, une perversion d'humanité, et, s'il y a catastrophe déclenchée par des humains, l'échec de l'aventure humaine.

À supposer que les forces d'anéantissement soient refoulées, le devenir planétaire peut continuer, voire aggraver, les pires aspects de l'histoire humaine. Il peut aussi en développer les meilleurs.

Les meilleurs : une société-monde, qui se constituerait en communauté sur la Terre-Patrie, se vouerait à civiliser les relations entre humains, à faire reculer la cruauté du monde.
Ici, nous retrouvons le problème de l'être du troisième type, à une échelle nouvelle. Dans l'hypothèse où se réaliserait une société-monde, celle-ci pourrait bénéficier des formidables progrès techniques et communicationnels qui permettraient d'éviter la constitution d'un État mondial au profit d'instances de décision pour les problèmes fondamentaux de la planète. Il se constituerait alors un être du troisième type planétaire de haute complexité, fortement débureaucratisé, qui garantirait les épanouissements et initiatives des individus et groupes, et assurerait, dans les épanouissements, les symbioses fertiles entre les esprits, l'intégration heureuse des intelligences artificielles et de l'univers des techniques. Cet être du troisième type se nommerait l'Humanité.
Les pires aspects : il y a la possibilité d'une société-monde barbare où, à des formes anciennes d'oppression et de domination, s'ajouteraient de nouvelles, comme l'inégalité entre surhumains et sous-humains. Et, dans l'hypothèse nullement éliminable d'un nouveau totalitarisme à l'échelle planétaire, celui-ci disposerait de moyens inconnus aux totalitarismes archaïques du XXe siècle pour pratiquer un eugénisme qui sélectionnerait et produirait en série les individus conformes et contrôlerait les intelligences humaines par les intelligences artificielles. On assisterait alors, non pas à la réalisation du

rêve de Pierre Lévy[1], mais au cauchemar de l'avènement d'un être du quatrième type, non pas à l'émergence superbe des symbioses entre l'humain et l'artificiel, mais à une nouvelle méga-machine d'asservissement et d'assujettissement des esprits humains.

Métamorphose

L'ampleur et l'accélération actuelle des transformations présagent une mutation encore plus considérable que celle qui fit passer au néolithique des petites sociétés archaïques de chasseurs-ramasseurs sans État, sans agriculture ni ville, aux grandes sociétés historiques qui, depuis huit millénaires, déferlent sur la planète. Elle serait au moins aussi considérable que l'avènement de la culture qui, en cours d'hominisation, a permis l'apparition d'*homo sapiens* en modifiant à la fois la société, l'individu et l'espèce, ainsi que leur relation trinitaire. Effectivement, se trouve aujourd'hui amorcée de trois côtés (planétaire, technique et biologique) une métamorphose qui modifie la relation trinitaire individu-société-espèce, dont on ne sait s'il en résultera un avortement, un monstre ou une nouvelle naissance.

Nous touchons ici un des plus grands mystères de l'univers vivant : celui de la métamorphose. Plus les chercheurs explicitent comment les gènes se mettent en œuvre pour opérer une métamorphose[2] biologique, plus le mystère s'épaissit. Quelle pression interne, quel attracteur externe, quelle puissance créatrice animent les métamorphoses ? La chenille rampante s'enferme dans le cocon, elle tourne son dispositif immunologique contre son propre organisme, épargnant seulement le système nerveux, et cette auto-destruction est en même temps l'auto-construction d'un être nouveau doté d'ailes, différent et pourtant le même, le papillon, qui va s'élancer dans le ciel. Le phénomène n'est pas rare chez les insectes. Il existe aussi chez les amphibiens, têtards devenant

1. P. Lévy, *World Philosophy*, Paris, Odile Jacob, 2000.
2. Yun Bo Shi, Melissa Stolow, Monica Puzianowskaia-Kuznicka, Jemin Wong, « Les gènes de la métamorphose », *La Recherche*, n° 286, avril 1999, p. 58-64.

grenouilles, chez certains poissons comme les anguilles. La formation d'un enfant à partir d'un œuf puis d'un embryon est une métamorphose intra-utérine au terme de laquelle un fœtus à branchies se transforme en humain à poumons. Mais toutes ces métamorphoses biologiques sont quasi programmées et répétitives. En revanche, les métamorphoses historiques sont singulières et aléatoires. Il y eut en cinq points du globe, on l'a vu, une véritable métamorphose des sociétés archaïques en sociétés historiques. Enfin, les sociétés historiques occidentales ont commencé lentement à se métamorphoser à partir du XVIIIe siècle, faisant disparaître leur paysannerie, leurs artisanats, développant des villes énormes, changeant totalement leur armature technique, modifiant les valeurs, les idées, ainsi que la vie quotidienne de leurs ressortissants. Et, conjointement, l'ère planétaire est en elle-même, dès son début, un processus qui annonce la possibilité d'une grande métamorphose.

L'esprit tout-puissant et débile

Cette grande métamorphose au visage et aux formes encore inconnus est due principalement à l'accroissement des pouvoirs inconscients et conscients des esprits humains, notamment dans et par la technoscience.

Or nous sommes arrivés à un ultime paradoxe. L'esprit humain est aujourd'hui tout-puissant et totalement débile.

Il est tout-puissant en pouvoir de manipulation. Il est débile en pouvoir de compréhension.

L'esprit, émergence supérieure de la complexité humaine, a pu être considéré par les réductionnistes comme un épiphénomène du cerveau, lui-même étant une superstructure du génome. S'il en est ainsi, c'est désormais l'épiphénomène de la superstructure qui prend le contrôle de ses deux infrastructures et devient dominant. Bientôt peut-être, le pouvoir de l'esprit sur les gènes surpassera celui des gènes sur l'esprit, et le pouvoir de l'esprit sur le cerveau celui du cerveau sur l'esprit.

L'esprit devient ainsi tout-puissant en établissant son pouvoir sur le cerveau et le génome, ses deux déterminants sans lesquels il ne serait rien.

Mais l'esprit tout-puissant comprend de moins en moins. Il est enfermé dans la connaissance compartimentée, la technique myope. Prisonnier d'une logique disjonctive et close, il ne peut comprendre la complexité de l'ère planétaire, de l'humain, de la vie.

Il est le démiurge du quadrimoteur qui propulse le vaisseau spatial Terre, mais il n'est pas pilote, et le quadrimoteur poursuit sa locomotion incontrôlée.

L'esprit humain, émergence d'*homo sapiens-demens*, porte en lui les folies humaines. Il ne peut s'abstraire de l'individu et de la culture d'où il émerge, et l'individu comme la culture portent en eux les barbaries de *sapiens-demens*.

L'esprit humain a perdu tout contrôle sur ses créations, la science et la technique, et il n'a pas acquis de contrôle sur les organisations sociales et les processus historiques.

L'esprit contrôle les machines de plus en plus performantes qu'il a créées. Mais la logique de ces machines artificielles contrôle de plus en plus l'esprit des techniciens, scientifiques, sociologues, politiques, et plus largement de tous ceux qui, obéissant à la souveraineté du calcul, ignorent tout ce qui n'est pas quantifiable, c'est-à-dire les sentiments, souffrances, bonheurs, des êtres humains. Cette logique est appliquée ainsi à la connaissance et à la conduite des sociétés, et se répand dans tous les secteurs de la vie. L'intelligence artificielle est déjà dans les esprits de nos dirigeants, et notre système d'éducation favorise l'emprise de cette logique sur nos propres esprits.

L'esprit dispose du plus grand pouvoir et souffre de la plus grande infirmité, et il a surtout la plus grande infirmité dans le plus grand pouvoir. Il est d'une extrême faiblesse devant tous les processus déchaînés, mais cette faiblesse a acquis l'extrême capacité de produire l'anéantissement de l'espèce.

Aujourd'hui, la bataille se mène sur le terrain de l'esprit.

Rappelons ici en apologue l'histoire du film de science-fiction *Planète interdite*. Des humains arrivent sur une planète inconnue qui semble déserte. Pourtant, la nuit, des spectres monstrueux viennent les menacer, et ils doivent se protéger par des barrières électrifiées. Les explorateurs finissent par découvrir les constructions souterraines d'une gigantesque civilisation hyper-développée disparue. Et ils apprennent finalement ce qui est arrivé. Les Krells, auteurs de cette civilisation, avaient acquis de tels pouvoirs sur la matière qu'ils décidèrent de se spiritualiser totalement en se libérant de leurs corps. Mais, ce faisant, ils ont libéré leurs monstres intérieurs, jusqu'alors dissimulés ou inhibés, et ceux-ci les ont détruits. Depuis, les monstres errent sur la planète désertée.

En se fiant à la supposée toute-puissance de leur esprit, les Krells avaient libéré des monstres. Ils avaient oublié de considérer la complexité de la relation *sapiens-demens* propre à leur espèce.

Nous n'avons pas à chercher la toute-puissance de l'esprit. Nous avons à chercher sa pertinence. Nous avons à vouloir le faire sortir des myopies et fragmentations qui lui sont culturellement imposées. Nous avons à vouloir le faire intervenir pour le salut de l'avenir humain.

C'est l'aptitude de l'humanité à prendre le contrôle du quadrimoteur en prenant le contrôle d'elle-même qui pourrait orienter vers un avenir meilleur.

Comme cet avenir dépend aussi de l'esprit humain, le problème de la réforme de la pensée, c'est-à-dire de la réforme de l'esprit, est devenu vital.

L'autre voie ?

Un problème plus profond se pose à l'esprit. C'est la mise en examen du sens qu'a pris toute l'histoire humaine sous l'impulsion occidentale, et qui aboutit aujourd'hui à la course effrénée du quadrimoteur. Où conduit le déchaînement de la puissance matérielle ? Non seulement à des possibilités d'autodestruction de l'humanité, mais aussi au sous-développement des potentialités internes de l'esprit au profit de la colonisation du monde matériel, à la négligence de l'intérieur au profit de l'extérieur, à l'atrophie de l'âme.

Or notre civilisation s'est détournée de la voie intérieure, qui dispose d'autres pouvoirs possibles. Nous connaissons, parmi les pouvoirs de l'esprit, ceux, hallucinés, de créer et des dieux et des démons, de donner vie aux idées, ceux de provoquer des plaies sur soi-même par hystérie ou par foi, comme chez les stigmatisées qui portent aux poignets les plaies du Christ. Mais il est d'autres aptitudes de l'esprit, sous-développées ou encore inconnues. On en découvre certaines chez les yogis, dont les exercices purement spirituels réussissent à contrôler en profondeur, *via* le cerveau, les activités du cœur. L'esprit provoque des guérisons dites miraculeuses. Le contrôle de l'esprit par l'esprit a été pratiqué par des chamans, des éclairés de religions orientales.

Une grande œuvre de science-fiction, l'épopée des Fondations d'Isaac Asimov, nous conte une histoire d'un lointain futur. La civilisation intergalactique, issue de la nôtre, est arrivée à épuisement, et ses sages, conscients des symptômes de sa décadence, transportent dans une planète, dès lors nommée Fondation, toutes les archives, les documents, les informations, les techniques qui pourront un jour contribuer à la renaissance de la civilisation. Effectivement, celle-ci s'effondre sous le coup d'antagonismes irréductibles. Les dirigeants de Fondation à chaque siècle doivent écouter le message déjà enregistré des sages qui guident ses orientations. En dépit de ces conseils, finalement la Fondation s'effondre, vaincue par un ennemi puissant. Ce que ne savaient pas les citoyens de la Fondation, c'est que les sages avaient prévu une seconde Fondation, qui développerait, elle, non les pouvoirs matériels mais les pouvoirs spirituels, et c'est cette fondation qui a survécu et permet la naissance d'une nouvelle civilisation…[1].

Pouvons-nous imaginer une civilisation au-delà de la mégalomanie humaine ? Pouvons-nous imaginer une ère des pouvoirs intérieurs de l'esprit après l'ère des pouvoirs matériels, et qui les rendrait complémentaires ?

Nous sommes encore aux débuts de l'aventure humaine, alors que la menace de sa fin se rapproche. L'humanité est encore en rodage et nous sommes déjà aux approches de la post-humanité. L'aventure est plus que jamais inconnue.

---

1. I. Asimov, *Fondation*, Paris, Gallimard, 2000.

QUATRIÈME PARTIE

LE COMPLEXE HUMAIN

1. Éveillés et somnambules

Éveillés, ils dorment.

Héraclite

Nous sommes automates autant qu'esprits.

Pascal

Nous sommes des marionnettes manœuvrées par des mains inconnues. Nous ne sommes que les glaives avec lesquels les esprits combattent.

Büchner

La spiritualité et la sexualité [...] ne sont pas des choses que vous possédez et qui sont en vous, au contraire ce sont elles qui vous possèdent et c'est vous qui êtes en elles, car elles sont des démons très puissants.

C. G. Jung

Nous sommes livrés à ces dieux, à ces monstres, à ces géants, nos pensées ; souvent ces belligérants terribles foulent aux pieds nos âmes.

Victor Hugo

Nous sommes de l'étoffe dont sont faits les rêves.

Shakespeare

Nous arrivons à l'ultime et ancien problème : la liberté fait-elle partie de notre patrimoine identitaire ? Disposons-nous de liberté ? De libertés ?

Il faut tout d'abord définir le terme.

Une liberté apparaît quand l'être humain dispose des possibilités mentales de faire un choix et de prendre une décision, et quand il dispose des possibilités physiques ou matérielles d'agir selon son choix et sa décision. Plus il est apte à user de stratégie dans l'action, c'est-à-dire à modifier son scénario initial en cours de route, plus grande est sa liberté.

Plus le niveau du choix est élevé, plus élevé est le niveau de liberté (la liberté de choisir sa carrière est d'un niveau plus élevé que le choix d'une marque d'automobile); plus la diversité des choix possibles est grande, plus grande est la possibilité de liberté (le choix d'une résidence quand il y a une grande diversité de possibilités comporte une liberté plus grande que lorsqu'il n'y a qu'une seule alternative); plus il y a des possibilités de décision et d'action, plus il y a des possibilités de liberté.

La liberté ne peut s'exercer que dans une situation comportant à la fois ordre et désordre; il faut en effet un minimum de stabilités et régularités, c'est-à-dire de certitudes *a priori*, pour faire choix et prendre décision, et il faut un minimum de désordres ou aléas, c'est-à-dire d'incertitudes *a priori*, pour élaborer une stratégie. Trop d'ordre empêche la liberté, trop de désordre la détruit. En fait, c'est le cocktail naturel d'ordre-désordre-organisation qui rend matériellement possible la liberté.

La possibilité de liberté nous est subjectivement évidente. Nous ressentons notre liberté chaque fois que nous avons l'occasion de choisir et de prendre une décision. Nous voyons dans les autres des êtres responsables de leurs actes, c'est-à-dire les accomplissant librement.

Ici revient la grande et traditionnelle question de la philosophie et de la science. Nos choix, nos décisions et nos actions sont-ils vraiment libres? Ne sont-ils pas déterminés sans que nous nous en doutions, de sorte que nos possibilités de choix ne sont plus qu'illusion? Ne sommes-nous pas agis quand nous croyons agir? La liberté n'est-elle pas notre plus grande illusion subjective?

Pendant trois siècles, et encore aujourd'hui dans de nombreux domaines, la science a tranché dans ce sens. Son principe déterministe et son principe d'objectivité l'empêchaient de concevoir un sujet autonome. De fait, nous subissons les contraintes de notre milieu naturel; nous sommes prisonniers de notre patrimoine génétique qui a produit et déterminé notre anatomie, notre physiologie, notre cerveau, donc notre esprit; nous sommes enfermés dans notre culture qui inscrit en nous, dès notre naissance, ses normes, tabous, mythes, idées, croyances, et nous sommes soumis à notre société qui nous impose ses lois, règles et interdits; nous sommes même possédés par nos idées, qui s'emparent de nous lorsque nous croyons en disposer. Ainsi, nous sommes écologiquement, génétiquement, socialement, culturellement, intellectuellement déterminés. Comment pourrions-nous disposer de libertés?

Du coup, en dépit et à cause même de l'évidence de notre expérience subjective, la science déterministe voit dans la liberté l'illusion même de la subjectivité.

Or il faut savoir que l'autonomie a pu être définie physiquement depuis un demi-siècle[1] et que l'auto-organisation fonde la notion d'autonomie vivante. Sur ces bases, j'ai maintes fois énoncé, pour ne pas dire rabâché[2], la conception de l'autonomie dépendante. Il faut, de plus, comprendre que la notion de sujet désigne l'auto-affirmation de l'autonomie individuelle[3]. C'est sur cette base que nous examinerons la possibilité d'une liberté.

L'empire du milieu

Nous pouvons substituer une conception de l'autonomie dépendante à celle d'un milieu extérieur qui impose ses fatalités aux vivants : l'autonomie vivante dépend de son milieu extérieur, où elle puise de l'énergie, de l'organisation, de la

1. N. Wiener, *Cybernetics, or Control and Communication in the Animal and the Machine*, Paris, Hermann, 1958. H. von Foerster, « On self-organizing systems and their environment », in *Self-Organizing Systems*, New York, Pergamon, 1960.

2. Cf. entre autres *Méthode 2*, p. 111-141, 303-330; E. Morin, *Science avec conscience*, Paris, Fayard, 1982; rééd., Éd. du Seuil, coll. « Points Sciences », 1990, « L'autonomie dépendante », p. 190-202.

3. Cf. deuxième partie, chap. 1, « Le vif du sujet », et plus loin dans ce chapitre, p. 312-314 et 329-330.

connaissance. C'est pourquoi il n'y a pas d'autonomie vivante qui ne soit dépendante [1]. Ce qui produit l'autonomie produit la dépendance qui produit l'autonomie.

Aussi, l'empire du milieu est ce qui constitue pour l'être vivant non seulement les contraintes, obstacles et menaces, mais également les conditions de son autonomie.

L'existence sociale et le développement technique ont donné aux êtres humains une autonomie considérable par rapport au milieu naturel ; les techniques de l'agriculture, des transports, de l'industrie, ont constitué des conquêtes d'autonomie par asservissement des énergies matérielles et exploitation des productions naturelles, conduisant à une effective domination de la nature, à travers évidemment une multiplication de dépendances, ainsi qu'une dépendance globale à l'égard de la biosphère dont nous faisons partie.

En développant son autonomie par la domestication de la nature, la société historique impose des contraintes accrues aux individus (souvent jusqu'à asservir le plus grand nombre), ce qui nous conduit à nous demander : l'autonomie gagnée sur la nature serait-elle reperdue, pour les individus, par dépendance à l'égard de la société ?

L'empire des gènes

Avant d'en arriver à cette interrogation, il nous faut examiner si l'autonomie du vivant à l'égard du monde extérieur ne comporte pas en elle-même une dépendance intérieure inéluctable.

Certes, la dépendance d'une organisation autonome à l'égard de ses composants physiques et chimiques est la condition évidente de toute autonomie. Cette dépendance s'approfondit dans la dépendance génétique, qui est une dépendance non pas d'origine extérieure, comme la dépendance écologique, mais d'origine intérieure et antérieure puisqu'elle est héréditaire. Comme les généticiens spécifient

---

[1]. Sa dépendance à l'égard de l'écosystème est en boucle. La biocénose (partie vivante de l'écosystème) est constituée par les interactions entre êtres vivants, et donc dépend des êtres vivants qui dépendent d'elle.

le rôle des gènes par le mot « programme », alors l'autonomie vivante, y compris humaine, serait programmée comme celle d'un automate. Ainsi, l'organisation génétique donne à l'individu l'autonomie par rapport à l'environnement naturel, mais en le mettant sous sa dépendance.

Selon une conception génétique intégriste, les gènes détiennent la véritable souveraineté sur nos êtres, et l'apparente autonomie des individus n'est en fait qu'obéissance aux gènes…[1].

Rappelons brièvement les arguments qui s'opposent à cette conception impériale[2] :

– Il n'y a pas dépendance de l'organisation vivante par rapport à ses gènes, mais autonomie-dépendance réciproques ; pour qu'il puisse exprimer de l'information, il faut qu'un ADN soit organiquement intégré dans une cellule ; il dépend du cytoplasme comme le cytoplasme dépend de lui. L'ADN isolé d'une cellule n'est que molécule. C'est l'ensemble cellule-génome ou organisme-génome qui permet l'activité des gènes, et qui en même temps la protège, puisqu'il est des protéines ancillaires qui réparent les brins d'ADN endommagés. En fait, la relation entre l'espèce (la reproduction, les gènes) et l'individu constitue un circuit générateur/régénérateur où chaque terme est à la fois produit et producteur de l'autre[3].

– La conception pangénétique prétend que ce sont les gènes qui sont autonomes, égoïstes, altruistes, intelligents. Mais c'est leur supposer une qualité de sujet qui n'émerge qu'au niveau de l'individu.

---

1. E. O. Wilson, *Sociobiology, the New Synthesis*, Cambridge, Mass., Belknap Press, Harvard University, 1975. R. Dawkins, *Le Gène égoïste*, Paris, Armand Colin, 1990.

2. Cf. H. Atlan, *La Fin du « tout génétique » ?*, Paris, INRA, 1999. Nous avons ailleurs (*Méthode 2*) examiné les formes réductrices du pangénétisme qui a substitué l'empire des gènes à l'empire du milieu.

3. Cf. la définition de J. Gayon dans le dictionnaire *Philosophie et histoire des sciences* de D. Lecourt : « En définitive, la question de savoir si quelque chose est ou non un gène dépend de l'état de la cellule, et par conséquent de la situation dans laquelle l'expérimentateur se place. L'on est alors contraint d'admettre que le "gène" n'a pas d'autonomie ni d'existence physique et substantielle, et que ce qui existe vraiment au niveau moléculaire, ce ne sont pas des atomes géniques autonomes et substantiels mais une dynamique du génome en interaction avec son environnement cellulaire. »

– C'est l'activité computante[1], propre à l'auto-organisation du vivant, qui transforme les engrammes génétiques en programme selon les besoins et activités de l'organisme.

– Ce qui est inscrit dans ces engrammes, c'est d'abord la formidable expérience de notre lignage, de notre espèce (*sapiens*), de notre ordre (primate), de notre classe (mammifère), de notre embranchement (vertébré), de notre règne (animal), de notre organisation (vivante). C'est ainsi notre dépendance à l'égard de notre capital génétique qui nous donne notre autonomie.

– Le cerveau humain, produit par un processus génétiquement déterminé, est lui-même en relation d'autonomie-dépendance à l'égard des gènes.

– Le propre de l'être humain, par rapport aux autres animaux, est la régression des programmes innés de comportement au profit de l'accroissement des compétences innées qui permettent d'effectuer des comportements autonomes. Le développement, chez l'être humain, de l'aptitude innée à élaborer des stratégies multiples permet d'ouvrir ses champs de liberté. En effet, nous pouvons agir de façon autonome parce que nous disposons de l'aptitude innée à effectuer des comportements non innés, c'est-à-dire de l'aptitude innée aux choix et aux décisions.

– Toutes les activités humaines sont génétiquement dépendantes, physiologiquement dépendantes, cérébralement dépendantes. Mais c'est dans la dialogique de ces multiples dépendances qu'émerge l'autonomie mentale de l'être humain, capable d'effectuer des choix et d'élaborer des stratégies.

Ainsi les gènes ne sont pas les maîtres du vivant : les maîtres seraient en fait la mémoire et l'expérience héréditaires engrammées en eux. Les maîtres seraient en ce sens nos ancêtres. Et ces ancêtres morts nous font vivants, nous font humains, nous ont dotés d'un cerveau d'où émergent l'esprit, la conscience, le choix, la décision.

Retenons que nous ne pouvons écrire nos destinées qu'en obéissant à l'inscription génétique incluse en chacune de nos cellules. C'est dans cette soumission que se forge notre auto-

1. Sur le *computo*, cf. *Méthode 2*, p. 177-192, et Index.

nomie. Contrairement au dogme pangénétique, les gènes humains permettent la liberté humaine.

Le gène signifie ainsi à la fois hérédité et héritage, fardeau et cadeau, détermination et autonomie, limitation et possibilité, nécessité et liberté. L'individu subit une destinée qui lui donne possibilité de libertés.

Quand nous considérons notre double dépendance, celle à l'égard de *Genos* (le gène) et celle à l'égard d'*Oikos* (le milieu), nous pouvons voir que la dépendance à l'égard de *Genos* procure l'autonomie individuelle à l'égard d'*Oikos*, et que la dépendance à l'égard d'*Oikos* nourrit cette autonomie. La fermeture génétique de l'individu l'empêche d'être détruit sous l'invasion des déterminismes ou aléas extérieurs, et son ouverture au monde lui permet de constituer et développer ses pratiques autonomes.

Plus profondément et fondamentalement, l'autonomie de l'individu humain *s'affirme* dans sa qualité de sujet. Rappelons qu'être sujet, c'est s'auto-affirmer en occupant le centre de son monde. Comme la qualité du sujet comporte un principe d'inclusion dans un Nous (la famille, l'espèce, la société), son auto-affirmation effectue l'appropriation de son inscription communautaire (famille, patrie), celle de son inscription héréditaire, non seulement parentale, mais, avons-nous vu, anthropologique, primatique, mammifère, etc. *Ainsi, le fatum génétique se transforme en destin personnel dans l'acte d'auto-affirmation du sujet.*

Le vouloir-vivre est non seulement l'auto affirmation de l'espèce à travers l'individu mais aussi l'auto-affirmation de l'individu à travers l'espèce. L'individu-sujet s'approprie son *Genos*, mais sans cesser de dépendre de lui, car, tout en occupant le site égocentrique, il est lui-même dialogiquement occupé par le *Genos*. L'individu s'autonomise en s'appropriant le *Genos* auquel il obéit. Sa dépendance héréditaire singulière, sans cesser d'être dépendance, devient fondement de l'identité personnelle. C'est en ressuscitant en nous nos ascendants que nous vivons nos vies. Ainsi, nous possédons les gènes qui nous possèdent.

Et, nous allons le voir maintenant, l'inscription de l'individu dans une culture et dans une société lui fait subir une nouvelle dépendance, qui lui ôte souvent, mais lui offre parfois la possibilité d'une autonomie et d'une accession à la liberté nouvelles.

L'emprise sociologique

La culture va inscrire en l'individu son *imprinting*, empreinte matricielle souvent sans retour qui marque dès la petite enfance le mode individuel de connaître et de se comporter, et qui s'approfondit avec l'éducation familiale puis scolaire. L'*imprinting* fixe le prescrit et l'interdit, le sanctifié et le maudit, implante les croyances, idées, doctrines qui disposent de la force impérative de la vérité ou de l'évidence. Il enracine à l'intérieur des esprits ses paradigmes [1], principes initiaux qui commandent les schèmes et modèles explicatifs, l'utilisation de la logique, et ordonnent les théories, pensées, discours. L'*imprinting* s'accompagne d'une normalisation qui fait taire tout doute ou contestation des normes, vérités et tabous.

Imprinting et normalisation se reproduisent de génération en génération : « Une culture produit des modes de connaissance chez les humains soumis à cette culture, lesquels, par leur mode de connaissance, reproduisent la culture qui produit ces modes de connaissance [2]. » D'où le caractère apparemment implacable des déterminismes intérieurs à l'esprit.

Mais, en tout individu, l'héritage culturel rencontre son hérédité biologique ; ils s'entre-combinent et s'entre-combattent, déterminant stimulations ou inhibitions réciproques qui modulent l'expression de cette hérédité et celle de cet héritage. Ainsi, chaque culture, au moyen de son système d'éducation, de ses normes, de ses interdits, de ses modèles de comportement, refoule, inhibe, favorise, stimule, surdétermine l'expression de telle aptitude innée, exerce ses effets sur le fonctionnement cérébral et sur la formation de l'esprit, et ainsi intervient pour co-organiser et contrôler l'ensemble de la personnalité.

---

1. Sur la notion de paradigme, cf. *Méthode 4*, p. 211-238, et Index.
2. *Méthode 4*, p. 27-28.

L'hérédité biologique et l'héritage culturel sont complémentaires, mais éventuellement antagonistes. Notre dépendance génétique nous permet de ne pas subir totalement, non seulement les déterminismes écologiques, mais aussi les déterminismes culturels. Ainsi, l'autonomie innée, fille de l'hérédité biologique, permet de résister à la dictature de l'*imprinting* culturel. Inversement, l'autonomie acquise par intégration d'une riche culture permet de surmonter le poids d'une hérédité contraignante. Le jeu entre les caractères individuels produits par l'hérédité biologique et la formation de la personnalité par les normes culturelles permet une extrême diversité d'individus, et certains, rétifs à l'égard de ce qui chez la plupart est accepté comme évidence, seront non conformistes, déviants, voire rebelles à l'*imprinting* justement parce qu'ils disposent d'une forte autonomie mentale.

Dès lors, nous pouvons concevoir les conditions sociales et culturelles des libertés.

Les cultures des sociétés archaïques ont permis le développement d'individus ayant atteint une très vive acuité des sens pour capter comme signes et messages les multiples indices et événements du monde extérieur, et qui ont pu ainsi assurer leur autonomie dans leur environnement naturel ; elles ont formé des individus aux qualités polytechniques, maîtres en l'art de fabriquer et manier leurs outils et leurs armes, experts en stratégies de chasse, capables d'édifier leur maison. Les archaïques sont des êtres « libres » sans État mais non-citoyens, libres mais soumis à des tabous et à des normes culturelles, libres dans leur environnement mais limités à cet environnement, libres par leur polycompétence mais limités par leur outillage.

Les sociétés historiques dotées d'État asservissent et assujettissent. L'État s'inscrit comme Sur-Moi dans l'esprit des individus assujettis et y installe une chambre sacrée vouée à sa dévotion. Les libertés y sont d'abord des privilèges d'élites.

Une société autoritaire et surtout totalitaire ne fait pas qu'opprimer les individus en prohibant les libertés. Il y a, comme l'avait bien perçu La Boétie[1], une part de servitude

---

1. É. de La Boétie, *De la servitude volontaire*, publié en 1576, Paris, Payot, 1993.

acceptée dans la servitude subie, voire une peur de la liberté dans la mesure où celle-ci signifie aussi risque, incertitude et responsabilité. Sans doute aussi, une trop forte marque de l'*imprinting* sur l'enfance conduit à l'infantilisme social.

Toutefois, il est toujours des esprits déviants, mentalement autonomes, qui bravent les mises à l'index, anathèmes et périls. Ce sont ces esprits libres qui osent insoumission ou résistance. Certains, de Giordano Bruno à Soljenitsyne, affrontent même le supplice et la mort dans leur révolte contre un Ordre implacable. Et bien des rétifs secrets ou déviants potentiels se révèlent ouvertement quand la normalisation s'affaiblit.

La haute complexité sociale favorise les autonomies individuelles : elle limite l'exploitation, restreint l'assujettissement, permet l'autonomie physique, mentale et spirituelle, et, quand il y a démocratie, la liberté des choix politiques.

Cette haute complexité est liée au développement des communications, des échanges économiques et d'idées, au jeu des antagonismes entre intérêts, passions et opinions. Dès lors, le champ des libertés humaines s'accroît avec l'accroissement des choix individuels (de marchandises, de partenaires, d'amitiés, de loisirs, etc.).

Les développements des pluralités dans le champ économique, dans le champ politique (démocratie), dans le champ des idées, constituent ainsi les bouillons de culture des libertés individuelles.

C'est dans ces conditions que l'assujettissement des individus devient modéré et intermittent, que les deux chambres de l'esprit communiquent, que le Sur-Moi n'étouffe pas le Moi, que des brèches se multiplient dans l'*imprinting* culturel et la normalisation. La déviance n'est plus toujours éliminée dans l'œuf et elle peut jouer son rôle innovateur. Des idées inconnues, venues d'ailleurs ou des sous-sols mêmes de la société, peuvent se propager.

La démocratisation des sociétés constitue un processus historique, toujours inachevé, d'extension des droits et des libertés. La démocratie et la laïcité ouvrent au citoyen le droit de regard sur la cité et sur le monde. L'examen et l'opinion lui sont permis, mieux, demandés sur ce qui a cessé d'être sacré : la conduite des affaires publiques et la réflexion sur son destin. Désormais, la part autonome de l'esprit s'introduit dans la chambre qui avait été subjuguée ; l'esprit individuel n'est plus enfermé dans le petit cercle des décisions de la vie privée. Les individus deviennent des citoyens relativement libres. Ils sont assujettis à leurs devoirs, mais pour pouvoir jouir de leurs droits. D'où l'importance anthropologique de la démocratie.

La vie quotidienne, au sein d'une société complexe et laïcisée, ouvre des choix dans le mariage, le déplacement, parfois la résidence ou le métier. Elle donne des libertés pour réaliser certains désirs et certaines aspirations.

De telles sociétés permettent l'existence d'une vie culturelle, intellectuelle et parfois politique richement dialogique, fondée sur les conflits d'idées, l'échange des arguments, et cette vie culturelle nourrit l'autonomie de l'esprit. Lorsque les règles de la démocratie s'enracinent dans la culture et la politique, alors il s'enracine une tradition critique de liberté d'esprit. *L'imprinting change de nature : il prescrit la liberté.*

Les sociétés très complexes comportent pourtant asservissements et assujettissements multiples. Les libertés d'esprit sont en fait limitées. Y compris dans nos sociétés, il y a des sanctuaires du sacré, des *imprintings* profonds, des préjugés multiples ; des conformismes demeurent et parfois dominent, la pensée libre doit souvent accepter l'incompréhension et la solitude, et la normalisation au sein des méga-machines ne cesse de refouler les déviances. Les droits demeurent inégalement partagés, même dans les sociétés démocratiques de haute complexité, et les possibilités de liberté de mouvement, d'action, de jouissances, d'esprit, sont très inégalement réparties... Les libertés se cultivent plutôt aux marges chez les artistes, les « originaux », les petites communautés non conformistes. Certains, anomiques, clochards, dissidents, passent à travers les mailles de la société, cherchent dans les sous-sols refuge pour leur liberté personnelle, mais perdent dans l'exclusion leurs libertés civiles. La liberté purement égocentrique, qui ignore les règles et contraintes sociales comme les impératifs moraux, devient criminelle. Les libertés qui transgressent la loi finissent en prison.

Souvent, ceux qui sont demeurés dans la méga-machine y pratiquent une résistance collaborationniste, c'est-à-dire font le minimum pour que les choses fonctionnent en se sauvegardant des petites plages de privautés : ce sont les ruses sociales de la liberté. Les résistances spontanées des individus aux contraintes et servitudes de l'ordre social constituent un ferment libertaire permanent.

Un peu partout, il y a efforts multiples et incessants pour l'auto-expression et l'autodétermination.

Dans toute société, les esprits rétifs à l'*imprinting* et à la normalisation sont les fourriers des libertés d'autrui.

L'individu n'est éminemment libre que dans la mesure où il est capable de contester la société.

La liberté porte en elle la transgression. La liberté sans frein va vers le crime, la liberté en rébellion risque la mort. À la limite, la liberté tue ou est punie de mort.

En certains lieux, en certains moments privilégiés, il y a jaillissements de libertés créatrices. Certains individus déploient alors leurs aptitudes à imaginer et à concevoir, et, transgressant les normes, se manifestent comme découvreurs, théoriciens, penseurs, créateurs. Cette liberté est encore rare...

Nous retrouvons ici l'ambivalence de la relation entre société et individu. La société possède l'individu, mais il peut en être aussi co-possesseur en bénéficiant de ses droits civiques et en participant à son organisation. Elle assujettit l'individu, mais elle peut aussi l'émanciper. La culture impose son *imprinting* et en même temps elle apporte ses savoir-faire, savoirs et connaissances qui développent l'individualité ; elle admet, dans les sociétés pluralistes, l'autonomie des idées et l'expression des croyances ou doutes personnels. D'où son ambivalence radicale : *la culture assujettit et autonomise*.

L'autonomie individuelle se forme, s'entretient, se réprime ou s'atrophie selon le jeu entre dépendance génétique et dépendance culturelle qui à la fois s'opposent et s'unissent. Toute culture subjugue et émancipe, emprisonne et libère. Les cultures des sociétés closes et autoritaires contribuent fortement à la subjugation, les cultures des sociétés ouvertes et démocratiques favorisent les émancipations [1].

1. Cf. *Méthode 4*, « Le complexe des "libertés" », p. 76-78.

L'emprise de l'histoire

Enfin, à tant d'emprises issues de la société et de la culture, il faut ajouter l'emprise de l'histoire quand son cours devient précipité, heurté, tourbillonnaire, incertain. Les individus sont alors projetés, emportés, ballottés dans un flux déchaîné dont ils ignorent la destination. C'est alors que leurs décisions sont prises dans l'affolement et l'aveuglement, que les choix erronés se multiplient. Ainsi, de 1789 à 1815, chaque acteur historique fut emporté au-delà de ce qu'il voulait et qu'il espérait. Les consciences affrontent des *double binds*, c'est-à-dire des injonctions éthiques contradictoires. Ainsi, deux patriotismes s'opposèrent en juin 1940, l'un incarné par le chef de l'État légalement élu, maréchal de France, l'autre par un général rebelle exilé à Londres. Simultanément, deux internationalismes s'opposèrent : celui de l'obéissance à la ligne du parti communiste enjoignant d'accepter l'alliance conclue entre Hitler et Staline, celui des minoritaires déviants du parti entamant la résistance à l'occupant nazi. Les dérives emportèrent les pacifistes intégraux de 1940 croyant collaborer à une paix allemande durable et qui collaborèrent en fait, à partir de 1941, à la machine de guerre nazie. Elles entraînèrent des militants ayant adhéré au communisme pour l'émancipation de l'humanité à devenir des fanatiques impitoyables. L'écologie de l'action nous dit que toute action risque de se voir détournée de son sens et même d'aller dans le sens contraire à son intention. Innombrables sont les exemples de ces détournements que provoque le cours accidenté et tourmenté de l'histoire.

Comme disait justement Rivarol : « Le plus difficile en période troublée n'est pas de faire son devoir, mais de le connaître. » Que signifie la liberté quand la conscience est obscurcie et égarée ? L'aventure de la liberté est un « drôle de jeu », un jeu dangereux. Nous voyons ici que la liberté court le même risque que la vérité : le risque d'erreur.

Il est évident qu'il est plus facile, trente ans après, la confusion dissipée, de voir clair là où tant d'esprits se sont égarés.

L'emprise des idées

Les individus ne sont pas seulement assujettis par leur société et leur culture, ils le sont aussi par leurs dieux et leurs idées.

Comme nous l'avons vu, les dieux et les idées ont surgi comme des ectoplasmes collectifs à partir des esprits humains, sont devenus des entités dotées de vie et d'individualité, nourries par la communauté de leurs fidèles. Rétroagissant sur les esprits sans lesquels ils ne seraient rien, ils deviennent tout. Ils ont acquis une puissance inouïe qu'ils puisent dans nos aspirations, nos désirs, nos angoisses et nos craintes. Nous avons sécrété ces êtres spirituels, mais ils nous assujettissent et règnent sur nous. Ils nous possèdent au sens vaudou et au sens dostoïevskien du terme.

Les idées qui nous possèdent sont des idées-forces, des Idées-mythes de puissance surhumaine et providentielle. Les idées se servent des humains, les enchaînent, se déchaînent et les entraînent : « Les idées ont fracassé le XXe siècle, incendié la planète, fait couler un Danube de sang, déporté des millions d'hommes [1] », constate Tchossitch. Victor Hugo a justement dit [2] : « Nous sommes livrés à ces dieux, à ces monstres, à ces géants, nos pensées ; souvent ces belligérants terribles foulent aux pieds nos âmes. »

Combien de millions d'individus n'ont-ils pas été victimes de l'illusion idéologique ; croyant œuvrer pour l'émancipation de l'humanité, ils ont œuvré en fait à son asservissement !

Mais il y a aussi, et souvent sous l'effet d'événements foudroyants ou d'expériences révélatrices, des fractures d'idées, des dégonflages d'idéologies. Bien des humains ont pu s'affranchir des dieux, qui ainsi ont perdu tout pouvoir à leur égard. Bien des humains ont pu se libérer d'illusions idéologiques, s'immuniser contre leurs erreurs passées (mais pas toujours contre des erreurs futures).

Nous ne pouvons nous passer d'idées maîtresses, d'idées-forces. Mais alors nous pouvons essayer de vérifier qu'elles

---

1. D. Tchossitch, *Le Temps du pouvoir*, Paris-Lausanne, L'Âge d'homme, 1996, p. 235.
2. Dans *Quatre-vingt-treize*.

ne nous leurrent, d'examiner le chemin qu'elles nous font suivre. Parmi ces idées maîtresses et idées-forces, il y a l'idée de liberté. Et quand nous sommes possédés par elle, elle nous permet d'acquérir des libertés.

Ici encore, le problème de la liberté se pose en termes d'autonomie-dépendance. Si nous sommes totalement possédés par une idée, nous perdons la liberté de la juger, de la confronter avec l'expérience. Nous devrions pouvoir être autonomes tout en étant possédés, c'est-à-dire être capables de dialoguer de façon critique et rationnelle avec nos idées, sans devoir toutefois éliminer la passion, voire le caractère de mythe qui est inclus dans toutes les idéologies d'émancipation, lesquelles nous poussent à œuvrer pour la liberté d'autrui.

Les chemins de la liberté

La complexité de la relation entre individu, espèce, société, culture, idées est la condition de la liberté. Plus grandes sont les complexités de la trinité humaine, plus grande est la part d'autonomie individuelle, plus grandes sont les possibilités de liberté.

La science classique n'a pu voir dans les humains que des objets ou des machines. Le pangénétisme en fait des automates programmés. Les sciences humaines qui se sont formées sur le modèle de la physique ancienne se sont donné pour projet de faire l'inventaire des déterminismes économiques, sociaux, culturels, psychologiques, et ont occulté l'individu, le sujet, l'autonomie, l'initiative. En revanche, la conception spiritualiste de la liberté la mythifie en la rendant indépendante des conditions physiques, biologiques, sociologiques.

J'ai essayé de concevoir les possibilités de libertés humaines dans et par leurs dépendances écologiques, biologiques, sociales, culturelles, historiques. J'ai tenté d'aller au-delà du génétisme, du culturalisme, du sociologisme, mais en intégrant le gène, la culture, la société. J'ai voulu situer le problème de la liberté dans la relation autonomie-dépendance, possession-possesseur.

J'ai voulu concevoir les relations ambivalentes, incertaines, changeantes, entre autonomie et dépendance. L'autonomie nécessite des dépendances, mais les dépendances peuvent déterminer des asservissements qui annihilent l'autonomie.

Je n'ai pu ignorer le poids éventuellement tragique des déterminations, asservissements, assujettissements, possessions.

Je n'ai pu ignorer les détournements et les échecs que provoque l'*écologie de l'action*.

Le temps d'une vie humaine peut être totalement asservi à la nécessité de survivre pour vivre, c'est-à-dire de subir le travail sans être assuré de jouir de sa vie, si ce n'est par flashes... Ainsi, au lieu de survivre pour vivre, on vit pour survivre. Vivre pour survivre tue dans l'œuf les plus importantes possibilités de liberté : c'est une écrasante majorité d'humains qui, non seulement dans l'histoire passée, mais encore aujourd'hui partout sur le globe, n'a pu vivre que pour survivre, et, dans les sociétés de basse complexité, dans les pires conditions.

La machine non triviale

L'autonomie humaine et les possibilités de liberté se produisent non pas ex nihilo, *mais par et dans la dépendance antérieure (patrimoine héréditaire), la dépendance extérieure (écologique), la dépendance supérieure (la culture), qui la coproduisent, la permettent, la nourrissent, tout en la limitant, en la subordonnant, et en risquant en permanence de l'assujettir et de la détruire.*

Les polydépendances, répétons-le, sont des conditions d'autonomie : l'autonomie biologique nécessite la dépendance écologique, l'autonomie cérébrale relève de la dépendance génétique, l'autonomie mentale est nourrie par la dépendance culturelle, l'autonomie du comportement est alimentée par la culture qui fournit techniques et connaissances efficaces.

Les dépendances génétiques tendent à refouler les dépendances culturelles, et les dépendances culturelles tendent à

Éveillés et somnambules

refouler les dépendances génétiques ; c'est dans ce jeu que l'esprit humain, formé par la culture, peut disposer d'assez d'autonomie mentale pour résister aux *imprintings* de cette culture.

Plus riche et inventive est la vie psychique, moins elle est programmée (par rapport aux gènes, à la société, à la culture), plus elle ouvre des champs de liberté.

Plus riche est la conscience, plus riches sont les libertés possibles. La conscience, émergence de tant de possessions possédées, de tant de dépendances productrices d'autonomie, méta-point de vue réflexif de soi sur soi, de connaissance de la connaissance, est la condition de la pertinence du choix et de la décision, et finalement de la valeur morale et intellectuelle de la liberté humaine.

C'est ici que nous pouvons considérer tout ce qui nous différencie d'une machine triviale. Une machine triviale est une machine dont on prédit les comportements quand on connaît les informations dont elle dispose. L'être humain serait une machine triviale s'il obéissait de façon additive à ses déterminations écologiques, biologiques, sociales et culturelles. Mais si on conçoit la dialogique et la boucle où s'auto-affirme sa qualité de sujet, alors il se détrivialise. Nous sommes en fait des machines non triviales, parce que notre auto-affirmation de sujet dispose du quasi-polylogiciel génétique, culturel et égocentrique.

Certes, nous nous comportons souvent comme des machines triviales. Sans cesse nous répétons, nous imitons, nous recommençons. Chaque matin, chacun fait sa toilette selon les mêmes rites, prend le métro à la même station et selon le même itinéraire, entre au bureau ou à l'atelier à l'heure prévue, accomplit le travail prescrit selon le même horaire. Toutefois, si nous sommes apparemment souvent des machines triviales, nous pouvons, en cas de perturbation, accomplir nos programmes par des moyens non triviaux. Si l'un d'entre nous se lève en retard, il ne prendra pas son petit déjeuner ; si son métro est en panne, il essaiera de héler un taxi ; si sa voiture arrive en vue d'un embouteillage, il inventera un itinéraire. Chaque fois que nous utilisons des moyens astucieux, nouveaux, inventifs pour contourner des obstacles imprévus, chaque fois que nous remplaçons un programme prescrit par une stratégie improvisatrice, chaque fois que nous sommes débrouillards, voire resquilleurs, nous nous révélons des machines non triviales.

En fait, c'est aux moments décisifs de son existence que l'être humain peut échapper à l'ordre trivial. Un homme, fasciné par un regard de femme rencontrée dans la rue, l'abordera et changera sa vie. Au moment de se marier avec le fiancé qu'elle n'aime pas, une jeune fille s'enfuit avec son amant. Au moment de partir pour une guerre qu'il juge injuste, un appelé déserte. Des femmes résignées se révoltent et vont militer pour les droits de leur sexe. Des prisonniers de guerre s'enfuient du camp. Des disciplinés et soumis entrent en résistance. Le phalangiste Dionisio Ridruejo initie une résistance au franquisme en allant distribuer des tracts au dépôt des tramways de Madrid. Tous les actes d'évasion ou de résistance sont de nature non triviale.

L'être humain est une machine non triviale non seulement parce que l'observateur extérieur ne peut prédire avec certitude tous ses comportements, mais aussi parce qu'il porte en lui un principe d'incertitude qui est son principe de liberté. C'est intrinsèquement une machine non triviale parce qu'il dispose d'une possibilité d'écart par rapport à la norme, d'une potentialité de catalyse, de découverte, de décision. Toute invention et création révèle le caractère non trivial de l'esprit humain.

Enfin, dans chaque destin, intervient l'aléa, qui, avant même la naissance, a contribué à former un couple, puis à répartir les gènes parentaux ; qui, à partir de la naissance, se manifeste sous forme d'accidents, deuils, expériences singulières, rencontres ; qui, à l'intérieur de chacun, surgit de façon inattendue dans ses actes ou décisions de machine non triviale, notamment l'adhésion à une foi ou la déconversion.

Nos libertés dépendent aussi de hasards : elles peuvent se réaliser en saisissant le hasard au vol, mais elles peuvent être abolies par le hasard. Comme nos vies, elles sont tributaires de la chance et de la malchance.

La liberté étant choix, et tout choix étant aléatoire, nous prenons nos libres décisions dans l'incertitude et le risque.

Éveillés et somnambules

Et voici le paradoxe : tout en étant insérés dans des processus transindividuels, génétiques, familiaux, sociaux, culturels, noologiques, tout en étant soumis aux aléas de toutes sortes, nous sommes des individus relativement autonomes, relativement capables de poursuivre nos fins individuelles et disposant éventuellement de libertés.

Le destin humain se conduit en zigzag, dans une dialogique de hasard, de nécessité et d'autonomie. Tant de hasards, tant de nécessités dans une vie humaine, et pourtant elle peut trouver des possibilités d'auto-construction de son autonomie :

– à travers la capacité d'acquérir, capitaliser, exploiter l'expérience personnelle (avec certes aussi la possibilité d'énormes erreurs et illusions) ;
– à travers la capacité d'élaborer des stratégies de connaissance et de comportement (c'est-à-dire de faire face à l'incertitude et d'utiliser l'aléa) ;
– à travers la capacité de choisir et de modifier le choix ;
– à travers la capacité de conscience.

Ce qui éveille l'esprit humain à la liberté, c'est qu'il peut se déconnecter à la fois de l'immédiat temporel, le présent, et de l'immédiat spatial, que la pensée peut, jusqu'à un certain point, se détacher de la société et du monde, et que la conscience peut se distancier relativement d'elle-même et se mettre en méta-point de vue. Sinon, l'individu serait une machine déterministe triviale.

Les libertés de l'esprit

L'esprit (*mind*) d'un être humain est à la fois le siège des assujettissements et le siège des libertés. Il est le siège des assujettissements lorsqu'il est prisonnier de son hérédité biologique, de son héritage culturel, des *imprintings* subis, des idées imposées, d'un pouvoir en Sur-Moi impératif à l'intérieur de lui-même.

Quand certains cessent d'être assujettis aux ordres, mythes et croyances imposées et deviennent enfin sujets interrogateurs, alors commence la liberté de l'esprit.

La liberté de l'esprit est entretenue, fortifiée par :

– les curiosités et les ouvertures vers les au-delà (de ce qui est dit, connu, enseigné, reçu) ;
– la capacité d'apprendre par soi-même ;
– l'aptitude à problématiser ;
– la pratique des stratégies cognitives ;
– la possibilité de vérifier et d'éliminer l'erreur ;
– l'invention et la création ;
– la conscience réflexive, c'est-à-dire la capacité de l'esprit de s'auto-examiner, et, pour l'individu, de s'auto-connaître, s'auto-penser, s'auto-juger ;
– la conscience morale.

Possession

Le problème de la liberté humaine se situe au-dessus de l'alternative entre libre arbitre et déterminisme. On doit y introduire la conception de l'autonomie dépendante, comme je l'ai fait, à tous les niveaux. Cette conception reconnaît les déterminations mais exclut le déterminisme absolu. Elle reconnaît les libertés mais exclut le libre arbitre absolu.

Elle nous permet de confronter possession et liberté. Nous sommes possédés par nos gènes, notre culture, nos dieux, nos idées, nos amours, mais nous pouvons prendre d'une certaine façon possession de ce qui nous possède. Rappelons que le siège égocentrique de l'individu-sujet inclut l'inscription génocentrique (de l'espèce, de la famille) et l'inscription sociocentrique. Tout se passe comme si le sujet humain, possédé par l'espèce, la famille, la société, se les appropriait en même temps.

Ce qui nous possède nous permet d'exister, nous empêche d'être libres, et en même temps nous permet d'être libres. Nous sommes possédés par la boucle de possession mutuelle entre l'esprit, le cerveau, la culture, la société, les gènes, le milieu, mais, dans nos moments d'autonomie, nous possédons cette boucle qui nous possède. L'auto-affirmation du sujet s'approprie ce qui le possède sans que le sujet cesse d'être possédé.

Le terme de possession doit être entendu non seulement dans le sens d'appropriation, comme je l'ai fait précédemment, mais aussi dans le sens qu'il prend quand l'être humain est habité par un esprit, un génie (*djinn*) ou un démon qui se saisit de lui. Le terme de démon prend ici son sens grec, où par exemple Éros est un puissant démon. C'est dans ce sens que Jung l'emploie dans la citation en exergue de ce chapitre : « La spiritualité et la sexualité [...] ne sont pas des choses que vous possédez et qui sont en vous, au contraire ce sont elles qui vous possèdent et c'est vous qui êtes en elles, car elles sont des démons très puissants. » Complexifions en ajoutant que ces démons sont à la fois extérieurs et intérieurs à nous, et que nous les possédons en étant possédés par eux.

À travers les gènes, ce sont nos ascendants, nos ancêtres qui nous possèdent, et nous les répétons, les imitons, les recommençons. Le culte de l'ancêtre primordial chez les archaïques, le culte des ancêtres et des parents à Rome, en Chine, au Vietnam, sont de justes hommages à leur présence vivante en nous. Nous sommes possédés par la culture et par la société, qui ne sont pas des forces anonymes : comme je l'ai énoncé plus haut, l'être social est un vivant du troisième type, présent dans notre esprit, parfois à travers le visage du Führer ou du Père des peuples.

Même et surtout un acte créateur est à la fois autonome et possédé. Les romantiques parlaient d'une Inspiration supérieure qui prend possession de l'artiste. Les actes créateurs comportent à la fois une part consciente qui transcende la possession et une possession inconsciente qui transcende la part consciente.

Entre éveil et somnambulisme

« Éveillés, ils dorment », disait Héraclite dans une formule admirable qui nous éveille à notre condition de dormeurs. Effectivement, nous sommes somnambules en état de veille. « Même normalement éveillé, l'adulte serait alors toujours en hypnose partielle », dit Catherine Lemaire dans *Rêves éveillés*[1]. Nous sommes faits d'une étoffe commune au songe

---

1. C. Lemaire, *Rêves éveillés : l'âme sous le scalpel*, Le Plessis-Robinson, Les Empêcheurs de penser en rond, 1999.

et à la veille, comme le savait Shakespeare, mais cette étoffe commune, nous ne savons la décanter, l'isoler, ni de la veille ni du songe. La vie a des aspects de somnambulisme. De même qu'il y a une matière noire constitutive du cosmos, il y a un somnambulisme de fond constitutif de l'être humain. Mais tout cela n'est pas encore assez juste. Nous ne sommes pas totalement somnambules, mais nous ne sommes pas totalement éveillés. Nous sommes comme le Petrouchka, le Maure, la Danseuse, du ballet de Stravinsky, ces marionnettes qui s'autonomisent, s'évadent de leur baraque, jusqu'à ce que Petrouchka meure sous le sabre du Maure. Nous sommes joués comme par un manipulateur, et parfois nous échappons à nos ficelles, poussés par l'amour, la haine, la folie. Lorsque Petrouchka est transpercé par le sabre[1] du Maure, il ne sort de son ventre que du son. Mais nous, au moment de mourir, il nous vient du sang, des sanglots, des râles.

Nous pouvons de façon contradictoire ressentir que notre monde est absolument réel, dans le sens où rien n'est plus réel que la souffrance, le bonheur, l'amour, et qu'il est absolument irréel, fait d'apparences, de mirages, d'hallucinations, d'illusions, ce que traduisent les termes de *samsara* et *maya*, sentiment d'incomplétude de notre réalité que nous donne ce fragment d'un poème vertical de Roberto Juarroz :

> *Le monde est le second terme*
> *D'une métaphore incomplète*
> *Une comparaison*
> *Dont le premier élément s'est perdu.*

Nous sommes sans doute victimes de notre mode de concevoir qui disjoint et oppose le réel et l'irréel, et banalise chacun de ces termes. Nous n'arrivons pas à concevoir leurs liens, leurs interférences, ni à nommer ce qui les unit et les sépare. Et cela nous empêche de concevoir comment nous sommes à la fois éveillés et somnambules.

---

1. On sait que Petrouchka, amoureux de la Danseuse, échappe à ses ficelles ; il est poursuivi par le Maure jusqu'à ce que le Maure le tue d'un coup de sabre ; mais son ventre ne contenait que du son, et le marionnettiste ramène dans sa baraque Petrouchka, le Maure et la Danseuse qui à nouveau vont se mettre à gigoter en mesure.

Éveillés et somnambules

Nous sommes, au sein d'un univers étrange qui nous est si familier, des automates, des somnambules, des possédés. Nous faisons de façon hallucinée notre métier de vivre, comme si nous étions effectivement des automates programmés depuis toujours, avec notre cœur qui bat machinalement à chaque seconde, notre organisme qui travaille hyper-cybernétiquement avec ses organes et ses myriades de cellules, avec notre énorme ordinateur cérébral dont les opérations inconscientes tiennent notre conscience à leur merci.

Nous sommes habités par la vie, par l'espèce, par nos ascendants, par la culture, par la société, par les idées. Nous subissons l'*imprinting*, le paradigme, la loi. Nous sommes des machines qui paraissent souvent triviales. Nous sommes aussi des machines à refouler, oublier, occulter, nous illusionner, nous mythifier, nous tromper, et d'abord sur nous-mêmes.

Nous ne pouvons échapper au sort de demeurer demi-éveillés et demi-somnambules. Ici encore nous revient le terme d'hystérie, pris dans un sens non pathologique mais anthropologique. Notre état entre veille et somnambulisme peut être qualifié d'hystérique dans le sens où il donne substance au monde qui, si on ne voyait que sa nature physique, ne serait qu'ondes et particules, et qui, si on ne voyait que ses articulations mathématiques, n'aurait pas plus de chair qu'une radiographie. On ne peut vivre que dans l'hystérie, qui donne consistance charnelle au monde à partir de notre souffrance et de notre jouissance. C'est dans l'hystérie que nous vivons l'intensité de notre réalité et l'immensité de notre illusion.

Notre conscience est une petite flamme vacillante qui elle-même se fait duper par la fausse conscience, mais c'est la veilleuse dont dispose notre existence somnambule. L'éveil au-delà du somnambulisme qu'a demandé Siddhârta Çakyamuni, devenu Bouddha (ce nom signifie « l'Éveillé »), ne peut être que l'au-delà du sommeil : le néant. Ne cherchons ni à dormir totalement ni à nous « éveiller » totalement. Sachons que cette vie est à la fois ce qu'il y a de plus illusoire et de plus réel, de plus précieux et de plus vain...

Nous pouvons être conscients de notre somnambulisme,

de nos automatismes. Nous pouvons résister à l'*imprinting*, au paradigme, à la loi. Nous sommes certes voués à l'errance, mais nous ne sommes pas inéluctablement condamnés à l'erreur, à l'illusion, à la fausse conscience. Nous avons des éclairs de lucidité, des moments de liberté, malgré toutes ces servitudes et d'une certaine façon grâce à elles. C'est pourquoi nous sommes des machines non triviales, et c'est pourquoi nous pouvons posséder ce qui nous possède.

C'est évidemment par la conscience que, se différenciant de tout animal, l'être humain peut, dans certaines conditions et occasions parfois décisives, manifester sa liberté.

Dans la conscience il y a l'acte d'auto-affirmation du sujet, et dans l'acte d'auto-affirmation du sujet humain, il y a l'acte d'auto-affirmation de la conscience. L'auto-affirmation du sujet est l'acte dans lequel il prend possession de ses possessions, l'acte d'appropriation de son destin.

Bien sûr, cette auto-affirmation ne naît pas ex nihilo : je l'ai dit, c'est le vouloir-vivre de ses ancêtres se perpétuant du fond de leur mort, c'est le vouloir-vivre de la vie qui se sont implantés dans l'individu-sujet et s'y affirment. Mais l'individu-sujet s'est approprié l'auto-affirmation de la vie et de celle de ses ascendants pour s'affirmer lui-même.

Dans quel jeu sommes-nous ? Nous sommes dans plusieurs jeux, joués, jouets, mais en même temps joueurs. Toute existence humaine est à la fois jouante et jouée ; tout individu est une marionnette manipulée de l'antérieur, de l'intérieur et de l'extérieur, et en même temps un être qui s'auto-affirme dans sa qualité de sujet.

2. Retour à l'originel

La tâche est d'élargir notre raison pour la rendre capable de comprendre ce qui en nous et dans les autres précède et excède la raison.

Maurice Merleau-Ponty

La vérité se protège d'elle-même : les antagonismes se croisent symétriquement auprès d'elle sans l'atteindre.

Braque

C'est le paradoxe suprême de la pensée que de vouloir découvrir quelque chose qu'elle ne peut penser.

Kierkegaard

La température de sa propre destruction est la température de sa propre régénération.

Hadj Garùm O'Rin

Le possible est un oiseau mystérieux toujours planant au-dessus de l'homme.

Victor Hugo

I. LE COMPLEXE HUMAIN

Ecce homo. Ce travail qui se veut rationnel rompt avec toute tentative, du reste irrationnelle, de rationaliser l'être humain, de rationaliser l'histoire, de rationaliser la vie. La connaissance rationnelle de l'humain implique la reconnaissance de ce qui chez lui excède *homo sapiens*.

Il rompt avec la tentative non moins irrationnelle de dissoudre la notion d'homme, de la considérer comme une invention arbitraire.

Il rompt avec la conception insulaire qui isole l'humain du monde biologique et physique. Il l'enracine au contraire dans ce monde. Il nous situe entre les trois infinis, l'infiniment grand, l'infiniment petit et l'infiniment complexe, les deux premiers se joignant dans le troisième. Il montre que, tel un élément d'hologramme, nous sommes non seulement une petite partie du cosmos, mais aussi que le cosmos se trouve présent en nous. Il montre que l'identité humaine comporte une identité physique et biologique. Mais il montre aussi « l'humanité de l'humanité », c'est-à-dire l'identité qui distingue l'être humain aussi bien de la nature que de l'animalité, bien qu'il soit issu de la nature et demeure un animal.

Il rompt avec les conceptions réductrices d'*homo sapiens*, *homo faber* et *homo œconomicus*.

Il complexifie la notion d'homme, en commençant par ôter ce qui dans son neutre conserve la connotation masculine en occultant le féminin, et il insiste sur l'unité et la dualité du masculin et du féminin. La plupart du temps, j'emploie le terme d'être humain quand je veux désigner l'individu, et plus simplement l'humain quand je veux désigner la trinité individu → société → espèce.

Tout ce travail est conduit par le sentiment de la complexité humaine : il relie et articule tout ce qui a été disjoint, ventilé, compartimenté par et dans les disciplines.

Ainsi, individu, société, espèce apparaissent comme trois dimensions complémentaires/concurrentes/antagonistes de l'humain, sans qu'on puisse les hiérarchiser, sinon de façon cyclique, changeante, oscillatoire ; toutes ces dimensions se nouent en l'individu (présence en lui de la société, présence en lui de l'espèce, et présence de l'individu dans l'une et l'autre).

L'unité humaine s'y trouve fortement affirmée, mais non moins fortement la diversité humaine, et cela à tous les niveaux, biologique, individuel, culturel.

L'individu lui-même est un et multiple ; son unité se conçoit non seulement sur une base génétique, physiologique, cérébrale, mais aussi à partir de la notion de sujet, dont on donne ici une définition nouvelle, comportant notamment un double principe d'exclusion et d'inclusion (cf. p. 78) qui permet de comprendre à la fois l'égocentrisme, l'intersubjectivité et l'altruisme.

Enfin, l'être humain est défini d'une façon bipolarisée en *yin yang*, où l'affectivité est toujours présente :

sapiens/demens
faber/ludens/imaginarius
œconomicus/consumans/estheticus
prosaicus/poeticus

On ne peut échapper à *demens*, lequel est lui-même complexe, puisqu'il anime l'imaginaire, la créativité, le crime.

Que les êtres humains se consacrent à se divertir, se consumer, se perdre, adorer l'invisible, s'exalter, cela peut être considéré comme un gaspillage dépourvu de fonctionnalité sociale. Mais le gaspillage, la consumation, la dépense constituent des efflorescences de la complexité individuelle et de la complexité sociale. Elles révèlent la différence irréductible entre la société d'humains et une machine triviale. C'est pourquoi l'application de modèles déterministes, économiques, rationalisateurs pour connaître l'univers humain méconnaît l'essentiel.

Ce travail montre que l'extrême complexité de l'esprit humain, qui permet invention et création en tous domaines, est d'une extraordinaire fragilité. L'esprit est toujours menacé de régression, d'illusions, de délires, mais il est aussi des délires qui favorisent la génialité.

Ce travail rompt aussi avec toute conception trop cohérente qui pétrifie ou statufie l'humain. Il montre son inachèvement et son incomplétude. Il montre les limites non seulement de sa raison mais aussi de son esprit. Il le montre toujours enfantin et adolescent, y compris à l'âge adulte, et infantile devant la mort. Il le montre archaïque sous la croûte moderne, névrotique sous la carapace de normalité. Il montre que l'intelligence est difficile et que l'illusion est son risque permanent. Il montre la relation complémentaire et antagoniste individu/société. Il indique la dialectique de ce qui asservit et de ce qui libère. Il avertit que le développement technique, industriel, économique, s'accompagne d'un nouveau sous-développement psychologique, intellectuel et moral.

Il montre l'être humain livré aux doubles jeux de l'histoire, de la conscience et de l'inconscience, de la vérité et de l'erreur.

Il le montre jouet et joueur, sans qu'on sache s'il est plus jouet que joueur.

L'existence

Ce travail veut également considérer la situation existentielle de l'être humain. Celle-ci, présente en toute forte littérature et poésie, est absente des sciences humaines.

C'est pourquoi j'ai insisté sur l'expérience subjective comme sur les caractères ludiques, esthétiques, poétiques de la vie humaine. Vivre pour vivre signifie vivre poétiquement.

J'ai voulu repérer la présence souvent masquée de la mort dans l'existence humaine, et surtout son rôle formateur et destructeur de conscience.

L'être humain porte en lui à la fois la conscience et l'inconscience de sa finitude ; il se sent envahi par l'infini dans l'expérience religieuse, poétique et érotique de l'extase.

C'est un être d'espoir et de désespoir, comme nous le dit *La Tragédie de l'homme* de Mardach.

Il est le « ridiculissime héros » dont parle Pascal.

Retour à l'originel

Son véritable trésor, sa conscience, est née en épiphénomène, marginale et parasite. Elle s'est trouvée dès l'origine meurtrie et navrée par la mort.

C'est une flamme vacillante, chétive, instable, encore à ses débuts, toujours fragile, risquant sans cesse l'illusion, la *self-deception*, la fausse conscience.

Elle n'a pas encore migré vers le centre de l'esprit, pour devenir sa veilleuse permanente. Le devenir de l'humanité se jouera aussi dans le devenir de la conscience.

II. LE MYSTÈRE HUMAIN

Bien des mystères apparaissent de plus en plus obsédants avec les progrès de la connaissance. Ainsi celui de la relation entre l'individu, cet être distinct, isolable, éphémère, et l'espèce, cette continuité ininterrompue. L'explication par les gènes ne résout pas le mystère, elle y renvoie.

L'hominisation comporte encore beaucoup d'inconnues, et nous saurons sans doute mieux comprendre la boucle entre la causalité endogène et la causalité exogène qui a fait émerger l'humanité. Mais l'énigme, et, croyons-nous, le mystère, sont dans l'énorme surcroît cérébral dont, dès son apparition, dispose *homo sapiens*, et qui, dès l'origine, permettait Mozart, Beethoven, Cervantès, Shakespeare, Pascal, alors que *sapiens* a vécu plus de cent mille ans dans des conditions où il ne pouvait l'utiliser. Certes, toutes les espèces qui ont chance de survivre doivent disposer d'un surplus de ressources cérébrales par rapport à celles de leur adaptation au milieu, mais la génialité potentielle de l'esprit humain dépasse non seulement tout supplément de secours, mais aussi sa propre possibilité de la concevoir.

Non seulement il nous reste beaucoup de ténèbres dans la compréhension de l'humain, mais le mystère s'épaissit à mesure que nous avançons dans la connaissance. Ainsi, connaître le cerveau dans son organisation hypercomplexe de milliards de neurones ne fait qu'approfondir le mystère que le cerveau pose à l'esprit et que l'esprit pose à l'esprit. Le fait qu'un esprit humain ait émergé demeure un mystère. Le fait qu'il ne puisse sonder son propre mystère est un mystère. Et même, connaissons-nous vraiment toutes ses qualités, toutes ses propriétés ? Y a-t-il des virtualités de l'esprit que notre esprit ignore ? N'avons-nous pas en nous, mais endormie, cette faculté qu'ont des chats au petit cerveau de deviner de loin ? S'il est vrai, comme je l'ai prétendu ailleurs [1], que nous sommes en la préhistoire de l'esprit humain, alors bien des potentialités de l'esprit n'ont pas encore été exprimées. Ne pouvons-nous supposer des connexions, des communications, des résonances, des empathies, des télépathies, des voyances que l'on classe sous le nom de phénomènes paranormaux et dont on ne sait encore la véridicité ?

L'esprit demeure, selon la formule de Jean de la Croix, la « nuée obscure d'où vient toute clarté ». Comme nous l'avons dit, le fond de l'esprit humain demeure inconnu et le fait même qu'il y ait l'esprit humain reste un mystère [2].

Mais seul le plein emploi de l'esprit nous fait prendre conscience du mystère de l'esprit. D'où la nécessité du plein emploi des ressources de la raison, qui nous conduit à reconnaître les limites de la raison ; d'où la nécessité de reconnaître les limites de la logique sans renoncer à la logique. La connaissance des limites est la seule façon, mais limitée, que nous ayons d'envisager leur au-delà.

Le mystère humain est lié au mystère de la vie et au mystère du cosmos, puisque nous portons en nous la vie et le cosmos.

Le mystère de la vie n'est pas seulement dans sa naissance si difficile à concevoir [3], mais aussi dans la création de formes innombrables, complexes et raffinées. « La créativité est le mystère suprême de la vie », dit Berdiaev, qui ajoute : « Comprendre l'acte créatif signifie reconnaître qu'il est inexplicable et sans fondations [4]. »

---

1. *Pour sortir du XXᵉ siècle*, p. 345.
2. Peut-être « le temps est-[il] proche où ce qui demeure inexplicable pourra seul nous requérir » (René Char).
3. Cf. *Méthode 1*, p. 317-324.
4. N. Berdiaev, *Signification de l'acte créateur* (1916), cité in *Encyclopædia Universalis 2000* (Cédérom), article « Berdiaev ».

Le mystère du cosmos ne cesse de croître. Il semble établi actuellement que la partie observable de notre univers soit minuscule : les étoiles en constituent 0,5 %, l'hydrogène libre et l'hélium 4 %, les éléments lourds 0,03 %, les neutrinos 0,3 %, 30 % seraient constitués par la matière noire et 65 % par une énergie noire. La recherche de la grande unification théorique en physique, au lieu de nous conduire à l'idéal de simplicité qui fut le mythe de cette science, nous laisse entrevoir, avec la théorie des cordes, un univers à neuf dimensions entrelacées, et peut-être accompagné d'un double ou fantôme. À l'origine, soit une fluctuation dans un vide qui n'est pas vide, soit un choc entre deux univers. La recherche de la grande Unification se paie par la très grande Complexité. De toute façon, au bout de l'intelligible surgit l'inintelligible.

Tous les mystères sont réunis en nous.

Comme me l'écrit Jean Tellez, « le mystère ahurissant qu'est le phénomène humain apparaît sur le fond du mystère ahurissant qu'est la vie, qui apparaît sur le fond du mystère ahurissant qu'est le cosmos ; et tous ces ahurissements renvoient les uns aux autres pour se renforcer ».

Les ultimes avancées des sciences de la nature arrivent à la situation paradoxale, déjà indiquée par Pascal, où la Connaissance aboutit au Mystère : « Qu'est-ce que l'homme dans la nature, un néant à l'égard de l'infini, un tout à l'égard du néant, un milieu entre rien et tout [...] [il est] infiniment éloigné de comprendre les extrêmes, la fin des choses et leur principe, également incapable de voir le néant d'où il est tiré et l'infini où il est englouti. »

Les principes de la pensée complexe, la dialogique, la boucle récursive, le principe hologrammique sont des expliquants qui vont, je le crois, plus avant dans l'élucidation de l'humain, de la vie, du monde. Mais ces expliquants, comme tous les expliquants, sont eux-mêmes inexplicables. En portant en elle le principe d'inachèvement de la connaissance, la pensée complexe permet un mystérieux renforcement du mystère.

L'impensé et l'impensable sont plus présents que jamais.

Notre connaissance retrouve l'ignorance, mais ennoblie, car ce n'est plus l'ignorance arrogante qui s'ignore, c'est l'ignorance née de la connaissance qui se connaît ignorante.

Nous ne savons pas s'il existe, ailleurs ou même sur terre, des formes de complexité vivante, de pensée, inconnues de nous, voire non directement connaissables. Il serait présomptueux de faire de l'humain la mesure de toute complexité possible.

Que ferions-nous si apparaissait un esprit doté de qualités intellectuelles et éthiques supérieures ? Le tuerions-nous, selon notre habitude ?

Nous ne sommes pas seulement dans une aventure inconnue. Nous sommes habités par notre propre inconnu.

Le vol de l'hirondelle, le sautillement du moineau, le bond du jaguar, la lumière d'un regard, il n'est rien en ce monde qui ne porte en soi le mystère.

Il fallait donc situer l'humain dans son mystère et situer le mystère dans son humanité.

III. LE RETOUR À L'« HOMME GÉNÉRIQUE »

Le terme d'homme générique, je l'emprunte au jeune Marx, et je traduis générique non tant par référence au genre (humain) qu'à l'aptitude à générer tous les caractères et toutes les qualités humaines relevées au long de ce livre, ainsi que d'innombrables autres virtualités non encore réalisées. C'est l'aptitude qui, en deçà et au-delà des spécialisations, des fermetures, des compartimentations, est la source génératrice et régénératrice de l'humain. L'intérêt du terme « générique » est qu'il nous conduit à ce quelque chose qui, pour *l'humanité de l'humanité*, serait analogue aux potentialités des « cellules mères » de l'embryon, incluses également dans la moelle osseuse de l'adulte, et qui sont capables de régénérer les membres lésés, de générer de nouveaux organes, voire d'accomplir le clonage d'un nouvel organisme.

L'homme générique de Marx était dénué de subjectivité, d'affectivité, d'amour, de folie, de poésie. C'était essentiellement un *homo faber* et *œconomicus*. Il faut enrichir le générique.

Le générique, entendu dans ce sens, est le primordial, l'*Arkhè*, à la fois l'origine et le principe. On peut interpréter dans ce sens la parole de Heidegger : « Le Commencement est encore. Il ne gît pas derrière nous [...] mais il se dresse devant nous[1]. » Cette vérité avait été découverte autrement par Rousseau dans sa thèse sur l'état de nature, recyclée par Marx dans la thèse de l'homme générique, et complétée chez le même Marx en liant le retour à l'originaire à son dépassement.

Cette double vérité nous dit que la finalité humaine (*Telos*) passe par l'origine générique (*Arkhè*), selon une boucle *Arkhè* → *Telos* ; le progrès ne peut venir que du ressourcement, non de l'oubli de l'*Arkhè*.

Il faut, pour progresser, retrouver la source générative. Il faut, pour maintenir un acquis, sans cesse le régénérer. Pour chacun et pour tous, pour soi-même et pour autrui, dans l'amour, l'amitié, l'avancée en âge, il faut la régénération permanente. *Tout ce qui ne se régénère pas dégénère.* « Qui n'est pas en train de naître est en train de mourir », chante Bob Dylan. C'est une des plus importantes leçons que je tire de ce travail entrepris depuis trente-deux ans.

Grande est la vérité du retour à l'original : l'original, c'est l'être inachevé de naissance, c'est l'enfance sauvegardée dans l'âge, c'est la polyvalence et les multiples potentialités d'*homo complexus*, c'est la communauté d'une société.

La vérité de l'*Arkhè* a été cachée par le progressisme qui a cru qu'il n'était qu'arriération et primitivisme, et qui n'a vu la vérité humaine que dans le mouvement ascendant de l'histoire.

---

1. *L'Auto-affirmation de l'Université allemande*, dit *Discours du rectorat*, trad. fr. de G. Granel, Mauvezin, Trans-Europ-Repress, 1982.

Or l'histoire mène un double jeu incertain et aléatoire.

Le générique (l'exigence de l'Initial, en termes heideggériens) est ce qui doit animer le nouveau devenir humain.

Nous sommes dans ce moment de l'ère planétaire qui nous permet de retrouver l'origine commune. C'est maintenant, pour accomplir l'humanité, qu'il faut se ressourcer dans cette origine commune, tout en conservant les enrichissements singuliers acquis au cours des diasporas, puis des métissages. C'est aux forces naissantes (créatrices) du langage, de l'esprit, de la conscience qu'il faut recourir. Assumer la relation initiale de la trinité individu/société/espèce, c'est retrouver l'*Arkhè* et c'est parier pour le futur. Assumer consciemment cette trinité, c'est choisir le destin humain dans ses antinomies et sa plénitude, et c'est par là affirmer au plus haut niveau la liberté, qui est ainsi mise au service non seulement de soi-même, mais aussi de l'espèce et de la société.

Le progrès alors doit apparaître comme un travail de l'homme générique au niveau planétaire. C'est pourquoi notre devenir planétaire a besoin d'une anthropo-éthique[1] et d'une anthropolitique[2], qui associent la régénération de la vérité générique et la quête d'un progrès régénéré.

Disons enfin qu'il n'y a pas de pure Origine. L'origine de l'*homo sapiens* apparaît au cours d'un long processus d'hominisation qu'elle achève. La nouvelle Origine, qui adviendra peut-être à partir de notre incertaine agonie planétaire, devrait être le début de l'humanisation.

IV. LA SECONDE PRÉHISTOIRE

Nous sommes dans une seconde préhistoire, celle de l'âge de fer planétaire, préhistoire d'une possible société-monde, et toujours préhistoire de l'esprit humain, peut-être préhistoire de l'ère technique...

---

1. Volume suivant et (espérons) final de *La Méthode* : *Éthique*.
2. Cf. *Introduction à une politique de l'homme*.

Retour à l'originel

Nous sommes en des débuts grossiers : les premiers polycellulaires étaient beaucoup moins complexes que les cellules qu'ils associaient, et c'est avec le temps qu'ils ont développé leur organisation, produit leurs émergences et leurs créativités[1]. Il en sera ainsi, si elle advient un jour, de la société-monde.

Nos consciences sont sous-développées. Elles pourraient atteindre des niveaux d'élucidation, de complexité supérieurs, mieux contrôler nos actes, nos conduites, nos pensées, nous aider à dialoguer avec nos idées. Mais elles pourraient aussi subir régressions et perversions.

Pourrons-nous assumer le destin dialogique de *sapiens-demens*, c'est-à-dire raison garder mais non s'y enfermer, folie garder mais non y sombrer ?

Pourrons-nous supporter la situation névrotique de l'être humain dans le monde, conscient à la fois d'être tout pour lui-même et rien dans l'univers ?

Pourrons-nous assumer l'angoisse de l'inachèvement de nos vies et de l'incertitude du destin humain, pourrons-nous accepter d'être abandonnés des dieux ? Pourrons-nous les abandonner ?

Saurons-nous assez que seuls l'amour et la poésie vécus sont les ripostes capables de nous faire affronter l'angoisse et la mortalité ?

Pourrons-nous inhiber la mégalomanie humaine et régénérer l'humanisme ?

Pourrons-nous fortifier le plus précieux, le plus fragile, ces ultimes émergences que sont l'amour et l'amitié ?

Pourrons-nous refouler les monstres qui sont en nous par la vertu de l'amour et de la fraternité ?

1. *Méthode 2*, p. 202.

Pourrons-nous pratiquer la réforme intérieure qui nous rendrait meilleurs ?

Pourrons-nous un jour « habiter poétiquement la terre » ?

L'humanité est en rodage. Y a-t-il possibilité de refouler la barbarie et vraiment civiliser les humains ?
Pourra-t-on poursuivre l'hominisation en humanisation ?
Sera-t-il possible de sauver l'humanité en l'accomplissant ?
Rien n'est assuré, y compris le pire.

INDEX ET DÉFINITIONS

A

Arkhè
Ce mot grec signifie ici à la fois l'origine, le principe et le primordial.
66, 339, 340.

Autonomie dépendante
En grec, l'autonomie est le fait de suivre sa propre loi. L'autonomie du vivant émerge de son activité d'auto-production et d'auto-organisation. L'être vivant, dont l'auto-organisation effectue un travail ininterrompu, doit se nourrir en énergie, matière et information extérieures pour se régénérer en permanence. Son autonomie est donc dépendante et son auto-organisation est une auto-éco-organisation.
84, 204, 227, 230, 309-316, 318-322, 326.

B

Boucle récursive
Notion essentielle pour concevoir les processus d'auto-organisation et d'auto-production. Elle constitue un circuit où les effets rétroagissent sur les causes, où les produits sont eux-mêmes producteurs de ce qui les produit.

Cause → Effet

Cette notion dépasse la conception linéaire de la causalité : cause → effet.
23-24, 30-31, 37, 46, 58, 86, 94, 122, 124, 126, 128, 164, 181, 190, 195, 216, 224, 323, 326, 335, 337, 339.

Bruit
Terme emprunté à la théorie de la communication. « On appelle bruit toute perturbation aléatoire qui intervient dans une communication d'informations et, par là, dégrade le message qui devient

erroné. Le bruit est donc un désordre qui, désorganisant le message, devient source d'erreurs » (*Science avec conscience*, p. 207).

Une accumulation de bruits peut susciter la désorganisation d'un système fonctionnant par communication d'informations.

25, 110, 137, 147, 152, 238, 255, 257, 295.

C

Computation

Du latin *computatio*, action de supputer ensemble, com-parer, con-fronter, com-prendre.

« La computation est une activité de caractère cognitif, opérant sur signes et symboles qu'elle sépare et/ou relie ; elle comporte une instance informationnelle, une instance symbolique, une instance mémorielle, une instance logicielle » (cf. *Méthode 3*, p. 36-51).

La computation des ordinateurs peut assurer des fonctions cognitives comme reconnaître des formes, diagnostiquer, raisonner, élaborer des stratégies en combinant calcul logique et méthode heuristique (par exemple, par essais et erreurs). Elle peut même démontrer des théorèmes ou faire des découvertes. Les opérations logiques relèvent des computations, lesquelles relèvent en retour des opérations logiques.

Une activité computante est inhérente non seulement à l'activité cérébrale mais aussi à l'auto-organisation vivante, y compris cellulaire, mais elle y dispose de qualités et spécificités inconnues chez l'ordinateur.

Ainsi l'unicellulaire est, de façon indifférenciée, à la fois un être, un existant, une machine et un ordinateur. Il compute sa propre organisation *via* les circuits ADN-ARN-protéines, il transforme en informations des stimuli extérieurs, et pratique une certaine connaissance de son environnement en vertu de principes et de règles spécifiques. Mais il s'agit d'un *computo*, computation égocentrique qui s'effectue à partir de soi, en fonction de soi, pour soi et sur soi, et comporte une computation de sa propre computation.

Le *computo*, généré et régénéré par l'auto-organisation du vivant, la génère et la régénère sans cesse, et il exerce en même temps son activité cognitive sur son monde extérieur.

La notion de *computo* permet de concevoir le fondement biologique du sujet.

110, 276, 312.

Index et définitions 347

Consumation
Terme issu de Georges Bataille : recherche d'intensité vécue, engageant l'être tout entier.
13, 140, 149-150, 154, 160, 163-164, 270, 333.

Culture
Une culture est un ensemble de savoirs, savoir-faire, règles, stratégies, habitudes, coutumes, normes, interdits, croyances, rites, valeurs, mythes, idées, acquis, qui se perpétue de génération en génération, se reproduit en chaque individu et entretient, par génération et ré-génération, la complexité individuelle et la complexité sociale.
La culture constitue ainsi un capital cognitif, technique et mythologique non inné.
11-12, 15, 30-37, 39, 45, 49, 52-59, 61-62, 64-72, 81, 86-91, 107-109, 116-117, 122, 125, 127, 144, 147, 152, 155, 167, 175, 179, 186-190, 193-194, 198, 201, 203, 210, 214, 230-231, 233, 242-243, 253, 255, 261, 265, 269-273, 277, 279, 281-282, 291-292, 300, 302, 309, 314-323, 325-326.

D

Désordre
La notion de désordre enveloppe les agitations, les dispersions, les turbulences, les collisions, les irrégularités, les instabilités, les accidents, les aléas, les bruits, les erreurs dans tous les domaines de la nature et de la société.
La dialogique de l'ordre et du désordre produit de l'organisation. Ainsi, le désordre coopère à la génération de l'ordre organisationnel et simultanément menace sans cesse de le désorganiser.
Un monde totalement désordonné serait un monde impossible, un monde totalement ordonné rend impossibles l'innovation et la création.
23-24, 51, 137, 152, 207, 219-222, 229, 238, 254, 256, 258, 308.

Dialogique
Unité complexe entre deux logiques, entités ou instances complémentaires, concurrentes et antagonistes qui se nourrissent l'une de l'autre, se complètent, mais aussi s'opposent et se combattent. À distinguer de la dialectique hégélienne. Chez Hegel, les contradictions trouvent leur solution, se dépassent et se suppriment dans

une unité supérieure. Dans la dialogique, les antagonismes demeurent et sont constitutifs des entités ou phénomènes complexes.
24, 30, 51, 54-57, 80, 86, 92, 115, 117, 128, 142, 144, 146, 177, 191, 215, 225, 228, 238, 256-259, 273, 280, 292, 312-313, 317, 323-325, 337, 341.

Double articulation

Propriété qui caractérise les langues humaines. Les phrases sont analysables en éléments sonores (phonèmes) dépourvus de signification, lesquels sont associés en unités pourvues d'un sens (mots). Le sens du mot est défini en partie par son contexte, c'est-à-dire la phrase dans laquelle il est inséré.
33-35, 51, 63.

E

Écologie de l'action

Du fait des multiples interactions et rétroactions au sein du milieu où elle se déroule, l'action, une fois déclenchée, échappe souvent au contrôle de l'acteur, provoque des effets inattendus et parfois même contraires à ceux qu'il escomptait.
1er principe : l'action dépend non seulement des intentions de l'acteur, mais aussi des conditions propres au milieu où elle se déroule.
2e principe : les effets à long terme de l'action sont imprédictibles.
245, 256, 319, 322.

Émergence

Les émergences sont des propriétés ou qualités issues de l'organisation d'éléments ou constituants divers associés en un tout, indéductibles à partir des qualités ou propriétés des constituants isolés, et irréductibles à ces constituants. Les émergences ne sont ni des épiphénomènes, ni des superstructures, mais les qualités supérieures issues de la complexité organisatrice. Elles peuvent rétroagir sur les constituants en leur conférant les qualités du tout.
21, 31, 34-38, 46, 53, 76, 84, 91, 97, 122-126, 128, 140, 155, 162, 185, 188, 191, 203, 219, 228, 255, 258-259, 292, 296, 300-302, 323, 341.

Esprit

Il ne signifie pas ici ce qu'on entend par « spirituel », mais a le sens de *mens*, *mind*, *mente* (esprit connaissant et inventif).

Index et définitions 349

L'esprit constitue l'émergence mentale née des interactions entre le cerveau humain et la culture, il est doté d'une relative autonomie, et il rétroagit sur ce dont il est issu. Il est l'organisateur de la connaissance et de l'action humaines.

11, 13, 27, 32-40, 42-47, 49-52, 53, 57, 62-72, 76, 85, 92, 94-95, 99-102, 107-112, 114-117, 119-128, 132, 135-136, 139-142, 151-153, 156, 164, 166-169, 172, 175-178, 186, 189, 200, 204, 209, 214, 230, 232, 235, 249, 258-259, 264, 270, 287-292, 296-304, 309, 312-317, 320, 323-326, 340.

G

Génératif, générativité
Caractère qui différencie les auto-organisations vivantes des machines artificielles. Celles-ci, générées par la civilisation humaine, ne peuvent ni s'auto-réparer, ni s'auto-régénérer, ni s'auto-reproduire. Les « machines » vivantes disposent de la possibilité de s'auto-générer, s'auto-régénérer et s'auto-réparer. Ainsi se comprend la réorganisation permanente d'un organisme qui génère des cellules nouvelles pour remplacer celles qui se dégradent.
Cf. *Méthode 2*, p. 114-142.
71, 204.

Générique
Terme issu de Marx. L'homme générique est défini comme tel par l'aptitude à générer et à régénérer les qualités proprement humaines.
11, 62-63, 67-71, 89, 338-340.

H

Hologramme (principe hologrammique)
Un hologramme est une image où chaque point contient la presque totalité de l'information sur l'objet représenté. Le principe hologrammique signifie que non seulement la partie est dans un tout, mais que le tout est inscrit d'une certaine façon dans la partie. Ainsi, la cellule contient en elle la totalité de l'information génétique, ce qui permet en principe le clonage ; la société en tant que tout, *via* sa culture, est présente en l'esprit de chaque individu.
51, 55, 75, 86, 104, 190, 266, 332, 337.

Hubris
Chez les Grecs, la démesure, source de délire.
25, 135-136, 141, 146-147, 207, 241, 250.

I

Imprinting
L'*imprinting* est la marque sans retour qu'impose la culture familiale d'abord, sociale ensuite, et qui se maintient dans la vie adulte. L'*imprinting* s'inscrit cérébralement dès la petite enfance par stabilisation sélective des synapses, inscriptions premières qui vont marquer irréversiblement l'esprit individuel dans son mode de connaître et d'agir. À cela s'ajoute et se combine l'apprentissage qui élimine *ipso facto* d'autres modes possibles de connaître et de penser.
Cf. *Méthode 4*, p. 25-28.
115, 314-318, 323, 325, 329.

M

Machine
Le terme de machine n'est nullement limité aux machines artificielles produites par les humains. Avant l'ère industrielle, le mot désignait des ensembles ou agencements complexes dont la marche est régulière et régulée : la « machine ronde » de La Fontaine, la machine politique, administrative... Il désigne dans *La Méthode* toute entité, naturelle ou artificielle, dont l'activité comporte travail, transformation, production.

La machine produit de l'organisé ou de l'organisant à partir du non-organisé, du mieux organisé à partir du moins organisé. Elle comporte des transformations, chimiques, énergétiques, où les formes se défont, se détruisent, mais aussi se refont, se renouvellent, se métamorphosent. Elle produit de l'organisation à partir de la désorganisation. « Les êtres machines participent au processus d'accroissement, de multiplication, de complexification de l'organisation dans le monde. À travers eux, la genèse se prolonge, se nourrit et se métamorphose dans et par la production » (*Méthode 1*, p. 159). L'activité des machines vivantes ne se réduit pas à la seule *fabrication*, où prédominent le travail répétitif et la multiplication du même, elle comporte aussi de la *création*, où prédominent les idées de générativité et de nouveauté.

10, 22-23, 35, 71, 109, 111, 192, 202, 206, 210-214, 218-222,

Index et définitions 351

224, 226, 229-230, 248, 250, 258, 260, 264, 268, 275-276, 286-287, 291-292, 297, 300, 302, 317, 319, 321, 323-325, 329, 333.

N

Noosphère

Terme introduit par Teilhard de Chardin dans *Le Phénomène humain*, et qui ici désigne le monde des idées, des esprits, des dieux, entités produites et nourries par les esprits humains au sein de leur culture. Ces entités, dieux ou idées, dotées d'autonomie dépendante (des esprits et de la culture qui les nourrissent), acquièrent une vie propre et un pouvoir dominateur sur les humains.

Cf. *Méthode 4*, p. 113-127.
   45-46, 189, 211, 249.

O

Ordre

Notion qui regroupe les régularités, stabilités, constances, répétitions, invariances ; elle englobe le déterminisme classique (« lois de la nature ») et les déterminations.

Dans la perspective d'une pensée complexe, il faut souligner que l'ordre n'est ni universel ni absolu, que l'univers comporte du désordre (voir ce mot) et que la dialogique de l'ordre et du désordre produit l'organisation.

Cf. *Méthode 1*, p. 33-93 ; *Science avec conscience*, p. 99-112.
   23-25, 41, 51, 55, 192, 194, 204-205, 220-221, 226, 238, 246, 256, 258, 281, 290, 308, 316, 318, 324.

P

Paradigme

Terme emprunté à Thomas Kuhn (*La Structure des révolutions scientifiques*), développé et redéfini dans *Méthode 4*, p. 204-238.

Un paradigme contient, pour tout discours s'effectuant sous son empire, les concepts fondamentaux ou les catégories maîtresses de l'intelligibilité, en même temps que le type de relations logiques d'attraction/répulsion (conjonction, disjonction, implication ou autres) entre ces concepts ou catégories.

Ainsi, les individus connaissent, pensent et agissent selon les paradigmes inscrits culturellement en eux.

Cette définition du paradigme est de caractère à la fois sémantique, logique et idéo-logique. Sémantiquement, le paradigme détermine l'intelligibilité et donne sens. Logiquement, il détermine les opérations logiques maîtresses. Idéo-logiquement, il est le principe premier d'association, élimination, sélection qui détermine les conditions d'organisation des idées. C'est en vertu de ce triple sens génératif et organisationnel que le paradigme oriente, gouverne, contrôle l'organisation des raisonnements individuels et des systèmes d'idées qui lui obéissent.

Prenons un exemple : il y a deux paradigmes dominants concernant la relation homme/nature. Le premier inclut l'humain dans le naturel, et tout discours obéissant à ce paradigme fait de l'homme un être naturel et reconnaît la « nature humaine ». Le second paradigme prescrit la disjonction entre ces deux termes et détermine ce qu'il y a de spécifique en l'homme par exclusion de l'idée de nature. Ces deux paradigmes opposés ont en commun d'obéir l'un et l'autre à un paradigme plus profond encore, qui est le paradigme de simplification, qui, devant toute complexité conceptuelle, prescrit soit la réduction (ici de l'humain au naturel), soit la disjonction (ici entre l'humain et le naturel), ce qui empêche de concevoir l'*unidualité* (naturelle et culturelle, cérébrale et psychique) de la réalité humaine, et empêche également de concevoir la relation à la fois d'implication et de séparation entre l'homme et la nature. Seul un paradigme complexe dialogique d'implication /distinction/ conjonction permettrait une telle conception.

La nature d'un paradigme peut être définie de la façon suivante :

1. *La promotion/sélection des catégories maîtresses de l'intelligibilité.* Ainsi, l'Ordre dans les conceptions déterministes, la Matière dans les conceptions matérialistes, l'Esprit dans les conceptions spiritualistes, la Structure dans les conceptions structuralistes, etc., sont les concepts maîtres sélectionnés et sélectionnants, qui excluent ou subordonnent les concepts qui leur sont antinomiques (le désordre ou hasard, l'esprit, la matière, l'événement).

2. *La détermination des opérations logiques maîtresses.* Ainsi, le paradigme simplificateur concernant l'Ordre ou l'Homme procède par disjonction et exclusion (du désordre pour l'un, de la nature pour l'autre).

Par cet aspect, le paradigme semble relever de la logique (exclusion-inclusion, disjonction-conjonction, implication-négation). Mais en réalité il est caché sous la logique et sélectionne les opérations logiques qui deviennent à la fois prépondérantes, pertinentes et évidentes sous son empire. C'est lui qui prescrit l'utilisation cognitive de la disjonction ou de la conjonction. C'est lui qui accorde le privilège à certaines opérations logiques aux dépens d'autres, et c'est lui qui donne validité et universalité à la logique qu'il a élue. Par là même, il donne aux discours et théories qu'il contrôle les caractères de la nécessité et de la vérité.

Ainsi donc, le paradigme opère la sélection, la détermination et le contrôle de la conceptualisation, de la catégorisation, de la logique. Il désigne les catégories fondamentales de l'intelligibilité et il opère le contrôle de leur emploi. C'est à partir de lui que se déterminent les hiérarchies, classes, séries conceptuelles. C'est à partir de lui que se déterminent les règles d'inférence. Il se trouve ainsi au nucleus non seulement de tout système d'idées et de tout discours, mais aussi de toute cogitation.

Il se situe effectivement au noyau computique/cogistique (cf. *Méthode 3*, p. 115-125) des opérations de pensée, lesquelles comportent quasi simultanément :

– des caractères prélogiques de dissociation, association, rejet, unification ;

– des caractères logiques de disjonction/conjonction, exclusion/inclusion, concernant les concepts maîtres ;

– des caractères prélinguistiques et présémantiques qui élaborent le discours commandé par le paradigme.

La science classique s'est fondée sur un paradigme de simplification qui conduit à privilégier les démarches de réduction, d'exclusion et de disjonction et à considérer toute complexité comme apparence superficielle et confusion à dissoudre.

314, 329.

Q

Quadrimoteur

Terme qui met en connexion les quatre instances science-technique économie-industrie, pour désigner les forces qui propulsent le développement actuel de la planète.

226, 248, 250, 257, 260, 276-277, 280, 285, 302-303.

R

Rationalité, rationalisation

L'activité rationnelle de l'esprit comporte : *a)* des modes d'argumentation cohérents, associant la déduction et l'induction, la prudence et l'habileté (*mètis*) ; *b)* la recherche d'un accord entre ses systèmes d'idées ou théories et les faits, données empiriques et résultats expérimentaux ; *c)* une activité critique s'exerçant sur les croyances, opinions, idées ; *d)* plus rarement, quoique de manière non moins indispensable, elle comporte l'autocritique, c'est-à-dire la capacité de reconnaître ses insuffisances, ses limites, ses risques de perversion ou de délire (rationalisation).

La rationalité complexe reconnaît les limites de la logique déductive-identitaire qui correspond à la composante mécanique de tous les phénomènes, y compris vivants, mais ne peut rendre compte de leur complexité. Elle reconnaît les limites des trois axiomes de l'identité, de la non-contradiction, du tiers exclu (lequel affirme qu'entre deux propositions contradictoires, une seule peut être retenue comme vraie : A est ou B ou non-B).

Toute logique qui exclut l'ambiguïté, chasse l'incertitude, expulse la contradiction est insuffisante. Aussi la rationalité complexe dépasse, englobe, relativise la logique déductive-identitaire dans une méthode de pensée intégrant et utilisant, tout en les dépassant et les transgressant, les principes de la logique classique. La rationalité complexe sauve la logique comme hygiène de la pensée et la transgresse comme mutilation de la pensée.

Elle abandonne tout espoir, non seulement d'achever une description logico-rationnelle du réel, mais aussi et surtout *de fonder la raison sur la seule logique déductive-identitaire*.

On ne peut maintenir la liaison rigide entre logique, cohérence, rationalité et vérité quand on sait qu'une cohérence interne peut être rationalisation qui devient irrationnelle. L'évasion hors de la logique conduit au délire extravagant. L'asservissement à la logique conduit au délire rationalisateur. La rationalisation est asservie à la logique déductive-identitaire : *a)* la cohérence formelle exclut comme faux ce qu'elle ne peut appréhender ; *b)* la binarité disjonctive exclut comme faux toute ambiguïté et contradiction.

La rationalisation enferme une théorie sur sa logique et devient insensible aux réfutations empiriques comme aux arguments contraires. Ainsi, la vision d'un seul aspect des choses (rendement, efficacité), l'explication en fonction d'un facteur unique (l'économique ou le politique), la croyance que les maux de l'humanité sont dus à une seule cause et à un seul type d'agents constituent autant de rationalisations. La rationalisation est la maladie spécifique que risque la rationalité si elle ne se régénère constamment par auto-examen et autocritique.

Ainsi, nous pouvons arriver à la reconnaissance de la continuité et de la rupture entre la rationalité complexe et les formes classiques de rationalité.

Cf. *Méthode 4*, p. 173-209, plus particulièrement p. 208 ; *Science avec conscience*, p. 255-269.

25, 40-41, 46, 58, 66, 108, 112, 118-120, 132, 135-136, 163-164, 175, 180, 182, 214, 243, 257, 275.

Pour **rationalisation** : 107, 116, 135-136, 156, 219.

S

Self-deception
Mensonge sincère ou inconscient à soi-même.
97, 108, 335.

Société archaïque
Le mot « archaïque » vient du mot grec *arkhè* (l'origine, le commencement).

Les sociétés archaïques sont les premières sociétés d'*homo sapiens* (dont nous avons défini l'organisation p. 132-133). Elles sont différenciées en bio-classes (hommes-femmes, enfants-adultes-vieillards). Elles ne disposent pas d'État, sont démographiquement restreintes. Elles vivent de chasse, ramassage, cueillette. Un « noyau archaïque » subsiste dans les sociétés ultérieures.

34, 56, 90, 124, 186, 201, 251.

Société historique
Elle est liée à l'émergence de l'histoire et à l'apparition de l'État

150, 202, 215, 230, 234, 310.

T

Trinité cerveau-esprit-culture
L'esprit émerge du cerveau humain, avec et par le langage, au sein d'une culture, et s'affirme dans la relation :

Les trois termes cerveau, culture, esprit, sont inséparables[1]. Une fois que l'esprit a émergé, il rétroagit sur le fonctionnement cérébral et sur la culture. Il se forme une boucle entre cerveau-esprit-culture, où chacun de ces termes est nécessaire à chacun des autres. L'esprit est une émergence du cerveau que suscite la culture, laquelle n'existerait pas sans cerveau (cf. première partie, chap. 2, p. 33*sq.*).

53, 57.

Trinité humaine

La trinité individu-société-espèce, définie au chapitre 3 de la première partie, p. 53, dans la relation complémentaire et antagoniste entre ces trois termes.

19, 37, 51, 53-54, 75-76, 80, 87, 181, 190, 195, 257, 259, 286, 321, 340.

Trinité mentale

Relation inséparable, complémentaire et antagoniste entre la pulsion, l'affectivité et la raison. Aucune de ces trois instances ne domine l'autre, et leur relation s'effectue selon une combinatoire instable et variable où, par exemple, la pulsion peut utiliser la rationalité technique à ses propres fins, où l'affectivité peut utiliser la raison, la pulsion l'affectivité, etc. Cette trinité correspond, au niveau de l'esprit, à la conception du cerveau triunique de P. D. Mac Lean (cf. ce terme dans cet Index).

53, 57, 96, 141-142.

Triunique (cerveau)

Conception de Paul D. Mac Lean des trois cerveaux intégrés en un :

– le paléocéphale (héritage du cerveau reptilien), source de l'agressivité ;

– le mésocéphale (héritage du cerveau des anciens mammifères), source de l'affectivité, de la mémoire à long terme ;

– le cortex avec le néo-cortex, source des aptitudes analytiques, logiques et stratégiques.

53, 58, 98, 116, 137, 146.

---

[1]. Cf. Méthode 3, « L'esprit et le cerveau », p. 69-84.

U

Unité générique
Unité qui génère la multiplicité qui régénère à nouveau l'unité. Synonyme d'unité complexe, ou unité multiple (*unitas multiplex*).
62.

Y

Yin yang
Dans la pensée chinoise, désigne l'unidualité des deux principes premiers, le *yang* et le *yin* (la lumière/l'ombre, le mouvement/le repos, le ciel/la terre, le masculin/le féminin), qui s'opposent tout en se complétant et en se nourrissant l'un de l'autre. Un petit *yin* est inclus dans le *yang*, un petit *yang* est inclus dans le *yin*.
124, 161, 164, 313.

TABLE

Préliminaires 9

Note sur les problèmes bibliographiques 15

PREMIÈRE PARTIE

La trinité humaine

1. **De l'enracinement cosmique à l'émergence humaine** . 21

   I. L'enracinement cosmique 21
     Nature et destin cosmo-physique de l'humain, 23.

   II. L'enracinement biologique 26

   III. Le grand décollage : l'hominisation 29

2. **L'humanité de l'humanité** 33

   La seconde Nature, 33. – L'humanité du langage, 35.
   – La révolution mentale, 37. – L'éros, 39. – L'ouverture au monde, 40. – La grande évidence : rationalité et technique, 40. – L'évidence voilée : l'imaginaire et le mythe, 41. – Magie, rite et sacrifice, 43. – La noosphère, 45. – L'humanité et l'inhumanité de la mort, 47. – L'au-delà des racines, 50

3. **La trinité humaine** 53

   Individu/société/espèce, 53. – L'inséparabilité, 55. –
   La soudure épistémologique, 58.

4. L'un multiple 59

  I. La diversité infinie 59

  II. L'unité générique 62
  L'identité humaine commune, 63. – L'unité humaine devant la mort, 65. – L'unité culturelle et sociologique, 66.

  III. L'un multiple : L'unité → diversité 67
  Le grand paradoxe, 70.

DEUXIÈME PARTIE

L'identité individuelle

Introduction 75

1. Le vif du sujet 77

  La relation à autrui, 81. – L'assujettissement, 84. – L'objectif du subjectif, 84. – Le sujet et la mort, 85. – Drôle de sujet, 86.

2. L'identité polymorphe 89

  Le paradoxe du féminin-masculin : la plus et la moins profonde dualité, 89. – Les paradoxes de l'âge, 92. – La dualité intérieure, 94. – L'unité plurielle de l'identité personnelle, 94. – Multiplicités et duplicités internes, 95. – Les dédoublements et multipersonnalités, 97. – Rôles de vie, vie de théâtre, mimésis, 100. – Les cavernes intérieures, 103. – Le cosmos secret, 104. – Le Je continu et le Moi discontinu, 104.

3. Esprit et conscience 107

  I. Pouvoirs et faiblesses de l'esprit 107
  L'erreur est humaine, 107. – Le cerveau et l'ordinateur, 109. – La pensée une et plurielle, 114. – La

double pensée, 116. – Unité, opposition et dialogique des deux pensées, 117. – Les aventures de l'esprit, 119. – L'esprit créateur, 121. – L'âme, 122.

II. Pouvoirs et faiblesses de la conscience 124

4. **Le complexe d'Adam.** *Sapiens-demens* 131

    Homo demens, 133. – L'affectivité, plaque tournante, 138. – La trinité psychique, 141. – La dialogique rationalité, affectivité et mythe, 142. – Le génie et le crime, 144. – Le circuit *sapiens* → *demens*, 145.

5. **Au-delà de la raison et de la folie** 149

    Homo consumans, 149. – *Homo ludens*, 150. – La réalité de l'imaginaire, 151. – L'état esthétique, 153. – L'état poétique, 157. – *Homo complexus*, 163.

6. **La supportable réalité** 165

    Le compromis « névrotique », 166. – Le pacte surréaliste, 169. – La coopération réaliste, 173. – Les deux volontés de maîtrise, 177. – Oasis ?, 179.

    Conclusion 181

TROISIÈME PARTIE

Les grandes identités

1. **L'identité sociale (1) : le noyau archaïque** 185

    Le noyau archaïque, 186. – Culture : le patrimoine organisateur, 188. – Individus → société, 190.

    Organisation sexuelle de la société,

    Organisation sociale de la sexualité, 194. – Famille, je vous ai, 195. – Cours nouveau ?, 199.

2. **L'identité sociale (2) : Léviathan** 201

   L'État dominateur, 203. – Le despotisme, 206. – L'État civilisateur, 208. – La civilisation démocratique, 208. – La méga-machine, 210. – Les structures de la méga-machine, 214. – La spontanéité co-organisatrice, 220. – L'État-nation moderne, 222. – Les dix préceptes du complexe social, 226. – L'être du troisième type, 229.

3. **L'identité historique** 233

   Le déchaînement historique, 234. – L'événement, 238. – Les pilotes et inspirateurs, 241. – Le jeu du devenir : de la déviance à la tendance, 242. – Le jeu du devenir, 245. – La technique, agent de l'histoire, 246. – Le mythe, agent de l'histoire, 248. – L'hypothèse du Progrès, 251. – Le double jeu de l'histoire, 255. – Le révélateur historique, 258. – Fin ou recommencement, 260.

4. **L'identité planétaire** 261

   La grande diaspora, 261.

   I. La double hélice de l'ère planétaire 262
   La première hélice, 262. – Échanges et communications, 265. – L'individu hologrammique, 266. – La seconde hélice, 268.

   II. Vers une société-monde ? 273
   Vers le Léviathan planétaire, 275. – Les grandes carences, 277. – La communauté de destin, 279.

   III. L'incertain chaos 281
   L'avance à l'ombre de la mort, 282.

5. **L'identité future** 285

   I. Vers les méta-machines 286
   L'alternative, 288.

II. L'avenir de l'identité humaine : méta-humanité, surhumanité ? 290

> Le contrôle de l'esprit par l'esprit : cerveau-piano, 292. – Vers la démortalité ?, 293. – Méta-humain trop surhumain, 296. – Mortelle amortalité, 297. – Métamorphose, 300. – L'esprit tout-puissant et débile, 301. – L'autre voie ?, 303.

QUATRIÈME PARTIE

Le complexe humain

1. Éveillés et somnambules 307

> L'empire du milieu, 309. – L'empire des gènes, 310. – L'emprise sociologique, 314. – L'emprise de l'histoire, 319. – L'emprise des idées, 320. – Les chemins de la liberté, 321. – La machine non triviale, 322. – Les libertés de l'esprit, 325. – Possession, 326. – Entre éveil et somnambulisme, 327.

2. Retour à l'originel 331

> *I*. Le complexe humain 332
> L'existence, 334.
>
> *II*. Le mystère humain 335
>
> *III*. Le retour à l'« homme générique » 338
>
> *IV*. La seconde préhistoire 340

Index et définitions 343

Du même auteur

LA MÉTHODE

La Nature de la nature (t. 1)
*Seuil, 1977
et « Points Essais » n° 123, 1981*

La Vie de la vie (t. 2)
*Seuil, 1980
et « Points Essais » n° 175, 1985*

La Connaissance de la connaissance (t. 3)
*Seuil, 1986
et « Points Essais » n° 236, 1992*

Les Idées (t. 4)
Leur habitat, leur vie,
leurs mœurs, leur organisation
*Seuil, 1991
et « Points Essais » n° 303, 1995*

Éthique (t. 6)
*Seuil, 2004
et « Points Essais » n° 555, 2006*

La Méthode
Seuil, « Opus », 2 vol., 2008

COMPLEXUS

Science avec conscience
*Fayard, 1982
Seuil, « Points Sciences » n° 64, 1990*

Sociologie
*Fayard, 1984
Seuil, « Points Essais » n° 276, 1994*

Arguments pour une Méthode
Colloque de Cerisy (Autour d'Edgar Morin)
Seuil, 1990

Introduction à la pensée complexe
ESF, 1990
Seuil, « Points Essais » n° 534, 2005

La Complexité humaine
Flammarion, « Champs-l'Essentiel » n° 189, 1994

L'Intelligence de la complexité
(en collab. avec Jean-Louis Le Moigne)
L'Harmattan, 2000

Intelligence de la complexité
Épistémologie et pratique
*(codirection avec Jean-Louis Le Moigne,
actes du colloque de Cerisy, juin 2005)*
Éditions de l'Aube, 2006

Destin de l'animal
Éd. de l'Herne, 2007

TRILOGIE PÉDAGOGIQUE

La Tête bien faite
Seuil, 1999

Relier les connaissances
Le défi du XXIe siècle
Journées thématiques
conçues et animées par Edgar Morin
Seuil, 1999

Les Sept Savoirs nécessaires à l'éducation du futur
Seuil, 2000

ANTHROPOLOGIE FONDAMENTALE

L'Homme et la Mort
Corréa, 1951
Seuil, nouvelle édition, 1970
et « Points Essais » n° 77, 1976

Le Cinéma ou l'Homme imaginaire
Minuit, 1956

Le Paradigme perdu : la nature humaine
Seuil, 1973
et « Points Essais » n° 109, 1979

L'Unité de l'homme
(en collab. avec Massimo Piattelli-Palmarini)
Seuil, 1974
et « Points Essais », 3 vol., n° 91-92-93, 1978

Dialogue sur la nature humaine
(en collab. avec Boris Cyrulnik)
Éditions de l'Aube, 2010
« L'Aube poche essai », 2012

Dialogue sur la connaissance
Entretiens avec des lycéens
Éditions de l'Aube, « L'Aube poche », 2011

NOTRE TEMPS

L'An zéro de l'Allemagne
La Cité universelle, 1946

Les Stars
Seuil, 1957
et « Points Essais » n° 34, 1972

L'Esprit du temps
Grasset, 1962 (t. 1), 1976 (t. 2)
Armand Colin, nouvelle édition, 2008

Commune en France
La métamorphose de Plozévet
Fayard, 1967
LGF, « Biblio-Essais », 1984

Mai 68
La brèche
(en collab. avec Claude Lefort et Cornelius Castoriadis)
Fayard, 1968, réédition 2008
Complexe, nouvelle édition
suivie de Vingt ans après, *1988*

La Rumeur d'Orléans
Seuil, 1969
et « Points Essais » n° 143, édition complétée avec
La Rumeur d'Amiens, *1982*

De la nature de l'URSS
Fayard, 1983

Pour sortir du XXe siècle
Seuil, « Points Essais » n° 170, 1984
édition augmentée d'une préface sous le titre
Pour entrer dans le XXIe siècle
Seuil, « Points Essais » n° 518, 2004

Penser l'Europe
Gallimard, 1987
et Folio, 1990

Un nouveau commencement
(en collab. avec Gianluca Bocchi et Mauro Ceruti)
Seuil, 1991

Terre-Patrie
(en collab. avec Anne Brigitte Kern)
Seuil, 1993
et « Points Essais » n° 643, 2010

Les Fratricides
Yougoslavie-Bosnie 1991-1995
Arléa, 1996

L'Affaire Bellounis
(préface au témoignage de Chems Ed Din)
Éditions de l'Aube, 1998

Le Monde moderne et la Question juive
Seuil, 2006
repris sous le titre
Le Monde moderne et la Condition juive
« Points Essais » n° 695, 2012

L'An I de l'ère écologique
Tallandier, 2007

Où va le monde ?
Éd. de L'Herne, 2007

Vers l'abîme ?
Éd. de L'Herne, 2007

Pour et contre Marx
Temps présent, 2010
Flammarion, « Champ Actuel », 2012

Comment vivre en temps de crise ?
(en collab. avec Patrick Viveret)
Bayard, 2010

La France une et multiculturelle
Lettres aux citoyens de France
(en collab. avec Patrick Singaïni)
Fayard, 2012

POLITIQUE

Introduction à une politique de l'homme
Seuil, 1965
et « Points Politique » n° 29, 1969
et « Points Essais » n° 381, nouvelle édition, 1999

Le Rose et le Noir
Galilée, 1984

Politique de civilisation
(en collab. avec Sami Naïr)
Arléa, 1997

Pour une politique de civilisation
Arléa, 2002

Ma gauche
Si j'étais président...
Bourin éditeur, 2010

La Voie
Pour l'avenir de l'humanité
Fayard, 2011
Pluriel, 2012

Le Chemin de l'espérance
(en collab. avec Stéphane Hessel)
Fayard, 2011

VÉCU

Autocritique
Seuil, 1959, 2012
et « Points Essais » n° 283,
réédition avec nouvelle préface, 1994

Le Vif du sujet
Seuil, 1969
et « Points Essais » n° 137, 1982

Journal de Californie
Seuil, 1970
et « Points Essais » n° 151, 1983

Journal d'un livre
Inter-Éditions, 1981

Vidal et les siens
(en collab. avec Véronique Grappe-Nahoum
et Haïm Vidal Sephiha)
Seuil, 1989
et « Points » n° P300, 1996

Une année Sisyphe
(Journal de la fin du siècle)
Seuil, 1995

Pleurer, Aimer, Rire, Comprendre
1er janvier 1995 – 31 janvier 1996
Arléa, 1996

Amour, Poésie, Sagesse
Seuil, 1997
et « Points » n° P587, 1999

Mes démons
Stock, 2008
Seuil, « Points Essais » n° 632, 2009

Edwige, l'inséparable
Fayard, 2009

Mes philosophes
Meaux, Germina, 2011
Pluriel, 2013

Journal
Vol. 1 1962-1987
Vol. 2 1992-2010
Seuil, 2012

Mon Paris, ma mémoire
Fayard, 2013

Ma philosophie
*(en collab. avec Stéphane Hessel,
entretiens avec Nicolas Truong)*
Éditions de l'Aube, 2013

Mes Berlin
1945-2013
Le Cherche Midi, 2013

TRANSCRIPTIONS DE L'ORAL

Planète, l'aventure inconnue
(en collab. avec Christophe Wulf)
Mille et une nuits, 1997

À propos des sept savoirs
Pleins Feux, 2000

Reliances
Éditions de l'Aube, 2000

Itinérance
*Arléa, 2000
et «Arléa poche», 2006*

Nul ne connaît le jour qui naîtra
(en collab. avec Edmond Blattchen)
Alice, 2000

Culture et barbarie européennes
Bayard, 2005

Mon chemin
Entretiens avec Djénane Kareh Tager
Fayard, 2008
Seuil, « Points Essais » n° 671, 2011

RÉALISATION : PAO ÉDITIONS DU SEUIL
IMPRESSION : NORMANDIE ROTO S.A.S. À LONRAI
DÉPÔT LÉGAL : AVRIL 2014. N° 118530-2 (1605844)
IMPRIMÉ EN FRANCE

Éditions Points

Le catalogue complet de nos collections est sur Le Cercle Points, ainsi que des interviews de vos auteurs préférés, des jeux-concours, des conseils de lecture, des extraits en avant-première…

www.lecerclepoints.com

Collection Points Essais

DERNIERS TITRES PARUS

600. Fait et à faire. Les carrefours du labyrinthe V
    par Cornelius Castoriadis
601. Au dos de nos images, *par Luc Dardenne*
602. Une place pour le père, *par Aldo Naouri*
603. Pour une naissance sans violence, *par Frédérick Leboyer*
604. L'Adieu au siècle, *par Michel del Castillo*
605. La Nouvelle Question scolaire, *par Éric Maurin*
606. L'Étrangeté française, *par Philippe d'Iribarne*
607. La République mondiale des lettres, *par Pascale Casanova*
608. Le Rose et le Noir, *par Frédéric Martel*
609. Amour et justice, *par Paul Ricœur*
610. Jésus contre Jésus, *par Gérard Mordillat et Jérôme Prieur*
611. Comment les riches détruisent la planète, *par Hervé Kempf*
612. Pascal, *textes choisis et présentés par Philippe Sellier*
613. Le Christ philosophe, *par Frédéric Lenoir*
614. Penser sa vie, *par Fernando Savater*
615. Politique des sexes, *par Sylviane Agacinski*
616. La Naissance d'une famille, *par T. Berry Brazelton*
617. Aborder la linguistique, *par Dominique Maingueneau*
618. Les Termes clés de l'analyse du discours
    par Dominique Maingueneau
619. La grande image n'a pas de forme, *par François Jullien*
620. « Race » sans histoire, *par Maurice Olender*
621. Figures du pensable, Les Carrefours du labyrinthe VI
    par Cornelius Castoriadis
622. Philosophie de la volonté 1, *par Paul Ricœur*
623. Philosophie de la volonté 2, *par Paul Ricœur*
624. La Gourmandise, *par Patrick Avrane*
625. Comment je suis redevenu chrétien
    par Jean-Claude Guillebaud

626. Homo juridicus, *par Alain Supiot*
627. Comparer l'incomparable, *par Marcel Detienne*
628. Rumeurs, *par Jean-Noël Kapferer*
629. Totem et Tabou, *par Sigmund Freud*
630. Malaise dans la civilisation, *par Sigmund Freud*
631. Roland Barthes, *par Roland Barthes*
632. Mes démons, *par Edgar Morin*
633. Réussir sa mort, *par Fabrice Hadjadj*
634. Sociologie du changement
par Philippe Bernoux
635. Mon père. Inventaire, *par Jean-Claude Grumberg*
636. Le Traité du sablier, *par Ernst Jüng*
637. Contre la barbarie, *par Klaus Mann*
638. Kant, *textes choisis et présentés
par Michaël Fœssel et Fabien Lamouche*
639. Spinoza, *textes choisis et présentés par Frédéric Manzini*
640. Le Détour et l'Accès, *par François Jullien*
641. La Légitimité démocratique, *par Pierre Rosanvallon*
642. Tibet, *par Frédéric Lenoir*
643. Terre-Patrie, *par Edgar Morin*
644. Contre-prêches, *par Abdelwahab Meddeb*
645. L'Éros et la Loi, *par Stéphane Mosès*
646. Le Commencement d'un monde
par Jean-Claude Guillebaud
647. Les Stratégies absurdes, *par Maya Beauvallet*
648. Jésus sans Jésus, *par Gérard Mordillat et Jérôme Prieur*
649. Barthes, *textes choisis et présentés par Claude Coste*
650. Une société à la dérive, *par Cornelius Castoriadis*
651. Philosophes dans la tourmente, *par Élisabeth Roudinesco*
652. Où est passé l'avenir ?, *par Marc Augé*
653. L'Autre Société, *par Jacques Généreux*
654. Petit Traité d'histoire des religions, *par Frédéric Lenoir*
655. La Profondeur des sexes, *par Fabrice Hadjadj*
656. Les Sources de la honte, *par Vincent de Gaulejac*
657. L'Avenir d'une illusion, *par Sigmund Freud*
658. Un souvenir d'enfance de Léonard de Vinci
par Sigmund Freud
659. Comprendre la géopolitique, *par Frédéric Encel*
660. Philosophie arabe
textes choisis et présentés par Pauline Koetschet
661. Nouvelles Mythologies, *sous la direction de Jérôme Garcin*
662. L'Écran global, *par Gilles Lipovetsky et Jean Serroy*
663. De l'universel, *par François Jullien*
664. L'Âme insurgée, *par Armel Guerne*
665. La Raison dans l'histoire, *par Friedrich Hegel*
666. Hegel, *textes choisis et présentés par Olivier Tinland*
667. La Grande Conversion numérique, *par Milad Doueihi*

668. La Grande Régression, *par Jacques Généreux*
669. Faut-il pendre les architectes?
    par Philippe Trétiack
670. Pour sauver la planète, sortez du capitalisme
    par Hervé Kempf
671. Mon chemin, *par Edgar Morin*
672. Bardadrac, *par Gérard Genette*
673. Sur le rêve, *par Sigmund Freud*
674. Claude Lévi-Strauss et l'anthropologie structurale
    par Marcel Hénaff
675. L'Expérience totalitaire. La signature humaine 1
    par Tzvetan Todorov
676. Manuel de survie des dîners en ville
    par Sven Ortoli et Michel Eltchaninoff
677. Casanova, l'homme qui aimait vraiment les femmes
    par Lydia Flem
678. Journal de deuil, *par Roland Barthes*
679. La Sainte Ignorance, *par Olivier Roy*
680. La Construction de soi
    par Alexandre Jollien
681. Tableaux de famille, *par Bernard Lahire*
682. Tibet, une autre modernité
    par Jean-Pierre Barou et Sylvie Crossman
683. D'après Foucault
    par Philippe Artières et Mathieu Potte-Bonneville
684. Vivre seuls ensemble. La signature humaine 2
    par Tzvetan Todorov
685. L'Homme Moïse et la Religion monothéiste
    par Sigmund Freud
686. Trois Essais sur la théorie de la sexualité
    par Sigmund Freud
687. Pourquoi le christianisme fait scandale
    par Jean-Pierre Denis
688. Dictionnaire des mots français d'origine arabe
    par Salah Guemriche
689. Oublier le temps, *par Peter Brook*
690. Art et figures de la réussite, *par Baltasar Gracián*
691. Des genres et des œuvres, *par Gérard Genette*
692. Figures de l'immanence, *par François Jullien*
693. Risquer la liberté, *par Fabrice Midal*
694. Le Pouvoir des commencements
    par Myriam Revault d'Allonnes
695. Le Monde moderne et la Condition juive
    par Edgar Morin
696. Purifier et détruire, *par Jacques Semelin*
697. De l'éducation, *par Jean Jaurès*
698. Musicophilia, *par Oliver Sacks*

699. Cinq Conférences sur la psychanalyse, *par Sigmund Freud*
700. L'oligarchie ça suffit, vive la démocratie, *par Hervé Kempf*
701. Le Silence des bêtes, *par Elisabeth de Fontenay*
702. Injustices, *par François Dubet*
703. Le Déni des cultures, *par Hugues Lagrange*
704. Le Rabbin et le Cardinal
   par Gilles Bernheim et Philippe Barbarin
705. Le Métier d'homme, *par Alexandre Jollien*
706. Le Conflit des interprétations, *par Paul Ricœur*
707. La Société des égaux, *par Pierre Rosanvallon*
708. Après la crise, *par Alain Touraine*
709. Zeugma, *par Marc-Alain Ouaknin*
710. L'Orientalisme, *par Edward W. Said*
711. Un sage est sans idée, *par François Jullien*
712. Fragments de vie, *par Germaine Tillion*
713. Le Délire et les Rêves dans la Gradiva de W. Jensen
   par Sigmund Freud
714. La Montée des incertitudes, *par Robert Castel*
715. L'Art d'être heureux, *par Arthur Schopenhauer*
716. Une histoire de l'anthropologie, *par Robert Deliège*
717. L'Interprétation du rêve, *par Sigmund Freud*
718. D'un retournement l'autre, *par Frédéric Lordon*
719. Lost in management, *par François Dupuy*
720. 33 Newport Street, *par Richard Hoggart*
721. La Traversée des catastrophes, *par Pierre Zaoui*
722. Petit dictionnaire de droit constitutionnel
   par Guy Carcassonne
723. La Tranquillité de l'âme, *par Sénèque*
724. Comprendre le débat européen, *par Michel Dévoluy*
725. Un monde de fous, *par Patrick Coupechoux*
726. Comment réussir à échouer, *par Paul Watzlawick*
727. L'Œil de l'esprit, *par Oliver Sacks*
728. Des yeux pour guérir, *par Francine Shapiro
   et Margot Silk Forrest*
729. Simone Weil, le courage de l'impossible
   par Christiane Rancé
730. Le Philosophe nu, *par Alexandre Jollien*
731. Le Paradis à la porte, *par Fabrice Hadjadj*
732. Emmanuel Mounier, *par Jean-Marie Domenach*
733. L'Expérience concentrationnaire, *par Michael Pollak*
734. Agir dans un monde incertain, *par Michel Callon,
   Pierre Lascoumes, Yannick Barthe*
726. L'Art ou la Vie !, *par Tzvetan Todorov*
735. Le Travail créateur, *par Pierre-Michel Menger*
736. Comment survivre à sa propre famille
   par Mony Elkaïm
737. Repenser la pauvreté, *par Abhijit V. Banerjee, Esther Duflo*